KB195299

크레이브

Crave

CRAVE
by Tracy Wolff

crave

트레이시 울프
장편소설

크레이브

유혜인 옮김

1

Tracy Wolff

북로드

언제나 나를 믿어준
우리 아들들에게,
그리고
내가 다시 자신감을 갖게 도와준
스테퍼니에게

0

모험을 하지 않는 자는
인생을 낭비하고 있는 것이다

활주로 쪽에 서서 곧 탑승할 비행기를 바라보며 미쳐 날뛰려는 심장을 애써 달래본다.

말이야 쉽지.

내가 알던 세계를 뒤로하고 떠나려 하기 때문만은 아니다. 물론 2분 전까지는 머리에 그 걱정밖에 없었다. 하지만 비행기라 불러도 되나 싶은 탈것을 쳐다보는 지금은 전혀 다른 차원의 공포가 밀려들고 있다.

"자, 그레이스." 핀 삼촌의 부탁으로 나를 데리러 온 남자가 느긋하게 웃으며 내려다본다. 이름이 필립이라고 했던 것 같은데, 맞나? 미친 듯이 쿵쾅대는 내 심장 소리 때문에 말을 똑바로 알아들을 수가 있어야지. "모험을 떠날 준비는 됐니?"

아니요, 전혀. 모험이든 뭐든 앞으로 닥칠 일에 나는 아무런 준비가 되어 있지 않다.

한 달 전 누군가 내게 이런 말을 했다면 어땠을까. 30일 후 내가 알래스카 페어뱅크스에 있는 공항 외곽에 서 있을 것이라 했다면 나는 뭘 잘못 알았다고 대답했을 거다. 심지어 내가 페어뱅크스로 가는 이유가, 초소형 경비행기를 타고 세상의 끝, 그러니까 북아메리카에서 가장 높은 산인 디날리산 꼭대기에 있는 도시로 가기 위해서라고 했다면 정신이 어떻게 됐냐고 되물었을 것이다.

하지만 30일은 정말 많은 것이 달라질 수 있는 시간이더라. 더 많은 것을 빼앗겼을 수도 있다.

사실 지난 몇 주간 내가 확신할 수 있었던 건 하나뿐이다. 불행을 겪었다고 더 큰 불행이 나를 피해 가지는 않는다는 것……

1

착륙이란 땅으로 몸을 날리며
엉뚱한 데 떨어지지 않기를 바라는 것

"저기 보인다." 산봉우리 몇 개를 지났을 무렵 필립이 조종대에서 한 손을 떼고 저 멀리 작게 모여 있는 건물들을 가리키며 말한다. "저기가 알래스카 힐리야. 우리가 사는 곳."

"와, 정말……." 작다. 작아도 너무 작다. 내가 살던 도시 샌디에이고와는 비교도 안 되고, 우리 동네보다도 훨씬 작아 보인다.

이렇게 높은 데서 뭐 얼마나 제대로 보이겠냐마는. 주변의 산들이 마치 오래전 기억 속으로 사라진 괴수들처럼 슬금슬금 다가오고 있기 때문만은 아니다. 그보다는 우리가 지금 희한한 안개 한가운데에 들어와 있기 때문이다. 필립 말로는 황혼의 일종인 '상용박명civil twilight'[1]이란다. 아직 5시도 안 됐는데 황혼이라니. 어쨌거나 안개 속에서도 필립이 손가락으로 가리키는

---

1 일출 직전이나 일몰 직후, 태양이 지평선 아래 6도에 있을 때 어렴풋이 비치는 여명.

도시 같지 않은 도시의 모습은 보인다. 서로 어울리지 않는 건물들이 아무렇게나 뭉쳐 있었다.

나는 할 말을 간신히 정한다. "신기하네요. 정말…… 신기하게 생겼어요."

처음으로 생각한 말은 아니다. 드디어 지옥이 얼어붙었냐고 물을 뻔한 것을 겨우 참고 그나마 덜 무례한 말을 찾은 거다. 필립이 비행 고도를 낮추기 시작한다. 오늘 탄 비행기 세 대 중 첫 번째 비행기에 오른 열 시간 전부터 나를 괴롭힌 시련들의 목록에 또 하나의 시련이 추가되려나 보다.

역시나, 인구 천 명의 도시(구글 덕분에 알았다)의 공항으로 통하는 듯한 장소가 막 눈에 들어왔을 때 필립은 이런 말을 한다. "꽉 붙잡고 있어, 그레이스. 여기는 활주로가 짧거든. 활주로가 길면 눈이나 얼음을 계속 치우고 관리하기가 힘들어서 말이야. 빠른 착륙이 될 거야."

'빠른 착륙'이 무슨 뜻인지 모르겠지만 어감이 마음에 들지 않는다. 그래서 나는 비행기 문에 달린 긴 손잡이를 쥔다. 이럴 때를 위해 여기다 손잡이를 달아놓은 건가. 비행 고도가 낮아질수록 손잡이를 힘주어 붙잡게 된다.

"자, 간다. 어떻게든 되겠지!" 필립이 말한다. 아니, 아직 하늘을 날고 있는데 저런 말을 한다고? 조종사 입에서 절대로 듣고 싶지 않은 말 5위 안에 들어가고도 남을 발언 아닌가?

아래로부터 하얗고 단단한 땅이 빠르게 다가오는 것을 보고 나는 눈을 질끈 감는다.

잠시 후, 바퀴가 활주로 바닥을 텅텅텅 치는 느낌이 난다. 필립이 브레이크를 힘껏 밟자 내 몸이 순식간에 앞으로 쏠린다. 안전벨트가 아니었으면 제어판에 머리를 그대로 박을 뻔했다. 비행기가 끼이이익 소리를 낸다. 도대체 어디서 그런 섬뜩한 소리가 나는 거지? 혹시 죽음을 알리는 종소리인가? 소리에 집중하지 않기로 한다.

기체가 왼쪽으로 미끄러지기 시작하는 지금은 더더욱 그럴 수 없다.

심장이 당장이라도 터져 나올 것 같지만 입술을 깨물고 꽉 감은 눈을 뜨지 않는다. 이대로 끝을 맞이한다면 그 장면을 굳이 볼 필요는 없으니까.

그렇게 생각하니 문득 궁금해진다. 우리 부모님이 마지막에 본 광경은 무엇이었을까. 계속 이어지려는 생각을 차단하려고 할 즈음, 필립의 제어에 비행기가 탈탈거리며 흔들린다.

생의 마지막 순간에 드는 느낌은 확실히 알겠다. 지금 나는 발가락까지 떨고 있다.

감고 있던 눈을 천천히 뜨며 몸이 온전히 붙어 있는지 더듬어 확인하고 싶은 마음을 꾹 참는다. 하지만 필립은 웃으며 이렇게 말한다. "교과서 같은 착륙이군."

혹시 그 교과서라는 게 공포 소설인가? 그것도 거꾸로 들고 뒤에서부터 읽은 거 아냐?

하지만 나는 말없이 밝은 미소를 겨우 지어 보이고 발밑에서 배낭을 집어 든다. 핀 삼촌이 보내준 장갑을 꺼내 낀 다음, 비행기 문을 밀어 열고 소원을 빌며 아래로 폴짝 뛰어내린다. 제발, 착지할 때 무릎이 내 몸을 지탱해주기를.

소원은 이루어진다. 가까스로.

정말로 넘어지지 않고 똑바로 섰는지 확인하고, 영하 10도의 날씨에 새 코트를 더 단단히 여민 후, 내 전 재산인 캐리어 세 개를 가지러 비행기 뒤쪽으로 향했다.

캐리어를 보자 가슴이 욱신거리지만 버리고 온 삶에 연연하지 않기로 한다. 내가 자란 집에 모르는 사람들이 살고 있다는 생각에 연연하지 말자. 집이니 미술 도구니 드럼 세트니 그런 게 다 무슨 소용인가? 더 큰 것을 잃었는데.

과거를 생각하는 대신, 나는 작은 비행기의 화물칸 같은 공간에서 캐리어 하나를 꺼내 낑낑거리며 들고 내린다. 두 번째 캐리어도 옮기려 하지만 한발 먼저 도착한 필립이 남은 캐리어 두 개를 번쩍 들어 올린다. 그 안에는 내 물건의 전부가 들어 있었지만, 마치 가벼운 베개만 들어 있는 것처럼 가뿐하게.

"가자, 그레이스. 너 여기서 얼어붙기 전에 빨리 움직여야겠다." 필립이 2미터 정도 떨어진 주차장을 턱으로 가리킨다. 건물은 없고 그냥 차만 대는 곳이다. 입에서 불평이 나오려고 한다. 너무 추워서 아까와는 전혀 다른 이유로 몸이 바들바들 떨린다. 어떻게 사람이 이런 데서 살 수 있지? 도무지 현실 같지 않다. 오늘 아침 일어났을 때 내가 있던 곳은 영상 20도였다고.

하지만 별수 없이 고개만 끄덕인다. 나는 캐리어 손잡이를 쥐고, 이곳 힐리에서는 나름대로 공항 터미널로 통하는 듯한 좁은 콘크리트 땅 위로 캐리어를 끌기 시작한다. 북적거리는 샌디에이고 공항 터미널과 달라도 너무 다르다.

필립이 양손에 커다란 캐리어를 하나씩 달랑거리며 금세 나를 따라잡는다. 손잡이를 꺼내 끌고 가면 된다고 말하려던 나는 활주로를 에워싼 눈밭을 딛자마자 필립이 캐리어를 굳이 들어 나르는 이유를 이해한다. 무거운 캐리어는 눈 위에서 굴러가지 않는구나.

두툼한 재킷을 입고 안감에 인조 털이 달린 장갑까지 꼈는데도 주차장을 절반쯤 통과했을 무렵에는(다행히 제설 작업 이후로 눈이 더 쌓이지 않았다) 몸이 얼어붙을 것처럼 차가워진다. 여기서 뭘 해야 하는지, 핀 삼촌이 교장으로 있는 기숙학교까지 어떻게 가야 할지 몰라 이곳에도 우버가 있냐고 묻기 위해 필립을 돌아본다. 하지만 말을 꺼낼 새도 없이 누군가가 주차장에 있는 픽업트럭 뒤에서 튀어나와 나를 향해 달려온다.

사촌 메이시 같긴 한데 머리부터 발끝까지 방한복을 입고 있어 잘 모르겠다.

"왔구나!" 움직이는 모자, 스카프, 재킷 덩어리가 그렇게 말하며 내 짐작을 확인시켜준다. 메이시가 맞다.

"나 왔어." 건조한 말투가 나온다. 위탁 보호를 거부한다고 말을 바꾸기엔 너무 늦었을까? 위탁 종료는 안 되나? 활주로와 작은 주차장이 공항의 전부인 곳보다는 어떻게 살든 샌디에이고에 남는 편이 낫지 않았을까? 이렇게 문자 메시지를 보내면 헤더는 기막혀 죽으려고 할 거다.

"드디어 왔어!" 메이시가 두 팔을 벌려 나를 껴안는다. 조금 은 어색하다. 메이시가 입고 있는 옷 때문일 수도 있고, 이제 열일곱 살이 된 나보다 한 살 어린데도 20센티미터는 더 큰 메 이시의 키 때문일 수도 있고. "한 시간 전부터 기다리고 있었 어."

나도 메이시를 껴안지만 금방 포옹을 풀고 대답한다. "미안, 시애틀에서 비행기가 늦게 출발했어. 이륙이 힘들 정도로 폭풍 이 불었거든."

"그래, 그런 얘기 자주 들었어." 메이시가 얼굴을 찌푸리며 말한다. "우리 동네보다 날씨가 더 안 좋은 것 같더라."

반론하고 싶다. 눈이 허리까지 쌓이고 우주비행사가 혀를 내 두를 수준의 보호 장비를 착용해야 하는 이곳 날씨가 더 끔찍 하다고. 하지만 사촌이라도 그리 친하지 않은 메이시의 기분을 상하게 하고 싶지는 않다. 더구나 메이시는 핀 삼촌, 그리고 막 만난 필립을 제외하고는 이곳에서 내가 아는 유일한 사람 아 닌가.

내게 남은 유일한 가족이기도 하고.

그래서 결국에는 어깨만 으쓱한다.

만족스러운 대답이었는지 메이시가 나를 보고 씩 웃는다. 그 러고는 아직 캐리어를 나르고 있는 필립을 돌아본다. "그레이 스를 데려와줘서 정말 고마워요, 필립 아저씨. 아빠가 맥주 한 상자로 갚겠다고 전해달래요."

"고맙기는, 메이스. 페어뱅크스에서 처리할 일이 몇 가지 있어서 겸사겸사였어." 비행기에 올라 왕복 몇백 킬로미터를 이동하는 일이 대수롭지 않다는 듯한 말투다. 뭐, 사방에 눈과 산밖에 없는 곳에서는 대수롭지 않은 일이 맞을지도. 위키피디아에 따르면 힐리와 통하는 대로는 하나뿐인데 그마저도 겨울에는 폐쇄될 때가 있다고 한다.

나는 지난 한 달 동안 이곳이 어떻게 생겼을지, 이곳의 삶이 어떨지 상상하며 보냈다.

이제 곧 알게 되겠지.

"그래도요. 아빠가 금요일에 시간 괜찮다고 진정한 베프처럼 같이 경기 보재요." 다음으로 내게는 이렇게 말한다. "직접 데리러 못 갔다고 아빠가 얼마나 속상해했는지 몰라, 그레이스. 학교에 응급 상황이 터졌는데 아빠 말고는 해결할 사람이 없었거든. 그래도 학교에 도착하는 대로 알려달라고 신신당부했어."

"안 그러셔도 되는데." 내가 말한다. 달리 무슨 말을 하겠는가? 부모님이 돌아가시고 약 한 달 동안 내가 깨달은 사실이 있다면, 세상 대부분의 문제는 하찮기 짝이 없다는 것이다.

학교에 도착만 하면 그만이지, 누가 데리러 오든 무슨 상관이겠는가?

어차피 엄마 아빠와 같이 살지 못한다면 내가 어디 살든 무슨 상관이야?

앞장서던 필립이 텅 빈 주차장 끝에 이르러 내 캐리어들을 내려놓는다. 메이시는 잘 가라고 필립을 가볍게 껴안고 나는 필립과 악수하며 작은 소리로 말한다. "데리러 와주셔서 감사합니다."

"감사는 무슨. 비행이 필요하면 언제든 부탁해." 필립은 윙크를 날리고 비행기가 있는 활주로로 돌아간다.

우리는 잠시 필립의 뒷모습을 바라본다. 그러다 메이시가 캐리어 두 개의 손잡이를 꺼내 양손에 각각 잡고 굴리며 작은 주차장을 지나기 시작한다. 따라오라는 손짓에 나도 잡고 있는 캐리어를 끌고 간다. 하지만 마음 한구석으로는 필립을 따라 활주로로 달려가고 싶었다. 코딱지만 한 비행기에 다시 올라 페어뱅크스로, 아니 샌디에이고에 있는 우리 집으로 돌려보내 달라고 요구하고 싶었다.

메이시의 다음 말을 들으니 더 내키지 않는다. "화장실 갔다 올래? 여기서 학교까지 가려면 한 시간 반은 걸려."

한 시간 반이라고? 그게 가능한가? 15분, 길어야 20분이면 도시 전체를 돌아다니고도 남게 생겼는데? 생각해보니 비행기에서는 400명 가까이 다니는 기숙학교로 쓰일 만큼 큰 건물이 인근에 보이지 않았다. 학교가 사실은 힐리에 있는 게 아닐지도 모르겠다.

사방을 에워싼 산과 강이 떠오른다. 오늘이 지나기 전에 대체 어디에 도착하게 될지 궁금해진다. 그나저나 메이시는 나보고 어디서 볼일을 보라는 걸까.

"괜찮아." 긴장감으로 배가 요동치고 있었지만 나는 잠깐 망설이다 대답한다.

여기 오는 데만 꼬박 하루가 걸려 더는 꾸물거리고 싶지 않다. 영하의 온도에서 바람을 맞으며 어슴푸레한 어둠 속으로 캐리어를 끌고 가는 동안 모든 것이 비현실적으로, 또 빠르게 변한다. 더 황당한 건, 주차장 끝까지 걸어간 메이시가 아스팔트 바닥 바로 건너에 서 있는 스노모빌²로 다가가고 있다는 사실이다.

처음에는 장난이라 생각했다. 하지만 메이시가 스노모빌 뒤에 달린 썰매에 내 캐리어를 싣기 시작하자 정신이 번쩍 든다. 이건 실제 상황이다. 휴대폰 날씨 앱이 정확하다면 기온이 무려 영하 20도인 알래스카에서 스노모빌을 타고 저녁의 어둠을 가르며 달리게 생겼다.

언젠가 나와 내 강아지를 죽이고 말겠다고 낄낄대는 사악한 마녀만 없을 뿐이다. 가만, 이런 상황에서는 마녀의 협박도 소용없지 않을까?

나는 두려우면서도 신기한 마음으로 메이시가 썰매에 내 짐들을 묶는 모습을 지켜본다. 돕겠다고 나서야 할 텐데 뭘 어떻게 해야 할지 모르겠다. 얼마 안 되지만 내 재산의 전부인 짐들을 산등성이에 줄줄 흘리고 싶지 않다면 전문가의 손에 맡기는 편이 나으려나.

"자, 이게 필요할 거야." 메이시가 그렇게 말하며 우리가 도착했을 때부터 썰매에 붙어 있던 작은 가방을 연다. 잠시 뒤적

---

2 앞바퀴 대신 스키를 단 눈 위에서 타는 자동차. 적설지에서의 연락이나 화물 수송 및 스포츠에 쓴다.

거리다 꺼낸 것은 묵직한 방한용 바지와 두꺼운 털목도리다. 어릴 때 좋아했지만 지금은 취향이 아닌 핫핑크색이다. 취향이야 어떻게 변했든 나와 마지막으로 만났을 때를 기억하고 있다는 뜻이었기에 핫핑크색 옷을 내미는 메이시에게 감동하지 않을 수 없다.

"고마워." 나는 현재로서 가능한 가장 밝은 미소를 내 사촌에게 지어 보인다.

몇 번의 실패 끝에 방한용 바지에 발을 꿰고, 시애틀에서 비행기에 오르기 전 삼촌의 지시로 보온 내복에 겹쳐 입은 플리스 잠옷 위로(플리스 바지를 챙기라는데 이모지 그림이 있는 잠옷뿐이었다) 바지를 끌어올리는 데 성공한다. 그런 다음 메이시가 무지개색 목도리를 어떻게 목과 얼굴에 둘렀는지 유심히 보고 똑같이 목도리를 매본다.

보기보다 어렵다. 특히, 움직이기만 해도 코에서 흘러내리려는 목도리의 위치를 제대로 고정하는 일이.

내가 간신히 성공하자 메이시가 스노모빌 손잡이에 걸려 있던 헬멧 하나를 집는다.

"보온 헬멧이라 따뜻할 거야. 혹시라도 사고가 났을 때 머리도 보호해줄 거고." 메이시가 설명한다. "찬 바람에 눈을 보호해주는 실드도 있어."

"눈도 얼어?" 적잖이 충격을 받은 내가 물으며 헬멧을 받아든다. 목도리에 덮인 코로 숨을 쉬기가 얼마나 힘든지는 생각하지 않기로 한다.

"눈이 얼지는 않아." 못 말린다는 듯 메이시가 작게 웃으며 대답한다. "그래도 실드가 막아주면, 눈이 시려서 눈물 나오는 일은 없으니까 훨씬 편하지."

"그렇구나." 얼굴이 화끈거려 고개를 숙인다. "내가 멍청한 소리를 했네."

"아니야." 메이시가 내 어깨에 팔을 두르고 꽉 안아준다. "여긴 알래스카잖아. 처음 오면 다들 시행착오를 겪으면서 배워. 너도 곧 있으면 다 알게 될 거야."

그런 기대 따위는 없다. 이렇게 춥고 낯선 곳이 내게 익숙해지는 날이 오기나 할까? 상상도 하기 힘들지만 말로 표현하지는 않는다. 정말 잘 왔다고 열렬히 환영해준 메이시 앞에서 어떻게 그런 말을 해.

"여기 오게 돼서 정말 유감이야, 그레이스." 메이시가 잠시 머뭇거리다 말을 잇는다. "아니, 네가 와서 정말 기뻐. 단지 그런 일 때문이 아니었으면 좋겠다는……." 문장을 끝내기도 전에 말을 흐린다. 하지만 이런 상황은 익숙하다. 내 눈치만 보는 친구들, 선생님들에 둘러싸여 몇 주를 보내고 깨달았다. 다들 실제로는 그 말을 입 밖으로 꺼낼 마음이 없었다.

하지만 생략된 말을 대신 끝맺기에는 너무 지쳤다. 나는 그냥 헬멧을 머리에 쓰고 메이시가 보여준 대로 턱 끈을 채운다.

"준비됐어?" 내가 할 수 있는 한 최대로 머리와 얼굴을 감싸자 메이시가 묻는다.

페어뱅크스에서 필립이 같은 질문을 던졌던 때부터 내 대답은 바뀌지 않았다. 전혀. 그러나 대답한다.

"응. 완벽해."

메이시가 스노모빌에 먼저 타기를 기다렸다가 뒷자리에 오른다. 잠시 후, 우리는 눈앞에 끝없이 펼쳐진 암흑 속으로 빠르게 달려 들어간다.

살면서 이렇게 두려운 순간이 없었다.

2

성에 산다고 해서
모두가 왕자인 건 아닌데

스노모빌의 승차감은 생각보다 나쁘지 않다.

물론 좋지도 않다. 하지만 아침부터 이동만 한 탓에 빨리 어디든 도착해서 머무르고 싶은 마음이 컸다. 경유는 그만하고 싶다. 스노모빌로 하는 장거리 여행도 사양하고 싶다.

따뜻한 곳, 멀리서 포효하는 들짐승이 없는 곳이라면 더더욱 환영이다. 지금 허리 아래도 아예 마비된 것 같은데……

잠든 엉덩이의 감각을 깨울 방법을 궁리하고 있을 때, 오솔길(이라기엔 지나치게 넓은 길)을 달리던 스노모빌이 갑자기 산등성이의 고원 같은 지대로 방향을 돌린다. 이쪽저쪽으로 달려 또 하나의 숲을 통과했을 때 드디어 앞쪽에 불빛이 보인다.

"저게 캐트미어 아카데미야?" 내가 외친다.

"응." 메이시는 속도를 늦추고 스키 활강 경기를 하듯 나무 사이로 스노모빌을 몬다. "5분쯤 있으면 도착할 거야."

신이시여, 감사합니다. 털양말을 두 개나 겹쳐 신었지만 여기 더 오래 있다가는 최소 발가락 두세 개는 잃을 것 같다. 알래스카가 춥다는 사실이 기본 상식이긴 해도 이 정도로 미친 추위일 줄은 몰랐다.

멀리서 들려오던 짐승의 포효는 마침내 숲에서 벗어나자 사라졌다. 앞쪽에 거대하게 솟은 건물이 점점 가까워지고 있었다.

아니, 거대하게 솟은 '성'이라고 해야 하나. 저 건물은 현대의 건축물과 조금도 비슷한 구석이 없다. 저렇게 생긴 학교는 난생처음 봤다. 여기 오기 전에 검색해봤지만 캐트미어 아카데미라는 데는 얼마나 대단한 학교인지 구글조차 그곳을 들어본 적 없다고 했다.

일단 크다. 정말로 크고…… 끝없이 뻗어 있다. 여기서만 보면 성곽의 담벼락이 산 절반을 두르고 있는 것 같다.

그리고 고풍스럽다. 정말로, 진짜 고풍스럽다. 둥근 아치형 천장, 공중 부벽, 성을 뒤덮은 장식 창문들까지 미술 시간에나 들어본 건축 양식들이다.

마지막으로 하나 더. 성이 가까워지자 나는 눈을 의심한다. 성벽 꼭대기에 튀어나와 있는 게 정말로 가고일은 아니겠지? 나만의 상상이지만 성에 도착했을 때 《노트르담의 꼽추》콰지모도가 우리를 맞이한다 해도 놀라지 않을 것이다.

메이시가 잠시 스노모빌을 세우고 학교 앞의 거대한 출입문에 비밀번호를 입력한다. 곧 문이 활짝 열리고 우리는 다시 출발한다.

가까워질수록 모든 것이 비현실적으로 느껴진다. 공포 영화나 살바도르 달리의 작품에 갇힌 기분이다. '캐트미어 아카데미가 고딕풍 성이라도 해자垓字[3]까지 갖추고 있지는 않네.' 마지막 숲을 통과하며 나는 속으로 생각한다. '불 뿜는 용이 입구를 지키지도 않잖아.' TV로 수도 없이 본 사립학교들처럼 길고 구불구불한 진입로만 있을 뿐이다. 차이점은 눈으로 덮였다는 것쯤? 그거야 당연하고. 진입로를 따라가니 화려한 장식의 커다란 입구가 나온다.

문이 예스럽다.

성문이니까.

생각을 정리하려고 고개를 젓는다. 아니, 내 인생이 지금 어떻게 된 거지?

"거봐, 내가 괜찮을 거랬잖아." 메이시가 눈을 뿌리며 스노모빌을 세운다. "늑대는 고사하고 순록 한 마리도 안 보였지?"

사실이다. 그래서 그냥 고개를 끄덕이고 전혀 당황하지 않은 척 연기한다.

위장이 꼬이지 않은 척, 한 달 사이에 내 세계가 두 번씩이나 거꾸로 뒤집히지 않은 척.

괜찮은 척.

"빨리 가방 들고 방에 가서 짐 풀자. 그러면 너도 편안해질 거야."

---

3 성 주위에 둘러 판 못.

스노모빌에서 내린 메이시가 헬멧과 모자를 벗는다. 방한 용품을 다 벗은 모습을 비로소 마주하자, 그녀의 무지개색 머리카락에 저절로 미소가 나온다. 세 시간이나 헬멧을 쓰고 있었으니 삐죽삐죽한 쇼트커트 스타일의 머리가 납작하게 눌려 있어야 정상일 텐데, 메이시는 방금 미용실에서 걸어 나온 사람 같았다.

지금 생각하니 머리카락 말고도 그랬다. 완벽하게 코디된 재킷, 부츠, 방한용 바지는 마치 알래스카 황야 전문 패션 잡지의 표지 모델 같았다.

반면 나는 성질 더러운 순록과 몇 판은 붙은 사람처럼 생겼을 것이다. 그것도 처참하게 진 사람. 실제로도 그런 느낌이니 틀린 말은 아니다.

메이시가 내 캐리어를 바닥에 내려놓았다. 이번에는 내가 먼저 그것들을 집어 든다. 하지만 성의 위풍당당한 정문으로 이어진 기나긴 길을 몇 발짝 걷기도 전에 호흡 곤란 증상이 나타난다.

"고도 때문이야." 손에서 캐리어 하나를 빼앗아 가며 메이시가 말한다. "꽤 빠른 속도로 산을 올라왔잖아. 게다가 너는 해수면 높이에서 출발했으니까 공기가 희박한 위쪽에 적응하려면 며칠이 걸릴 거야."

호흡이 어려워진다는 생각만으로 종일 억눌렀던 공황 발작이 일어나려 한다. 나는 눈을 감고 숨을 최대한 깊이 들이마시며 밀려드는 공포와 싸운다.

들이마시고, 5초 참고, 내뱉고. 들이마시고, 10초 참고, 내뱉고. 들이마시고, 5초 참고, 내뱉고. 헤더의 엄마에게 배운 호흡법을 실시한다. 심리치료사인 블레이크 박사님은 부모님이 돌아가신 후 불안증에 시달리는 내게 몇몇 팁을 가르쳐줬다. 하지만 그것들은 지금의 상황을 이겨낼 힘이 없는 것 같다.

그렇다고 나를 내려다보는 가고일 석상처럼 이곳에 영원히 얼어붙은 채로 서 있을 수는 없다. 눈을 감고도 메이시의 걱정을 느낄 수 있는 지금은 더 안 된다.

한 번 더 심호흡을 하고 눈을 뜬 후 마음에도 없는 미소를 사촌에게 지어 보인다. "버티다 보면 되겠지?"

"괜찮아질 거야." 안쓰럽다는 듯 눈을 동그랗게 뜨고 메이시가 말한다. "거기 서서 숨 돌리고 있어. 짐은 내가 문까지 옮길게."

"내가 할 수 있어."

"괜찮아, 정말. 그냥 잠깐 쉬어." 메이시가 손을 들어 '그만'이라는 만국 공통 의미의 손짓을 한다. "시간은 많아."

거부하지 말라고 호소하는 말투를 듣고는 메이시의 뜻을 따르기로 한다. 더구나 공황 발작을 억누르려 할수록 숨 쉬기가 더 힘들어지고 있었다. 그래서 나는 고개를 끄덕이고 메이시가 내 캐리어를 한 번에 하나씩 학교 정문으로 옮기는 모습을 지켜본다.

그 순간, 위에서 번쩍이는 빛이 내 시야에 포착된다.

너무 빨리 나타났다 사라져 눈으로 그쪽을 훑으면서도 헛것이었나 하고 의심한다. 하지만…… 또 나타났다. 빨간 불빛이 제일 높은 탑의 불 켜진 창문을 밝힌다.

누구인지, 왜 신경이 쓰이는지도 모르겠지만 나는 제자리에 멈춰 선다. 지켜본다. 기다린다. 과연 그 사람이 다시 나타날까?

오래 기다릴 필요는 없었다.

멀고 어두운 데다 유리창에 굴절도 있어 잘 보이지는 않았다. 하지만 빛을 등지고 선 사람의 강한 턱선, 숱 많은 검은 머리카락, 빨간 재킷은 알아볼 수 있었다.

별것 아니었다. 관심을 둘 이유도, 관심을 계속 보내고 있을 이유도 없다. 그런데도 나는 창문을 올려다보는 시선을 거두지 못한다. 얼마나 오래 보고 있었는지 메이시가 어느새 내 캐리어 세 개를 다 계단 위까지 옮겨놓았다.

"다시 출발할 준비 됐어?" 메이시가 정문 옆에서 아래에 있는 내게 외친다.

"아, 그럼. 당연하지." 나는 현기증을 무시하고 마지막 남은 서른 개의 계단을 올라간다. 고산병이라니. 샌디에이고에서는 그저 남 일이었던 걱정거리가 또 하나 생겼다.

환상적이군.

마지막으로 창문을 한 번 더 올려다본다. 예상한 대로 나를 보고 있던 사람은 사라지고 없었다. 희한하게 실망감이 밀려든다. 하지만 그럴 이유가 없기에 실망감을 떨쳐버린다. 이런 걱정을 하고 있을 때가 아니다.

"여기 뭐야. 말도 안 돼." 문을 열고 안으로 들어가는 메이시를 따르며 내가 말한다.

세상에…… 밖에서 보이는 뾰족한 아치형 입구와 정교한 석조 건물만 위압적인 성의 분위기를 풍긴다고 생각했다. 안으로 들어온 지금은…… 한쪽 무릎을 굽히고 절을 해야 할 것만 같다. 허리를 굽히고 머리를 조아리기라도 해야 하는 것 아닐까? 정말로, 와, 그냥…… 감탄밖에 안 나온다.

어디를 먼저 봐야 할지 모르겠다. 화려한 검은색 크리스털 샹들리에가 달린 높은 천장이냐, 로비의 오른쪽 벽면을 전부 차지하고 활활 타오르고 있는 벽난로냐.

결국에는 벽난로를 택한다. 따뜻하니까. 또 미치도록 예쁘니까. 정교한 패턴이 새겨진 석조 벽난로 선반의 스테인드글라스는 로비 전체에 화염의 빛을 반사한다.

"꽤 멋지지?" 등 뒤에 나타난 메이시가 웃으며 말한다.

"완전 멋져." 내가 동의한다. "여기는 꼭……."

"마법 같지. 알아." 메이시가 눈썹을 장난스럽게 꿈틀거린다. "더 보고 싶어?"

보고 싶다. 아직은 알래스카 기숙학교인지 뭔지 믿을 수 없지만, 그렇다고 성 구경을 하기 싫다는 뜻은 아니다. 세상에, 돌벽과 정교한 태피스트리까지 다 갖춘 진짜 성이라니. 로비를 지나 휴게실 같은 공간으로 들어가는 내내 걸음을 멈추고 둘러보고 싶어진다.

문제는 학교 안으로 들어갈수록 더 많은 학생을 마주친다는 것이었다. 자기들끼리 뭉쳐 웃고 떠드는 무리들이 여기저기 서 있었다. 흠집 난 나무 책상에 앉아 책이나 휴대폰이나 노트북 화면을 들여다보고 있는 애들도 있었다. 뒤쪽 구석에는 고가구로 보이는 소파들이 놓여 있었는데, 남학생 여섯 명이 빨간색과 황금색 소파에 앉아 대형 모니터로 엑스박스 게임을 하는 중이었고, 주위에 모여 구경하는 학생도 몇 명 보였다.

하지만 가까이 다가가자 새로운 사실이 눈에 띄었다. 이 아이들이 보는 것은 비디오게임 화면이 아니었다. 책도, 휴대폰도 아니었다. 다들 메이시에 이끌려 퍼레이드를 하듯 휴게실 가운데로 향하는 나를 보고 있었다.

속이 뒤틀린다. 나는 불편함이 그대로 드러나는 표정을 숨기려 고개를 숙인다. 이해한다. 다들 전학생을, 심지어 교장의 조카인 전학생을 확인하고 싶겠지. 하지만 이해한다고 생전 처음 보는 사람들이 나를 주시하는 상황을 아무렇지 않게 견딜 수 있다는 말은 절대 아니다. 게다가 헬멧 때문에 역대급으로 망가진 머리를 하고 있을 텐데.

방을 가로지르는 동안에는 사람들의 눈을 피하고 호흡을 가다듬느라 메이시와 대화할 겨를이 없었다. 하지만 길고 구불구불한 복도로 나오자마자 나는 메이시에게 말한다. "네가 이런 학교에 다닌다니 믿기지 않는다."

"우리 둘 다 이 학교 학생이야." 메이시가 씩 웃으며 현실을 일깨운다.

"그야 그렇지만……." 나는 방금 왔잖아. 오지 말아야 할 곳에 온 듯한 이런 위화감은 살면서 처음 느껴본다.

"그렇지만?" 메이시가 눈을 땡그랗게 뜬 채로 내 말을 따라한다.

"너무 거하다고." 내 시선이 외벽을 따라 쭉 이어진 스테인드글라스 창문과 아치형 천장을 장식하는 조각의 정교한 몰딩을 훑는다.

"맞아." 메이시가 걸음을 늦추고 내가 따라잡기를 기다린다. "그래도 집인걸."

"너한테는 집이겠지." 떠나온 집을 생각하지 않으려 애쓰며 내가 속삭인다. 이상하고 엉뚱한 요소라고 해봐야 엄마가 현관 테라스에 걸어놓은 풍경과 바람개비뿐이었던 우리 집을.

"이젠 우리 집이야." 메이시는 그렇게 대답하며 휴대폰을 꺼내 짧은 문자를 보낸다. "너도 보면 알 거야. 참, 얘기가 나왔으니 말인데, 아빠가 너한테 직접 방을 고르라고 하셨어."

"어떤 방이 있는데?" 유령과 움직이는 갑옷의 이미지가 불쑥 떠올라 성 안을 둘러보며 내가 되묻는다.

"그게, 이번 학기 독방 배정이 다 끝났거든. 아빠는 그래도 학생들을 옮겨서 너한테 독방을 구해줄 수 있다는데, 나는 혹시 네가 나랑 같은 방을 쓰고 싶지 않을까 기대를 좀 했지." 기대에 찬 미소가 금세 사라지고 메이시는 말을 잇는다. "물론 혼자만의 공간이 필요할 거야. 아무래도 그런 일이……."

또 말끝을 흐리네. 사람들이 저렇게 말할 때마다 거슬린다. 보통은 넘기지만 이번에는 참지 못하고 묻는다. "무슨 일?"

이번만큼은 누군가 말해줬으면 좋겠다. 그러면 이게 악몽이 아니라는 걸 실감할 수 있지 않을까.

하지만 숨을 헉 들이마시고 바깥의 눈처럼 창백해지는 모습을 보니 그 누군가가 메이시는 아닌 것 같다. 그런 바람부터가 무리였다.

"미안해." 메이시가 속삭이고 거의 울 것 같은 표정을 짓는다. 안 돼, 그건 안 된다. 거기까지 갈 수는 없다. 지금 내가 그나마 일상생활을 유지하는 비결이 뭔데. 냉소적인 태도와 감정을 차단하는 능력이란 말이다.

이성의 끈을 놓칠 만한 위험은 절대 피해야 한다. 여기서는 안 된다. 사촌이 앞에 있고 누구든 지나칠 수 있는 곳에서는. 타이밍도 좋지 않다. 내게 꽂히는 시선들을 보면 뻔하지 않은가. 지금 나는 동물원에 새로 들어온 구경거리다.

그래서 메이시에게 안기고 싶은 욕구에 굴복하는 대신, 우리 집과 부모님과 과거의 내 삶이 얼마나 그리운지 생각하는 대신, 뒤로 물러나 최대한 환하게 웃어 보인다. "우리 방은 언제 보여줄 거야?"

걱정하는 빛은 꺼지지 않지만 메이시의 눈에 햇살이 다시 나타난다. "우리 방? 정말이야?"

속으로 깊은 한숨을 쉬고 홀로 평화롭게 고독을 즐기기를 바랐던 꿈에 작별 키스를 보낸다. 생각보다 심란하지는 않다. 하기는, 지난달에 잃은 것이 나만의 공간만은 아니니까. "그럼. 너랑 같은 방을 쓰는 게 제일 좋지."

메이시의 감정을 상하게 하는 건 한 번으로 족하다. 그건 내 스타일이 아니다. 다른 사람의 방을 빼앗는 것도 내 스타일은 아니다. 무례한 낙하산 같은 짓일뿐더러 다른 애들의 미움을 살 지름길 아닌가. 지금으로서는 절대 그러고 싶지 않다.

"신난다!" 메이시가 웃으며 나를 끌어안고 짧지만 강한 포옹을 한다. 그러다 휴대폰을 힐끗 보고 눈을 굴린다. "아빠 답장 아직도 안 왔어. 폰 확인 진짜 안 한다니까. 너 여기서 쉬고 있을래? 나는 가서 아빠 모시고 올게. 도착하는 대로 너 보고 싶다고 했거든."

"같이 가도 되는……."

"그냥 앉아 있어, 그레이스." 그러면서 메이시가 계단 오른쪽 벽을 가리킨다. 움푹 들어간 공간에 작은 체스 테이블과 프랑스 시골풍으로 장식한 의자들이 놓여 있다. "피곤할 텐데 내가 알아서 할게. 아빠랑 올 동안 잠깐 쉬고 있어."

메이시 말이 옳다. 지끈거리는 머리와 여전히 답답한 가슴 때문에 나는 고개를 끄덕이고 제일 가까운 의자에 털썩 앉는다. 너무 피곤해 의자에 머리를 기대고 잠깐 눈을 감고 싶은 마음뿐이었다. 하지만 그랬다가 잠이 들까 봐 겁났다. 첫날부터 복도에서 침을 줄줄 흘리다 걸린 전학생이 되면 어떡해. 전학 첫날이 아니라도 절대 안 될 말이다.

딱히 관심은 없지만 졸지 않으려고 앞에 있는 체스 말 하나를 집어 든다. 돌을 섬세하게 조각해 만든 형태의 정체를 깨닫자 눈이 번쩍 뜨인다. 검은 망토에 송곳니를 드러내고 위협적으로 입을 벌린 모습까지 완벽하게 연출한 뱀파이어다. 고딕 양식으로 지은 이 성의 분위기와 딱 들어맞아 보는 재미가 있다. 만듦새도 기가 막히고.

흥미가 생겨 반대쪽에 있는 말도 집어본다. 무엇인지 깨닫고 터져 나오려는 웃음을 참는다. 용이다. 사납고 위풍당당하고 거대한 날개를 펼친 용. 너무나 아름답다.

모든 말이 아름답다.

들고 있던 용을 내려놓고 또 다른 용을 집어 든다. 앞의 것보다는 덜 사납게 생겼다. 하지만 졸린 눈과 얌전히 접힌 날개 때문에 정교함은 한 수 위다. 엄청난 세공이 감탄스러워 요리조리 뜯어본다. 끝이 완벽하게 뾰족한 날개부터 부드럽게 굴곡진 발톱 하나하나까지 조각가가 얼마나 공을 들였는지 보인다. 여태껏 체스에는 취미가 없었지만 이런 세트라면 마음이 바뀔지도 모르겠다.

두 번째 용도 내려놓고 체스판 반대쪽으로 가서 뱀파이어 여왕을 집어 든다. 긴 머리카락을 휘날리며 정교하게 장식된 망토를 두른 모습이 예술이다.

"나라면 조심할 거야. 물리면 아프거든." 거칠게 울리는 목소리가 너무 가까이 들려 하마터면 의자에서 떨어질 뻔했다. 떨어지는 대신, 나는 벌떡 일어난다. 체스 말을 딱 소리 나게 내려놓고 심장이 쿵쾅거리는 것을 느끼며 뒤를 돌아보니 목소리의 주인공이 코앞에 있다. 이런 위압감을 주는 남자는 태어나서 처음 봤다. 섹시하기 때문만은 아니다. ……물론 섹시한 것도 사실이지만.

어쨌든 그것이 전부는 아니다. 이 남자애에게는 남다른 구석이 있다. 강하고 압도적인 무언가가. 무엇인지 전혀 감이 오지 않을 뿐이다. 그래, 19세기 시인들이 사랑할 법한 얼굴을 가지고 있다. 아름답다고 하기엔 너무 강렬하고, 상투적인 수식어를 붙이기에는 너무 특별한 얼굴이다.

하늘로 솟은 광대뼈.

도톰한 붉은 입술.

돌도 썰 것처럼 날카로운 턱선.

매끈하고 새하얀 피부.

그리고 눈은…… 무한한 깊이의 흑요석 같은 눈은 모든 것을 꿰뚫어보지만 그 무엇도 드러내지 않은 채 세상에서 가장 길고 가장 야한 속눈썹에 둘러싸여 있다.

게다가 모든 것을 안다는 듯한 저 눈빛은 지금 내게 집중적으로 레이저를 쏘고 있다. 덜컥 겁이 난다. 내가 오랫동안 숨기려고 노력했던 생각들이 다 보이는 것 아닐까? 고개를 숙이려, 맞닿은 눈빛을 피하려 해보지만 불가능하다. 나는 그의 시선에 갇혔고 파도처럼 밀려드는 그의 마력에 완전히 홀렸다.

호흡을 가라앉히려 침을 삼킨다.

소용이 없다.

그는 이제 웃고 있다. 한쪽 입꼬리를 비스듬히 세운 미소가 모든 세포로 느껴진다. 미치겠다. 저 능글맞은 미소는 자기가 내게 어떤 효과를 주고 있는지 정확히 안다는 의미이기 때문이다. 심지어 그는 지금 이 상황을 즐기고 있다.

그 사실을 깨달은 순간, 짜증이 화르르 치솟으며 부모님이 돌아가신 후로 나를 줄곧 감싸왔던 무력감을 녹여버린다. 나는 혼수상태에서 깨어난다. 불공평한 삶에, 내 인생을 덮친 고통과 공포와 무력감에 매일 매일, 하루 종일 저주를 퍼붓지 않을 수 있었던 유일한 이유가 사라진다.

좋은 느낌은 아니다. 상대가 이 남자라는 사실은, 자기를 빤히 쳐다보지 말라고 주장하는 것 같으면서도 내게서 떨어지지 않는 저 차가운 시선은, 저 얼굴과 저 비웃음은 나를 더 열 받게 만든다.

그의 시선에서 마침내 벗어날 힘을 준 것은 분노였다. 나는 눈을 얼른 돌려 대신 쳐다볼 만한 무언가—뭐라도 좋으니 제발—를 찾는다.

하지만 바로 내 앞에 서 있는 사람이 문제다. 너무 가까워서 모든 시야를 가로막고 있다.

나는 눈을 피할 작정으로 시선의 방향을 바꾼다. 내 시선이 그의 길고 늘씬한 몸에 닿는다. 아차, 그러면 안 되는 거였다. 그가 입고 있는 블랙진과 티셔츠는 납작한 배와 잘 발달된 단단한 팔 근육을 강조하고 있을 뿐이었기 때문이다. 애초에 내 시야를 가로막은 주범인 태평양 같은 어깨는 또 어떻고.

얼굴로 쏟아진 숱 많고 긴 검은 머리카락은 말도 안 되게 잘생긴 광대뼈 아래쪽을 스친다. 이제는 나도 항복이다. 재수 없게 웃고 있든 말든 이 남자애가 미치도록 섹시하다는 사실을 인정하지 않을 수 없다.

조금은 사악하고, 그보다 많이 거친, 순도 백 퍼센트의 위험한 남자다.

그 사실을 깨달은 순간, 높은 고도에서 겨우 폐로 빨아들인 소량의 산소가 몽땅 사라진다. 그래서 더 화가 난다. 아니, 뭐냐고. 내가 언제부터 학원물 로맨스 소설의 여주인공이 됐지? 학교에서 제일 섹시하고 사귀기 힘든 남학생에게 반하는 전학생이라니?

징그럽게. 그런 일은 절대 없다.

뭔지 모를 싹을 초장에 잘라버리기로 결심하고 일부러 그의 얼굴을 다시 똑바로 쳐다본다. 시선이 만나 얽혔을 때, 나는 깨닫는다. 내가 설령 로맨스 소설의 클리셰 덩어리처럼 행동하더라도 아무 상관없다는 것을.

저쪽은 아니기 때문이다.

한번 보기만 해도 알겠다. 철벽 치는 눈으로 저리 꺼지라는 오라를 풍기는 이 음울한 분위기의 소년은 로맨스의 남자 주인공이 될 수 없다. 적어도 내 상대역, 내 영웅은 아니다.

3

뱀파이어 여왕만
아프게 물라는 법이 있나

서열을 과시하려는 듯한 눈싸움을 계속하게 둘 수는 없었다. 나는 긴장감을 깨뜨릴 만한 무언가를 찾아 주위를 둘러본다. 그리고 쟤가 한 유일한 말에 반응하기로 결정한다.

"누가 아프게 문다고?"

그가 내 옆으로 손을 뻗더니 내가 떨어뜨렸던 체스 말을 주워 퀸을 눈앞에 들어 보인다.

"성격이 별로 안 좋아."

내가 빤히 쳐다본다. "이건 체스 말이야."

나를 보는 흑요석 같은 눈이 반짝인다. "그래서?"

"그래서라니, 체스 할 때 쓰는 말이라고. 대리석으로 만든. 사람을 물 수 없단 말이야."

그는 '네가 뭘 알겠냐'라고 말하는 것처럼 고개를 기울인다. "천국과 지옥 사이에는 자네의 철학이 상상할 수 없는 일이 더 많다네, 호레이쇼."

"하늘과 땅." 나도 모르게 정정한다.

무슨 소리냐는 듯 새까만 눈썹 한쪽을 세우기에 추가로 설명해준다. "원래 문장은 '하늘과 땅 사이에는 자네의 철학이 상상할 수 없는 일이 더 많다네, 호레이쇼'야."

"그래?" 표정은 그대로지만 아까와 달리 말투에 조롱이 묻어난다. 자기가 아니라 내가 착각했다는 것처럼. 하지만 틀림없이 내가 옳다. 바로 지난달에 AP 영어 수업에서 《햄릿》 강독을 끝냈는데. 더군다나 이건 선생님이 지겹도록 오래 붙잡고 있던 문장이다. "내 버전이 더 좋은데."

"틀렸는데도?"

"틀렸으면 더 좋지."

그 말에 어떤 반응을 보여야 할지 몰래 고개만 젓는다. 지금 메이시와 핀 삼촌을 찾으러 가면 길을 잃게 될까? 이곳 규모를 생각하면 그러기 쉽지만 차라리 길 잃을 위험을 감수하고 말겠다. 이 애가 내 호기심만큼이나 두려움을 자극하고 있기 때문이다.

무엇이 더 최악인지 모르겠다. 답이 존재하기는 할까? 점점 자신이 없어진다.

"나는 이만 가볼게." 내가 악물고 있는지도 몰랐던 턱의 힘을 풀고 그 말들을 뱉어낸다.

"그래, 가." 그는 뒤로 조금 물러나더니 조금 전 메이시와 내가 들어왔던 휴게실을 턱으로 가리킨다. "문은 저쪽이야."

예상치 못한 반응이 당황스럽다. "뭐야, 온 데로 꺼지라고?"

그는 어깨를 으쓱한다.

"이 학교를 떠나기만 한다면 네가 어디로 나가든 상관없어. 여기 있으면 네가 위험하다고 네 삼촌한테 분명 경고했는데 말이지. 조카를 별로 아끼지 않나 봐."

그 말에 온몸의 분노가 타오르며 끈질기게 나를 괴롭히던 무력감을 모조리 태워버린다.

"아니, 네가 뭔데? 캐트미어의 '신입생 타도단' 단장이라도 돼?"

"'신입생 타도단' 단장?" 얼굴처럼 심술궂은 말투다. "장담하는데, 나 정도면 너를 반갑게 맞아주는 거야."

"이게?" 내가 눈을 동그랗게 뜨고 두 팔을 활짝 벌린다. "이게 '알래스카에 오신 것을 환영합니다'야?"

"지옥이겠지. 알아들었으면 이제 꺼져."

신랄한 마지막 말을 듣자 심장이 목구멍을 통해 뜯겨 나가는 기분이 든다. 동시에 내 짜증이 성층권을 뚫고 날아간다. "뭘 잘못 먹어서 재수 없게 구는 거야?" 내가 따져 묻는다. "아니면 원래 성격이 그렇게 매력적이야?"

의식할 새도 없이 입에서 분노의 말들이 빠르게 쏟아져 나온다. 하지만 뱉은 말을 후회하지는 않는다. 그의 얼굴에 충격이 번지며 사람의 짜증을 자극하던 능글맞은 웃음이 드디어 사라졌기 때문이다. 저걸 보고 후회할 사람이 있을까?

잠깐은 그랬다. 하지만 반격이 시작된다.

"기껏 한다는 말이 그거라면 한 시간쯤 걸리겠군."

물어보지 말아야 했다. 하지만 자신만만한 표정에 참을 수가 없었다.

"뭘 하기까지?"

"무언가에 잡아먹히기까지." 말하지 않아도 그 무언가의 정체는 분명히 암시되어 있었다. 분노가 치솟는다.

"진짜로? 그런 말을 한다고?" 내가 눈을 굴린다. "먹어보든가, 그럼."

"나는 별로." 그러면서 위아래로 나를 훑는다. "애피타이저도 안 될 게 뻔한데."

그러더니 다가와 몸을 굽히고 내 귀에 속삭인다.

"한입 거리 간식이라면 모를까."

치아를 딱딱 부딪히는 소리에 나는 질겁해 몸을 부르르 떤다. 싫다……. 너무, 너무 싫다.

이 난리를 목격하는 사람이 있을지 궁금해 주위를 둘러본다. 하지만 아까는 나만 보고 있던 사람들이 이제 내 쪽을 쳐다보지 않으려 안간힘을 쓰는 것 같다. 호리호리하고 머리숱 많은 빨간 머리 남학생은 고개를 어색하게 옆으로 꺾고 걷다가 다른 학생과 정면충돌할 뻔한 위기를 겨우 모면한다.

이것만 봐도 어떤 인물인지 알 만하다.

다시 상황의 주도권을 잡고 자제력을 되찾기로 결심한 나는 성큼 뒤로 물러난다. 그런 다음 쿵쾅거리는 심장과 배 속을 휘젓는 익룡 떼를 무시하고 묻는다. "너는 뭐가 문제야?" 아니, 진심으로. 광견병 걸린 북극곰도 얘보다는 예의가 있겠다.

"너 목숨이 한 세 개쯤 돼?" 또 능글맞게 웃는다. 나를 괴롭히는 게 그렇게 자랑스러운가. 잠깐, 아주 잠깐이지만 저 짜증 나는 입에 주먹을 꽂으면 얼마나 통쾌할지 생각한다.

"그거 알아? 그렇게 안 해도 너는……."

"나에 대해서 아는 척하지 마. 아무것도 모르고 여기 들어온 주제에."

"어머!" 나는 가짜로 겁먹은 표정을 짓는다. "혹시 이런 얘기할 차례인가? 황량한 알래스카 벌판에 크고 무시무시한 괴물들이 있다고?"

"아니, 이 성 안에 사는 크고 무시무시한 괴물들을 보여줄 차례지." 그가 다가오며 내가 겨우 만들어낸 우리 사이의 거리를 좁힌다.

심장이 또 난리다. 새장에 갇혀 탈출하려는 새처럼 미친 듯이 펄떡거린다.

싫다.

놈에게 당했다는 사실이 싫다. 몸이 좀 가까워졌다고 나한테 재수 없게 구는 남자애에게 느끼지 말아야 할 온갖 감정을 느낀다는 사실이 싫다. 내 감정을 정확히 안다는 듯한 저 눈빛은 더 싫다.

나를 그저 경멸할 뿐인 사람에게 이처럼 강한 반응을 보이다니 치욕스럽다. 그래서 나는 떨리는 발을 한 걸음 뒤로 내딛는다. 한 걸음 더. 또 한 걸음.

하지만 내가 뒷걸음질을 칠 때마다 그도 한 걸음씩 앞으로 움직이고, 결국 나는 녀석과 체스 테이블 사이에 갇히고 만다. 테이블이 허벅지 뒤쪽을 누르고 있다. 더는 갈 곳이 없는데, 앞에 있는 몸에 껴서 움직이지도 못하는데 더, 더 가까이 다가온다. 뺨에 따스한 숨결이 불어오고 살에 부드러운 검은 머리카락이 스칠 때까지.

"지금 뭐⋯⋯." 겨우 요만큼 되찾은 숨이 목구멍에 걸린다. "지금 뭐 하는 거야?" 내 옆으로 손을 뻗는 그에게 내가 묻는다.

처음에는 대답이 없다. 하지만 뒤로 물러났을 때 그의 손에는 용이 들려 있다. 용을 내게 들어 보이고 도발하듯 한쪽 눈썹을 세운 그가 대답한다. "네가 그랬잖아. 괴물 보고 싶다고."

사나운 용이다. 눈을 가늘게 뜨고, 발톱을 세우고, 입을 쩍 벌려 거칠고 뾰족한 이빨을 드러내고 있다. 그래봤자 체스 말일 뿐이다.

"10센티미터도 안 되는 용 따위 무섭지 않아."

"흠, 어쩌나, 무서워해야 할 텐데."

"흠, 어쩌나, 안 무서워서." 의도보다는 숨 막힌 목소리가 나온다. 한 발 뒤로 물러났다 해도 아직 너무 가까이 서 있었기 때문이다. 뺨에 닿은 숨결과 몸에서 뿜어져 나오는 열기를 느낄 수 있을 정도로 가까웠다. 한 번만 숨을 들이켜면 가슴이 맞닿을 정도로 가까웠다.

그 생각을 하자 현란한 나비 떼가 몸속을 헤집고 다니는 것 같다. 더는 물러날 수 없지만 테이블 위로 등을 기울일 수는 있었다. 그래서 그렇게 한다. 헤아릴 수 없는 검은 눈이 내 모든 동작을 지켜보는 가운데.

우리 사이에 침묵이 이어진다. 1초…… 10초…… 25초가 지났을 때 그가 마침내 묻는다. "괴물이 무섭지 않다. 그럼 너는 뭐가 무서워?"

짓이겨진 자동차에 이어 엉망이 된 부모님의 시신이 내 머리를 스치고 지나간다. 샌디에이고에 부모님의 가족은 나뿐이었다. 사실 핀 삼촌과 메이시를 제외하면 어디에도 다른 가족은 없었다. 내가 시체 보관소에 가야 했다. 멍과 피를 뒤집어쓴 채 으스러진 부모님을 봐야 했다. 그래야 영안실 사람들이 시신을 수습할 수 있었으니까.

익숙한 고통이 속에서 치밀어 오르지만 벌써 몇 주째 하고 있는 일을 한다. 다시 눌러 담기. 고통이 존재하지 않는 척하기. "그런 거 없어." 내가 최대한 대수롭지 않은 투로 말한다. "소중한 걸 이미 다 잃은 사람이 뭐가 무섭겠어."

내 말에 그가 얼어붙는다. 마치 부서질 것처럼 온몸이 긴장으로 마비된다. 눈빛까지 변한다. 눈을 한 번 깜빡이자 광기는 사라지고 정적만이 흐른다.

겹겹이 세운 방어막 때문에 아주 깊은 곳에 자리한 정적과 고통이 잘 보이지는 않는다.

하지만 나는 볼 수 있다. 더 나아가 내 고통을 부르는 감각을 느낄 수 있다.

끔찍하지만 경외심을 부르는 감각이다. 너무 끔찍해서 똑바로 서 있기도 힘들다. 경외심이 멈추지 않는다.

그래서 가만히 있기로 한다. 그도 가만히 있는다.

우리는 얼음처럼 그 자리에 서 있다. 비탄에 잠긴 두 사람이다. 이해할 수 없지만 각자가 경험한 공포로 서로 연결되었다는 것이 느껴진다.

얼마나 오래 서로의 눈만 보고 있었는지 모르겠다. 자신의 고통을 받아들일 수 없기에 상대의 고통을 받아들이고 있었다.

온몸에서 적대감이 빠져나갈 만큼 긴 시간이었다.

암흑 같은 눈에서 은빛의 점들을 발견할 만큼 긴 시간이었다. 저 멀리서 어둠을 밝히는 별들을 그도 딱히 숨기려 하지 않는다.

날뛰는 심장을 차분하게 만들 만큼 긴 시간이 흘렀다. 하지만 그가 손을 뻗어 풍성한 곱슬머리 중 한 가닥을 다정하게 쥔 순간 상황은 달라졌다.

나는 너무도 쉽게 호흡하는 법을 다시 잊는다.

곱슬머리를 쭉 당기자 열기가 밀려든다. 힐리에서 필립의 경비행기 문을 열었던 순간 이후 처음으로 내 몸이 따스해진다. 혼란스럽고 막막하다. 뭘 어떻게 해야 할지도 모르겠다.

5분 전만 해도 이 남자는 내게 완전히 재수 없게 굴고 있었다. 그리고 지금…… 지금은 아무 생각이 없다. 공간이 필요하다는 것 말고는. 잠을 자고 싶다는 것과 몇 분이나마 숨을 편히 쉬고 싶다는 것 말고는.

공간을 확보할 생각으로 그의 어깨에 손을 올리고 밀어낸다.

하지만 꼭 화강암 벽을 미는 기분이다. 꿈쩍도 하지 않는다.

내가 이렇게 속삭이기 전까지는. "부탁이야."

2초 아니면 3초, 머리가 어지러워지고 손이 떨릴 때까지 가만히 있던 그가 마침내 한 발 뒤로 물러나고 내 머리카락을 놓아준다.

그러면서 자신의 검은 머리카락을 쓸어 넘긴다. 살짝 긴 앞머리가 갈라지며 왼쪽 눈썹 중앙에서 오른쪽 입꼬리까지 이어진 흉터가 드러난다. 가늘고 하얗다. 창백한 피부 탓에 언뜻 눈에 띄지 않지만 분명히 존재한다. 흉터 때문에 V자로 섬뜩하게 갈라진 검은 눈썹 끝을 보면 모를 수가 없다.

이런 흉터는 매력을 떨어뜨리기 마련이다. 어떻게든, 무슨 수를 써서든 저 외모가 가진 엄청난 힘을 없애야 마땅했다. 하지만 어째서인지 흉터는 그의 위험한 느낌을 더욱 강조했다. 천사처럼 생긴 평범한 꽃미남을 백만 배는 더 매력적인 사람으로 만들었다. 멀리서 봐도 나쁜 남자 분위기를 풍기는 타락천사라고 할까……. 백만 가지 서사가 그 분위기에 힘을 싣고 펼쳐진다.

내가 방금 전해 받은 마음의 고통을 더하자 그는 더…… 인간다워진다. 온몸으로 악의 기운을 뿜고 있음에도 더 가깝게 느껴진다. 가슴이 미어진다. 어쩌다 저런 흉터가 생겼을지 상상조차 하기 힘들다. 여러 번 수술을 받고 수백 바늘을 꿰맸겠지. 회복하는 데 몇 달, 어쩌면 몇 년이 걸렸을지도 모른다. 그런 고통을 받았다는 사실이 싫다. 누가 됐든 그런 고통을 느끼지 않기를 바란다. 내게 짜증과 두려움과 흥분을 동시에 안겨주는 이 남자애가 꼭 아니더라도.

내가 흉터를 본 것을 알아차렸나 보다. 눈이 가늘어진다. 어깨가 긴장으로 단단해지고 주먹을 움켜쥔다. 머리카락이 다시 뺨을 덮도록 고개를 푹 숙인다.

싫어. 영광의 훈장처럼 달고 다녀야지, 왜 숨기는 거야. 시련을 극복하려면 큰 힘이 필요한 법이다. 힘이 부족하면 절대 헤치고 나올 수가 없다. 그런 힘은 자랑스럽게 여겨야 한다. 시련의 흔적을 부끄러워하지 않아도 된다.

그래야겠다는 생각도 없이 무의식적으로 손을 뻗어 흉진 뺨을 감싸 쥔다.

검은 눈이 번쩍인다. 이제 나를 밀쳐내겠지. 하지만 그러지 않는다. 그 애는 가만히 서서 내가 자기 뺨을, 흉터 위를 한참이나 앞뒤로 쓰다듬게 놔둔다.

"어떡해." 목구멍을 고통스럽게 막은 연민을 뚫고 겨우 목소리를 낼 수 있게 되었을 때 내가 속삭인다. "많이 아팠지."

그 애는 대답하지 않는다. 눈을 감고 내 손바닥에 얼굴을 댄 채 떨리는 한숨을 길게 내쉰다.

그러더니 몸을 떼고 물러난다. 처음으로 우리 사이에 거리라 할 수 있는 공간이 생겼다. 갑자기 그때가 전생처럼 느껴진다.

"너를 이해하지 못하겠어." 대뜸 그런 말을 말한다. 흑마법을 하는 것처럼 목소리가 너무 작아 청력을 최대한으로 발휘해야 한다.

"천국과 지옥 사이에는 자네의 철학으로 상상할 수 없는 일이 더 많다네, 호레이쇼." 나는 아까 그 애가 잘못 인용했던 문장을 일부러 사용하며 대답한다.

그는 생각을 정리하려는 것처럼 고개를 젓는다. 숨을 깊이 들이마시고 천천히 내쉰다. "네가 안 떠나겠다면……."

"나는 떠날 수 없는 거야." 내가 말을 자른다. "여기 말고는 갈 곳이 없어. 부모님이……."

"죽었지. 나도 알아." 그러면서 암울한 웃음을 짓는다. "좋아. 안 떠나겠다 그거지. 그렇다면 내 말 똑바로 잘 들어."

"대체 무슨……?"

"눈에 띄지 마. 사람이든 뭐든 자세히 쳐다보지 말고." 몸을 앞으로 기울인 그가 울림 있는 목소리를 낮게 깔고 마지막 한 마디를 한다. "그리고 항상, 언제나 뒤를 조심해."

4

백마 탄 왕자님이라니
언제 적 유행어야

"그레이스!" 복도를 쩌렁쩌렁 울리는 핀 삼촌 목소리에 본능적으로 고개가 돌아간다. 얼굴에 미소를 띠고 삼촌을 향해 손을 가볍게 흔들지만 조금 전 들은 말 때문에 몸 어딘가가 굳어버린 기분이다. 아무래도 경고 같았다는 말이지.

내가 정확히 뭘 두려워해야 한다는 말인지 따져 물으려 재수 없는 검은 머리 키다리를 다시 돌아본다. 하지만 그 애는 사라지고 없었다.

어디로 갔나 주위를 둘러보지만 찾을 새도 없이 핀 삼촌이 두 팔 벌려 나를 껴안고 번쩍 들어 올린다. 떨어질세라 삼촌을 꽉 붙잡고 마음을 달래주는 삼촌의 향기를 들이마신다. 아빠에게서 났던 숲 향기와 똑같다.

"공항에 마중 못 나가서 정말 미안하다. 애들 몇이 다치는 바람에 학교에 남아 처리할 일이 있었어."

"걱정하지 마세요. 다친 애들은 괜찮아요?"

"무사해." 삼촌이 못 말린다는 듯 고개를 젓는다. "멍청이들이 멍청한 짓을 한 거지. 남자애들 어떤지 너도 알잖아."

나는 남자애들에 대해 아무것도 모른다고 말하고 싶다. 아까 그 남자애와 한 대화만 봐도 빤하지 않나. 하지만 알 수 없는 본능이 그 애를 입에 올리지 말라 경고한다. 그래서 입을 다물고 동의하는 척 웃으며 고개를 끄덕인다.

"교장의 의무 얘기는 이쯤 하자." 나를 한 번 더 짧게 껴안은 삼촌이 몸을 뒤로 떼고 내 얼굴을 뜯어본다. "여행은 어땠니? 아니, 그보다 너는 어때?"

"여행은 길었죠." 내가 대답한다. "그래도 할 만했어요. 저는 괜찮고요." 그야말로 오늘을 대표하는 표현이다. '나는 괜찮다.'

"괜찮다고 해도 속은 말이 아니겠지." 삼촌이 한숨을 쉰다. "지난 몇 주 동안 네가 얼마나 힘들었을지 감히 상상도 못 하겠구나. 삼촌이 장례식 끝나고도 남아 있었어야 했는데."

"아니에요. 삼촌이 연결해주신 부동산 회사가 다 알아서 해줬는걸요. 나머지 문제들은 헤더네가 처리해줬고요. 정말이에요."

삼촌은 할 말이 남은 것 같았지만 복도 한복판에서 너무 깊은 대화를 하고 싶지 않다는 듯 고개만 끄덕이고 말한다. "알았다, 그래. 이제 그만 메이시와 방으로 가서 짐 풀어라. 하지만 내일 아침에는 날 보러 와야 한다. 네 스케줄에 대해 설명을 들어야지. 또 우리 학교 상담사인 웨인라이트 박사님도 소개해줄게. 너도 보면 마음에 들 거야."

맞다. 웨인라이트 박사님. 헤더 엄마가 말한 학교 상담사 겸 심리치료사 말이지. 그냥 심리치료사가 아니다. 내 담당 심리치료사다. 내게 심리치료사가 필요하다고 삼촌과 둘이 판단했기 때문이다. 거부하고 싶지만 지난달 아침 내내 샤워 중에 울지 않으려고 몸부림쳤던 스스로를 생각하면 아주 잘못된 판단은 아닐 것이다.

"네, 그럴게요."

"배고프니? 저녁 못 먹었을 텐데 내가 방으로 음식 올려 보낼게. 너와 꼭 의논해야 할 문제도 있고." 핀 삼촌이 눈을 가늘게 뜨고 나를 쳐다본다. "그런데…… 고도 적응은 괜찮아?"

"괜찮아요. 좋지는 않지만 괜찮은 편이에요."

"그래." 나를 위아래로 훑어본 삼촌이 딱하다는 듯 헛기침을 하고 메이시를 돌아본다. "방에 도착하는 대로 애드빌 몇 알 먹여라. 물도 많이 마시게 하고. 수프와 진저에일 올려 보낼게. 오늘은 가벼운 식사로 하고 내일 아침에 괜찮은지 확인하자."

'가벼운 식사'가 딱 좋다. 지금은 뭘 먹는다는 생각만으로도 토할 것 같다. "네, 좋아요."

"네가 와서 정말 기뻐, 그레이스. 삼촌이 약속하는데, 앞으로는 모든 게 편해질 거야."

고개를 끄덕인다. 달리 무슨 반응을 하겠는가? 나는 이곳에 와서 기쁘지 않다. 지금 내게 알래스카는 달처럼 먼 곳이다. 하지만 앞으로 편해진다면야 더 바랄 것이 없겠지. 하루라도 우울하지 않은 기분으로 보내는 게 내 소원이다.

사실은 내일이 그날이기를 바라고 있었다. 하지만 재수 없는 검은 머리 키다리를 만난 후로는 캐트미어를 떠나라고 말할 때 걔가 지었던 표정밖에 떠오르지 않는다. 싫다고 하는 나를 노려보던 눈빛도. 그러니…… 내일은 그날이 아닌 것 같다.

대화가 끝났다고 생각한 나는 캐리어 쪽으로 손을 뻗는다. 하지만 삼촌이 말한다. "그건 놔둬. 남학생 하나 시켜서……." 삼촌이 말을 하다 말고 저쪽 복도를 향해 외친다. "여기, 플린트! 와서 좀 도와줄래?"

플린트라는 사람을 불러오려는지 복도 저편으로 뛰어가는 자기 아버지를 보고 메이시가 투덜대는 소리와 죽어가는 소리의 중간쯤 되는 소리를 낸다.

"야, 아빠가 찾아오기 전에 빨리 가자." 메이시는 내 캐리어 두 개를 들고 계단으로 거의 달려간다.

"플린트라는 애한테 무슨 문제 있어?" 남은 캐리어를 들고 메이시를 서둘러 쫓아가며 내가 묻는다.

"문제는 무슨! 좋은 애야. 멋지고. 게다가 섹시하지. 우리 이런 꼴을 보여줄 필요 없잖아."

'내' 이런 꼴을 보일 필요 없다고 생각하는 이유는 알겠다. 보나 마나 반송장일 테니까. 하지만…… "너는 예쁘잖아."

"음, 아니. 아니거든. 빨리 가자. 여기서……."

"안녕, 메이스. 가방은 걱정하지 마. 내가 옮겨줄게." 몇 칸 아래에서 저음이 울려 퍼진다. 뒤를 돌아보니 찢어진 청바지와 흰 티셔츠를 입은 남자애가 나를 향해 다가오고 있다. 재수 없는 검은 머리 키다리처럼 키가 크고 만만치 않게 근육질이다. 하지만 닮은 점은 그것뿐이다. 아까 그 애가 모든 면에서 어둡고 차가웠다면 이 남자애는 밝고 뜨거웠기 때문이다.

속에서부터 활활 타오르는 듯한 밝은 호박색 눈.

따스한 느낌을 주는 갈색 피부.

기막히게 잘 어울리는 검은 아프로 머리까지.

그중에서도 가장 흥미로운 부분은 눈빛 아닐까. 아까 그 자식의 냉정한 눈빛과 달리 이 애의 눈에는 웃음기가 담겨 있다. 창밖에서 반짝이는 별과 끝없이 펼쳐진 밤하늘이 다르듯 둘의 눈빛도 달랐다.

"우리가 알아서 해." 메이시가 말하지만 플린트는 못 들은 척하고 한 번에 세 칸씩 계단을 성큼성큼 올라온다.

일단은 내 옆에 서더니 내가 죽어라 움켜쥐고 있던 캐리어 손잡이를 슥 가져간다. "반가워, 전학생. 몸은 어때?"

"괜찮아. 그냥……."

"아프단다, 플린트." 삼촌이 아래에서 외친다. "고도 때문에 힘들어하고 있어."

"아, 맞다." 플린트가 안쓰럽다는 듯 쳐다본다. "그거 짜증 나지."

"그러게, 조금은."

"그럼 이렇게 하자, 전학생. 내 등에 업혀. 내가 계단 위까지 데려다줄게."

생각만 해도 속이 뒤집힌다. "어, 뭐라고? 아, 아냐. 됐어." 내가 몇 걸음 뒤로 물러난다. "걸어갈 수……."

"그냥 업혀." 플린트는 떡 벌어진 어깨를 잡기 편하도록 무릎을 굽힌다. "긴 계단을 세 번이나 올라가야 한다고."

긴 계단이 세 번이나 있는 걸 알지만 모르는 애에게 업히니 계단을 오르다 죽고 말겠다. "날 업으면 너한테는 더 길게 느껴질 거 아냐."

"에이. 이렇게 체구가 작은데 아무 느낌도 안 날걸. 자, 안 업혀? 아니면 내가 들어서 어깨에 얹을까?"

"그러기만 해." 내가 말한다.

"말려보시지." 그러면서 귀엽게 미소 짓는 얼굴을 보니 웃음이 나온다.

그런다고 내가 업히나 봐라. 섹시한 남학생에게 들려 계단을 오르다니 말도 안 된다. 등에 업히든 어깨에 얹히든 아무튼 있을 수 없는 일이다. 고도 때문에 힘들거나 말거나.

"말은 고마워. 정말이야." 나는 현재로서 그나마 가장 밝은 미소를 지어 보인다. "그런데 나는 그냥 천천히 걸어갈래. 괜찮을 거야."

"고집 장난 아니네?" 플린트가 고개를 젓는다. 걱정과 달리 강요하지는 않는다. 그 대신 이렇게 묻는다. "계단 올라가는 동안 도와주는 건 어때? 전학 첫날부터 계단에서 굴러떨어지는 건 보고 싶지 않거든."

"어떻게 돕는다는 거야?" 미심쩍은 내가 플린트를 향해 눈을 흘긴다.

"이렇게." 그가 슬쩍 내 허리를 감싼다.

뜻밖의 신체 접촉에 몸이 얼어붙는다. "이게 무슨……."

"이러면 계단 올라가기 힘들어져도 나한테 기댈 수 있잖아. 됐지?"

'되기는 뭐가 돼'라고 말하고 싶지만 그 말을 예상하는 듯 나를 내려다보는 호박색 눈을 마주하자 마음이 바뀐다. 뭐, 핀 삼촌이나 메이시나 이래도 괜찮다고 생각하는 것 같으니까.

"그래, 됐다." 한숨을 쉬며 말하는데 사방이 빙글빙글 돌아가기 시작한다. "참, 나는 그레이스라고 해."

"어, 알아. 너 온다는 거 교장한테 들었어." 그는 내 허리에 두른 오른팔을 이용해 나를 계단 쪽으로 옮긴다. "나는 플린트야."

그러다 계단 밑에서 잠시 걸음을 멈추고 내 캐리어를 집어들려 한다.

"아, 캐리어는 신경 쓰지 마." 메이시가 평소보다 세 옥타브는 높은 목소리로 말한다. "내가 옮길 수 있어."

"그러시겠지, 메이스." 플린트가 메이시에게 윙크를 날린다. "그래도 기왕 내가 돕겠다고 자원했으면 이용 좀 해라." 그러고는 왼손으로 캐리어 두 개를 한꺼번에 들고 계단으로 향한다.

몇 걸음만 가도 호흡이 가빠지는 나를 배려해 처음에는 천천히 움직이지만 어느새 속도가 빨라진다. 내가 고도에 익숙해졌기 때문은 아니다. 플린트가 팔로 내 허리를 감고 사실상 나를 계단 위로 들어다 옮기고 있었기 때문이다.

당연히 힘이 세겠거니 했지만—셔츠 위로 비치는 근육이 눈요깃감만은 아니다—이 정도로 강할 줄은 몰랐다. 아니, 무거운 캐리어 두 개에 나까지 들고 계단을 오르는데 거친 숨 한번 내쉬지 않았다.

결국에는 우리가 메이시보다 먼저 도착한다. 메이시는 하나 남은 캐리어를 들고 숨을 헉헉 몰아쉬며 마지막 계단 몇 개를 오르고 있다.

"그만 내려줘도 돼." 내가 몸을 떼려고 버둥대며 플린트에게 말한다. "여기까지 네가 날 거의 들고 왔잖아."

"그냥 돕는 거야." 그러면서 플린트가 눈썹을 꿈틀거린다. 그 모습을 보자 민망한 상황에서도 웃음이 나온다.

플린트가 나를 내려놓는다. 드디어 발이 땅에 닿았을 때 내 몸에서 손을 떼리라 생각했는데 웬걸, 플린트는 여전히 내 허리를 감싼 채로 층계참을 가로지른다.

"손 놔도 돼." 내가 다시 말한다. "이제 괜찮아." 하지만 그 순간 무릎이 휘청이고 또 한 차례 현기증이 나를 덮친다.

티 내지 않으려 하지만 실패했나 보다. 플린트의 재미있다는 듯한 표정이 2초 만에 걱정스러운 표정으로 바뀐 것을 보면. 플린트가 고개를 젓는다. "그러다 기절해서 난간 아래로 떨어지면 어쩌려고. 안 돼, 교장 선생님이 나를 지목해서 방까지 안전하게 데려다주랬으니까 나는 시키는 대로 할 거야."

됐다는 말이 목구멍까지 차오르지만 그러기에는 몸이 말을 안 듣는다. 그냥 도움을 받아들이는 편이 진정한 용기 아닐까. 내가 고개를 끄덕이자 플린트는 뒤를 돌아 내 사촌에게 외친다. "너는 괜찮아, 메이스?"

"괜찮고말고." 메이시가 층계참 바닥에 내 캐리어를 끌다시피 하며 숨을 헉헉 몰아쉰다.

"그러게 내가 들 수 있다니까." 플린트가 말한다.

"캐리어가 무거워서 이러는 거 아니야." 메이시도 받아친다. "너무 빨리 들고 가야 하는 게 문제지."

"내 다리가 더 길잖아." 그렇게 말한 플린트가 주위를 둘러본다. "그래서, 이 친구 어느 쪽 복도로 데려가?"

"우리 방은 북관에 있어." 메이시가 바로 왼쪽에 있는 복도를 가리키며 말한다. "따라와."

메이시는 숨을 헉헉 후후 내뱉으면서도 달리기에 가까운 속도로 출발하고, 플린트와 나도 뒤를 바짝 쫓는다. 층계참을 빠르게 지나는 동안, 아직도 나를 부축하는 플린트가 있어 얼마나 다행인가 생각한다. 지금껏 꽤나 튼튼하다고 자부하며 살았는데 알래스카에서 살려면 전혀 다른 차원의 체력이 필요한 모양이다.

나무를 깎고 조각해서 만든, 양쪽으로 열리는 육중한 여닫이문 네 개가 층계참을 에워싸고 있었고 메이시는 그중에서 '북관'이라 표시된 문 앞에 멈춰 선다. 하지만 메이시가 손잡이에 손을 뻗기도 전에 문이 벌컥 열린다. 메이시가 얼른 뒤로 물러났기에 망정이지 문에 정통으로 부딪힐 뻔했다.

"야, 이게 무슨……." 메이시가 말을 흐린다. 메이시를 없는 사람 취급하며 남자 네 명이 문밖으로 나온다. 넷 다 어둡고 음울한 분위기를 풍기고 욕 나오게 섹시했지만 내 시선은 한 명에게만 꽂혔다.

아래층에서 봤던 그 애다.

하지만 그쪽은 나를 보지 않는다. 아니, 무표정에 빙하처럼 차가운 눈빛을 띤 채 마치 내가 존재하지 않는 것처럼 옆을 그냥 지나친다.

옆을 지나려면 나를 피해야 하는데도 내가 보이지 않는 것처럼 행동한다.

언제 나와 15분이나 대화를 했느냐는 것처럼.

하지만…… 하지만 그 애의 어깨가 내 팔을 스치고 지나간다. 아까 주고받은 말들은 벌써 잊었는지 그거 잠깐 스쳤다고 온몸에 열기가 퍼져나간다. 이성은 우연히 닿았을 뿐이라 말하지만 일부러 그랬다는 생각을 떨칠 수가 없다. 멀어져가는 뒷모습을 뒤돌아서까지 바라보는 나를 말릴 수가 없다.

화가 났기 때문이라고 나는 속으로 말한다. 그렇게 사라지는 게 어디 있느냐고 따지고 싶기 때문이다.

메이시는 그 애나 무리에 대해 아무 말도 하지 않는다. 플린트도 마찬가지. 그 애들이 다 나올 때까지 기다렸다가 아무 일 없었던 것처럼 복도로 걸어 들어갈 뿐이다. 방금 우리가 노골적으로 무시를 당한 일 따위는 없었던 것처럼.

내 허리를 감싼 플린트의 따뜻한 팔에 힘이 들어간다. 문득 궁금해진다. 혈관에 차가운 피가 흐르는 남자애를 보면 피부가 찌릿찌릿해지면서, 말 그대로 내게 온기를 나눠주고 있는 남자애의 손길에는 몸이 차가워지는 이유가 대체 뭘까. 엉망으로 꼬인 인생이 내 머리도 마구 헤집고 있는 건가…….

쟤들이 누구냐고 묻고 싶다. 저 애가 대체 누구냐고 묻고 싶다. 이제라도 미친 몸매와 미친 얼굴을 가진 저 애의 이름을 알 수 있게. 하지만 지금은 때가 아닌 것 같다. 그래서 좋아하지도 않는 남자애에게 집착하는 대신 입을 꾹 다물고 주위를 둘러보는 일에 집중한다.

북관으로 들어가니 복도 양쪽으로 육중한 나무 문들이 줄지어 있다. 대부분의 문에는 장식이 달려 있다. 말린 장미를 X자 형태로 장식한 문도 있고, 정교한 풍경을 걸어둔 문도 있다. 세 번째 문에는 박쥐 스티커가 잔뜩 붙어 있다. 저 방에 사는 사람은 장래희망이 박쥐 연구가일까, 아니면 배트맨 팬인 걸까.

아무튼 보이는 장식마다 엉뚱한 매력으로 내 눈을 사로잡는다. 특히 풍경. 바람 한 점 들어오지 않을 실내 복도에 웬 풍경이란 말인가. 메이시가 가장 정성껏 장식한 문 앞에 섰을 때도 나는 놀라지 않는다. 생화가 문틀을 감싸고 있고, 줄로 엮은 형형색색의 크리스털이 화려한 구슬 커튼처럼 차르르 드리워져 있다.

"다 왔다." 메이시가 보란 듯이 문을 열어젖히며 말한다. "여기가 우리 집이야."

내가 안으로 들어가기도 전에 또 머리부터 발끝까지 검은색

으로 차려입은 섹시한 남자애가 옆을 지나간다. 북관 입구에서
본 애들처럼 우리를 무시하지만 내 머리카락은 쭈뼛 선다. 분
명 상상일 테지만 불현듯 누가 나를 감시하고 있다는 느낌이
들었기 때문이다.

5

핫핑크,
그리고 해리 스타일스의 공통점

"어느 쪽 침대야?" 플린트가 나를 안으로 들여보내며 묻는다.

"오른쪽." 메이시가 대답한다. 또 목소리가 이상해졌길래 내가 뒤를 힐끗 돌아본다. 괜찮나?

괜찮은 것 같은데. 하지만 커다래진 눈이 플린트와 방 안을 번갈아 쳐다보고 있다. '무슨 일이야'라는 눈빛을 보내니 메이시는 '아무 말도 하지 마'라고 말하듯 고개만 젓는다. 그래서 나는 아무 말도 하지 않는다.

그 대신 앞으로 몇 달간 사촌과 같이 쓰게 될 방을 둘러본다. 몇 초만 봐도 알겠다. 내가 독방을 써도 괜찮다고 말했지만 메이시는 처음부터 나와 같은 방을 쓸 계획이었다.

그 이유는, 첫째, 메이시의 무지개색 물건 전부가 정확히 공간의 절반 부분에 깔끔하게 정렬돼 있었다. 둘째, 남은 침대에 벌써―그럼 그렇지―핫핑크색 시트와 핫핑크색 이불을 깔아놓았다. 흰 히비스커스 꽃이 큼지막하게 그려진 침구다.

"너 서핑 좋아하잖아." 눈이 멀 것 같은 형광 이불을 쳐다보고 있으니 메이시가 말한다. "집 느낌이 나는 게 있으면 좋아할 거라고 생각했지."

집보다는 서핑하는 바비 인형을 연상시키는 핑크색이지만 솔직하게 말을 할 수는 없다. 나를 위해 정성을 들인 게 분명한데 어떻게 그런 말을 해. 신경 써준 것만으로도 감사하다.

"고마워. 정말 예쁘다."

"확실히 경쾌하긴 하네." 플린트가 나를 침대로 부축하며 말한다. 웃음을 참으며 장난기 가득한 눈빛으로 나를 보고 있지만 그런 모습이 왠지 더 호감이다. 메이시가 얼마나 웃기게 방을 꾸몄는지 알면서도 메이시의 감정을 상하게 할 말은 하지 않는 인성이 딱 내 마음에 든다. 운이 좋으면 친구를 한 명 더 사귀었다고 할 수도?

플린트가 침대 발치에 내 가방들을 내려놓고 뒤로 물러난다. 나는 매트리스에 털썩 앉지만 빙글빙글 도는 듯한 현기증은 여전하다.

"나가기 전에 뭐 도와줄 거 또 있어?" 내게서 손을 완전히 뗀 후에 플린트가 묻는다.

"나는 괜찮아." 내가 말한다. "도와줘서 고마워."

"말만 해, 전학생." 그러면서 만 킬로와트짜리 미소를 쏜다. "언제든."

그 미소를 보고 메이시가 살짝 신음을 흘린 것 같은데? 하지만 메이시는 말을 하지 않는다. 문 쪽으로 걸어가 엷은 미소를 지으며 플린트가 나가기를 기다릴 뿐이다. 플린트는 내게 손을 가볍게 흔들고 나가는 길에 메이시와 주먹 인사를 나눈다.

플린트가 나간 후 문이 닫히자마자 내가 말한다. "너 플린트 좋아하는구나."

"아니야!" 두꺼운 나무 문 너머로 플린트가 우리 대화를 듣기라도 하듯 메이시가 기겁하는 눈으로 문을 쳐다보며 말한다.

"그래? 그럼 아까 그건 다 뭐였어?"

"뭐가?" 메이시의 목소리가 세 옥타브는 높아진다.

"뭐긴 뭐야." 나는 손깍지를 끼고 눈을 깜빡거리며 삼촌이 도와달라고 플린트를 불러 세웠을 때부터 메이시가 내던 소리를 그럴싸하게 흉내 낸다.

"내가 언제 그런 목소리를 냈다고 그래."

"딱 이런 목소리였어." 내가 말한다. "그런데 이해가 안 된다. 좋아하면 대화를 더 하려고 해야 하는 거 아냐? 아니, 내 말은, 뭐랄까, 완벽한 기회잖아."

"안 좋아해, 안 좋아한다고!" 우기던 메이시가 내 눈빛을 보고 웃음을 터뜨린다. "아, 그래, 물론 잘생기고 착한 애지. 하지만 나는 진심으로 좋아하는 남자친구가 있어. 그냥, 플린트는…… 플린트야. 무슨 말인지 알지? 그런 애가 우리 방에 들어와 네 침대 옆에 있었다니." 메이시가 한숨을 쉰다. "황당해."

"황홀한 게 아니라?" 내가 놀린다.

"뭐가 됐든." 메이시가 눈을 굴린다. "진심으로 좋아하는 것도 아니야. 그보다는······."

"학교 최고의 인기남을 둘러싼 오라다?"

"맞아, 그거야! 정확해. 플린트는 순위가 그렇게 높지는 않지만. 상위권은 잭슨 무리가 꽉 잡고 있지."

"잭슨?" 온몸이 경계 태세에 돌입하지만 최대한 아무렇지 않은 목소리로 내가 묻는다. 메이시가 이야기하는 사람이 그 애라는 사실을 내가 어떻게 아는지 모르겠지만, 아무튼 알겠다. "잭슨이 누구야?"

"잭슨 베가." 메이시가 졸도하는 시늉을 한다. "잭슨을 무슨 말로 설명해야 할까······ 아, 잠깐! 너도 봤네."

"내가?" 익룡 떼가 다시 한번 내 배 속에 입주하려는 느낌을 애써 무시한다.

"응, 우리 방으로 오는 길에. 문으로 내 얼굴 칠 뻔했던 애들 중 하나야. 제일 앞에 있던 진짜 섹시한 애."

갑자기 심장이 빨리 뛰지만 계속 모르는 척한다. "우리를 완전히 무시했던 애들 말이야?"

"그래." 메이시가 웃는다. "그런다고 상처받지는 마. 잭슨은 원래 그런 애니까. 걔는······ 반항아거든."

조금 전 우리 대화만 봤을 때 단순히 반항아 정도가 아니던데. 하지만 메이시에게 이야기하지는 않을 생각이다. 그러기에는 그 일에 대한 내 감정도 정리되지 않았다.

그래서 지금 유일하게 할 수 있는 선택을 한다. 화제 돌리기.

"나 온다고 방 정리하고 준비하느라 고생했어. 정말 고마워."

"아니야, 신경 쓰지 마." 메이시가 손사래를 친다. "별일도 아닌데."

"왜 별일이 아니야. 알래스카 힐리에서 한 시간 반이나 걸리는 곳까지 배송해주는 업체가 많지 않을 텐데."

메이시는 얼굴을 살짝 붉히더니 나를 맞이하기 위해 얼마나 힘들게 노력했는지 들키고 싶지 않다는 듯 고개를 돌린다. 그러다 어깨를 으쓱하고 말한다. "아냐, 뭐, 가능한 곳들을 아빠가 다 알거든. 별로 안 힘들었어."

"어쨌든, 너는 내가 제일 좋아하는 사촌이야."

메이시가 어이없다는 표정을 짓는다. "사촌은 나 하나잖아."

"하나라도, 좋아하지 않을 수 있지."

"우리 아빠가 하는 말이네."

"네가 제일 좋아하는 사촌이라고?" 내가 놀린다.

"알면서 그래." 메이시가 일부러 과장스레 한숨을 쉰다. "너되게 유치한 거 알지?"

"당연히 알지, 그럼."

웃음을 터뜨린 메이시가 자기 책상 옆에 있는 미니 냉장고로 걸어간다.

"자, 마셔." 그러더니 커다란 물병을 꺼내 던지며 말한다. "나머지도 보여줄게."

"나머지?"

"응. 더 있어." 메이시가 옷장으로 다가가 문을 연다. "네가 가지고 있는 옷이 알래스카에는 맞지 않을 수도 있겠다 싶어서 조금 보충해뒀지."

"조금이 너무 많은 거 아니야?"

옷장 안에는 검은색 치마와 바지 여러 벌, 흰색과 검은색 블라우스, 검은색과 보라색 폴로 셔츠 여러 장, 검은색 재킷 두 벌, 빨간색과 검은색 체크 무늬 스카프 두 개가 주르륵 걸려 있었다. 그뿐만 아니라 안감 있는 후드티 여러 벌, 두툼한 스웨터 몇 벌, 두꺼운 재킷 하나, 방한 바지 두 벌도 있었다. 다행히 핫핑크색은 하나도 없다. 옷장 바닥에는 새 신발과 방한화 몇 켤레, 책과 학용품이 들어 있는 듯한 커다란 상자도 있었다.

"네 서랍장에 양말, 내복, 플리스 셔츠랑 바지도 있어. 이사하는 것만으로 힘들잖아. 다른 걱정까지 하게 만들고 싶지는 않았어."

그렇게 메이시는 최전방의 방어선을 무너뜨리는 데 성공한다. 눈물이 차올라 나는 고개를 돌리고 눈을 빠르게 깜빡인다. 내 상태가 얼마나 엉망인지 들키고 싶지는 않다.

소용이 없었나 보다. 메이시가 어쩔 줄 모르는 탄성을 작게 내뱉었기 때문이다. 메이시는 눈 깜짝할 새 방을 가로지르고 나를 끌어안는다. 알래스카 한복판에서 코코넛 향기라니, 어울리지 않지만 묘하게 위안이 된다.

"거지 같지. 그냥 다 거지 같아. 내가 나서서 바꿔줄 수 있으면 좋겠다. 지팡이를 휘둘러 모든 걸 제자리로 돌려놓을 수 있으면 좋을 텐데."

목이 꽉 막혀 고개만 끄덕인다. 사실 달리 할 말도 없다. 나도 그랬으면 좋겠다는 말밖에는.

지금 생각하면 어리석기 짝이 없는 싸움으로 서로에게 날렸던 비수 같은 말이 나와 부모님의 마지막 대화가 아니었으면 좋겠다.

그로부터 두 시간 후 아빠가 차를 제어하지 못하고 절벽으로 운전해 엄마와 함께 몇백 미터 아래 바다로 추락하지 않았더라면 얼마나 좋았을까.

무엇보다도, 마지막으로 한 번만 더 엄마의 향수 냄새를 맡고 싶고 아빠의 울림 있는 저음을 듣고 싶다.

나는 메이시의 포옹을 참을 수 있을 만큼만—5초쯤—견디고 몸을 뗀다. 원래도 스킨십을 별로 좋아하지 않았던 내 성향은 부모님이 돌아가신 후로 더 심해졌다.

"이거 다……." 내가 침대와 옷장을 가리킨다. "고마워."

"당연한 건데. 그리고 말이야, 대화 상대가 필요하면 내가 있다는 거 잊지 마. 똑같지는 않겠지. 우리 엄마는 떠난 거지 죽은 게 아니니까." 메이시가 침을 꿀꺽 삼키고 심호흡을 한 후 말을 잇는다. "하지만 혼자 남겨진 느낌은 나도 잘 알거든. 얘기도 정말 잘 들을 수 있고."

메이시가 '죽음'을 입에 올린 것은 처음이다. 처음으로 우리 부모님에게 일어난 일을 말로 표현했다. 그랬다는 사실 때문에 내 입에서 "고마워"라는 말이 더 쉽게 나온다. 진심이다. 하지만 잭슨도 죽음을 터부시하지 않았던 기억이 난다. 그냥 멍청이일 수도 있지만 어쨌든 잭슨은 우리 부모님의 죽음을 있는 그대로 말했다. 겨우 단어 하나의 무게를 견디지 못하고 내가 산산이 부서질 것처럼 대하지도 않았다.

그래서 못된 놈이라고 욕을 해도 모자랄 시간에 잭슨 생각을 하고 있는 걸까.

메이시가 고개를 끄덕이며 걱정스러운 눈으로 나를 지켜보자 내 기분은 더 가라앉는다.

"나는 이제 짐 풀어야겠다." 내가 지긋지긋하다는 표정으로 캐리어들을 내려다본다. 거의 방금 싼 짐 아닌가? 정말 당장 가방을 풀고 싶지는 않다. 핫핑크색 침대가 나를 유혹하고 있는 지금은 더 싫다.

"그거야 내가 얼마든지 도와줄 수 있지." 메이시가 맞은편의 문을 가리킨다. "너는 가서 샤워하고 잠옷으로 갈아입지그래? 그사이에 나는 아빠가 올려 보낸다고 했던 수프가 언제 오나 확인해볼게. 샤워한 후에 저녁 먹고 진통제 먹고 쉬어. 자고 일어났을 땐 고도에 더 적응해 있으면 좋겠다."

"그거 참……." 정말로 꿀꿀한 기분이라 샤워를 하면 딱 좋을 것 같긴 하다. 잠도 자고 싶다. 안 그래도 여기 온다고 긴장해서 일주일 넘게 잠을 제대로 못 잤으니까.

"완벽하지?" 메이시가 내 말을 대신 마무리한다.

"정말 그러네."

"좋았어." 메이시가 자기 옷장으로 가서 여분의 수건을 두어 장 꺼낸다. "샤워할 거면 내가 따뜻한 수프 준비해놓을게. 30분만 있어봐. 오늘 하루가 훨씬 행복해질 거야."

"고마워, 메이시." 내가 메이시를 돌아본다. "진심이야."

메이시의 얼굴에 환한 웃음이 번지고 눈빛이 반짝인다. "고 맙기는."

15분 후 샤워를 마치고 제일 좋아하는 잠옷인 해리 스타일 스 첫 솔로 콘서트 투어 기념 티셔츠와, 흰색과 노란색의 데이 지가 그려진 파란색 플리스 바지를 입고 나와 보니 메이시가 해리 스타일스의 〈워터멜론 슈거Watermelon Sugar〉 에 맞춰 방 안 을 누비며 춤을 추고 있었다.

이런 운명이.

메이시는 콘서트 기념 티셔츠를 보고 당연히 우우, 아아, 하 는 탄성을 지르지만 귀찮게 간섭하지 않는다. 아, 내 협탁에 놔 둔 물 1리터를 진통제와 함께 전부 마시라고 신신당부하는 건 빼고.

협탁에는 치킨 누들 수프도 한 그릇 놓여 있지만 지금은 먹 을 힘이 없다. 나는 그냥 침대로 올라가 핫핑크색 이불을 머리 위로 끌어 올린다.

스르르 잠이 들기 전 마지막으로 이런 생각을 한다. 오늘 많 은 일이 있었지만 그래도 부모님이 돌아가신 후 처음으로 울 지 않고 샤워를 끝냈네.

6

아니, 난 정말로
눈사람 만들고 싶지 않아[4]

서서히 잠에서 깨어난다. 머리가 어지럽고 몸은 돌처럼 무겁다. 잠깐 동안은 이곳이 어디인지 깨닫지 못한다. 맞다, 알래스카. 방 안을 채우는 작은 코골이 소리도 내가 지난 3주 동안 얹혀살았던 헤더가 아니라 방의 주인인 메이시가 내는 거였다.

일어나 앉아 멀리서 들리는 낯선 괴성과 포효를 애써 무시한다. 때때로 동물의 비명 같은 소리도 들린다. 저 소리에 아무렇지 않을 사람은 없겠지만 도시에서 나고 자란 나 같은 애가 느끼는 공포는 상상을 초월한다. 하지만 현실을 떠올리며 마음을 다잡는다. 나와 저 소리를 내는 동물들 사이에는 거대한 성벽이 있다고⋯⋯.

---

4 〈겨울왕국Frozen〉수록곡 중, 〈나랑 눈사람 만들래?Do you want to build a snowman?〉.

솔직히 말해서 내 뇌가 이 시간까지 쉬지 못하는 이유는 이곳의 이질적인 환경 때문이 아니다. 그래, 알래스카에서의 삶은 모든 면에서 괴상하다. 하지만 과거의 삶이 어땠는지 딱히 생각하고 있지 않은 지금—시계를 확인한다—새벽 3시 23분에 잠에서 깨어난 이유는 따로 있다. 알래스카라서 잠을 못 이루는 게 아니다.

그 애 때문이다.

잭슨 베가.

열 받고 혼란스러운 나를, 인정하고 싶지 않지만 상처받은 나를 복도에 세워두고 떠났을 때나 지금이나 그 애가 어떤 사람인지는 모르는 건 똑같다. 캐트미어 아카데미 최고의 인기남이라는 사실을 빼면. 반항아라는 것도…… 웃겨. 그거라면 점쟁이가 아니라도 알겠다.

하지만 메이시에게 들은 말들은 정말 아무 의미가 없다. 그 애에 대해 더는 알고 싶지 않다고 마음먹었기 때문이다.

잭슨 베가라는 사람 자체를 알고 싶지 않다.

그런데 눈을 감으면 아직도 또렷하게 보인다. 꽉 다문 턱. 얼굴 위에서 아래로 쭉 이어진 가느다란 흉터. 차갑고 새까만 눈. 그 눈을 통해 잠깐은, 아주 잠깐이지만 볼 수 있었다. 그도 나만큼이나 고통을 잘 안다는 사실을. 어쩌면 나보다 더 많이 알지도 모르겠다.

나는 어둠 속에 앉아 주로 그 고통을 생각한다. 절대 관심 따위 주지 말아야 하는데도 그 고통 때문에 나는 잭슨을 걱정하고 있다.

어쩌다 그런 흉터가 생겼을까? 어떻게 생겼든 분명 끔찍했겠지. 두렵고 트라우마가 남을 만큼 참혹했을 거다.

나한테 차갑게 구는 것도 그래서가 아닐까 한다. 나를 쫓아내려 한 것도, 내가 싫다고 하니 어이없고 조금은 불편한 경고를 한 것도.

메이시는 잭슨이 반항아라고 했는데…… 그렇다면 다른 사람에게도 나처럼 대한다는 뜻일까? 왜? 그냥 성격이 나빠서? 아니면 극심한 고통에 빠져 있고, 자기를 두려움의 대상으로 만들어 사람들을 밀어내지 않으면 그 고통을 감당할 수 없어서? 아니면 흉터와 잔뜩 찌푸린 얼굴을 보고 사람들이 먼저 거리를 둔 걸까?

끔찍하지만 나도 완전히 공감할 수 있는 생각이다. 사람들이 두려워한다는 부분 말고, 사람들이 다가오지 않는다는 부분 말이다. 부모님이 돌아가신 후 나는 헤더를 제외한 친구들을 모두 잃었다. 우리 부모님의 죽음이 그 애들에게 자기들도 언젠가는 죽는다는 생각을 하게 만들었기 때문이라고 헤더의 엄마는 설명했다. 자기 부모님도, 자기도 언제든 죽을 수 있다는 현실을 떠올리게 했기 때문이라고.

그 말이 옳다는 걸 논리적으로는 안다. 그 애들은 유일하게 아는 방법으로 자신을 보호하고 있었을 뿐이다. 하지만 그렇다고 친구들이 나에게 보인 서먹서먹한 태도가 덜 고통스럽게 느껴지지는 않았다. 외로움은 확실히 상황을 더 견디기 힘들게 만들었다.

휴대폰으로 손을 뻗어 헤더에게 무사히 도착했고 고산병에 걸렸다고 설명하는 내용의 짧은 메시지를 몇 통 보낸다. 어젯밤 도착하자마자 했어야 했는데.

그러고는 다시 누워 잠을 청한다. 하지만 잠은 완전히 달아났다. 알래스카와 학교와 잭슨에 대한 생각들이 머릿속에서 흐릿하게 뒤섞이고 있다. 제발 그냥 멈춰줘.

하지만 생각은 멈추지 않고, 갑자기 정신이 들며 심장이 두근거리고 피부가 따끔거린다. 가슴에 손을 대고 깊은숨을 몇 번 들이마시며 가만히 생각한다. 대체 뭐에 놀라서 숨을 쉴 수 없는 거지?

별안간 모든 것이 떠오른다. 그저 집을 떠나기 위해, 이곳에 오기 위해 지난 마흔여덟 시간 동안 옆으로 제쳐놨던 모든 생각이. 부모님, 샌디에이고와 친구들과의 이별, 힐리까지의 황당한 비행, 친구가 되고 싶어하는 메이시의 기대, 나를 보았다가 보지 않는 잭슨의 눈빛, 잭슨이 내게 했던 말들. 여기서 체온을 유지하기 위해 입어야 하는 옷의 양, 추위 때문에 말 그대로 이 성에 갇혔다는 사실까지…….

모든 생각이 하나의 거대한 공포와 후회로 뒤섞여 회전목마처럼 머리에서 빙글빙글 돌아간다. 어느 생각도 명료하지 않다. 두드러지는 이미지도 없다. 파멸이 임박했다는 느낌만이 나를 압도한다.

마지막으로 이런 발작을 경험했을 때 헤더 엄마는 이것이 지

극히 정상적인 반응이라고 설명했다. 엄청난 상실을 경험한 후에는 감정이 지나치게 강렬해지기 마련이라고 했다. 가슴을 무겁게 누르는 감각, 소용돌이치는 생각들, 떨리는 손, 이 세상이 나를 짓뭉개고 말 것이라는 예감…… 전부 정상이란다. 심리치료사니 잘 알고 하는 얘기였겠지만, 지금은 도저히 정상처럼 느껴지지 않는다.

공포스럽다.

방 안에 있어야 한다. 이곳은 거대한 성이고 어디에 뭐가 있는지 모르니까. 하지만 이건 확실히 안다. 여기 남아 천장을 응시하고 있으면 결국에는 공황 발작이 일어날 거다. 그래서 나는 심호흡을 하고 침대에서 빠져나온다. 신발에 발을 꿰고 방에서 나가며 내 후드티를 집어 든다.

집에 있을 때는 새벽 3시라 해도 잠이 안 오면 달리기를 하러 나갔다. 하지만 이곳에서는 그럴 수 없다. 바깥에 나갔다가는 얼어 죽는 문제도 있지만 한밤중에 어떤 들짐승이 나를 기다리고 있을지 모르기 때문이다. 지난 30분 동안 침대에 누워 괴성과 하울링을 들어놓고도 나가는 건 말이 안 되지.

하지만 이 성은 거대하고 복도가 길다. 달리기는 못 해도 조금 돌아다닐 수는 있지 않을까? 뭐가 나오는지 보자.

온종일 내게 친절만 베푼 메이시를 깨우고 싶지 않아 조심스럽게 문을 닫고 복도로 나가 계단으로 향한다.

예상보다 더 으스스하다. 밤이라도 복도에 불을 켜놓을 줄 알았는데. 안전 규정 같은 거 있지 않나? 하지만 복도는 어두컴

컴하다. 딱 '복도를 휩쓰는 그림자의 정체를 상상하게 만들 만큼' 어둡다.

잠깐 망설인다. 산책 겸 성 탐색은 집어치우고 방으로 돌아갈까? 하지만 생각들이 머리에서 다시 회전목마를 타기 시작한다. 그것만큼은 감당하지 못하겠다.

휴대폰을 꺼내 손전등 기능을 켜고 복도를 비춘다. 돌연 그림자가 사라지고 평범한 복도로 변한다. 거친 돌벽과 고풍스러운 태피스트리를 뺀다면 말이지.

내가 어디로 가는지는 모르겠지만 일단 기숙사 층에서 벗어나고 싶다. 지금은 메이시를 본다는 생각만 해도 버겁다. 누구와 만나 이야기할 상태가 아니다.

긴 나선 계단에 순조롭게 도착하고 한 번에 두 칸씩 건너뛰어 1층으로 내려간다. 어제 샤워하고 나왔을 때, 1층에 카페테리아와 도서실, 교실 몇 개가 있다고 메이시에게 들었다. 운동장을 둘러싼 건물들에도 교실이 있지만 중요한 수업은 대부분 성 안에서 듣는다던데 내 입장에서는 감사한 일이다. 날씨를 생각하면 밖으로 나가지 않을수록 더 좋다.

아래쪽 복도에는 세월의 흐름에 낡고 변색된 태피스트리가 더 많이 걸려 있다. 그중에서도 길이가 몇 미터나 되고 총천연색으로 알록달록한 태피스트리가 가장 마음에 든다. 보라색, 분홍색, 초록색, 노란색을 특별한 규칙이나 이유 없이 엮어놓았다. 하지만 뒤로 한 걸음 물러나 더 넓은 범위까지 손전등을 비추니 알겠다. 패턴이 있구나. 오로라 보레알리스, 그러니까 북극광[5]을 예술적으로 표현한 그림이다.

그러고 보니 북극광을 보는 건 내 소원이었다. 알래스카로 이사해야 한다는 걱정과 괴로움에 사로잡혀 이곳이 북극광을 볼 수 있는 VIP석이라는 사실을 까맣게 잊고 있었다.

갑자기 기운이 솟아 거대한 출입문이 있는 운동장 쪽 현관으로 되돌아간다. 나도 후드티와 잠옷 바지 차림으로 눈밭을 배회할 만큼 어리석지는 않다. 그래도 고개를 살짝 내밀면 하늘에 빛이 있는지 정도는 볼 수 있지 않을까?

좋은 생각이 아닌 것도 같고. 북극광은 다음으로 미루고 그냥 방으로 돌아가야 하나. 하지만 한번 머리에 들어온 이상 떨쳐낼 수 없다. 아빠에게 북극광 이야기를 자주 들으며 자랐고 북극광 보기는 내 버킷리스트에서 절대 빠지지 않는 항목이었다. 이렇게 가까이 왔는데 안 볼 수가 있나.

손전등을 이용해 현관으로 돌아가는 길을 찾아낸다. 현관에 도착한 후에는 문을 열기 위해 손전등을 더 높이 비춘다. 하지만 첫 번째 잠금장치를 발견한 순간, 현관문이 양쪽으로 활짝 열린다. 이어 안으로 들어오는 것은 옛날 밴드의 콘서트 기념 티셔츠, 청바지, 워커 차림인 남자 두 명이다. 재킷도, 스웨터도, 후드티도 입지 않았다. 찢어진 청바지, 머틀리 크루 티셔츠, 팀버랜드 워커가 전부다. 이렇게 황당무계한 광경은 처음 본

---

5 북극 지방에서 볼 수 있는 발광 현상. 빛이 약할 때는 희게 보이지만, 강할 때는 빨강과 초록의 아름다운 색을 보인다.

다. 잠깐, 이 성도 호그와트처럼 상주 유령이 있는 곳인가? 그것도 80년대 록 콘서트에서 죽은 유령?

"이야, 이야, 이야. 우리가 딱 맞춰 돌아왔나 보네." 둘 중에 키가 큰 남자애가 말한다. 피부는 다갈색이고 검은 머리카락을 포니테일로 묶었다. 콧구멍 사이에 검은색 피어싱까지 달고 있다. "잘 시간에 나와서 뭐 해, 그레이스?"

어쩐지 그 목소리를 들으니 피부에 불길한 소름이 쫙 끼친다. "내 이름을 어떻게 알아?"

"너 전학생이지? 네 이름을 모르는 사람은 없어, 그레이스." 그가 웃는다. 그러면서 또 한 걸음 다가오는데, 아무래도 내 냄새를 맡는 것 같다. 무슨 이런 엽기적인 행동을 하지? 유령과도 너무 어울리지 않는 행동이다. "내가 질문했잖아? 잘 시간에 나와서 뭐 하냐니까?"

북극광 이야기는 하지 않는다. 쟤가 문을 닫기 전 언뜻 본 하늘은 검은 바탕에 별들이 반짝이는, 어디서나 흔히 볼 수 있는 하늘이었기 때문이다. 최근 연이은 실망에 하나가 더 추가됐을 뿐이다.

"목이 말라서." 나는 어설픈 거짓말을 하며 두 사람과 함께 들어와 아직도 우리 주변을 맴도는 찬바람에 맞서 양팔로 몸을 감싼다. "물 좀 마시려고 나왔어."

"그래서 찾았어?" 두 번째 남자가 말한다. 앞의 애보다 짧고 땅딸하다. 금발을 두피까지 빡빡 밀었다.

질문 자체에는 악의가 없는 것 같다. 하지만 질문을 하면서 내 쪽으로 걸어오고 있다는 게 문제다. 점점 내 공간을 침범해서 나는 둘 중 하나를 선택해야 한다. 자리를 지킬 것인가, 물러날 것인가.

물러나기로 결심한다. 일단 나를 쳐다보는 눈빛이 마음에 들지 않았기 때문이다. 그리고 걸음을 내딛을수록 계단과 내 방에 더 가까워지기 때문이다.

"응, 찾았어." 최대한 아무렇지 않은 목소리를 내며 다시 거짓말을 한다. "이제 그만 방으로 돌아가려고."

"우리한테 친해질 기회도 주지 않고? 그건 좀 예의가 아니지 않아, 마크?" 빡빡머리가 묻는다.

"맞아, 아니지." 마크가 대답한다. 이제는 나와 정말 가까워졌다. "몇 주 전부터 교장이 너 때문에 우리를 얼마나 고문했는데, 그러면 안 되지."

"그게 무슨 뜻이야?" 순간 두려움을 잊고 내가 묻는다.

"우리가 너 때문에 세 번이나 회의를 했단 말이야. 전부 다 우리한테 똑바로 행동하라고 경고하는 내용이었지. 짜증 나 죽을 뻔했다고. 안 그래, 퀸?"

"내 말이. 여기 오는 게 그렇게 걱정이면 있던 데 그냥 두지." 퀸이 손을 뻗어 구불구불한 내 머리카락을 한 가닥 잡아당긴다. 세게. 피하고 싶다. 날 건드리지 말라고 소리치며 밀어내고 싶다.

하지만 문제가 있다. 생생히 느껴진다. 놈들이 고삐 풀린 폭력성을 마구 발산하고 있다는 것도, 사람을 해치고 싶어 안달이 났다는 것도. 누군가를 갈기갈기 찢고 싶어서 몸이 달았다. 그 당사자가 내가 되고 싶지는 않다.

"어떻게 생각해, 그레이스?" 마크가 비웃는다. "네가 알래스카를 감당할 수 있을 거라 생각해? 나는 왜 이렇게 네가 얼마 못 가서 자연적으로 도태될 것 같냐?"

"나는 그냥…… 졸업 때까지 조용히 있을 거야. 문제를 일으키고 싶지는 않아." 내가 꽉 막힌 목구멍으로 겨우겨우 말들을 뱉어낸다.

"문제?" 퀸이 웃는다. 하지만 전혀 웃기지 않는다는 목소리다. "네 눈에는 우리가 문제를 일으키는 걸로 보여?"

문제의 사전적 정의, 그 자체로 보이는데.

사전에서 '문제'라는 단어를 찾으면 전면 중앙에 녀석들의 사진이 있을 것 같다. '경고'라는 도장이 큼지막하게 찍혀서. 하지만 생각을 입 밖으로 꺼내지는 않는다. 사실 이 끔찍한 상황에서 벗어날 방법을 찾기 위해 머리를 굴리느라 아무 말도 하지 못했다. 한편으로는 꿈이라는 생각이 든다. 전형적인 하이틴 영화의 한 장면처럼 느껴지기 때문이다. 누가 왕인지 보여준답시고 학교 일진들이 전학생을 떼로 괴롭히는 장면 있잖아.

하지만 이건 영화가 아닌 현실이고, 나는 여기서든 어디서든 내가 왕이라는 착각 따위 하지 않는다. 그렇게 말하고 싶지만 지금은 대답하는 게 오히려 이 상황을 악화시키는 느낌이다. 일진을 상대할 때 절대 하지 말아야 할 행동이 바로 동조다. 뭔가를 더 줄수록 더 많은 것을 빼앗아 가려 하니까.

"말해봐, 그레이스. 너 혹시 눈 본 적 있어?" 그렇게 묻는 마크가 갑자기 불편할 정도로 가까이 와 있다. "아마 한 번도 못 봤을 거야."

"여기 오는 길에 실컷 봤어."

"스노모빌 뒷자리에서? 그건 인정 못 하지. 안 그래, 퀸?"

"그럼." 퀸이 징그럽게 많은 치아를 드러내며 으르렁거리고 고개를 젓는다. "확실히 가까워질 필요가 있지. 네 능력을 보여 줘."

"무슨 능력?" 얘네가 지금 무슨 말을 하고 있는 거야?

"그러니까, 너한테 뭔가 있다는 건 분명한데." 마크가 숨을 들이마시며 정말로 내 냄새를 맡고 있다. "그게 뭔지 아직 모르겠다는 말이야."

"그렇지?" 퀸이 동의한다. "나도 그래. 하지만 분명히 뭔가 있어. 그러니까 네 능력을 보여달라는 거야, 그레이스."

퀸이 몸을 돌리고 자세를 잡는 순간, 나는 깨닫는다. 저들의 계획이 무엇인지. 내가 얼마나 큰 위험에 처했는지.

7

끝장나게 사악한 것이
온다[6]

솟구치는 아드레날린을 느끼며 재빨리 뒤돌아 계단을 향해 달려간다. 하지만 몇 발짝 가지도 못하고 마크의 손에 붙잡히고 만다. 마크가 자기 쪽으로 나를 확 당겨 내 등과 자기 가슴이 닿게 감싸 안자 나는 온 힘을 다해 발버둥을 치기 시작한다.

"이거 놔!" 내가 외치며 마크의 무릎을 걷어차려고 발뒤꿈치를 뒤로 젖힌다. 하지만 움직이는 힘이 약한 탓에 놈은 눈썹도 까딱하지 않는다.

발을 밟을까? 하지만 컨버스화로는 부츠에 별 타격을 입히지 못할 거다. 부츠 속의 발은 가당치도 않지. "안 놓으면 소리 지른다!" 겁먹은 소리를 내지 않으려 애쓰지만 실패다.

---

6 아이스드 어스의 음반 《썸씽 위키드 디스 웨이 컴스Something wicked this way comes》를 패러디.

"해봐." 마크는 그렇게 말하며 퀸이 친절하게 열어 잡아주고 있는 현관문으로 반항하는 나를 끌고 간다. "아무도 신경 안 쓸걸."

내가 머리를 강하게 뒤로 제끼자 뒤통수에 턱을 강타당한 마크가 욕을 하며 한쪽 팔을 들고 움직이는 내 머리를 붙잡으려 한다. 두렵지만 동시에 분노가 폭발한다. 나는 고개를 숙이고 놈의 팔을 있는 힘껏 깨문다.

마크가 악 소리를 내며 몸을 빼다 팔뚝으로 내 입을 가격한다. 아프잖아. 입안에 금속성의 피 맛이 고이고 있다. 이제는 나도 못 참겠다.

"그만해!" 내가 외치며 있는 힘껏 몸을 비틀고 발로 찬다. 문밖으로 끌려가면 안 돼. 그럴 수 없어. 후드티와 플리스 바지밖에 안 입었는데 밖은 영하 10도란 말이다. 피가 묽은 캘리포니아 출신인 나는 15분도 되지 않아 동상이나 저체온증에 걸릴 게 뻔하다. 그것도 운이 좋을 때 이야기다.

하지만 마크는 아직도 나를 놓아주지 않는다. 나를 붙잡은 팔이 쇠로 만든 벨트 같다.

"내 몸에서 손 떼라고!" 내가 외친다. 누가 깨든 말든 상관없다. 아니, 누가 좀 일어났으면 좋겠다. 누구든 일어나줘. 나는 소리를 지르며 코를 부러뜨릴 작정으로 젖 먹던 힘까지 쥐어짜 머리를 뒤로 날린다.

뭘 맞추기는 했는지 마크가 욕을 하며 손을 놓아버린다. 바닥에 쿵 떨어진 나는 다리에 힘이 풀려 손과 무릎으로 땅을 짚은 자세가 된다. 그 순간 마크가 로비 저편으로 날아가는 모습이 보인다. 마크는 눈을 크게 뜬 채로 제일 멀리 있는 벽에 쾅 부딪힌다.

하지만 무슨 상황인지 생각할 겨를이 없다. 몇 초 만에 회복한 마크가 로비를 가로질러 나를 향해 돌진하고 있기 때문이다. 나는 도망치려고 뒤돌며 주먹을 세운다. 혹시라도 퀸이 나를 붙잡으려 하면 막아야 하니까. 그런데 갑자기 퀸도 로비 저편으로 날아가고 있다. 퀸은 벽이 아니라 책장과 충돌하고, 맨 위 선반에서 떨어진 꽃병이 퀸의 머리를 때리고 산산이 부서진다.

탈출구를 찾아 뒤를 돌아보지만 마크가 빠르게―너무나 빠르게―움직이고 어느새 그곳에, 계단과 나 사이에 서 있다. 내가 오른쪽으로 방향을 튼다. 가장 안전한 탈출로가 어디일까 고민하던 그때, 벽처럼 단단한 근육과 정면으로 부딪친다.

망할. 셋이 된 거야? 패닉에 휩싸여 누군지 모를 상대를 뒤로 밀어내려고 손을 뻗는다.

하지만 이 남자도 마크처럼 꿈쩍하지 않는다. 그러다 내 손목을 쥐고 내 발이 순간 땅으로부터 떠오를 만큼 강한 힘으로 나를 잡아당긴다.

남자가 나를 자기 쪽으로 끌고 갈 때야 처음으로 얼굴을 제대로 확인한다. 잭슨이다.

안도해야 하나? 아니면 더 두려워해야 하나?

더는 고민하지 않는다. 나를 자기 뒤로 홱 잡아끈 잭슨이 놈들과 내 사이에 서서 마크와 퀸을 제압했기 때문이다.

마크와 퀸은 미끄러지듯 걸음을 멈춘다. 얼굴에 떠오른 감정이 불편함에서 두려움으로 바뀌고 있다.

"무슨 문제 있어?" 잭슨이 묻는다. 전보다 더 낮고 거칠어진 목소리다. 현관 바로 앞에 쌓인 눈보다도 더 차갑다.

"문제는 무슨." 마크가 억지웃음을 뱉으며 말한다. "그냥 전학생과 친해지려는 중이었어."

"요새는 살인미수를 그렇게 부르나? 친해지려 한다고?" 잭슨은 목소리를 높이지 않는다. 위협하려는 낌새도 보이지 않는다. 그런데도 우리 세 사람은 몸을 움츠리고 그의 다음 처분을 기다린다.

"설마 우리가 얘를 다치게 했겠어, 친구." 퀸이 처음으로 입을 연다. 몇 분 전 우리 셋만 있을 때는 이렇게 앵앵거리지 않았는데. 하지만 말이 어눌해지지는 않은 것으로 보아 꽃병에 맞아 큰 부상을 입지는 않았나 보다. "밖에 던졌다가 몇 분 후에 문 열어주려고 했어."

"맞아." 마크가 덧붙인다. "그냥 장난이었어. 별일 아니야."

"너네는 이 난리를 그렇게 부르냐?" 잭슨이 묻는다. 목소리가 왠지 아까보다 더 차가워졌다. "규칙 알잖아."

무슨 규칙? 그리고 왜 자기가 그 규칙을 직접 담당하는 것처럼 얘기하지? 하지만 잭슨의 말에 퀸과 마크는 더 기를 펴지 못한다. 약간은 토할 것처럼 보이기도 한다.

"미안해, 잭슨. 우리가 막 달리다 들어와서 선을 좀 넘었어."

"사과를 받을 사람은 내가 아니지." 잭슨이 몸을 반쯤 틀고 내게 손을 내민다.

잡으면 안 돼. 여태껏 받은 호신술 훈련이 내게 온 힘을 다해 말한다. 도망치라고. 잭슨이 준 유예 기간을 이용해 미친 듯이 방으로 내달려야 한다고.

하지만 흑요석과 같은 눈 속에서 뜨겁게 끓고 있는 분노를 보자 본능적으로 알겠다. 잭슨은 놈들이 그 눈빛을 보지 못하게 일부러 내 쪽으로 몸을 돌리고 손을 내민 거다. 이유는 모른다. 자기가 얼마나 분노했는지 알리고 싶지 않다는 사실밖에는. 아니면 나 때문에 분노했다는 사실을 들키고 싶지 않은 건가.

어느 쪽이든 잭슨은 오늘 나를 구해줬고 나는 빚을 갚아야 한다. 잭슨과 눈을 맞추고 비밀을 지키겠다는 뜻을 눈빛으로 전한다.

그러고는 무언의 부탁에 따라 앞으로 나갔다. 잭슨의 손을 잡지는 않는다. 전에 잭슨이 했던 말과 행동을 생각하면 그건 좀 무리 아닐까? 하지만 마크나 퀸이 내게 허튼짓을 하면 잭슨이 가만두지 않을 것이라는 믿음을 품고 앞으로 나간다.

내가 생각보다 너무 가까이 다가갔는지 잭슨이 다시 움직여 내 앞을 반쯤 가린다. 그러면서도 퀸과 마크에게 똑바로 행동하라고 차가운 눈빛을 쏜다. 굳이 경고할 필요는 없을 것 같은데. 둘 다 이미 뉘우치는 표정이잖아.

"미안해, 그레이스." 마크가 먼저 말한다. "우리가 너무 유치했지. 겁줄 생각은 아니었어."

나는 아무 말도 하지 않는다. 내게 한 짓을 두고 괜찮다고 말할 생각은 눈곱만큼도 없기 때문이다. 잭슨이 방패 역할을 하고 있다지만 지옥에 떨어지라고 욕할 용기도 없다. 그래서 유일하게 할 수 있는 행동을 한다. 냉정하게 쳐다보며 사과 같지 않은 사과가 빨리 끝나기를 기다리는 것. 이제 방으로 좀 가자.

"그래, 알잖아." 퀸이 천장 쪽으로 한 손을 흔든다. "달이 그 짓을 하고 있어서……."

기껏 댄다는 핑계가 그거야? 달이 그 짓을 하고 있다고? 무슨 뜻인지도 모르겠지만, 솔직히 관심 없다. 이 학교도, 여기 있는 모든 사람도 이제 다 지겹다. 메이시랑 핀 삼촌만 빼고. 뭐, 아주 조금은 잭슨도.

"나는 자러 갈래." 내가 떠나려 돌아서지만 잭슨이 다시 내 손목을 붙잡는다.

"잠깐." 아까 그 사태 이후 나를 향해 처음으로 한 말이다. 그 말은 손목을 감싼 손보다 더 확실하게 내 걸음을 멈춘다.

"왜?" 내가 묻는다.

잭슨은 대답하지 않는다. 그 대신 마크와 퀸을 돌아보고 말한다. "아직 안 끝났어."

둘은 고개를 끄덕이지만 다른 말은 하지 않는다. 잭슨의 말이 협박만이 아니라 해산 통보이기도 했는지 발이 안 보이게 복도로 달려나갈 뿐이다. 사람이 저렇게 빨리 뛸 수도 있구나.

두 사람의 뒷모습을 같이 보고 있던 잭슨이 나를 돌아본다. 한참을 아무 말 없이 머리부터 발끝까지 나를 훑으며 짙은 눈으로 구석구석 분석하고 있다. 솔직히 조금 불편하다. 이용할 약점을 찾고 있던 퀸과 마크에게 느꼈던 불편함은 아니다. 그보다는, '와, 여기 온도가 갑자기 올라갔나? 왜, 나는 대체 왜 제일 낡고 후줄근한 잠옷 바지를 입고 있는 거야?' 등등과 같은 종류의 불편함이랄까.

그 느낌을 어떻게 생각해야 할지 모른다는 게 문제지.

"괜찮아?" 잡고 있던 손목을 이제야 놓아주며 잭슨이 조용히 묻는다.

"괜찮아." 나는 대답하지만 진심은 아닌 것 같다. '장난'이랍시고 사람을 밖으로 쫓아내 죽이려는 데가 세상에 어디 있지?

"안 괜찮아 보여."

조금은 뜨끔하다. 틀린 말은 아니지만. "그러게. 뭐, 며칠 동안 거지 같았거든."

"그럴 거야." 나를 쳐다보는 눈은 진지하고 표정은 엄숙하다. "마크랑 퀸은 걱정하지 마. 다시는 귀찮게 안 할 거야." 그 문장에서 '내가 책임질게'라는 부분은 입 밖으로 꺼내지 않지만 내 귀에는 분명 들린다.

"고마워." 내가 불쑥 말한다. "도와줘서 고맙다고. 진심으로."

잭슨은 놀란 표정을 짓고, 가능한지 모르겠지만 어둑한 조명 속에서 그의 눈빛은 더 짙어진다. "내가 그랬다고 생각해?"

"아니야?"

잭슨이 고개를 저으며 가볍게 웃는 소리에 내 심장이 엇박자로 뛴다. "너 아무것도 모르는구나?"

"뭘 몰라?"

"나는 방금 네가 이해조차 할 수 없는 게임에서 너를 체스의 폰pawn으로 만들었어."

"이게 게임이라고 생각해?" 기가 막혀 내가 묻는다.

"뭔지 나는 정확히 알아. 너는 어때?"

다른 말을 하기를, 수수께끼 같은 발언을 설명해주기를 기다리지만 잭슨은 그러지 않는다. 그 대신 나를 빤히 쳐다보기만 해서, 나만 괜히 어색하게 몸을 꼰다. 지금의 잭슨처럼 나를 쳐다본 사람은 단 한 명도 없었다. 죽을 위기에서 나를 구해준 게 실수였나 갈등하는 것처럼.

아니면 다음 말을 정하지 못했을 뿐인가? 그렇다면 나도 똑같은 처지라네, 자네.

하지만 이 음울한 침묵은 의미 없이 끝나버린다. 잭슨이 그저 이렇게 말했기 때문이다.

"너, 피 나."

"정말?" 내가 뺨으로 손을 올린다. 마크에게서 벗어나려다 어깨에 세게 부딪힌 부분이 욱신거린다.

"거기 말고." 내 입에 손을 가져간 잭슨이 아랫입술을 엄지로 부드럽게, 거의 느낌이 오지 않을 정도로 부드럽게 문지른다. "여기." 그러면서 엄지를 들어 보인다. 살갗에 묻어 반짝이는 피가 어두운 조명 아래 얼핏 보인다.

"으아, 더럽게!" 내가 피를 닦으려 손을 뻗는다. "내가 할······."

잭슨이 웃음으로 내 말을 자른다. 그러고는 엄지를 자기 입술로 가져가더니 내 눈을 똑바로 바라보며 입안에 엄지를 넣고 천천히 피를 빨아 먹는다.

이렇게 섹시한 모습은 생전 처음 본다. 내가 왜 이러지? 아니, 소름이 쫙 끼쳐야 정상 아닌가?

내 피를 맛보는 순간 뜨겁게 달아오른 그의 눈 때문인지도 모르겠다.

피를 삼킬 때 난 작은 소리 때문인지도 모르지.

아니면 내 입술을 엄지로 쓸고 그 엄지를 자기 입술로 가져간 행동이 다른 남자애와 나눈 그 어떤 키스보다 더 은밀하게 느껴진다는 사실 때문인지도 모른다.

"그만 가봐." 그 말은 속에서 억지로 뜯어낸 것처럼 들린다.

"지금?"

"그래, 지금." 일부러 표정을 다 지운 느낌이나. 신짜 생각, 혹은 감정을 내게 전하지 않으려고 지나치게 애쓰고 있다는 느낌. "그리고 내가 조언하는데, 자정 이후에는 네 방에서 나오지 마."

"방에서 나오지……." 그 발언의 의도에 내가 정색한다. "오늘 밤 일이 내 책임이란 말이야?"

"웃기는 소리 마. 그럴 리 없잖아. 두 놈 다 자제력을 키웠어야 해."

사람을 죽이고 다니면 안 된다는 말을 참 이상하게도 한다. 왜 그렇게 말하는지 물어보고 싶다. 하지만 내가 적당한 표현을 찾기도 전에 잭슨이 말을 잇는다. "그런데 전에도 내가 경고

하지 않았나? 여기서는 조심해야 한다고. 여기는 네가 다니던 학교와 달라."

"내가 다니던 학교가 어땠는지 네가 어떻게 알아?"

"모르지." 잭슨이 능글맞게 웃으며 말한다. "하지만 캐트미어 아카데미와 비교도 안 된다는 건 장담할 수 있어."

당연하게도 맞는 말이지만 지금은 물러날 생각이 없다. "모르는 일이야."

그때 잭슨이 참을 수 없다는 듯 몸을 앞으로 기울인다. 얼굴이, 입술이 내 코앞에 이를 때까지. 아까도 그랬지만, 불편해야 정상이라는 사실을 마음으로는 안다. 하지만 불편하지 않다. 몸이 뜨거워질 뿐이다. 지금 떨리는 무릎은 두려움 때문이 아니다.

입술이 벌어지고, 가슴까지 숨이 차오르고, 심장이 빠르게 뛴다. 잭슨도 그걸 느낀다. 몽롱해진 동공으로, 조금 전과 달리 긴장하고 경계하는 태도로 알 수 있다. 갑자기 거칠어지는 숨소리로도, 나와 닿은 몸의 약한 떨림으로도 알 수 있다. 잠깐, 아주 잠깐이지만 잭슨이 내게 키스할 거라 생각한다. 하지만 잭슨은 내 입을 지나 귀에 입술이 거의 닿을 정도로 몸을 더 기울인다. 마크와 퀸처럼 내 냄새를 맡고 있다는 묘한 느낌이 든다. 하지만 내게 일으키는 효과는 아까와 정반대다.

"내가 뭘 아는지 너는 짐작도 못 해." 잭슨이 나지막이 속삭인다.

따스한 숨결에 나는 숨을 헉 들이마시고 녹아내린다. 나는 의지와 상관없이 잭슨에게 온몸을 기대고 축 늘어진다.

잭슨은 양손으로 내 허리를 쥐고 어깨를 구부려 나를 감싼 자세로 1초, 2초 가만히 있어준다. 그러다 그만큼 짧은 시간 사이에 몸을 떼버린다. 너무 빨리 뒤로 물러나는 바람에 나는 지지대를 잃고 쓰러질 것처럼 휘청한다.

"그만 가봐." 잭슨이 더 낮고, 더 거친 목소리로 아까 했던 말을 되풀이한다.

"지금?" 믿을 수 없어 내가 묻는다.

"당장." 잭슨이 계단 쪽으로 고갯짓을 하고, 어째서인지 정신을 차리고 보니 나는 그 방향으로 움직이고 있다. 의식적으로 그런 결정을 내린 적도 없는데. "방으로 곧장 가서 문 잠그고."

"마크나 퀸 걱정은 할 필요 없다고 하지 않았어?" 내가 돌아보며 묻는다.

"없어."

"그럼 굳이 왜……?" 혼잣말을 하고 있다는 사실을 깨닫고 내가 말을 흐린다. 잭슨이 또 사라졌기 때문이다.

나는 혼자 덩그러니 남아 궁금해한다. 언제 다시 만나게 될까? 그리고 그게 왜 중요한 걸까?

8

나만 살면 되지
남들이 무슨 상관

　거짓말하지 않겠다. 드디어 방에 돌아왔을 때 나는 적잖이 충격에 빠진 상태다. 곧 있으면 새벽 5시이고, 침대에 도로 누워 메이시가 일어날 때까지 천장만 올려다보고 싶지는 않다. 그렇다고 계속 학교를 배회하자니 위험할 것 같다. 아까 잭슨이 제때 나타나지 않았더라면 지금쯤 이 세상 사람이 아닐지 또 누가 알아.

　그런 기막힌 상황에 또다시 처한다 해도 잭슨이 나를 구해줄 거라 기대할 수는 없다. 그러고 싶지도 않고. 방에 들어가 있는 게 최선이겠지. 그러다 메이시가 깨어나면 방금 일에 대한 의견을 듣자. 하지만 메이시의 의견이 세상에나 미친?!?!이 아니라면 아직 풀지 않은 캐리어를 집어 들고 샌디에이고로 돌아갈 작정이다. 남은 8개월 동안 헤더네에 객식구로 얹혀사는 게 죽기보다야 낫지 않을까? 어쨌거나 그렇게 이야기할 거고, 그 주장을 고수할 거다.

샌디에이고에는 고산병도 없잖아.

까치발을 하고 방으로 들어가는데 속이 메스꺼워진다. 겨우 침대에 도착해 나지막이 신음을 흘린다.

메이시가 소리를 들었나 보다. "고산병이 평생 가지는 않을 거야. 약속해."

"고산병 때문만은 아니야. 그냥 전부 다."

"그럴 거야." 메이시가 말한 후 우리 사이에는 한참 동안 침묵이 흐른다. 메이시가 내게 기회를 주고 있는 게 분명하다. 생각을 정리하고 자기에게 이야기하고 싶은지 결정하라는 뜻이다.

침대 위에서 나를 무겁게 짓누르는 것 같은 회색 천장을 응시하다 깊은숨을 들이마신다.

"그냥…… 알래스카는 나한테 외계 행성 같은 곳이거든? 집이랑 다른 게 너무 많아서 적응하기 힘드네." 원래는 잘 알지 못하는 사람에게 속마음을 털어놓는 성격이 아니다. 모든 감정을 안에 담아두는 쪽이 더 편하니까. 하지만 메이시는 이곳에서 나와 가장 친한 친구다. 또 한편으로는 누구한테 말이라도 하지 않으면 폭발할 것 같다.

"네 마음 이해해. 여기서 평생을 산 나도 가끔은 이게 뭐야 싶은 날이 있거든. 그런데 너는 온 지 이제 겨우 열두 시간째고 쭉 몸 상태가 별로였잖아. 며칠 더 기다려보는 게 어때? 고산병이 가라앉고 수업 몇 개 들을 때까지. 일상으로 적응이 되면 막 이상하다는 느낌은 안 들 거야."

"네 말이 맞아. 사실 자다 깨기 전까지는 기분이 그렇게 나쁘지 않았어. 그런데……." 내가 말을 흐린다. 방금 일어난 일을 대체 어떻게 설명해야 좋을까?

"그런데?" 메이시가 이불을 젖히고 침대에서 내려온다.

"학교가 크다는 건 알지만 너 혹시 마크랑 퀸이라는 남자애들 알아?" 내가 묻는다.

"글쎄. 그중에 콧구멍 사이에 피어싱한 애 있어?"

"응. 검은색 큰 거." 설명하려고 코를 손가락으로 쥔다.

"맞네, 그럼. 나랑 같은 학년이야. 착하고 진짜 재미있어. 한번은……." 내 감정이 얼굴에 그대로 드러났는지 메이시가 말을 뚝 끊고 눈을 가늘게 뜬다. "가만, 질문은 내가 해야 한다는 생각이 드는데. 네가 걔들을 어떻게 알아?"

"그냥 장난이었을지도 모르지만…… 이건 확실해. 오늘 밤 걔들이 나를 죽이려고 했어. 아니면 죽도록 겁을 주려고 했든가."

"걔들이 뭘 하려고 했다고?" 메이시가 날카롭게 외치며 나에게 주려고 냉장고에서 꺼내 온 물병을 떨어뜨릴 뻔한다. "무슨 일이 있었는지 당장 말해. 하나도 빠뜨리지 말고."

메이시가 너무도 완강해 보여서 무슨 일이 있었는지 순순히 들려준다. 잭슨이 나를 구해준 부분만 빼고. 그 일에 대한, 또 잭슨에 대한 내 마음을 모르니 아직은 이야기할 때가 아닌 것 같다. 메이시의 의견을 들을 준비는 더더욱 되지 않았다. 그 소동을 비밀로 하겠다는 무언의 합의 비슷한 것도 했고. 그런데 방으로 돌아와 생각하니 궁금해진다. 혹시 나 혼자 비밀 거래라고 상상한 건가?

"그래서 어떻게 됐어?" 내가 더 이상 이야기를 하지 않자 메이시가 묻는다. "걔들한테서 어떻게 벗어난 거야?"

"싸우는 소리를 듣고 누가 무슨 일인가 하고 왔어. 목격자가 있다는 걸 알고는 금방 얌전해지더라."

"그랬겠지, 멍청한 놈들. 우리 아빠 귀에 들어가는 건 자기들도 원하지 않을 테니까. 그런 생각은 너를 건드리기 전에 먼저 했어야지. 내가 걔네 죽이고 만다." 정말로 그럴 만큼 분노한 표정과 목소리인 메이시가 말을 잇는다. "대체 무슨 생각을 한 거지? 너를 알지도 못하는데 왜 그런 짓을 해?" 그러더니 일어나 방 안을 서성인다. "걔들이 너를 밖에 두고 한참 있었으면 저체온증 걸리고도 남았어. 10분 이상 밖에 방치했다가는 더한 일이 생길 수도 있었다고. 너 진짜 죽었을지도 몰라. 이해가 안 되네. 좀 거칠고 혈기왕성한 애들이긴 해. 하지만 악의적인 행동을 한 적은 없었는데."

"상황 자체가 말이 안 돼. 아무래도 약이든 뭐든 한 것 같아. 그렇지 않고서야 어떻게 청바지랑 티셔츠만 입고 밖에 있었겠어. 아니, 걔들은 어떻게 저체온증에 안 걸렸냐고?"

"모르지." 메이시가 말한다. 하지만 불편한 눈치다. 걔들이 정말 약을 한다는 사실을 알고 있는지. 아니면 얇은 옷만 입고 밖에 있었다는 말이 내 망상이라고 생각하는지. 하지만 나는 똑똑히 봤다. 그 남자애들은 방한 용품을 하나도 착용하지 않은 상태였다.

"아마 밖에 일이 분 정도밖에 안 있었나 보지." 한참 만에 메이시가 상황을 추측하며 내게 진통제 두 알을 건넨다. "아무튼 무슨 일인지 몰라도 아빠가 진상을 밝혀낼 거야."

한편으로는 핀 삼촌에게 말하지 말라고 부탁하고 싶다. 가뜩이나 전학생으로 살기도 힘든데 고자질쟁이까지 되라니? 하지만 자칫 큰일을 당했을지도 모른다고 생각하면—잭슨이 오지 않았다면 어떻게 됐을까—핀 삼촌도 이 일을 알아야 한다. 안 그러면 다른 사람에게 또 그런 짓을 안 한다는 보장이 없잖아?

"그때까지는 좀 더 자. 혹시 배고프지는 않아?"

음식 생각만 해도 거부감으로 속이 뒤틀려 겨우 말한다. "밥은 건너뛸래. 그런데 잠을 잘 수 있을 것 같지도 않아. 짐이나 풀까 봐. 내일을 위해 준비해야지."

"짐은 신경 쓰지 마. 내가 이미 했어."

"네가 했다고? 언제?"

"어제 너 잠든 후에. 내가 정리한 게 마음에 안 들면 바꿔도 돼. 그래도 이렇게 해놓으면 네 물건을 다 쉽게 찾을 수 있잖아."

"내가 해도 되는데. 괜히 너 힘들게."

"네가 해도 된다는 거 알아. 그냥 너 몸도 별로 안 좋은데 살짝 도와주면 좋겠다 한 거지. 오늘 저녁에 파티 가려면 화장품도 찾아야 하고."

왜 이렇게 웃긴지 모르겠다. 오늘 같이 파티에 가자는 말을 메이시가 너무 아무렇지 않게 해서? 아니면 화장품이라고 해봐야 마스카라와 립글로스 몇 개가 전부인 내가 파티에 화장을 하고 가는 상상을 해서?

그러고 보니 얘는 어제 알래스카 황야에서 스노모빌을 몰 때도 풀메이크업을 하고 있었지. 메이시가 파티에는 어떻게 하고 나타날지 상상도 안 간다.

"정확히 무슨 파티야?" 내가 핫핑크색 이불에 파고들며 묻는다. 이 이불, 갈수록 마음에 든다. 여태까지 써본 이불 중에 제일 부드럽고 포근해서인가?

"캐트미어 아카데미에 온 걸 환영한다는 파티. 네 환영식이야."

"뭐?" 갑자기 벌떡 일어나는 바람에 머리가 다시 쑤시기 시작한다. "환영 파티라고? 내 환영식? 진심이야?"

"음, 사실 학교에서 한 달에 한 번씩 오후에 티 파티 같은 걸 열거든. 학생들 친목 도모를 위해. 그냥 네 전학을 환영하는 의미로 오늘은 조금 더 파티 분위기를 내자고 한 거야."

"아, 그래. 다들 따뜻하게도 맞아주더라." 내가 베개에 얼굴을 묻고 앓는 소리를 낸다.

"전부 그렇지는 않을 거야. 플린트 봐봐. 걔는 친절하잖아?"

"그랬지." 전학생이라 부르며 나를 놀리던 플린트를 생각하니 괜히 웃음이 나온다.

"앞으로 만날 사람들은 대부분 플린트 같을 거야. 마크나 퀸 같지 않을 거라고 약속해." 메이시가 한숨을 쉰다. "그래도 싫다면 취소할 수 있어. 고산병이 심하다고 하지, 뭐. 지금 상태로 봐서는 거짓말도 아닐 거야."

티를 내지 않으려 노력하지만 얼굴을 베개에 묻은 채로도 메이시의 실망감이 다 들린다.

"아니야, 취소하지 마." 내가 말한다. "토만 안 하면 갈게."

어차피 조만간 이 학교 애들과 단체로 대면해야 한다. 감독하는 어른들이 있는 오늘 해치워버리는 편이 낫겠지. 그러면 애들도 최대한 얌전하게 행동하지 않을까? 눈밭이나 창밖으로 나를 내던질 가능성도 훨씬 낮아질 거고……. 몸이 부르르 떨린다. 아직은 그 일로 농담할 때가 아닌가 보다.

"잘됐다!" 메이시가 내 침대에 풀썩 앉으며 아까 건네려던 물병을 내민다. "잊지 마, 지금은 물과 친해져야 해." 그러면서 윙크를 한다.

"싫은데." 내가 장난으로 징징댄다.

"그래, 뭐. 마시는 게 좋을걸. 고산병에 걸렸을 때는 물을 많이 마셔야 해. 폐나 뇌에 부종이 생기기 싫다면 말이야. 사람을 빠르게 죽이는 건 저체온증만이 아니다, 너."

"꼭 그렇게 말해야겠어?" 나는 눈을 굴리면서도 메이시가 내민 물병을 받아 들고 단숨에 절반을 비운다. "너 보기보다 터프하다고 하는 사람 없어?"

"내 남친. 그래도 속으로는 좋아하는 것 같아."

"다행이네." 물을 한 모금 더 쭉 마신다. "여기 넷플릭스는 있니?"

"장난쳐?" 메이시가 황당하다는 눈으로 나를 본다. "나 알래스카 한가운데 있는 산에 사는 사람이야. 넷플릭스 없으면 못

살지."

"그러네. 〈레거시스〉 어때? 내 절친 헤더랑 지난주에 막 보기 시작했거든."

"〈레거시스〉?" 메이시의 눈이 휘둥그레진다.

"응. 뱀파이어, 마녀, 늑대인간인 십 대 애들이 기숙학교에 모여 사는 드라마인데 진짜 볼만 해. 조금 유치하다고 생각할 수 있지만 상상하면 재미있잖아."

"유치하다니. 전혀 아니야." 메이시가 쿨럭쿨럭 기침을 하며 말한다. "나도 볼래. 내 말은, 섹시한 뱀파이어를 누가 거부하겠어?"

"내 말이 그 말이야."

메이시가 내용을 이해할 수 있게 첫 화부터 다시 보기 시작한다. 주인공과 같은 위탁 가정에서 자란 형제가 늑대인간으로 변신하는 장면을 보다 보니 문득 마크와 퀸이 달에 관해 했던 이야기가 떠오른다. 그래, 그냥 캄캄한 황야를 비출 달빛이 필요하다는 뜻이었을 거다.

당연한 소리.

하지만 잭슨과 2차전까지 벌였고 두 번 다 잭슨의 경고로 끝난 지금, 이런 생각을 하지 않을 수가 없다. 나 대체 어디에 발을 들인 걸까.

9

지옥에도
파벌이 있다니

"가만 좀 있어!" 몇 시간 후, 메이시가 내 손을 찰싹 치며 말한다. 우리는 지금 파티장으로 갈 준비를 하고 있다. "너 예뻐."

"정말?" 내가 옷장을 열고 전신 거울을 본다. 드레스를 입은 후 최소 열 번은 거울을 본 것 같다.

"그렇다니까. 그 드레스 너랑 정말 잘 어울려. 색도 딱이다."

"색은 문제가 아니야." 내가 눈을 굴린다.

"그럼 뭐가 문제인데?"

"글쎄." 나는 드레스의 목 부분을 조금 잡아당긴다. 10센티미터는 더 올리고 싶은데. "가슴이 튀어나오려는 거? 그런 첫인상은 절대 사절이야."

메이시가 웃는다. "미치겠다. 드레스 예뻐. 입은 너도 예쁘고."

"드레스는 예쁘지." 내가 동의한다. 사실이기 때문이다. 키 크고 날씬한 메이시가 입었다면 완벽하게 잘 어울렸을 옷이다. 나는 가슴이 커서 일이 더 복잡해진 거지만. "저녁 내내 숨을 깊이 들이마시지 않으면 괜찮겠지."

"저기, 원래 입으려던 청바지 입든가." 메이시가 내 침대로 건너와 바지를 집어 든다. "네가 불편한 건 싫어."

그러고 싶다. 정말 그러고 싶지만……. "다른 여자애들도 청바지 입고 와?"

"다른 애들이 뭘 입든 무슨 상관이야."

"아니라는 뜻으로 알게." 한 번 더 목 부분을 끌어 올리다 포기하고 옷장을 닫는다. "가자. 저녁 내내 방에 박혀 넷플릭스나 보기로 결심하기 전에 출발하자고."

메이시가 나를 껴안는다. "너 진짜 예뻐. 가서 재미있게 놀자."

내가 또 눈을 굴린다. 왜냐하면 '예쁘다'라는 표현은 순전히 과장이기 때문이다. 구불거리는 적갈색 머리카락, 평범한 갈색 눈, 코와 뺨에 제멋대로 뭉쳐 있는 주근깨는 나를 결코 예뻐 보이게 하지 않는다.

그나마 내게 쓸 수 있는 최상급 표현은 '귀엽다' 아닐까. 화려한 미인인 메이시 옆에 서 있으면 배경으로 밀려난다. 평범하고 따분한 애로.

"빨리 가자." 메이시가 내 팔을 붙잡고 문으로 잡아끈다. "환영 파티 주인공은 조금 늦어도 멋지지만 더 있다가는 그냥 지각이야."

"아예 빠지는 방법도 있어." 그렇게 말하면서도 나를 끌고 가는 메이시를 말리지는 않는다. "멋지게 불참하는 거지."

"그러기엔 늦었네." 메이시가 보란 듯이 얄밉게 웃으며 대답한다. "다들 우리 기다리고 있어."

"와, 신난다." 야유가 나오지만 일단 밖으로 나간다. 빨리 도착해야 힘든 부분도 빨리 해치울 수 있을 테니까.

그런데 문 앞에 달린 크리스털 커튼을 통과하려는 순간, 메이시가 말한다. "여기, 내가 잡아줄게. 정전기 안 오르게. 미안해. 어제는 깜빡했어."

"정전기? 무슨 말이야?"

"닿으면 따끔해." 메이시가 고개를 갸웃하고 수상하다는 표정으로 나를 본다. "어제 내려갈 때 못 느꼈어?"

"음, 응." 손을 뻗어 구슬 줄 몇 가닥을 움켜쥔다. 대체 무슨 소리인지.

"정말 아무것도 못 느꼈어?" 잠시 가만히 있던 메이시가 다시 묻는다.

"정말 못 느꼈어." 나는 제일 아끼는 장미 무늬 컨버스화를 내려다본다. "신발 때문인가?"

"그럴 수도 있고." 말은 그렇게 해도 못 믿는 표정이다. "빨리 가자."

문을 닫은 메이시가 구슬 커튼에 대고 손을 여러 번 휘젓는다. 일부러 정전기를 일으키려는 것처럼. 에이, 말도 안 되는 생각이다. 하지만 그렇게 보이는걸.

"있잖아." 메이시가 뭔지 모를 행동을 끝냈을 때 내가 묻는다. "왜 굳이 정전기로 사람을 쏴대는 구슬 커튼을 걸어두는 거야?"

"다 쏘지는 않아." 메이시가 의미심장하게 나를 보며 대답한다. "그리고 예쁘잖아. 딱 봐도."

"딱 봐도."

복도로 나오자 벽의 크라운 몰딩이 절로 눈에 들어온다. 가시 줄기에 핀 금색 꽃으로 가득한 검은색 몰딩은 화려하고 아름다우며 조금은 섬뜩하다. 하지만 천장을 따라 늘어선 조명들만큼 섬뜩하지는 않다. 구불구불 이어진 가시 줄기에 검은 꽃이 세 송이씩 축 늘어진 모양새다. 꽃의 중심에 달린 금색 전구는 아래로 늘어진 꽃잎에 일부가 가려져 있다.

전체적으로 으스스한 분위기를 풍겨도 아름답긴 하다. 내 방을 이렇게 꾸미지는 않겠지만 환상적이라는 사실은 인정하지 않을 수 없다.

장식에 완전히 홀려 깨닫지 못했는데, 2층까지 내려왔을 즈음에는 불편하던 속이 가라앉아 있었다. 익룡 떼가 나비 떼로 변했을 뿐이지만 그것만으로 장족의 발전이니 괜찮다. 고도 때문에 경미한 두통이 남아 있긴 해도 일단 진통제로 급한 불은 껐다.

이 상태가 계속되기를 바랄 뿐이다.

메이시는 환영 파티라고 했지만 평소의 티 타임과 다르지 않았으면 좋겠다. 올해 내 목표는 최대한 남들 눈에 띄지 않고 지내는 것이고, 내가 주인공인 파티는 계획에 어긋난다. 음, 그보다는 계획을 완전히 망친다고 해야 하나.

문으로 다가가다 메이시의 손목을 붙잡는다. "사람들 앞에 세우지는 않을 거지? 그냥 섞여서 돌아다니기만 할 거지?"

"그럼. 아, 아빠가 간단한 환영사를 준비하는 것 같던데 별로 거창하지는 않을 거야."

그럼 그렇지. 삼촌이 가만있을 리가 있나. 그럼요, 전학생 등에 과녁을 그려야죠. 빌어먹을 내 인생.

"에이, 너무 걱정하지 마." 나무를 깎아 화려하게 장식한 문 앞에서 메이시가 걸음을 멈추고 두 팔 벌려 나를 껴안는다. "아무 일 없을 거야. 맹세해."

"*끔찍하지는 않다* 정도면 만족해." 말은 그렇게 해도 기대하지 않는다. 무거운 쇳덩이가 나를 짓누르는 느낌인데 어떻게 그러겠는가. 쇳덩이는 나를 작아지게 만든다. 내 존재를 말살하고 있다.

학교 탓은 아니다. 이 느낌은 지난달부터 계속됐으니까. 하지만 이곳 알래스카에 있으니 더 괴로워진다.

"*환상적이라고* 생각하게 될 거야." 메이시가 정정하며 내 팔을 붙잡고 팔짱을 낀다. 그러더니 몸으로 밀어 문을 양쪽으로 열어젖히고 그곳의 지배자인 양 걸어 들어간다.

실제로도 그런가? 사람들이 고개를 돌리고 메이시를 쳐다보는 모습을 보니 그런 것 같다. 하지만 진실을 깨닫자마자 악몽이 현실로 둔갑한다. 이 사람들이 쳐다보는 건 나였다. 게다가 다들 마땅찮다는 표정이다.

그래서 나는 실내 장식에 집중하기로 한다. 멋지네. 어디부터 감상해야 할지 몰라 사방을 둘러보며 모든 것을 눈에 담는다. 진홍색과 검은색이 섞인 바로크풍 벨벳 벽지부터 정교한 무늬를 새긴 철제 가지마다 검은색 크리스털이 주렁주렁 매달린 3층짜리 샹들리에까지 전부 다. 커다란 연회장의 뒤쪽 절반은 고급스러운 붉은색 의자와 검은 식탁보로 덮인 테이블이 차지했다.

벽에는 150미터 간격으로 검은 촛대가 달려 있는데, 진짜 촛불로 불을 밝힌 듯하다. 가까이 다가가보고 넋을 잃는다. 촛대마다 다른 형태의 용을 새겨놓다니. 첫 번째 촛대에는 멋들어진 켈트 십자가 앞에서 날개를 활짝 펼친 용이 있고, 두 번째 촛대에는 성 꼭대기를 감싼 용이 새겨져 있다. 세 번째 용은 하늘을 나는 중인 것 같다. 촛대를 꽂은 각도 때문에 용이 쩍 벌린 입으로 불을 뿜는 듯 불빛이 일렁인다. 더 가까이 가보니 역시나, 진짜 촛불이다.

삼촌은 어떻게 이러고도 무사한 거지? 소방 당국이 학생들 주위에 불을 아무렇게나 켜두는 학교를 가만히 둘 리 없을 텐데? 하기는, 알래스카 한복판에 덩그러니 있는 학교니까. 소방서에서 캐트미어를 불시에 방문하는 것도 상상하기 힘들다.

내 팔을 잡아당기는 메이시에게 억지로 이끌려 용들을 두고 파티장 안으로 깊숙이 들어간다. 문득 고개를 들다가 천장까지 빨간색 페인트칠을 했다는 사실을 깨닫는다. 아까 그 검은색 몰딩이 여기서도 벽의 상단을 둘러싸고 있다.

"파티 내내 장식 구경만 할 거야?" 메이시가 작게 속삭이며 나를 놀린다.

"그럴지도 몰라." 마지못해 천장에서 눈을 떼고 앞쪽 벽을 다 차지한 커다란 뷔페 테이블을 바라본다. 치즈 플래터에, 페이스 트리에, 샌드위치에, 음료수에 아주 푸짐하게도 차려놓았군.

하지만 뷔페 테이블에는 아무도 없다. 아니, 어느 테이블이든 앉아 있는 사람이 없다. 학생들은 곳곳에서 무리를 짓고 서 있다. 이런 자발적인 고립은 그래도 다른 곳들과 좀 비슷하다. 샌디에이고의 평범한 고등학교나 알래스카의 최고급 기숙학교나 파벌을 피할 수 없기는 마찬가지인 모양이다.

그리고 최고급 기숙학교의 파벌은 평범한 학교보다 천배는 더 속물적이고 범접하기 힘든 것 같다.

가련한 내 인생이여.

메이시를 따라 안으로 들어가며 다양한…… 조직들을 둘러본다. 그것 말고는 적당한 표현이 떠오르지 않는다.

창문 옆에서 나를 쳐다보는 애들은 에너지와 경멸을 주변으로 뿜어낸다. 서른다섯 명 정도가 커다란 무리로 한데 모여 있는 모습이 꼭 경기를 앞두고 작전 회의를 하는 스포츠팀 같다. 남자들은 청바지, 여자들은 쫙 달라붙는 미니 드레스 차림으로 근육이 잡혀 건강미 넘치는 몸을 과시한다.

뒤쪽에 있는 무리는 호기심과 멸시로 가득한 표정이다. 하늘하늘한 롱드레스나 지금 이 공간처럼 고급스러운 패턴과 재질의 와이셔츠를 입고 있는 이들은 창가의 무리보다 더 곱상해 보인다. 메이시가 신나게 손을 흔드는 모습을 보기 전부터 메이시네 무리일 줄 알았다.

메이시가 그쪽으로 움직여 나도 뒤를 따른다. 갑자기 긴장되지만 마음에 없는 미소로 긴장을 감춰본다.

도중에 또 한 무리를 지나치는데, 말 그대로 파도처럼 열기가 밀려든다. 여자들도 180센티미터에 육박한 키를 가진 그 무리는, 정도는 다르지만 경멸과 의심을 담은 눈으로 나를 지켜보고 있어 옆을 지나가기가 무척 불편하다. 나랑 같이 농구 할 사람?

하지만 그 무리의 중심에서 활짝 웃으며 나를 향해 눈썹을 꿈틀거리는 플린트를 본 순간 나도 모르게 키득키득 웃고 만다. 같은 무리의 남자애들처럼 플린트도 가슴과 팔 근육이 드러나는 쫄티와 청바지 차림이다. 근사하다. 정말로 근사하다. 친구들도 다 근사하기는 하지만. 고개를 돌리기 직전 내 쪽으로 혀를 내밀고 메롱, 하는 플린트의 모습에 이번에는 큰 소리로 웃음을 터뜨린다.

"뭐가 그렇게 웃겨?" 그렇게 묻던 메이시도 플린트를 발견하고 눈을 굴린다. "내가 쟤 관심 끌려고 얼마나 오래 노력했는지 알아? 철저히 무시만 당하다 결국에는 포기했거든? 우리가 사촌이 아니고 절친이 될 사이도 아니었다면 너를 미워했을 거야."

"플린트와 나도 친구가 될 사이야." 말도 안 되게 보폭이 넓은 메이시를 따라잡으려 애쓰며 내가 말한다. "관심 있는 여자한테 저렇게 눈을 사시로 뜰 남자는 없지."

"또 모르지. 용……." 메이시가 말을 하다 말고 사레들린 것처럼 격하게 기침을 한다.

"괜찮아?" 내가 메이시의 등을 가볍게 두드린다.

"괜찮아." 메이시는 다시 기침을 하며 조금 긴장한 표정으로 하늘하늘한 한쪽 소매를 당긴다. "용을 쓴다고."

"용을 써?" 내가 되묻는다. 얘가 지금 무슨 말을 하는지 도저히 모르겠네.

"네가 궁금해할까 봐." 메이시가 나를 뜯어보며 말한다. "아까 말이야. 아까 그 말 하려던 거였어. 좋아하는 여자 관심을 끌려고 용을 쓰는 남자들이 있잖아. 그 얘기였어. 용 쓴다고."

"그으으으래." 나는 그 말밖에 하지 않는다. 혼란스럽다. 메이시의 말보다는 말투가. 생각해보니 메이시는 어제도 플린트 옆에 있을 때 이상해졌다. 플린트와 가까워지면 말문이 막히는 건가.

드넓고 화려한 파티장의 중앙에 이르자 메이시는 더 이상 아무 말도 하지 않는다. 그럴 만도 하다. 지금 우리는 여기서 가장 험악한 무리 옆을 지나고 있기 때문이다. 이 공간에 있는 사람들 대부분이 기가 세 보이는데, 그중에서 가장 험악하다면 말 다 했지.

이 사람들은 아예 차원이 다르다. 머리부터 발끝까지 무채색으로 입었는데 흰색 아니면 검은색 명품 셔츠, 드레스, 바지, 구두, 보석까지…… 전부 다 돈 냄새를 풀풀 풍긴다. 무심한 듯한 장악력도 놓치기 힘들다. 자기들끼리 뭉쳐 있다는 점은 같지만 이들에게는 다른 무리에 없는 격식이 존재했다. 다른 무리와 맞선다면 서로의 편을 들어주겠지만 그 이상은 가까워지지 않는다는 느낌?

바로 옆을 지나가니 다른 무리와 확연히 다른 점을 하나 더 알겠다. 내 쪽을 쳐다보는 사람이 단 한 명도 없다.

얼마나 감사한지 모른다. 그게 메이시의 친구들에게 한 걸음, 한 걸음 다가갈 때마다 무릎의 후들거림이 더 심해지는 지금의 내 심정이다. 도저히 감당할 수가 없다. 파티에 온 수많은 사람이 나를 지켜보고 있다는 사실도 부담스럽지만, 왜 이렇게 자기들끼리만 서로 끈끈한 거지? 아니, 정말 조금도 다른 그룹과 섞이지 않는다. 머리부터 발끝까지 검정색 차림인 남자애와 하늘하늘한 드레스를 입은 여자애가 어울리는 일은 없다. 키가 껑충한 여자애는 창가에 있는 스포츠팀 같은 남녀를 쳐다도 보지 않는다.

캐트미어 아카데미에서는 모든 학생이 자기 선 밖으로 나오지 않는 것 같다. 얼굴에 떠오른 표정으로 보아 두려워하기 때문은 아니다. 이곳에 있는 다른 무리들을 경멸하기 때문이다.

재미있네, 진짜로. 아니, 사립학교 애들이 배타적이고 콧대 높다는 사실은 처음부터 알고 있었다. 안 그런 데가 어디 있어? 하지만 이 정도일 줄은 몰랐다. 돈, 지위, 태도만으로 이 정도로 완벽하게 갈라질 수 있다고?

내가 교장 친척이기에 망정이지 이 학교에 감히 들어오지도 못했겠다. 역시 혈연이 최고……라고 하기엔 이 파티가 어떻게 흘러가느냐에 따라 최악이 될 수도 있으려나.

내가 이 모임에 온다고 왜 긴장했더라…….

그나마 자존심 덕분에 도망치지 않고 메이시의 친구들에게 다가가고 있다. 뭐, 지금 먹잇감처럼 행동하면 안 된다는 생각도 작용했고. 졸업할 때까지 무서운 애들에게서 도망치며 지내고 싶지는 않다.

"빨리 내 친구들 소개해주고 싶다." 뒤쪽에 자리 잡은 무리에 드디어 다가가며 메이시가 말한다. 가까이서 보니 멀리서 볼 때보다 훨씬 더 화려하다. 각양각색의 보석이 머리카락과 피부에서 반짝거린다. 귀걸이, 펜던트, 머리핀은 물론 눈썹 피어싱, 입술 피어싱, 코 피어싱에도 색색깔의 보석이 박혀 있다.

이렇게 초라해진 느낌은 난생처음이다. 빌린 드레스의 목 부분을 다시 한번 끌어올리지 않으려 내가 가진 자제력을 한 방울도 남기지 않고 쥐어짜야 했다.

"얘들아! 여기는 내 사촌 그레……."

"그레이스!" 주먹만 한 자수정 펜던트 목걸이를 한 미모의 빨간 머리 여자애가 선수를 친다. "캐트미어에 온 걸 환영해! 네 얘기 저어어엄말 많이 들었어." 조롱인가 싶을 정도로 열띤 목소리인데 조롱하는 상대가 메이시인지, 나인지 헷갈린다. 하지만 그 애의 눈을 보니 알겠다. 차갑고 악의에 찬 눈은 오직 나를 향해 있었다.

놀랍지도 않다.

어떻게 대답해야 할까? 예의를 갖추는 것도 중요하지만 나를 비웃는 사람에게 동조할 수는 없지 않나. 다행히 내가 답을 결정하기 전에 숱 많은 검은 곱슬머리와 완벽한 입술 선을 가진 여자애가 대신 나서준다.

"그만해, 시몬." 그러고는 진심이 담긴 듯한(그러기를 바란다) 미소를 머금고 나를 돌아본다. "안녕, 그레이스. 나는 릴리라고 해." 연갈색 눈이 다정해 보인다. 반짝이는 리본과 함께 땋은 검은 머리카락은 다갈색 피부를 아름답게 감싼다. "쟤는 그웬이고."

릴리가 예쁜 보라색 드레스를 입은 동아시아계 여자애를 고개로 가리키자 그웬이라는 애가 내게 미소를 지으며 말한다. "만나서 정말 반가워."

"음, 나도 만나서 반가워." 나 정말 노력하고 있다. 하지만 실제 감정이 말투에 드러났는지 그웬의 눈빛이 탁해진다.

"신경 쓰지 마, 시몬은……" 그웬이 빨간 머리의 이름을 말하는 대목에서 목소리를 확 낮춘다. "남자애들이 다 너만 본다고 삐쳐서 그래. 경쟁을 싫어하거든."

"아, 나는 그런……" 내가 말을 하는데 시몬이 코웃음을 친다.

"그래, 그래서 삐쳤다. 경쟁할까 봐 걱정돼서. 설마 다른 이유가 있겠어? 교장이 무슨……"

"우리 뭐 좀 마실까?" 메이시가 큰소리로 시몬의 말을 자른다.

가벼운 메스꺼움이 재발해 목마르지 않다고 말하고 싶었지만 메이시는 대답을 듣지도 않고 내 손을 잡고서 저쪽에 있는 뷔페 테이블로 향한다.

테이블 한쪽 끝에는 커다란 찻주전자 두 개와 찻잔들이 가지런히 놓여 있고, 뚜껑 없는 쿨러는 얼음물과 캔 음료수로 꽉꽉 들어차 있다.

알래스카에 도착한 후로 쭉 몸이 얼음장이었던 터라 나는 찻잔으로 손을 뻗는다. 그러다 다른 테이블에 놓여 있는 20리터짜리 주황색과 흰색 보온병을 발견한다. "이건 뭐야?" 정말 궁금해서 하는 질문이다. 여기 있는 사람들 머릿수에 비해 음료가 너무 많지 않나? 제발, 제발 더 많은 학생이 우르르 등장한다는 뜻이 아니기를. 지금 여기 있는 인원만으로도 벌써 감당할 수 있는 수준을 넘었다고.

"아, 그냥 물이야." 메이시가 유쾌하게 말한다. "기온이 갑자기 내려가면 파이프가 어니까 그때 쓰려고 항상 준비해놔. 혹시 모를 상황을 대비하는 거지."

알래스카면 그런 일이 생기지 않도록 특수 파이프를 쓰고 추가로 단열 작업을 해야 하는 거 아닌가? 하긴, 내가 뭘 안다고. 아직 11월인데 바깥 기온은 벌써 영하다. 심지어 그게 정상이란다. 그렇게 생각하면 한파가 심한 겨울에는 난리가 날 수도 있겠다.

다른 질문을 할 새도 없이 메이시가 몸을 숙이고 쿨러에서 닥터페퍼를 꺼내 내게 내민다.

"아빠한테 파티에 닥터페퍼 꼭 주문하라고 했어. 카페테리아에도. 지금도 좋아하지?"

지금도 좋아한다. 차를 마시고 싶은 기분이라 생각했지만 저 적갈색 캔에는 사람의 마음을 움직이는 힘이 있었다. 우리 집 과 부모님과 과거의 삶을 떠오르게 하는 힘. 갑자기 가슴에 그 리움이 사무치고, 뭐가 됐든 익숙한 것이 간절해져 나는 음료 수를 받아 든다.

메이시가 웃으며 응원하듯 고개를 끄덕인다. 내 마음을 이해 하는구나. 감사함이 향수병을 쫓아버린다.

"고마워. 정말 감동이야."

"감동은." 메이시가 내 어깨에 자기 어깨를 부딪는다. "그래, 또 누구 만나고 싶어?" 그러면서 턱으로 가리킨 것은 파티장 뒤쪽의 붉은색 벨벳 의자에 느긋하게 앉아 있는 남자애 두 명 이다. 메이시네 그룹이라는 표시로 무늬가 현란한 와이셔츠를 입고 있다. "캠이랑 캠 절친이야."

"캠?" 내가 당연히 알아야 하는 이름처럼 말하는데 누군지 모르겠다.

"내 남친. 너 보고 싶어서 난리였어. 가자."

거기다 대고 싫다고 하기는 어려워 잠자코 따른다. 하지만 캠이든 누구든 전학생이 '보고 싶어서 난리'였다면 분명 실망 할 텐데. 나는 그렇게 흥미로운 사람이 아니기 때문이다.

"캠! 내가 말했던 사촌이야!" 메이시가 자기 남자친구 옆에 도착하기도 전에 꺅꺅거린다.

캠이 일어나 손을 내민다. "그레이스지?"

"응." 악수를 하면서 보니 캠의 창백한 피부가 눈에 띈다. "만나서 반가워."

"나도 반가워. 메이시가 몇 주째 네 얘기만 하더라." 캠이 나를 보고 웃는다. "눈 좋아하지, 서핑 소녀?"

서핑을 즐기지 않는다는 말은 굳이 하지 않는다. 편견이라면 나도 지지 않으니까. 여기 오기 전까지는 내가 이글루에서 지내게 될 줄 알았다.

"좋아하는지는 잘 모르겠어." 내가 캠에게 말한다. "어제 처음 봐서."

이 말은 캠의 관심을 끈다. 캠 친구의 관심도. "눈을 처음 봤다고?" 캠 친구가 믿을 수 없다는 듯 묻는다. "한 번도 못 봤어?"

"응."

"얘 샌디에이고에서 왔어, 제임스." 메이시가 답답한 표정과 목소리로 말한다. "그렇게 믿기 힘들어?"

"그건 아니고." 제임스가 어깨를 으쓱하고는 내게 미소를 지어 보인다. 매력적으로 보이려는 행동이겠지만 완전히 실패다. 게걸스럽게 먹어치울 음식처럼 여자를 쳐다보는 남자는 원래부터 질색이었다. "안녕, 그레이스."

제임스는 손을 내밀지 않는다. 나도 먼저 악수를 청할 마음 없다. "안녕."

"지금까지 알래스카에 있어본 소감이 어때?" 캠이 메이시의 허리에 팔을 두르며 묻는다. 그러고는 내 대답을 기다리지도 않고 의자에 다시 앉으며 메이시를 끌어당겨 무릎에 앉힌다.

둘은 내게 대답할 기회도 주지 않는다. 캠이 메이시의 목덜미에 얼굴을 묻고, 캠의 품에 파고든 메이시는 킥킥 웃으며 윤기 나는 갈색 머리에 손가락을 묻는다.

그만 가보라는 신호인가. 분위기가 갑자기 어색해진다. 게다가 제임스는 나도 자기 무릎에 앉을 거라 기대하는 눈치로 계속해서 빤히 쳐다본다. 참고로, 그건 절대 있을 수 없는 일이다.

"나는, 음, 한 잔 더 마셔야겠다." 아직 많이 남은 닥터페퍼 캔을 어색하게 들어 올리며 내가 제임스에게 말한다.

"내가 가져다줄게." 제임스가 앞으로 나서지만 나는 성큼 뒤로 물러난다.

"안 그래도 돼."

"괜찮아, 그레이스?" 메이시가 키득거리다 멈추고 심각하게 묻는다.

"응, 그럼. 나는 괜찮아. 그냥……." 또다시 닥터페퍼를 들어 보인다. "금방 돌아올게."

캠이 굉장히 섹시한 행동을 했는지 메이시의 웃음소리가 달라진다. 저음으로 변하는 동시에 나에 대한 메이시의 관심도 사라진다.

제임스가 또 제안할라. 운 나쁘면 고집을 부릴 수도 있다. 그래서 나는 쏜살같이 반대쪽으로 움직인다. 하지만 음료수 테이블이 코앞에 보일 때, 아주 커다랗고 따뜻한 손 한 쌍이 내 어깨에 내려앉는다.

10

알고 봤더니
악마는 구찌를 입더라

나는 그 자리에서 얼어붙는다. 심장이 미친 듯이 쿵쾅거린다. *제임스는 아니길, 제임스는 아니길, 제임스는 아니길*이라는 생각이 반복 재생되는 기도문처럼 머리를 폭주하듯 헤집는다. 아니, 진짜 왜 이러냐고. 안 그래도 골치 아픈 일투성이인데. 나를 오후 간식거리쯤으로 만들려는 놈까지 나타날 필요가 있어?

하지만 내가 할 말을 찾기도 전에 뒤에 있던 남자가 몸을 숙이고 듣기 좋은 저음으로 묻는다. "어부바 해줄까?"

그 순간 긴장이 녹아내리고 조심스럽지만 반가운 감정이 대신 찾아온다. "플린트!" 뒤를 돌아보니 플린트가 나를 보며 웃고 있다. 호박색 눈 속에서 장난기가 짓궂게 춤을 춘다.

"안녕, 전학생." 그러면서 말꼬리를 길게 뺀다. "재미있게 놀고 있어?"

"그럼." 내가 닥터페퍼를 들어 보인다. "재미있게 노는 사람처럼 안 보여?"

"말귀 못 알아듣는 사람이 있는 것 같아서 좀 도와줘야겠다 생각했지." 우리는 한 몸처럼 몸을 틀고 제임스를 쳐다본다. 정말로 음료수 테이블까지 나를 따라왔던 제임스는 심술 난 표정을 지으며 아직도 뒤엉켜 있는 캠과 메이시에게로 돌아간다.

"고마워. 진심으로."

"고맙다는 인사를 요즘 누가 하니." 플린트가 꾸며낸 고음으로 말한다. 어디를 가든 있는 날라리 여학생과 너무나 똑같은 목소리다.

그런 목소리에 우스꽝스러운 손짓까지 더하니 내 입에서 폭소가 터져나온다. 하마터면 코에서 컹 소리가 날 정도로. 그제야 깨달았다. 파티에 온 애들 절반이 여태 나를 쳐다보고 있었고, 나머지 절반은 의도적으로 나를 무시하고 있다는 걸. 나를 쳐다보지 않는 진짜 이유를 몰랐다면 마음이 편했겠지만 저건 내가 얼마나 무의미한 존재인지 확실하게 보여주려는 행동이었다.

새삼스럽게.

"뭐 좀 먹을래?" 플린트가 턱으로 뒤쪽을 가리키며 묻는다.

내가 뭐라 대답하기도 전에 파티장의 육중한 나무 문이 벌컥 열린다. 문이 쾅 하고 벽을 때리는 소리에 이곳에 있던 모든 사람이 움찔한다. 그리고 소리가 난 쪽을 돌아본다.

그래서 다행인 점은 이제 아무도 내게 관심을 두지 않는다는 것이다. 다들 그 애를 보고 있으니까. 잭슨을. 누군들 안 쳐다볼까? 마치 이 공간의 주인, 이 안에 있는 모든 사람의 주인인 양 걸어 들어오고 있는데.

잭슨은 검은색 브이넥 실크 스웨터, 검은색 스트라이프 모직 팬츠, 반짝이는 검은색 가죽 구두까지 전부 다 구찌로 차려입었다. 흥 진 눈썹을 한껏 찌푸리고 짙은 눈으로 바깥의 눈밭만큼 차가운 시선을 던지는 모습이 섹시할 리 없다. 하지만 그렇게 보인다. 정말, 정말로.

문제는 차갑디찬, 검디검은 눈이 나를 향하고 있다는 사실이다. 나를 보고 있고, 어느새 내 어깨에 팔을 두른 플린트를 보고 있다.

시선을 피하려 하지만 그게 가능할까. 나는 잭슨의 눈을 쳐다보지 않으려 애쓴다. 하지만 잭슨은 오늘도 어젯밤처럼 매력적이고 또 고혹적이다. 걷기 시작하면 문제는 더 커진다. 어깨를 부드럽게 흔들고 끝도 없이 뻗은 다리와 함께 허리를 움직이며 걷는 모습은 나른한 우아함이 무엇인지 그대로 보여준다.

압도적이다.

잭슨은 압도적이다.

'그냥 남자애야.' 속으로 나를 달래보지만 내 입은 사막처럼 말라붙는다. '여기 있는 다른 애들처럼 평범한 남자라고.' 하지만 거짓말이라는 거, 나도 안다. 잭슨은 절대 평범하지 않다. 누가 봐도 특별한 이곳에서조차 가장 특별한 사람이다.

내 옆에서 플린트가 작게 낄낄거린다. 뭐가 그렇게 웃기냐고 물으려던 나는 우리 쪽으로 곧장 다가오는 잭슨을 발견한다. 얼음처럼 차갑고 암흑처럼 새까만 눈을 보자 온몸에 전율이 흐른다. 그런데 말이 나오지 않는다. 목구멍이 꽉 막혀 아무것도 내뱉을 수가 없다.

조금이나마 진정이 되기를 바라며 억지로 숨을 들이마신다. 소용이 없다. 처음부터 그럴 줄 알았다.

어젯밤 엄지에 묻은 내 피를 빨아 먹던 모습밖에 보이지 않는데.

문을 잠그라고 경고하던, 거칠고 짓궂은 저음밖에 들리지 않는데.

저 입에 키스하면 어떨까 하는 생각밖에 들지 않는데. 완벽한 활 모양의 윗입술을 혀로 훑고 아랫입술을 입안으로 빨아들여 살짝 깨물면 어떤 기분일까.

어디서 이런 생각들이 나타났는지 모르겠다. 나답지 않아. 내가 언제부터 이런 식으로 남자 생각을 했다고? 예전 동네에서 사귀었던 남자친구에게도 저런 생각은 하지 않았다. 사귀기 전부터 그 애와 키스하면 어떨지 멍하니 상상한 적 따위 없었단 말이다.

팔로 감싸 안으면 어떤 기분일까.

몸이 단단히 밀착된다면 어떨까.

거의 실제 같은 느낌이 든다. 맛도 느껴진다. 다른 생각을 하자. 바깥에 쌓인 눈. 내일 들을 수업. 이곳에 있어야 하지만 현재 행방이 묘연한 우리 삼촌.

다 소용없다. 내 눈에는 잭슨밖에 보이지 않기 때문이다.

내게 닿은 시선에 피부가 뜨거워지고, 머리를 어지럽히는 생각들로 뺨이 달아오른다. 내 생각을 전부 읽을 수 있다는 듯 나를 보는 저 눈빛으로.

그럴 리 없다는 거 안다. 하지만 왠지 모를 두려움에 잭슨의 눈을 피하고 최대한 아무렇지 않은 척 닥터페퍼를 입으로 가져간다.

탄산음료는 내 기도로 빨려 들어가버린다.

혹사당한 폐가 날뛰는 탓에 나는 입을 틀어막고 쿨럭쿨럭 기침을 한다. 눈물이 맺히고 수치심으로 배가 화르르 타들어간다. 잭슨이 나를 보지 않는다고, 플린트가 내 등을 두드리지 않는다고 현실을 부정한다. 도무지 협조하지 않으려는 폐로 열심히 공기를 들이마시는 내 모습을 이제 같은 교실에서 생활하게 될 학생들이 냉정하게 지켜보지만, 따가운 눈빛을 느끼지 못하는 척 연기한다.

과하다 싶을 정도로 도와주는 플린트에게서, 위협적으로 모든 것을 아우르는 눈빛을 쏘는 잭슨에게서 벗어나야 한다. 가까운 화장실이라도 찾으면 평온하게 죽을 수 있지 않을까.

화장실이라고 표시된 문이 근처 복도에 있었던 기억이 나 그쪽으로 움직이기 시작한다. 몇 발짝밖에 옮기지 못했는데 어느새 잭슨이 바로 옆까지 와 있다. 잭슨은 내게 알은체하지 않고, 나를 쳐다보지도 않으며 내 옆을 지나간다. 하지만 어제 계단 위에서 그랬듯 우리의 어깨가 스친다.

숨 막히던 발작이 순식간에 멎는다. 신선한 공기가 폐로 쏟아져 들어온다.

불가능하다는 사실을 몰랐더라면 잭슨이 손을 썼다고 생각했을 것이다. 호흡 곤란을 일으킨 것도, 멈춘 것도.

하지만 아니다. 말도 안 돼. 황당한 생각이다.

그럼에도 나는 멀어져가는 잭슨의 뒷모습을 바라본다. 내 정신 건강과 사회적 평판을 깎아 먹는 최악의 행동이지만 말이다. 뒤에서 들리는 키득거림과 비웃음이 그 증거랄까.

잭슨은 돌아보지 않는다. 아니, 나뿐만 아니라 아무도 쳐다보지 않는다. 뷔페 테이블을 따라 걸으며 푸짐한 음식을 살필 뿐이다. 고개조차 들지 않던 잭슨이 커다랗고 탐스러운 딸기 한 알을 접시에서 집어 든다.

그 자리에서 입에 넣지 않을까 했는데 예상이 빗나간다.

그 대신 잭슨은 파티장 한가운데로 걸어간다. 팔걸이가 있는 붉은색 벨벳 의자가 왕좌처럼 샹들리에 아래에 자리하고, 그 의자를 중심으로 다른 의자 몇 개가 반원 형태로 놓여 있는 곳으로. 의자에 털썩 앉은 잭슨은 다리를 쭉 뻗더니 맞은편에 앉은 다섯 명—전부 온통 검은색 차림의 꽃미남이다—에게 무슨 말인가 한다.

지금껏 저 의자에 사람이 앉아 있었단 말이야? 처음 알았네.

이제 거의 모든 사람이 잭슨을 쳐다보고 그와 눈을 맞추려 한다. 하지만 잭슨은 사람들의 시선을 무시하고 엄지와 검지 사이에 든 딸기를 찬찬히 관찰하는 중이다.

한참 그러고 있던 잭슨이 고개를 들고 나를 똑바로 본다. 그러더니 딸기를 입가로 가져가…… 깔끔하게 반으로 베어 문다.

명백한 경고였다. 그것도 아주 위협적인 경고. 아랫입술에 빨간 과즙이 한 방울 매달려 있다.

자리를 뜨면 안 됐다. 기 싸움에서 이겨야 했다. 하지만 플린트와 내게, 또 이곳에 있는 모든 사람을 향해 '꺼져'라는 메시지를 담아 잭슨이 혀를 내밀고 딸기 과즙을 핥는 순간, 나는 한 가지 행동밖에 할 수 없다.

내가 플린트를 돌아보고 불쑥 말한다.

"미안. 나는 이만 가볼게."

더 우스워 보이지만 않을 속도로 최대한 달리다시피 해서 문 쪽으로 움직인다. 잭슨의 노골적인 경멸에 짓눌려 산산이 부서지기 전에 빨리 이곳을 떠나야 했다.

이것만큼은 확실하기 때문이다. 방금 그 연극은 이곳에 있는 모든 사람에게 내가 얼마나 무가치한 존재인지 보여주려는 행동이었다. 다만 그 이유를 모를 뿐이다…….

11

도서관에서는 아무도
네 비명을 못 들으니까

파티장에서 나오자마자 달리기 시작한다. 잭슨과 최대한 멀어져야 한다. 어디로 달리는지는 나도 모르겠다. 안다 한들 무슨 의미가 있을까. 이 성 어디에 뭐가 있는지 아무것도 모르는데.

오로지 본능을 따라서 복도 끝에서 왼쪽으로 방향을 튼다. 파티장만 아니면 어디든 상관없다는 순수한 간절함이 나를 이끈다.

내가 무슨 짓을 했기에 그렇게 화가 난 걸까. 왜 나한테 이랬다저랬다 하는지 감도 오지 않는다. 이 얼어붙은 지옥에 도착한 후로 잭슨과 네 번 마주쳤고, 네 번 다 분위기가 달랐다. 첫 번째는 경멸, 두 번째는 무시, 세 번째는 격앙, 네 번째는 분노. 잭슨의 감정은 내 절친의 인스타그램 피드보다도 더 빠르게 바뀐다.

또 막다른 골목에 이르렀을 때는 오른쪽을 택한다. 잠시 후 계단이 나온다. 웅장하고 화려한 중앙 계단과 달리 평범하고 멋없는 계단이다. 한 칸씩 빠르게 밟고 올라가 2층에 도착한다. 다시 오른쪽으로 방향을 틀고 복도 끝까지 멈추지 않는다.

숨이 가쁘고 조금은 메스껍다. 이게 다 고산병 때문이다. 대체 이건 언제나 낫는 건지. 잠시 멈춰 호흡을 고른다. 당혹감이 마침내 사라지고 이성적인 사고가 내 머리를 지배한다.

문득 겁먹은 내가 바보 같다는 생각이 든다. 나를 쳐다보며 딸기를 베어 무는 행동이 뭐가 무섭다고 잭슨에게서 달아났는지, 멍청이도 이런 멍청이가 없다.

가슴 깊은 곳에서는 그것이 전부가 아님을 안다. 잭슨의 표정, 느긋한 몸짓, 나를 똑바로 향한 채 '꺼져'라는 의미를 명백히 담고 있던 그 눈빛이 문제였다. 아무리 그래도 그렇지. 왜 도망을 쳤지? 지금 생각하면 황당하다.

불편하기 짝이 없는 파티로 돌아가고 싶을 정도의 황당함은 아니다. 그만큼 내 행동이 부끄러워서 황당하다는 얘기다.

정신을 차리고 뭘 해야 할지 생각해본다. 일단은 기숙사 방으로 돌아가 진통제를 더 먹고 잠드는 게 제일 낫겠지? 그러다 문득 내가 서 있는 곳이 학교 도서관 앞이라는 사실을 깨닫는다. 세상에 나쁜 도서관은 없다고 생각하는 사람으로서, 유혹을 이기지 못하고 문을 열고 안으로 들어간다.

그러는 순간, 정말 묘한 느낌이 밀려든다. 배 속에 두려움이 고이고, 온몸의 세포가 내게 말한다. 돌아서라고. 온 길로 돌아가라고. 이렇게 이상한 느낌은 생전 처음이라 잠깐은 그 느낌에 굴복할까 생각한다. 하지만 오늘은 이미 너무 많이 도망쳤다. 그래서 폐를 쥐어짜는 압박감과 배를 불편하게 휘젓는 거북함을 무시하고 쭉 앞으로 걸어 나가 대출반납대 앞에 선다.

몇 분간 가만히 서서 도서관을 둘러본다. 금세 두려운 느낌이 사라지고 순수한 감탄이 그 자리를 대신한다. 누군지 몰라도 이 도서관을 운영하는 사람은 나와 같은 부류다. 장서량만 봐도 짐작이 간다. 줄줄이 배치된 책장에 수만 권은 되어 보이는 책이 가지런히 꽂혀 있다. 하지만 그게 전부가 아니었다.

가고일들이 책장에 규칙 없이 걸터앉아 책들을 지키는 파수꾼처럼 아래를 내려다보고 있었다.

중간중간 반짝거리는 리본을 엮은 크리스털 수십 개가 정해진 간격 없이 천장에 매달려 일렁인다.

빈 공간은 전부 열람실로 만들었고, 남는 자리는 빈백과 쿠션이 빵빵한 의자로 채워넣었다. 손때 묻은 가죽 소파도 몇 개 놓여 있었다.

하지만 그중에서도 걸작은, 무엇보다도 사서를 빨리 만나고 싶은 이유는, 곳곳에 붙여놓은 스티커들이다. 벽, 책장, 책상, 의자, 컴퓨터에까지 전부 스티커가 붙어 있다. 커다란 스티커, 앙증맞은 스티커, 웃긴 스티커, 응원의 메시지가 담긴 스티커, 브랜드명이 적힌 스티커, 이모지 스티커, 풍자하는 스티커……. 종류는 끝도 없다. 모든 스티커를 찾을 때까지 도서관을 둘러보고 싶다.

하지만 한 번에 다 구경하기에는 숫자가 너무 많다. 솔직히 말해서 열 번을 넘게 와도 부족할 것 같다. 그래서 오늘은 가고 일을 따라가며 눈에 띄는 스티커만 확인해보기로 한다.

왜냐고? 도서관을 다 둘러보고 나니 석상을 아무렇게나 배치했을 리 없다는 믿음이 생겼기 때문이다. 사서가 전하고자 하는 바를 얼른 파악하고 싶어졌다.

박쥐 날개를 달고 험악한 얼굴로 사납게 으르렁거리는 첫 번째 가고일은 호러 소설 서가를 지키고 있었다. 책장에는 영화 〈고스트 버스터즈〉 스티커가 붙어 있고, 나는 존 웹스터부터 메리 셸리, 에드거 앨런 포, 조 힐까지 호러의 대가들이 쓴 책의 책등을 어루만지며 웃음을 짓는다. 빅토르 위고에게 바치는 특별 코너가 있다는 사실도 멋진 보너스였다. 가고일의 시선이 닿는 곳에 《노트르담의 꼽추》 세 권을 꽂은 배치는 또 얼마나 재미있는지.

해골 더미 위에 웅크리고 앉은 두 번째 가고일은 인체해부학 교재들로 가득한 책장을 감시하고 있다.

표지가 예쁘고 용과 마녀가 나오는 판타지 소설들의 서가는 세 번째 가고일 석상의 집이다. 환상적으로 생긴 날개를 단 이 가고일은 커다란 발톱으로 미니어처 책을 움켜쥐고 독서를 하고 있다. 흉포하게 생긴 앞의 가고일들과 달리 성별이 암컷인 세 번째 가고일은 장난스럽게 생겼다. 잘 시간을 넘기면 혼난다는 사실을 알면서도 소설책을 내려놓지 못하는 아이처럼.

나는 처음 본 순간부터 이 가고일이 가장 마음에 들었다. 오늘 밤 잠이 오지 않으면 읽을 생각으로 판타지 서가에서 책 한 권을 고른다. 그러다 큰 소리로 웃음을 터뜨릴 뻔했다. 손가락으로 책의 가장자리를 매만지다 거기 붙은 스티커에 적힌 글귀를 읽었기 때문이다. *나는 비련의 여인이 아니야. 경련을 일으키는 용이지.*

계속해서 이 석상에서 저 석상으로 옮겨 다닌다. 고딕 건축이 주제인 낮은 책장부터 유령 이야기만 꽉꽉 채워놓은 서가까지 책들은 끝없이 이어지고, 이곳에 오래 머물수록 확신은 커져간다. 이 도서관을 책임지는 사서는 최고의 센스를 가진 사람이 틀림없다. 독서 취향도 환상이다.

통로 끝에 도착해서 마지막 가고일을 찾아 맨 끝 서가의 모퉁이를 돈다. 겨우 발견한 가고일은 반쯤 열린 문을 가리키고 있다. 학생들이 이 방에 들어오려면 허가가 필요하다는 커다란 경고문이 붙어 있다. 당연하게도 그 문구를 보자 호기심이 더 커진다. 심지어 불이 켜져 있고 이상한 음악도 흘러나오고 있잖아?

곡명을 알아맞히려 하지만 가까이서 들으니 음악이 아니다. 들어본 적 없고 이해할 수 없는 언어로 주문을 외우는 소리 같았다. 내 호기심은 즉각 흥분으로 변한다.

알래스카에 대해 조사할 때 알래스카 원주민의 언어가 스무 개는 있다고 배웠다. 지금 듣고 있는 언어도 원주민 언어일까? 그랬으면 좋겠다. 원주민 언어로 말하는 소리를 꼭 한번 듣고 싶었는데. 대부분 소멸 위기에 있다고 들어서 더 궁금하다. 그

중 몇 개는 사용하는 사람이 전 세계에 4천 명도 되지 않는단다. 원주민 언어가 사라지고 있다니 너무 슬프지 않아?

운이 좋다면 일석이조도 가능하겠다. 이 도서관의 책임자인 멋진 사서도 만나고, 그녀에게(여자 목소리가 확실하니까) 원주민 언어도 배우고. 둘 중 하나만 해도 내 환영식이랍시고 열린 파티에서 저녁 내내 따가운 시선만 받으며 멀뚱히 서 있는 것보다 낫겠지.

하지만 자기소개를 할 준비를 하고 문에 다가가보니 주문을 외우는 사람은 사서가 아니었다. 비단 같은 검은 머리카락을 길게 기른 내 또래 여자애다. 살면서 저렇게 예쁜 얼굴은 몇 번 보지 못했다. 아니, 처음 보는 것 같다.

그 여자애는 책을 펼쳐 들고 소리 내어 읽는 중이다. 그래서 주문을 외우는 것처럼 들렸나 보다. 내 쪽에서는 표지가 보이지 않아 무슨 언어냐고 묻고 싶다. 하지만 내가 문을 통과하는 순간 그 애가 고개를 번쩍 들고, 내가 하려던 말은 목구멍에 말라붙는다.

누군지는 모르지만 빨갛게 달아오른 얼굴이 사납게 생겼다. 뭔지 모를 언어를 독특한 소리로 읽느라 입을 크게 벌리고 있다. 그 애가 암송을 멈춘다. 소용돌이치는 검은 눈에 뜨거운 분노가 끓어오르는 듯하다.

12

그냥 장난인 거지
누군가 목숨을 잃기 전까지는

사과를 하려고, 변명이라도 하려고 허둥대지만 내가 할 말을 정하기도 전에 그 애의 눈빛에서 분노가 사라진다. 아니, 너무 빨리 사라져 이런 생각이 든다. 혹시 내 상상이었나? 분노는, 뭔지 몰라도 그 눈에 담겼던 감정은, 내게 다가오는 사이 반가움으로 변한다.

"그레이스구나." 그 애는 묘한 억양이 섞인 말투로 나와 한 발짝 떨어진 거리에 멈춰 선다. "너 만나기를 기대하고 있었어." 내민 손을 내가 얼떨떨하게 맞잡자 그 애가 말을 잇는다. "나는 리아라고 해. 너와는 왠지 좋은 친구가 될 것 같다는 예감이 들어."

내 인생에서 가장 이상한 환영 인사는 아니다. 아직도 그 영광은 브랜드 헤이워드가 차지하고 있으니까. 그 자식의 '만나서 반가워'는 유치원 입학을 맞아 새로 산 내 원피스에 자기 코딱지를 묻히는 거였다. 아무튼 리아의 인사는 2위를 차지한다. 그녀의 미소에 전염성이 있어 나도 따라 웃어버린다.

"그레이스 맞아." 내가 확인해준다. "만나서 반가워."

"격식 안 차려도 돼." 구경하고 싶다는 말을 꺼낼 새도 없이 리아가 나를 부드럽게 밀며 방에서 데리고 나온다. 아주 효율적인 동작으로 눈 깜짝할 사이에 조명을 끄고 문까지 닫았다.

"아까 말하던 거 무슨 언어야? 알래스카 원주민어인가? 정말 듣기 좋더라." 리아와 도서관 중앙으로 돌아가며 내가 묻는다.

"이런, 들었구나." 리아가 웃는다. 웃음소리도 꼭 본인처럼 밝고 경쾌하다. "사실 과제하다 우연히 발견한 언어야. 소리를 들어본 적 없어서 발음을 제대로 하고 있는지도 모르겠어."

"그래도 근사하게 들리던데. 어느 책에 있었어?" 이렇게 된 이상 표지를 꼭 보고 싶다.

"별로 재미없는 책이야." 리아가 손을 내저으며 대답한다. "진짜 나 이 과제 하다가 죽을 것 같거든? 그러지 말고 우리 차 마시러 가자. 네 소개 전부 다 해줘. 수업 얘기는 네가 실제로 수업 지옥에 빠지고 나서 해도 충분하잖아."

알래스카로 와서 제일 기대하는 부분이 새로운 수업이라는 말은 굳이 하지 않는다. '대서양 문화권에서의 마녀사냥'이라는 과목으로 역사 학점을 주다니, 내가 다니던 공립학교에는 그런 과목이 없었다고. 어쨌든 차라면 나도 대찬성이다. 아까 닥터 페퍼를 마시다 난 사고도 있었으니까. 모두가 나를 머리 세 개 달린 사람처럼…… 아니면 먼지만도 못한 미물처럼 보는 곳에서 친구를 사귄다는 아이디어도 마음에 든다.

"바쁜 거 아냐? 방해할 생각은 없었어. 그냥 도서관 구경만 하고 싶었던 거라. 가고일 테마로 꾸민 거 너무 좋다. 고딕풍과 잘 어울려."

"그렇지? 사서인 로이스 선생님이 센스가 좀 있지."

"아, 정말? 내가 맞혀볼게. 플란넬 셔츠를 입은 힙스터 느낌인가? 그래?"

"글쎄. 실제로는 히피 스커트를 입고 화관을 쓴 느낌에 가까운 편이야."

"실물이 더 보고 싶어졌어." 지금 우리는 내가 들어온 입구에서 반대편에 있다. 열람실을 지나며 보니 검은색 소파가 여러 개 놓여 있고 소파를 점령한 보라색 쿠션에는 고전 호러 영화의 대사들이 적혀 있다. 제일 마음에 드는 건 〈사이코Psycho〉에 나오는 노먼 베이츠의 유명한 대사다. *우리 모두 때로는 약간 미치기도 한다.* 그 옆에 있는 대사도 끌리지만. 〈플라이The Fly〉의 *무서울 거야, 아주 많이 무서울 거야* 말이다.

"로이스 선생님이 핼러윈에 진심이거든." 리아가 웃으며 말한다. "아직 다 못 치우셨나 봐."

아, 맞다. 사흘 전이 핼러윈이었지. 다른 문제에 정신이 팔려 올해는 핼러윈의 존재를 까맣게 잊었다. 몇 달 전부터 헤더가 자기 코스튬을 손수 제작하는 걸 보고도 말이지.

아까 집어 든 책은 사서가 있을 때 다시 와서 빌리기로 하고 가장 가까운 테이블에 내려놓는다. 리아가 도서관 출입문을 밀어 열고 내게 먼저 나가라 손짓한다. 내가 기다리는 동안 리아는 조명을 끄고 문을 잠근다. "원래 일요일 오후에는 도서관을 안 여는데, 내가 이번 학기에 개인 연구 과제를 진행하고 있어서 가끔 로이스 선생님 허락을 받고 늦게까지 있어."

"미안해. 몰랐······."

"사과할 필요 없어, 그레이스." 리아가 조금 답답하다는 눈빛으로 나를 본다. "너는 모르는 게 당연하잖아? 나는 그냥 문을 잠그는 이유를 설명했을 뿐이야."

"그러네." 조금 놀라서 내가 인정한다. 리아라는 애, 정말 착하구나.

리아가 복도를 걷기 시작한다. "내가 맞혀볼게. 메이시가 너를 위해 준비한 파티장에 지금 네가 없다는 건 우리 대단한 학교에서 보낸 첫날이 네 사촌의 기대만큼 평탄하지는 않았다는 뜻이겠지?"

정곡을 찔렸지만 인정하지는 않을 것이다. 꼭 메이시를 배신하는 말처럼 들릴 테니까. 그리고 메이시가 문제인 게 아니다. 메이시를 제외한 모든 것이 문제지.

"파티는 좋았어. 그냥 내가 오늘 많이 힘들었거든. 잠깐 쉬고 싶더라고."

"그럴 거야. 밴쿠버 같은 데서 출발했으면 몰라도 여기 오기가 쉽니."

"응, 밴쿠버에서 오진 않았어." 갑자기 복도를 휩쓸고 지나가는 바람에 내가 살짝 몸을 떤다.

대체 바람이 어디서 부나 주위를 둘러보지만 양쪽 눈썹을 추켜세우고 이렇게 말하는 리아 때문에 바람 생각은 사라진다. "캘리포니아에서 알래스카까지는 먼 길이지."

"내가 캘리포니아에서 온 거 어떻게 알았어?" 그래서 다들 나를 쳐다보는 건가? 내가 '이곳 출신 아님'이라는 분위기를 외투처럼 입고 있나?

"너 온다고 공지하면서 교장이 말했던 것 같아." 리아가 대답한다. "솔직히 다른 동네도 아니고 샌디에이고에서 여기로 이사하는 건 최악 아니니?"

"어디로든 이사를 나가고 싶은 동네가 아니기는 해." 나도 동의한다. "알래스카가 유독 더 힘들지만."

"내 말이." 리아는 나를 위아래로 훑어보고 피식 웃는다. "지금 그 드레스 입고 얼고 있는 중 아니야?"

"농담해? 나는 앵커리지[7]에 도착했을 때부터 냉동 인간이 되고 있어. 옷이 문제가 아니야. 메이시 꼬임에 넘어가 이거 입기 전부터 그랬다고."

"빨리 차를 대접해야겠네, 그럼." 리아는 이제 막 눈앞에 나타난 계단을 턱으로 가리킨다. "내 방은 4층이야. 괜찮지?"

"아, 우리 방도 같은 층이야. 나랑 메이시 방 말이야."

"잘됐네."

리아는 계단을 오르며 쉴 새 없이 떠들고 화학실, 자습실, 매

---

7 알래스카 남부의 항구 도시.

점 등 내가 알아둬야 할 곳들을 짚어준다. 방향치인 나는 내심 휴대폰을 꺼내 메모를 하고 싶다. 지도를 그리면 더 좋을 텐데. 성의 구조만이라도 대강 알면 자연히 다른 부분들도 이해하기 쉬워지지 않을까? 그러면 안전하다는 느낌을 되찾을 수 있을 것 같다. 정말 오랫동안 느껴보지 못했던 그 감각을.

우리는 드디어 리아 방에 도착한다. 내 방 위치와 비교해보면 리아 방은 서관에 있는 것 같다. 리아가 문 앞에 멈춰 섰을 때 나는 조금 놀란다. 지금 서 있는 복도에서, 아니, 층 전체에서 이 문에만 아무 장식도 없었기 때문이다.

"올해 좀 힘들었거든. 돌아와서도 장식할 기분이 안 나더라고." 놀란 티가 났는지 리아가 말한다.

"싫지, 그거. 올해 힘들었다는 거 말이야. 장식 얘기가 아니라."

"알아." 리아가 서글픈 미소를 짓는다. "몇 달 전에 남자친구가 죽었는데 다들 나보고 잊어야 한대. 그런데 우리 정말 오래 사귀었거든. 그냥 떠나보내기가 쉽지 않아. 너도 잘 알겠지만."

"맞아, 쉽지 않지." 부모님이 돌아가신 지 이제 한 달, 나는 아직도 하루의 절반을 충격 상태로 보낸다.

매일 아침 일어나면 잠깐은, 아주 잠깐은 내 기분이 왜 이렇게 가라앉아 있는지 기억하지 못한다.

부모님이 떠났고 다시는 두 사람을 보지 못한다는 사실을 기억하지 못한다.

내가 혼자가 되었다는 사실을 기억하지 못한다.

그러다 모든 기억과 슬픔이 한꺼번에 나를 덮친다.

어제 새벽 첫 비행기를 탔을 때, 나는 부모님의 시신을 확인해야 했던 그날 이후 처음으로 가장 큰 고통을 느꼈다. 그들이 죽었다는 현실을 조금 더 실감했기 때문인 것 같다.

리아와 나는 잠시 리아의 방 한가운데 우두커니 서 있다. 겉으로는 멀쩡해 보이지만 속은 완전히 다 망가진 두 사람이다. 우리는 대화를 하지 않는다. 아무 말도 하지 않는다. 그냥 제자리에 서서 다른 누군가도 나만큼이나 상처를 안고 있다는 사실을 받아들인다.

이상한 느낌이다. 묘하게 위로가 된다.

한참 가만히 있던 리아가 자기 책상으로 가서 전기 주전자의 코드를 꽂는다. 책상 위에 주전자와 나란히 놓인 물병의 물을 부은 후에는 포푸리 통처럼 보이는 단지의 뚜껑을 열고 차 거름망 두 개에 말린 잎을 담는다.

"내가 뭐 도와줄까?" 내가 묻지만 리아는 척척 알아서 하고 있는 듯하다. 손수 만든 찻잎으로 다도를 하는 모습이 보기 좋다. 우리 엄마가, 주방에서 엄마가 다양한 조합의 블렌딩을 시도하며 보냈던 무수한 시간들이 떠오른다.

"내가 할 수 있어." 그러면서 리아가 방에 있는 다른 침대를 고개로 가리킨다. 빨간색 담요와 보석같이 화려한 색의 쿠션들로 침대를 소파처럼 꾸며놓았다. "가서 앉아 있어."

나는 리아가 하라는 대로 하며, 지금 드레스가 아닌 요가 바지나 조거팬츠 차림이었으면 얼마나 좋았을지 생각한다. 그랬다면 평범한 사람처럼 앉을 수 있을 것 아냐. 리아는 말없이 차를 만들고 나도 말을 하지 않는다. 죽어가는 언어에서부터 죽은 연인까지, 할 이야기를 다 하고 나니 이제 무슨 대화를 해야 할지 잘 모르겠다.

침묵이 길어지자 점점 불편해지기 시작한다. 다행히 주전자 물이 곧 끓어오르고 리아가 내 앞에 찻잔을 내려놓는다. "내가 블렌딩한 스페셜 티야." 리아가 자기 컵을 입가로 가져가 호호 불어 차를 식힌다. "네 입맛에 맞았으면 좋겠다."

"맛있을 거야." 양손으로 컵을 감싸니 드디어 손가락을 따뜻하게 데울 수 있다는 안도감으로 몸이 부르르 떨린다. 맛이 없더라도 몸을 데울 수 있으면 이 차는 제 역할을 해내는 셈이다.

"컵들이 정말 예쁘다." 한 모금 마시고 내가 말한다. "일본산이야?"

"응." 리아가 웃으며 대답한다. "고향 도쿄에 있는, 내가 좋아하는 가게 물건이야. 학기마다 엄마가 새 세트를 사서 보내주셔. 향수병을 달래는 데 도움이 되지."

"굉장하다." 우리 엄마가 생각난다. 우리 엄마도 매년 크리스마스에 머그잔을 새로 사주셨는데. 리아와 나 사이에 공통점이 정말 많은 것 같다.

"파티는 어땠어? 좋지는 않았겠지. 네가 도서관까지 온 걸 보면. 사람들 만나기는 했어?"

"응. 다들 친절한 것 같아."

리아가 웃는다. "너 거짓말 진짜 못한다."

"뭐, 일단은 그게 예의 같아서." 나는 차를 한 모금 마신다. 꽃향기가 정말 강해서 내 취향은 아니다. 하지만 따끈하다. 그것만으로 한 모금 더 마실 이유는 충분하잖아? "전에도 그런 얘기 들어봤어. 거짓말 못한다는 거."

"연습을 해야 할 거야. 캐트미어에서 생존하려면 기본적으로 거짓말을 잘하는 법을 알아야 하거든."

이번에는 내가 웃을 차례다. "나 진짜 큰일 났네, 그럼."

"그럴 거야." 이 대답에는 장난기가 없다. 그러고 보니 처음 했던 말에도 장난기는 없었다.

"잠깐." 그 사실이 묘하게 당황스러워 내가 묻는다. "너희가 거짓말을 해야 하는 중요한 문제가 뭔데?"

그 순간, 리아는 내 눈을 똑바로 쳐다보고 대답한다. "전부다."

13

나를
물어봐

그 말에 어떻게 반응해야 할지 모르겠다. 아니, 무슨 말을 해야 하지? 어떻게 받아들여야 해?

"그렇게 충격받은 표정으로 보지 마." 잠시 어색한 침묵이 흐른 후 리아가 말한다. "그냥 농담한 거야, 그레이스."

"아, 그래." 나도 리아를 따라 웃는다. 안 그러면 어쩌겠는가? 하지만 느낌이 이상하다. 전부 다 거짓말을 한다고 말할 때 리아의 표정이 얼마나 진지한지 봤기 때문일까. 아니면 자꾸만 이런 생각이 들기 때문일까. 만약 그 말이 사실이고 오히려 이게 거짓말이라면⋯⋯. 어느 쪽이 정답이든 나는 어깨를 으쓱하고 이렇게 말할 수밖에 없다. "그냥 나 놀리나 보다 생각했어."

"맞아. 네 얼굴 볼 만하더라."

"그랬겠네." 내가 웃으며 대답한다.

리아가 아무 말도 하지 않고 나도 침묵을 지키자 분위기가 아주 어색해진다. 참기 힘들어진 내가 불쑥 말한다. "아까 그 언어는 뭐야? 정말 듣기 좋던데."

리아는 내 말에 대답을 할지 말지 고민하듯 잠시 나를 쳐다보기만 한다. 그러다 이렇게 대답한다. "아카드어. 고대 수메르에서 발전한 언어야."

"정말? 그럼 3천 년쯤 됐겠네?"

리아가 놀란 표정을 짓는다. "그쯤 됐을 거야, 맞아."

"굉장하다. 나 옛날부터 그런 일 하는 언어학자나 인류학자들 대단하다고 생각했거든. 어떻게 다른 글자와 그 글자들로 만든 단어의 뜻을 알아내지?" 내가 존경스럽다는 듯 고개를 젓는다. "어떻게 발음하는지 알아내는 건 더 신기하지 않아? 정말 굉장해."

"그렇지?" 리아가 신나서 눈을 반짝인다. "언어의 기초가 정말……."

문자 몇 통이 연속으로 도착하며 울린 휴대폰 진동 소리가 리아의 말을 자른다. 나를 기다리던 메이시가 드디어 지쳤나 싶어 휴대폰을 꺼낸다. 역시나, 사촌에게서 온 문자가 배경 화면에 연달아 뜨고 내용은 최근 것으로 올수록 다급해진다. 한참 전부터 문자를 보냈는데 내가 휴대폰 소리를 꺼놓고 있었나 보다.

어디 갔어?

계속 기다리는 중이야

137

어디 갔냐니까???

나 찾으러 간다

괜찮은 거야????

대답해!!!!!

무사해라는 답장을 서둘러 보내자마자 진동이 다시 울린다. 다급하다는 듯 어디야?라고 적힌 문자를 보니 메이시가 이성의 끈을 놓아버리기 전에 찾으러 가야겠다는 생각이 든다.

"리아, 미안한데 나 그만 가볼게. 메이시가 난리 났어."

"왜? 네가 파티장에서 나와서? 알아서 진정하겠지."

"그렇긴 한데 진심으로 걱정하는 것 같아." 어젯밤 그 남자애들과 있었던 사건을 이야기하지는 않는다. 아마 그래서 메이시가 나를 찾지 못해 질겁했을 것이라고 말하지 않는다. 그 대신 휴대폰만 들여다보며 리아 방이라 답장하고 일어난다. "차 잘 마셨어."

"차 다 마시고 조금 더 있다 가." 리아는 재미 반, 실망 반인 표정으로 말을 잇는다. "네 사촌이 너한테 이래라저래라 명령할 수 있다고 생각하는 거 너도 별로잖아."

나는 컵을 들고 욕실 세면대로 간다. "명령이 아니야. 내가 당황하거나 그럴까 봐 걱정하는 거지." 마크와 퀸에게 당할 뻔했던 사건을 구구절절 이야기하기보다는 이렇게 설명하는 쪽이 더 쉬울 것 같다. "그리고 내가 아는 메이시라면 지금 네 방으로 오고 있을 거야."

"그럴 거야. 메이시 히스테리가 좀 심하지."

"나는 그런 말 한 적……." 노크 소리가 내 말을 끊는다.

리아는 '내가 뭐랬어'라는 얼굴로 웃기만 한다. "설거지는 걱정하지 마." 그녀는 내가 들고 있던 컵을 가져가며 말한다. "빨리 나가서 메이시에게 보여줘. 오열하고 있었던 게 아니라고. 내가 너를 죽이지도 않았고."

"메이시가 왜 그런 생각을 해. 그냥 나를 걱정하는 거야." 하지만 시키는 대로 서둘러 문을 열자 예상대로 메이시가 앞에 서 있다. "나 여기 있어." 내가 웃으며 메이시에게 말한다.

"아, 다행이다!" 메이시가 나를 와락 껴안는다. "너한테 무슨 일 생긴 줄 알았어."

"전교생이 거의 다 파티장에 있는데 무슨 일이 생겨? 그냥 산책하러 나갔어." 내가 농담을 해본다.

"나도 모르겠어." 메이시는 갑자기 자신 없는 표정이 된다. "이런저런……."

"네가 밖으로 나갔을까 봐 걱정했다는 얘기 같아." 리아가 참견한다. "그 드레스 차림으로 돌아다녔으면 지금쯤 반주검이 됐을 거 아냐."

"맞아, 그거야!" 메이시는 이때다 하고 그 변명을 낚아채는 느낌이다. "알래스카에서 정식으로 첫날을 다 보내기도 전에 얼어 죽으면 안 되잖아." 이상한 대답이다. 어젯밤 내가 어떻게 될 뻔했는지 알지 않나? 바로 그 이유로 두려워서 밖에 못 나가는 걸 뻔히 알면서?

하지만 지금은 그 문제를 따질 타이밍이 아니라서 그냥 리아를 돌아보고 말한다. "전부 다 고마웠어."

"고맙긴." 리아가 내게 미소를 지어 보인다. "언제 또 들러줘. 같이 매니큐어 칠하거나 팩 하자."

"좋아. 네 과제 이야기도 더 듣고 싶어."

"매니큐어?" 메이시가 놀란 듯 되묻는다. "과제라고?"

리아가 눈을 굴린다. "그래, 너도 같이 와." 그러고는 우리 면전에서 문을 닫는다.

그건…… 솔직히 이상했다. 오늘 저녁 내내 내게 다정했던 애의 행동이 아닌데? 생각해보니 리아는 메이시가 나타난 순간부터 굉장히 날카로워졌다. 내가 아니라 메이시 때문에 갑자기 잘 가라고 인사를 한 건가?

그런 생각을 하고 있을 때 메이시가 속삭인다. "리아 다나카가 너보고 같이 매니큐어 칠하자고 했다니 믿을 수가 없어. 그것도 자기 방에 초대해서 말이야."

질투가 아니라 그냥 어리둥절한 목소리다. 리아와 나 사이에 공통점이 있다는 사실이 이 세상에서 제일 신기한 일처럼. "어렵지 않던데? 정말 착한 애 같아."

"보통 쟤를 묘사할 때 '착하다'라는 표현을 쓰진 않아." 나와 복도를 걷기 시작하며 메이시가 말한다. "학교에서 제일 인기 많은 여자애고, 본인도 평소에 그 사실을 사람들에게 일깨우려고 애를 쓰는 성격이야. 최근에는 완전히 은둔 생활을 하고 있지만."

"뭐, 남자친구를 잃었으니 그럴 만도 하지."

메이시의 눈이 휘둥그레진다. "자기 입으로 그렇게 말해?"

"어." 불현듯 끔찍한 생각이 든다. "혹시 비밀이야?"

"아니. 그냥…… 허드슨 얘기를 별로 안 한다고 들었거든." 메이시가 작아진 목소리로 말한다. 그러더니 별안간 내 얼굴을 쳐다보지 못하고 시선을 돌린다. 어딘가 불편한 것 같다. 백만 번도 더 봤을 천년 묵은 태피스트리가 우리 대화보다 더 흥미롭기 때문은 아닐 테고. 이유를 좀 알고 싶다.

"놀랄 일은 아니지 않아?" 내가 말한다. "정식으로 이야기를 들려준 것도 아니야. 그냥 죽었다고만 했어."

"맞아. 거의 1년 전에. 학교가 뒤집어졌었지." 여전히 메이시는 나를 똑바로 보지 못한다. 어째 점점 더 이상해지네.

"여기 학생이었어?"

"응. 죽기 1년 전에 졸업했지만. 그래도 다들 엄청 충격을 받았어."

"그랬겠다." 어쩌다 그렇게 되었는지 묻고 싶다. 하지만 지금 너무나 불편해 보이는 메이시에게는 무례한 질문 같아 입을 다문다.

우리는 몇 분간 말없이 걸으며 그 화제를 흐지부지 흘려보낸다. 그사이 평소 모습으로 돌아온 메이시가 묻는다. "배고파? 파티에서 아무것도 안 먹었잖아."

그렇다고 말하려 한다. 오늘 아침 메이시가 나눠준 콘플레이크 한 그릇 말고는 먹은 게 없으니까. 하지만 고산병이 재발했나 보다. 음식 얘기만으로 속에서 꾸르륵 소리가 나기 때문이다. 안 좋은 쪽으로. "저기, 나는 그냥 들어가서 잘래. 몸 상태가 별로야."

메이시가 걱정스러운 표정을 짓는다. "아침까지도 안 나으면 양호실부터 가자. 여기 온 지 스물네 시간도 넘었잖아. 이제 슬슬 고도에 익숙해져야 할 시간 아니냐고."

"구글에 검색하니 스물네 시간에서 마흔여덟 시간이랬어. 내일 수업 끝나고도 안 좋아지면 그때 갈게. 괜찮지?"

"내일 수업 후에도 안 괜찮아지면 아빠가 직접 끌고 갈걸. 네가 학기 마칠 때까지 샌디에이고에 있어도 되냐고 한 이후로 네 문제라면 난리도 아냐."

또 어색한 침묵이 내려앉는다. 솔직히 지금은 그런 얘기를 감당할 수 없다. 그래서 이번에는 내가 화제를 돌린다. "어쩜 이렇게 피곤하지. 지금 몇 시야?"

메이시가 웃는다. "8시야. 너 진짜 파티 체질 아니구나."

"파티는 다음 주에 할래. 밀린 잠도 좀 자고…… 이 징그러운 고산병도 사라진 후에." 아까의 메스꺼움이 다시 강하게 밀려들어 배에 손을 올린다.

"나 진짜 바보인가 봐." 메이시가 자책하는 표정을 짓는다. "온 지 며칠도 안 됐는데 벌써 파티를 계획한 게 실수였어. 정말 미안해."

"바보 아니야. 내가 사람들 만날 자리를 만들어주려고 했던 거잖아."

"그냥 자랑하고 싶었던 거야. 우리 멋진 사촌 언니를……."

"뭐야, 나 겨우 1년 먼저 태어났어."

"먼저 태어났으면 언니 아니야?" 메이시가 나를 보고 씩 웃는다. "아무튼, 자랑도 하고 네가 적응하게 도와주고도 싶었어. 숨을 제대로 쉬는 데만 하루 이틀이 걸릴지도 모른다는 사실은 꿈에도 생각도 못 했네."

방에 도착해 메이시가 재빠른 동작으로 문을 연다. 타이밍이 딱 알맞았다. 왜냐하면 문으로 들어온 지 2초 후에 내 배 속이 뒤집혔기 때문이다. 나는 간신히 화장실로 가서 차와 닥터페퍼의 역겨운 혼합물을 토하고 말았다.

알래스카가 정말로 나를 죽이려나 보다.

14

똑똑,
죽음의 문을 두드려요[8]

이후 15분은 위장에 있는 내용물을 전부 쏟아내고 기도하며 보낸다. 이 저주받은 곳이 날 죽이려 하는 거라면 제발 빨리 끝나게 해주세요.

30분쯤 지나 메스꺼움이 드디어 가라앉았을 때는 온몸에 힘이 하나도 없고 극도의 통증이 머리를 때린다.

"양호 선생님 부를까?" 메이시는 내가 침대로 가다 쓰러질까 봐 뒤에서 팔을 뻗고 따라오며 묻는다. "아무래도 불러야 할 것 같아."

나는 차가운 이불 속으로 기어 올라가며 신음한다. "조금만 더 기다려보고."

"그러지 말고……."

---

8 밥 딜런, 〈천국의 문을 두드려요 Knockin' on heaven's door〉.

"언니 말 들어." 나는 억지로 웃음을 지어 보이며 푹신한 베개에 머리를 눕힌다. "아침까지도 안 좋아지면 양호 선생님 부르자."

"진심이야?" 메이시는 어쩔 줄 모르는 사람처럼 발을 종종거린다.

"이 학교에 온 이후로 관심은 받을 만큼 받지 않았어? 응, 진심이야."

내 거절이 내키지 않는 표정이지만 메이시도 결국에는 고개를 끄덕인다.

메이시가 세수를 하고 잠옷으로 갈아입는 동안 나는 졸다 깨다 한다. 하지만 메이시가 불을 끄고 침대에 기어 들어갈 즈음에는 또 속이 메스껍게 뒤틀린다. 참자. 나는 엄마가 옆에서 나를 아기처럼 보살펴줬으면 좋겠다는 바람을 애써 무시하고 얕은 잠에 빠져들어 다음 날 아침 6시 반에 알람이 울릴 때까지 깨지 않는다. 누군가 버튼을 누르자 알람 소리가 갑자기 뚝 끊긴다.

나는 어리벙벙한 상태로 일어난다. 여기가 어디지? 대체 어떤 인간의 알람이 내 귀에서 삑삑댔던 거야? 그러다 비로소 모든 기억이 밀려든다. 3시쯤 욕실로 한 번 더 가서 위장의 내용물을 전부 다 게워낸 뒤에야 메스꺼움이 가라앉았다. 반가운 소식이었다. 다른 데도 이제는 괜찮다. 머리가 빙글빙글 돌지 않고, 목이 조금 건조하기는 해도 아프지는 않다.

허. '적응에 스물네 시간에서 마흔여덟 시간이 걸린다'는 인터넷 정보가 사실이었나 보네. 새로 태어난 것처럼 쌩쌩하다.

하지만 앉아보니 사정은 달랐다. 마라톤을 뛰고 나서 디날리 산⁹을 오른 것처럼 온몸의 근육이 쑤신다. 어제 하도 긴장해서 원래 있던 탈수 증상이 더 심해진 모양이다. 어쨌든 지금은 일어날 기분이 아니다. 수업 첫날 웃는 얼굴을 할 기분은 더더욱 아니다.

다시 누워 머리끝까지 이불을 뒤집어쓰고 내가 무엇을 하고 싶은지 고민한다. 10분 후 메이시가 투덜거리며 일어날 때까지도 나는 같은 자세로 누워 있다.

메이시는 알람이 다시 멈출 때까지 시계를 퍽퍽 때린다. 그녀가 그렇게 하지 않았다면 아마 내가 했을 것이다. 저렇게 거슬리고 짜증 나는 소리를 내는 시계를 쟤는 대체 어디서 구했담? 메이시는 알람 소리가 멈추자마자 침대에서 내려와 내게 다가온다.

"그레이스?" 내 상태를 확인하고 싶지만 잠을 깨우고 싶지는 않은 것처럼 메이시가 작게 속삭인다.

"나, 괜찮아." 내가 말한다. "그냥 몸살 기운만 있어."

"아이고. 아마 탈수 증상일 거야." 메이시가 방구석에 있는 냉장고로 가서 물병을 꺼낸다. 유리컵 두 잔에 물을 따라 내게 한 잔을 건네고 다시 자기 침대에 앉는다. 잠시 문자를 보내던

---

9 알래스카산맥 중앙부에 있는 높이 6,190미터의 산으로, 북아메리카 대륙에서 가장 높은 산이다.

메이시가―상대는 캠이겠지―휴대폰을 옆으로 던지고 나를 바라본다. "나는 오늘 수업 가야 해. 세 과목이나 시험인 거 있지. 그래도 가능할 때 너 잘 있나 보러 올게."

나는 수업에 들어가지 않는다는 전제가 마음에 들어 반박하지 않는다. 이렇게 말할 뿐이다. "굳이 확인하러 올 필요 없어. 몸도 훨씬 괜찮아졌어."

"잘됐네. 그럼 오늘은 정신 건강의 날로 생각해. 주제는 '맙소사, 나 방금 알래스카로 이사했어!'야."

"그런 정신 건강의 날이 실제로 있어?" 내가 자세를 바꾸고 벽에 기대앉으며 받아친다.

메이시가 코웃음을 친다. "아예 정신 건강에 집중하는 달도 있어. 알래스카는 쉽지 않은 곳이거든."

이번에는 내가 코웃음을 친다. "그러니까 말이야. 여기 온 지 마흔여덟 시간이 안 된 나도 그 정도는 알겠더라."

"그건 네가 늑대를 무서워하기 때문이고." 메이시가 나를 놀린다.

"곰도 무서워해." 나는 부끄럽다는 기색도 없이 사실을 인정한다. "제정신이 박힌 사람이라면 당연히 그래야지."

"그 말이 맞네." 메이시가 씩 웃는다. "하루 쉬면서 하고 싶은 일 있으면 해. 책을 읽든, 막장 드라마를 보든. 속이 괜찮은 것 같으면 내가 쟁여놓은 과자 먹어도 돼. 오늘 말고 내일부터 수업 들어갈 거라는 얘기는 아빠가 선생님들한테 따로 할 거야."

맞다, 핀 삼촌. "내가 수업 빼먹어도 괜찮다고 하실까?"

"아빠가 그러라고 했는걸."

"어떻게 아시고……?" 노크 소리에 내가 말을 맺지 못한다. "누구……?"

"우리 아빠지." 메이시가 말하며 방을 가로질러 단번에 문을 활짝 열어젖힌다. "또 누가 있어?"

하지만 손님은 핀 삼촌이 아니다. 플린트다. 손바닥만 한 잠옷을 입은 메이시와 화장이 다 번진 채로 어젯밤의 드레스를 그대로 입고 있는 나를 한 번 쳐다본 플린트가 실실 웃기 시작한다.

"아름다우시군요, 숙녀 여러분." 플린트가 낮게 휘파람을 분다. "어젯밤 티 파티를 네 탕은 더 뛰었나 보지?"

"안 가르쳐주지." 메이시가 대꾸하며 욕실로 직행해 모습을 숨긴다. 나도 굳이 대답할 마음이 들지 않아 그냥 플린트에게 메롱, 하고 혀를 내민다. 플린트는 웃음을 터뜨리더니 눈썹을 추켜세운다.

"그러지 말고 가르쳐줘라." 그러면서 방에 들어온 플린트가 내 침대 끝에 걸터앉는다. "어디로 도망쳤던 거야? 이유는 또 뭐고?"

이유를 전부 말하려면 잭슨에게 나타나는 내 기이한 반응도 설명해야 한다. 게다가 이후에 있었던 일까지 다 설명해야 하기 때문에 진실의 일부분만 말하기로 한다. "고도 때문에 정말 괴로워지더라고. 토할 것 같아서 방으로 올라왔어."

플린트의 얼굴에서 웃음기가 사라진다. "지금은 어때? 고산병은 웃어넘길 문제가 아니야. 호흡은 괜찮아?"

"숨 멀쩡히 쉬고 있어. 정말이야." 믿지 못하겠다는 플린트의 표정을 보고 내가 덧붙인다. "오늘은 거의 정상으로 돌아온 느낌이야. 그냥 산에 적응할 시간이 필요했나 봐."

"산 얘기가 나왔으니 말인데." 어느새 플린트의 매력적인 미소가 돌아와 있었다. "안 그래도 그 얘기 하려고 들렀어. 오늘 저녁 먹고 우리 눈싸움할 거거든. 너도 같이하고 싶을 것 같아서……. 몸이 괜찮으면 말이야."

"눈싸움?" 내가 고개를 젓는다. "안 될 것 같아."

"왜?"

"눈덩이를 만드는 법도 모르니까. 던질 줄도 몰라."

플린트는 멍청한 소리를 한다는 듯 나를 바라본다. "눈을 퍼서 동그랗게 뭉치고 제일 가까이 있는 사람한테 던지면 돼." 설명과 똑같은 손동작을 보여준다. "별로 어렵지 않아."

나는 자신이 없어 플린트를 보기만 한다.

"그러지 말고, 전학생. 한번 해봐. 재미있을 거야."

"조심해, 그레이스." 메이시가 수건으로 머리를 감싸고 욕실에서 나온다. "다른 사람은 다 믿어도……." 그러다 눈썹을 세우며 돌아보는 플린트의 모습에 말을 흐린다.

"오늘 수업 끝나고 눈싸움한대." 내가 말한다. "우리도 같이하자는데?" 메이시를 초대한다는 말은 없었지만 내가 메이시없이 갈 리가. 갑자기 환하게 웃는 메이시를 보니 올바른 선택이었던 것 같다.

"정말이야? 가야지, 그레이스. 플린트 눈싸움은 이 동네에서 전설로 통한다고."

"그렇게 말해도 나는 자신 없어. 내가 뭘 하는지도 모를 텐데."

"괜찮을 거야." 메이시와 플린트가 동시에 말한다. 이번에는 내가 눈썹을 치켜세우고 두 사람을 번갈아 쳐다본다.

"날 믿으라니까." 플린트가 조른다. "내가 책임지고 너 지켜줄게."

"걔 믿지 마." 메이시가 말한다. "저 손에 눈덩이를 쥐여주면 완전히 악마로 변해. 재미가 없을 거라는 말은 아니지만."

그래도 내키지 않지만 캐트미어에서 내게 친구라고는 플린트와 메이시 둘뿐이다. 리아와는 어떻게 될지 모르고, 잭슨은…… 잭슨에게 다른 건 몰라도 친구라는 표현을 쓸 수는 없다. 친근하다는 표현도 마찬가지.

"그래, 좋아." 내가 고고하게 굴복한다. "하지만 싸우다 죽으면 귀신 돼서 평생 너희 둘 쫓아다닐 거야."

"너는 살아남을 거야." 메이시가 나를 안심시킨다.

한편 플린트는 윙크만 한다. "살아남지 못한다면 더 끔찍하게 영원을 보낼 방법을 내가 생각해볼게."

그 말에 어떻게 반응할지 결정할 새도 없이 플린트가 몸을 숙이고 내 뺨에 입을 쪽 맞춘다. "이따 보자, 전학생." 그러고는 가버린다. 뒤 한번 쳐다보지도 않고 문 밖으로 사라진다.

그렇게 나는 가벼운 입맞춤에 흥분해서 눈을 동그랗게 뜨고,

떡 벌어진 입을 틀어막은 메이시와 단둘이 남는다. 플린트가 아무리 사랑스럽게 행동해도 플린트에게 느끼는 감정은 잭슨에게 느끼는 것의 발끝도 쫓아오지 못한다는, 이런 우울한 생각과 함께.

15

지옥이 얼어붙는 게
실제로도 가능하구나

"방금 쟤⋯⋯." 플린트가 문을 닫고 나가자 메이시가 숨 막힌 소리를 낸다.

"별거 아니야."

"플린트가 방금⋯⋯." 내 말도 소용이 없었는지 메이시는 플린트가 내 볼에 입을 맞췄던 곳과 같은 위치의 자기 뺨을 두드린다.

"별거 아니래도." 내가 다시 말한다. "입술 같은 데 키스한 것도 아니잖아. 그냥 친근한 행동이었지."

"나한테는 그 정도로 친근하게 군 적 없어. 다른 사람한테도 그러는 거 못 봤고."

"그야, 뭐, 너는 남자친구가 있으니까. 캠한테 두드려 맞을까 봐 겁이 나기도 할 거야."

메이시가 웃는다. 진짜로 푸하하 소리를 내며 웃네⋯⋯. 그래.

메이시의 말라깽이 남자친구가 플린트를 때린다는 발상이 조금 터무니없기는 하지. 아무리 그래도, 자기 남자친구를 두둔하는 척이라도 해야 하지 않나?

"내가 부탁해볼까?" 내가 메이시를 놀린다. "다음에는 너한테도 키스하라고?"

"무슨 소리야! 나는 캠이 하는 키스에 아주 만족하고 있어. 내 말은, 플린트가 너를 좋아한다는 거야." 메이시가 빗을 들고 머리카락을 슥슥 빗기 시작한다.

내용과 달리 어쩐지 신경 쓰이는 말투라 내가 눈을 가늘게 뜬다. "잠깐. 너 플린트 진심으로 좋아해?"

"그럴 리가. 나는 캠을 사랑해." 메이시는 내 눈을 피하며 화장품을 집어 든다.

"그래, 참 믿음이 간다." 내가 눈을 굴린다. "저기, 플린트랑 사귀고 싶으면 캠이랑 헤어지고 도전해봐야 하는 거 아냐?"

"나는 플린트랑 사귀고 싶지 않아."

"메이시⋯⋯."

"나 진지해, 그레이스. 과거엔 좋아했을지도 모르지. 9학년인가 언제인가 까마득한 옛날에. 하지만 오래전 일이고 이제는 중요하지 않아."

"캠 때문에." 나는 현란한 색깔의 쇼트커트 스타일을 매만지는 거울 속의 메이시를 보며 표정을 관찰한다.

"캠을 사랑하기 때문에, 맞아." 메이시가 머리카락 몇 가닥을 더 뾰족하게 세우며 말한다. "여기서는 그렇게 되지 않는다는 이유도 있고."

"뭐가 그렇게 안 돼?"

"다른 그룹끼리. 잘 섞이지 않아."

"그래, 파티에서 눈치챘어. 하지만 그럴 수 없다는 말은 아니지 않아? 아니, 만약에 네가 플린트를 좋아하고 걔도 너를……."

"나는 플린트 안 좋아한다니까." 메이시가 끙 하고 신음한다. "걔도 나를 안 좋아하는 게 확실하고. 그리고 내가 진짜로 좋아했어도 아무 의미 없어. 왜냐하면……."

"왜? 인기가 많아서?"

메이시가 한숨을 쉬고 고개를 젓는다. "그게 전부가 아니야."

"뭐가 더 있는데? 나 꼭 알래스카 버전 〈퀸카로 살아남는 법 Mean Girls〉 세계관에 들어온 기분이야."

메이시가 뭐라 대답하기 전에 노크 소리가 난다.

"아침 7시 반도 안 됐는데 네 방에 오는 손님이 대체 몇 명이야?" 내가 문 쪽으로 걸어가며 농담한다. 메이시는 대답 없이 어깨만 으쓱하며 웃고 화장을 시작한다.

문을 당겨 여니 삼촌이 걱정스러운 눈으로 나를 내려다보고 있다. "몸은 어때? 메이시가 그러는데 어젯밤 토했다며."

"괜찮아졌어요, 핀 삼촌. 이제 메스껍지 않고 두통도 사라졌어요."

"정말이야?" 그러면서 삼촌이 침대에 다시 올라가라는 손짓을 해 나는 시키는 대로 한다. 솔직히 조금은 감사하다. 고산병이 드디어 사라졌는데도 이틀 동안 잠을 거의 못 잤더니 꼭 안

개 속을 돌아다니는 기분이었기 때문이다.

"다행이구나." 삼촌은 열 체크를 하려는 듯 내 이마에 손을 올린다.

고산병이 무슨 바이러스냐고 농담을 하려는데 삼촌이 이마에 손을 대고 내 정수리에 입을 맞추자 목이 메어 말이 나오지 않는다. 왜냐하면 지금, 미간에 주름을 만들며 인상을 쓰고 보조개가 더 깊이 패도록 입꼬리를 올리는 핀 삼촌 얼굴이 우리 아빠와 너무 똑같이 생겼기 때문이다. 나는 울지 않으려고 온몸의 자제력을 쥐어짠다.

"그래도 메이시 말이 맞는 것 같다." 갑자기 내 가슴이 와르르 무너져 내렸다는 사실을 눈치채지 못한 듯 삼촌은 말을 잇는다. "오늘은 쉬고 수업은 내일부터 들어가자. 부모님 장례에, 이사에, 캐트미어 아카데미에, 알래스카까지……. 고산병이 없었어도 적응하려면 쉽지 않을 거야."

고개를 끄덕이지만 혹시라도 내 눈빛에 감정이 드러날까 시선을 돌린다.

삼촌도 내 내면의 갈등을 알아차렸는지 더 이상 말을 하지 않는다. 내 손을 두드려주고는 메이시가 아직 준비 중인 붙박이 화장대로 걸어갈 뿐이다.

둘이 대화를 하지만 소리가 너무 작아 아무것도 들리지 않는다. 그래서 나는 아예 모든 소리를 차단해버린다. 침대로 다시 기어 올라가 턱까지 이불을 덮는다. 그리고 기다린다. 부모님이 보고 싶어 미칠 것 같은 이 고통이 얼른 지나가기를.

그럴 생각은 아니었는데 어느새 잠이 들었다. 다시 눈을 뜨니 1시가 넘었고 배에서는 거의 쉬지도 않고 꾸르륵 소리가 난다. 지금 속이 불편한 이유는 스물네 시간 이상 배 속에 음식 비슷한 것조차 넣지 않았기 때문이다.

냉장고 위에서 땅콩잼 한 병과 크래커 상자를 가져온다. 크래커 한 줄에 땅콩잼을 가득 발라 먹고 나니 이제야 사람으로 돌아온 느낌이 든다.

또 어딘가에 갇힌 느낌이다. 이 방 안에, 이 학교 안에.

불안한 마음을 외면하고 좋아하는 넷플릭스 드라마를 보거나 비행기에서 읽다 만 잡지를 끝내려 해본다. 헤더에게 문자도 보낸다. 학교에 있을 시간이지만 잠깐잠깐 문자를 주고받을 수 있지 않을까? 하지만 헤더가 겨우 보낸 한 통의 문자에는 미적분 시험을 치러 간다는 내용이 적혀 있다. 이 방법으로도 기분 전환은 안 되겠다.

다른 것들도 시도하지만 뭐 하나 도움이 되지 않아 바깥에 나가보기로 한다. 알래스카 황야에서 산책을 하다 보면 복잡한 생각도 정리되지 않을까?

하지만 산책을 하기로 결심했다고 산책을 나갈 준비가 술술 되지는 않는다. 나는 간단히 샤워를 한 후 정말 아무것도 모르는 초짜답게 알래스카에서 겨울 옷 입는 법을 구글에 검색한다. 아주 신경 써서 입어야 한다는 것 같다. 이제 겨우 11월인데도.

믿을 만해 보이는 사이트 하나에 들어가보니 메이시가 왜 그런 옷들을 입으라 했는지 이해가 된다. 메이시가 준 기모 스타킹과 내가 가져온 민소매 셔츠를 입고 그 위에 긴 팔, 긴 바지 내의를 겹쳐 입는다. 내복을 입은 후에는 (역시나) 핫핑크색인 플리스 바지와 회색 플리스 재킷을 걸친다. 사이트에 따르면 이 위에 두툼한 재킷도 한 겹 더 입어야 하지만, 아직 겨울은 몇 달 남았으니 재킷은 건너뛰기로 한다. 모자, 목도리, 장갑 다음은 양말 두 겹이다. 마지막으로 삼촌이 준 후드 달린 거위털 파카를 입고 옷장 바닥에서 디날리산의 등급에 맞는다는 방한 부츠를 꺼내 신는다.

거울을 슬쩍 보니 생각대로 웃기게 생겼다.

하지만 알래스카에 온 지 이틀 만에 얼어 죽는다면 더 우스워지겠지? 그래서 불편한 느낌은 무시한다. 아까 그 사이트에서 그러라고 한 것처럼 산책을 하다 더워지면 플리스를 벗을 수도 있으니까. 이곳에서는 땀이 적이라나. 젖은 옷을 입고 돌아다니면 저체온증에 걸릴 수 있다고 한다. 뭐…… 이 상태로는 다른 것도 마찬가지겠지만.

괜히 메이시에게 문자를 보내면 시험만 방해할 테니 학교 운동장을 구경하러 간다는 쪽지를 남긴다. 담장을 넘어 야생을 돌아다닐 정도로 내가 모자란 애는 아니다. 늑대, 곰, 또 뭐가 있을지 알고?

이제는 방에서 나간다. 계단을 내려가는 동안 사람을 만나도 그냥 무시하고 지나간다. 사실 사람이 많지도 않다. 지금은 대부분 교실에 있으니까. 나만 수업에 빠졌다는 죄책감을 느껴야겠지만 솔직히 안도감밖에 들지 않는다.

1층으로 내려와 제일 먼저 보인 문을 여는 순간 마음이 흔들린다. 바람과 추위가 내 따귀를 때리기 때문이다.

한 겹을 더 입었어야 했나……

그러기에는 너무 늦었다. 머리에 후드를 뒤집어쓰고 목도리로 칭칭 감은 얼굴을 높이 세운 파카 옷깃 안에 쏙 집어넣는다. 이제 운동장으로 출발하자. 온몸의 본능이 당장 안으로 돌아가라 소리를 지르고 있지만 알 게 뭐람.

어떻게 끝내든 일단 시작을 해야 한다는 말이 있지 않던가. 앞으로 1년 동안 죄수처럼 학교 안에 갇혀 살 마음은 없다. 죽어도 그렇게는 못 한다.

나는 주머니에 손을 찔러넣고 산책을 시작한다.

처음에는 너무 괴로워 이런 생각밖에 들지 않았다. 이렇게 추워도 돼? 거의 온몸을 겹겹이 싸맸는데 피부가 이렇게 차가울 수 있나?

하지만 걸을수록 체온이 오르고 속도를 높이니 이제야 주위를 둘러볼 여유가 생긴다. 곧 있으면 오전 10시다. 해가 뜬 지네 시간쯤 지난 지금, 나는 처음으로 대낮의 황야를 눈에 담을 수 있게 되었다.

아름다움에 입이 다물어지지 않는다. 학교 운동장까지 어느 곳 하나 아름답지 않은 구석이 없다. 학교가 산등성이에 있어 땅은 전부 경사지다. 계속 이 언덕, 저 언덕을 내려갔다 올라갔다 해야 한다는 뜻이다. 고도 때문에 쉽지는 않지만 이틀 전보다 호흡은 훨씬 편해졌다.

지금은 식물이 많이 보이지 않는다. 하지만 상록수는 산책길의 양옆으로 줄을 지었거나 캠퍼스 곳곳에 옹기종기 서 있다. 땅을 거의 다 뒤덮은 하얀 눈밭과 초록색이 대비되어 아름다운 풍경이다.

눈을 만지면 어떤 느낌일지 궁금해진다. 그래도 생각이라는 게 있어서 장갑을 벗지는 않지만, 허리를 굽혀 눈을 한 움큼 쥐어본다. 그런 다음 손가락 사이로 눈이 빠져나가게 둔다. 이렇게 떨어지는구나. 손이 비자 허리를 굽혀 더 많은 양의 눈을 쥐고 플린트에게 들은 대로 눈덩이를 뭉친다.

생각보다 어렵지는 않다. 다 만든 눈덩이를 갈림길 왼쪽에 있는 가장 가까운 나무로 있는 힘껏 던진다. 눈덩이가 나무 몸통을 때리고 부서지는 모습을 만족스럽게 지켜본 후 그 너머의 길로 향한다.

하지만 나무에 다가가자 새로운 사실을 깨닫는다. 이렇게 검고 뒤틀린 뿌리는 생전 처음 본다. 거대한 회색 뿌리가 질서 없이 마디마디 엉켜 있는 모습은 끔찍한 악몽에서나 볼 법하고 지나가는 사람에게 조심하라고 온몸으로 경고하는 듯하다. 부러진 나뭇가지와 껍질이 뜯긴 몸통까지, 나무는 캐트미어의 깨끗한 캠퍼스와 대비되어 마치 공포 영화에 나올 것만 같다.

솔직히 나도 모르게 멈칫한다. 나무에 혐오감을 느끼다니 내가 생각해도 황당하네. 하지만 가까이 가서 보니 나무는 더 흉측하다. 나무가 지키고 있는 길도 불길한 느낌을 준다. 여기까지 왔으면 오늘 모험은 충분하겠지? 그래서 오른쪽으로 방향을 틀고 햇살이 얼룩덜룩 비치는 길을 택한다.

결과적으로 잘한 선택이다. 처음 만난 커브 길을 돌자마자 한데 모인 건물들이 눈에 들어왔기 때문이다. 안전거리를 유지한 채 걸음을 멈추고 그쪽을 바라본다. 이상한 사람처럼 수업 중인 교실의 창문을 엿보다 들키고 싶지는 않으니까.

각각의 별장처럼 생긴 건물 앞에는 이름과 용도가 적힌 간판이 달려 있다.

개중 큰 건물에 이르러 걸음을 멈춘다. '치누크 미술'이라는 글씨를 봤을 뿐인데 심장박동이 빨라진다. 컬러링북을 색칠하는 것 말고도 크레파스로 그릴 수 있는 그림이 많다는 사실을 깨달은 이후로 스케치와 그림은 쭉 내 인생의 일부였다. 내심 눈 덮인 길을 달려가 문을 벌컥 열고 내가 다닐 이곳의 미술실은 어떻게 생겼는지 확인하고 싶었다.

하지만 그러는 대신 휴대폰을 꺼내 얼른 간판 사진을 찍는다. 이따가 구글에 '치누크'라고 검색해봐야지. 알래스카 원주민 언어 중 하나로, '바람'을 뜻한다는 것 정도는 알지만 무슨 언어인지 찾는 재미도 있을 것이다.

여기 적힌 단어들의 의미를 전부 알아내고 싶다. 그래서 크기가 다양한 별장 앞을 지나며 나중에 뜻을 찾아볼 수 있게 일일이 간판 사진을 찍는다. 내가 어느 교실에서 수업을 듣는지도 아직 모르니 사진을 찍으면 건물 위치를 기억하는 데도 도움이 되지 않을까?

바깥에 교실이 이렇게 많다는 점이 조금 걱정스럽기는 하다. 어쩌라는 거지? 수업 하나가 끝나면 다음 수업 가기 전에 방으로 달려가 지금처럼 옷을 죄다 껴입어야 하나? 그래야 한다면 캐트미어의 쉬는 시간은 정확히 얼마나 될까? 원래 다니던 학교처럼 6분이라면 제시간에 준비를 못 마칠 텐데.

띄엄띄엄 줄지은 건물들의 끝에 도착하니 돌로 가장자리를 장식한 오솔길이 나온다. 성의 반대편 운동장으로 이어지는 길인가 보다. 어제 도서관에 들어가기 전처럼, 발길을 돌려야 한다는 묘한 예감이 어깨를 짓눌러 잠시 걸음을 멈춘다.

하지만 나도 쓸데없이 발동된 상상력쯤은 현실과 구분할 줄 안다. 아까 그 나무 때문에 괜히 겁을 먹어서 이러는 거다. 그래서 불길한 예감을 떨치고 길을 따라 걷기 시작한다.

하지만 성에서 멀어질수록 바람이 거세진다. 체온을 유지하려면 더 빨리 걸어야겠다. 더워지면 옷 한 겹을 벗으면 된다던 웹사이트 조언은 아무짝에도 쓸모가 없었다. 1분 1초가 지날수록 그레이스 맛 아이스캔디로 변하는 듯한 위기감이 점점 현실로 다가오고 있다.

그럼에도 나는 돌아서지 않는다. 지금 운동장을 절반 넘게 돌았으니 온 길로 되돌아가기보다 직진해야 성에 더 빨리 도착할 수 있다. 그래서 얼굴을 감싼 목도리를 더 단단히 묶고 코트 주머니에 손을 더 깊이 찌른 채 앞으로 나아간다.

앞으로 쭉 가자 나무가 몇 그루 더 모여 있고 꽁꽁 언 연못도 보인다. 옷을 껴입은 상태에서 균형을 잡을 수 있다면 저 위에서 스케이트를 타는 것도 재미있겠다. 작은 건물도 몇 개 더 보인다. 문 위에 달린 간판을 보니 하나는 '실라 매점'이고, 다른 하나는 '타나나 댄스 스튜디오'다.

건물 이름은 멋지지만 그 안에서 배우는 과목들이 조금 놀랍다. 캐트미어 아카데미의 생활이 어떨지 나도 잘 모르겠지만 평범한 고등학교와는 교과 과정이 많이 다른 것 같다.

사실 부잣집 애들이 다니는 기숙학교에 대한 지식이라고 해봐야 엄마가 DVD를 소장해서 1년에 한 번씩 억지로 보게 한 〈죽은 시인의 사회Dead poets society〉에서 얻은 게 전부다. 그 영화에 나오는 웰튼 아카데미는 진짜 엄격하고, 진짜 가혹하고, 진짜 오만한 곳이었다. 캐트미어 아카데미는 아직까지 셋 중 하나에만 해당하는 것 같다.

바람이 점점 심해져 다시 한번 걸음을 재촉하며 옆에 커다란 나무들이 모여 있는 길을 계속 따라간다. 여기 있는 나무들은 상록수가 아니다. 이미 오래전에 잎사귀가 다 떨어졌고 고드름이 맺힌 가지는 성에로 뒤덮였다. 그 모습이 너무 아름다워 걸음을 멈추고 몇 그루를 관찰한다. 나무들 틈으로 굴절된 빛이 쏟아져 내 발밑에서 무지개가 춤을 춘다.

약간은 엉뚱한 생각에 마음이 사로잡혀 이제는 바람이 불어도 신경 쓰이지 않는다. 바람 때문에 무지개가 춤을 추고 있으니까. 하지만 똑바로 서 있기 힘들 정도로 바람이 차가워져 다시 걷기 시작했고, 얼어붙은 연못을 하나 더 발견한다. 사람들이 쉴 수 있는 공간인지 주위에 벤치가 놓여 있고 몇 미터 떨어진 곳에는 지붕에 눈 덮인 정자까지 있다.

앉아서 잠깐 쉴까 하는 마음에 정자로 몇 걸음 옮기지만 먼저 온 사람들이 있었다. 리아…… 그리고 잭슨이다.

16

적들을 가까이 두는 것은 때로
저체온증을 예방하는 유일한 방법이다

이런.

잭슨을 또 만나면 절대 겁먹은 토끼처럼 달아나지 말자고 맹세했지만 지금은 주위를 배회하기에 좋은 타이밍이 아닌 것 같다. 두 사람의 대화 분위기는 누가 봐도 격하다. 무엇보다도…… 은밀하다.

서로를 향해 비스듬히 섰지만 실제로 몸은 닿지 않은 자세가 그렇다.

경직된 어깨가 그렇다.

뭔지 정확히 모르겠지만 상대의 말에 완전히 집중한 두 사람의 태도가 그렇다.

한편으로는 가까이 가고 싶다. 무슨 말을 하는지 듣고 싶다. 물론 내가 참견할 일은 아니지만. 그래도, 사람이 저렇게 화난 얼굴로 인상을 쓰고 있으면 문제가 있다는 뜻이잖아? 무슨 문제인지 알고 싶지 않다면 거짓말이다.

나한테 왜 중요한지 모르겠지만 한 가지는 확실하다. 두 사람의 싸움이 풍기는 은밀한 분위기 때문에 속이 쓰리다는 것. 웃기지. 잭슨을 잘 알지도 못하면서. 게다가 잭슨은 나와 네 번 마주치는 동안 두 번이나 나를 투명 인간 취급했다.

그것만으로 나와 엮이고 싶지 않다는 의도가 확실하지 않아?

그런데도 나는 계속 떠올린다. 첫날 밤 나를 괴롭히던 그 남자애들을 쫓아내던 잭슨의 표정을. 내 얼굴을 만지고 내 입술에 맺힌 핏방울을 닦을 때 완전히 확장되었던 동공을.

우리의 몸이 스쳤을 때는 내 안의 모든 것이 숨죽인 채 다시 살아날 기회를 기다리는 느낌이었다.

그때 우리는 서로 모르는 사람 같지 않았다.

그래서 안 된다는 걸 알면서도 나는 잭슨과 리아를 계속 지켜보고 있나 보다.

말다툼은 아까보다 더 뜨거워졌다. 멀리 떨어져 있는 내 귀에도 격앙된 목소리가 들린다. 내용이 들릴 만큼 가깝지는 않지만 저 둘이 얼마나 분노했는지는 굳이 내용을 몰라도 알 수 있다.

리아가 따귀를 날린 것은 그때였다. 쫙 편 손바닥으로 흥 진 뺨을 얼마나 세게 때렸는지 잭슨의 고개가 뒤로 밀려난다. 잭슨은 반격하지 않는다. 아니, 리아의 손바닥이 다시 얼굴로 날아올 때까지는 아무 행동을 하지 않는다.

이번에는 잭슨도 리아의 손목을 잡아채더니 놓으라고 저항하는 팔을 단단히 붙든다. 이제 리아는 악에 받쳐 비명을 지르고 있다. 거친 목소리에 가득한 분노와 고통이 내 속을 할퀴고 들어와 눈물을 짜낸다.

나도 아는 소리다. 그런 소리를 유발하는 고통을, 그런 소리를 억누를 수 없는 분노를 나도 안다. 가슴 깊은 곳에서 솟구쳐 목구멍을, 또 영혼을 갈기갈기 찢으며 입 밖으로 터져나오는 그 비명을 나도 경험해봤다.

리아의 고통과, 두 사람 주위의 공기에 걸려 있는 일촉즉발의 격한 감정에 본능적으로 이끌려 나는 리아에게, 두 사람에게 한 걸음 다가간다. 하지만 내가 걸음을 내디딘 순간 바람이 강해지고, 갑자기 두 사람은 몸을 틀어 나를 바라보고 있다. 감정 없이 멍한 눈과 마주하자 추위와는 아무 상관없는 한기가 온몸을 관통한다. 이 느낌은 순전히 잭슨과 리아 두 사람의 눈빛 때문이다.

나라는 먹잇감을 당장이라도 먹어치우고 싶어 하는 포식 동물 같은 눈빛.

그냥 놀랐을 뿐이야. 이렇게 되뇌지만 두 사람에게 손을 가볍게 흔들면서도 그 기이한 느낌을 떨쳐낼 수 없다. 어제만 해도 리아와 친구가 될 수 있겠다고 생각했다. 리아도 같이 매니큐어를 칠하자고 했으니까. 하지만 어제의 우정이 지금 이 상황까지 이어지지는 않는 모양이다. 그래도 괜찮다. 딱 봐도 공통의 과거가 있는 두 사람의 싸움에 끼고 싶지는 않으니까. 하지만 이대로 둘만 두고 떠나고 싶지도 않다. 리아가 따귀를 날리고 잭슨이 방어한다고 리아 손목을 낚아채는 지경에 이르렀다면 더더욱.

어떻게 해야 할지 몰라 제자리에 얼어붙는다. 나는 뭘 지켜야 하는지도 모르는 어색한 파수꾼처럼 나를 쳐다보는 두 사람을 응시하고 있다.

하지만 잭슨이 리아의 손목을 놓고 이쪽으로 몇 걸음 다가온 순간, 어제 파티에서 느꼈던 패닉이 나를 다시 덮친다. 처음 본 순간부터 잭슨에게 느꼈던 묘한 매혹도 다시 나를 휘감는다. 어떤 점 때문인지 모르겠지만 잭슨을 볼 때마다 뭔지 모를, 도통 설명할 수 없는 어떤 감각이 나를 강하게 잡아끈다.

잭슨이 몇 걸음 더 다가오자 내 심장은 50배 더 빠르게 뛴다. 그럼에도 나는 제자리에서 버티고 서 있다. 잭슨에게서 한 번 달아났으면 됐다. 두 번은 하지 않을 것이다.

그때 리아가 손을 뻗어 잭슨을 붙잡고 자기 쪽으로 끌어당긴다. 언제 그랬냐는 듯 리아의 눈에서 위험한 빛이 사라지고(잭슨의 눈에서는 아직이다) 리아는 내게 열렬히 손을 흔든다.

"안녕, 그레이스! 너도 이리 와."

으으음, 됐네요. 죽어도 싫다. 모든 본능이 도망치라고 악을 쓰고 있을 때 그럴 수는 없지. 이유는 모르겠지만.

그래서 앞으로 나아가는 대신, 리아에게 한 번 더 손을 흔들고 외친다. "사실 방으로 돌아가야 해. 메이시가 또 수색대 보내기 전에. 내일 수업 시작하기 전에 그냥 잠깐 둘러보고 싶어서 나온 거야. 재미있게 놀아!"

두 사람 사이에 팽배하던 분노를 생각하면 마지막 말은 괜히 덧붙였나 싶다. 하지만 나는 긴장할 때 합죽이가 되거나 쓸데 없이 주절거리는 버릇이 있다. 그러니 이 정도면 최악의 연기는 아니지 않을까? 속으로 그렇게 위안하며 돌아서서 뛰지 않되 최대한 빠른 걸음으로 걷기 시작한다.

걸음을 내딛을 때마다 자제력을 수양한다. 잭슨이 아직 나를 지켜보고 있는지 고개 돌려 확인하지 말자고 참아야 하기 때문이다. 목 뒤가 따끔거리는 느낌으로 보아 쳐다보고 있는 듯하지만 무시한다.

잭슨을 볼 때마다 가슴 속에서 나타나는 묘한 느낌을 무시하는 것처럼. 별것 아니라고, 아무 의미 없다고 나 자신을 타이른다. 이렇게 복잡한 남자애에게 반하는 건 말도 안 될 일이다.

그럼에도 돌아보고 싶다는 욕구는 사라지지 않는다. 눈을 빛내며 관심을 표현하는 잭슨이 내 옆에 나타날 때까지도. 바람에 날리는 머리카락이 미치도록 섹시하다.

"급한 일 있어?" 잭슨은 그렇게 물으며 내 앞으로 뛰어나와 길을 가로막고 나와 얼굴을 마주한 채 거꾸로 걷는다. 부딪히지 않으려면 나도 걸음을 늦춰야 한다.

"없어." 나는 잭슨의 눈을 보지 않으려고 바닥을 본다. "추워서."

"어느 게 맞는 답이야? 없다고?" 잭슨이 걸음을 멈추는 바람에 나도 따라서 멈춰 선다. 잭슨은 손가락을 뻗어 내 턱을 들어

올린다. 하는 수 없이 잭슨과 눈을 맞춘다. 한쪽 입꼬리를 올린 미소가 내 심장에 금기된 짓들을 벌인다. 이래서 처음부터 보지 않으려 했던 건데. 방금 전 리아와 그러고 있는 모습도 보지 않았나. "아니면 춥다고?"

잭슨의 홍진 뺨을 자세히 들여다보니 아직도 리아의 손자국이 보인다. 화가 난다. 이 남자애를 잘 알지도 못하는 주제에. 그래서 나는 보란 듯이 옆으로 비켜서며 말한다. "추워서지. 나는 이만 실례……."

"옷을 그렇게 껴입고 말이지." 잭슨이 말하며―내 꼴이 우습다는 건 혼자만의 느낌이 아니라 사실이었군―다시 내 앞을 가로막는다. "춥다는 건 그냥 변명 아니야?"

"내가 왜 너한테 변명을 해." 나도 웃긴다. 그렇게 말하고도 잭슨에게서, 방금 본 광경에서 도망치려고 변명을 하다니. 나는 잭슨 때문에 생기는 온갖 감정에서 벗어나려 한다. 사실은 잭슨을 껴안고 싶으면서. 바보 같은 생각이고 바보 같은 욕구지만 엄연한 사실이다.

잭슨이 고개를 갸웃하고 한쪽 눈썹을 세운다. 그 모습에 심장은 왠지 더 빠르게 뛴다. "그래?"

지금이 걷기 시작할 때다. 뭐든 해야 한다. 프로야구 결승전에서 승패를 가르는 투구처럼, 잭슨 베가에게 나를 던지는 일만 빼면 무엇이든. 하지만 나는 움직이지 않는다.

그냥 제자리에 서 있다. 잭슨이 내 앞을 가로막고 있어서는 아니다. 그것도 틀린 말은 아니지만 내 안의 모든 것이 잭슨

의 사소한 행동 하나하나에 반응하고 있기 때문이다. 위험마저
도. 위험까지도. 나는 이런 애가 아니었다. 단지 호기심 때문에
위험을 감수하는 그런 여자가 아니었단 말이다.

그래서일까. 상식대로라면 잭슨을 지나쳐 성으로 달려가야
겠지만 나는 잭슨의 눈을 똑바로 보며 말한다. "아니. 네 질문
에는 대답 안 해."

잭슨이 웃는다. 진짜로 웃는다. 이렇게 오만한 웃음소리는
생전 처음 듣는다.

"다들 나한테 답을 하게 되어 있어…… 언젠가는."

어이없어. 뭐 이런 게 다 있지?

나는 눈동자를 굴리고 잭슨을 지나쳐 가던 길을 마저 간다.
꼿꼿하게 세운 자세와 빠른 걸음은 절대 따라오지 말라는 뜻
이다. 잭슨이 그런 말을 할 때면 내가 그 애에게 느끼는 매력은
의미를 잃기 때문이다. 자기가 하느님이 세상에 내린 선물이라
고 생각하는 남자한테 시간을 낭비하느니 더 건설적인 일들을
하고 말지.

하지만 잭슨은 의외로 보디랭귀지를 잘 읽지 못하는 것 같
다. 아니면 그냥 무시하는 건가. 어느 쪽이든 날 붙잡지 않을
것이라는 예상이 빗나간다. 잭슨은 다시 내 옆에 붙어 같이 걷
기 시작하고, 내가 아무리 보폭을 넓히고 속도를 높여도 나와
발을 맞춘다.

짜증 나 돌아가시겠네. 거기다 저 밉살스러운 웃음도 숨기지
않는다. 또 옆을 몇 번 힐끗거리더니 이런 말을 한다. "플린트

몽고메리와 있으면 눈에 띄지 않기 힘들어."

나는 무시하고 그냥 계속 헤엄치라던, 영화 〈니모를 찾아서〉의 도리처럼 행동한다. 그냥 계속 걸어가. 그냥 계속 걸어가.

"내가 하고 싶은 말은." 내가 반응하지 않자 잭슨이 말한다. "친구 상대로 요……." 말을 끊더니 헛기침을 하고 다시 고쳐 말한다. "친구 상대로 플린트를 고르는 건……."

"뭐?" 짜증이 솟구쳐 내가 잭슨을 돌아본다. "플린트와 친구 하는 게 뭐? 정확히 뭔데?"

"네 등에 과녁을 그리는 행동이라고." 잭슨은 내가 화를 내서 조금 놀랐다는 표정이다. "관심을 피해야 하는 사람은 절대 하면 안 될 행동이지."

"아, 그래? 그럼 너랑 있는 건 뭐라고 설명해야 해?"

잭슨의 얼굴이 무표정으로 변한다. 대답하지 않으려나? 하지만 시간이 조금 걸리기는 했어도 잭슨은 결국 대답한다. "세상에서 제일 멍청한 짓."

예상했던 대답은 아니다. 저렇게 거만하고 짜증 나는 애 입에서 그런 말이 나올 줄이야. 하지만 솔직한 답이 내 방어막을 통과해 들어온다. 뭐라 할 말이 없을 줄 알았는데 이런 대답을 하게 만든다. "그런데 지금 이러고 있네."

"그러게." 잭슨은 검은 눈으로 물끄러미 내 얼굴을 뜯어본다. "이러고 있어."

우리 사이에 돌연 우울하고 깊이를 헤아릴 수 없는 짙은 침묵의 메아리가 퍼지고 긴장감이 서커스 공중곡예 줄처럼 팽팽해진다.

이 자리를 떠야 한다.

잭슨이 떠나든가.

우리 둘 다 움직이지 않는다. 나 숨은 쉬고 있나?

한참 만에 잭슨이 정적을 깨고―하지만 긴장감은 여전히 남아 있다―내게 한 걸음 다가온다. 한 걸음, 또 한 걸음. 이제 우리 사이에 있는 건 내가 입고 있는 두껍고 무거운 코트와 희박한 공기뿐이다.

추위가 아니라, 잭슨과 가까이 있다는 사실 때문에 등줄기를 타고 전율이 흐른다.

심장이 쿵쾅거린다.

머리가 어질어질하다.

입안이 사막처럼 마른다.

다른 곳들도 괜찮지는 않다. 잭슨이 장갑 낀 내 손을 잡고 엄지로 손바닥을 쓰다듬는 지금은 상태가 더 심각해진다.

"플린트랑 무슨 얘기 했어?" 잠시 후 잭슨이 묻는다. "파티에서?"

"솔직히 기억 안 나." 변명처럼 들리겠지만 정말이다. 잭슨이 나를 만지고 있는데 내 이름을 기억하는 것만으로도 기적이지.

잭슨은 내 말에 따지지 않는다. 하지만 입꼬리를 올려 의기양양한 미소를 지으며 중얼거린다. "다행이네."

그 웃음을 보고서야 내 뇌에 시동이 걸린다. 이제는 내가 질문할 차례다. "리아랑은 무슨 일로 싸우고 있었던 거야?"

어떤 반응을 기대했는지 모르겠다. 눈빛이 다시 공허해지겠지. 내 알 바 아니라고 말하거나. 하지만 잭슨은 말한다. "우리 형." 동정하지 말라는, 절대 용납하지 않겠다는 말투로.

예상했던 대답은 아니지만 몇 개 없는 퍼즐 조각들이 머릿속에서 맞아떨어지며 심장이 쿵 내려앉는다. "그…… 그 허드슨이 네 형이었어?"

진심으로 놀란 잭슨의 눈빛은 처음 본다. "허드슨 얘기 누구한테 들었어?"

"리아. 어젯밤 차 마실 때. 얘기하다……." 빙하처럼 차가운 눈빛에 내가 말을 흐린다.

"걔가 뭐라고 했어?" 목소리는 작지만 그래서 충격이 더 크다. 내 손은 또 왜 놓는 건데.

나는 침을 삼키고 서둘러 하던 말을 끝낸다. "그냥 자기 남자친구가 죽었다더라고. 네 얘기는 안 했어. 내가 그냥 추측한 거야. 혹시 리아 남자친구가……."

"우리 형이냐고? 맞아, 허드슨은 내 형이었어." 말에서 냉기가 뚝뚝 떨어진다. 내 생각이지만, 상처가 얼마나 깊은지 들키지 않으려 애쓰느라 그런 말투가 나오는 것 같다. 하지만 나도 다 겪어본 일이다. 지난 몇 주 똑같은 경험을 한 내 귀를 속일 수는 없다.

"미안해." 이번에는 내가 잭슨에게 손을 뻗는다. 잭슨의 손목과 손등을 스치듯 어루만진다. "이런 말 의미 없다는 거 알아. 네가 느끼는 슬픔에 닿지 않는다는 거. 하지만 그런 아픔을 겪고 있다니 진심으로 유감이야.”

잭슨은 한참이나 아무 말도 하지 않는다. 모든 것을 꿰뚫으며 자기 속은 보여주지 않는 그 검은 눈으로 나를 지켜볼 뿐이다. 다른 말을 해야 하나 머리를 굴리고 있을 때, 잭슨이 드디어 입을 열고 이런 질문을 한다. “왜 내가 아픔을 겪고 있다고 생각해?”

“아니야?” 내가 도전적으로 되묻는다.

또 한참 침묵이 흐른다. 그러더니 하는 말. “나도 몰라.”

내가 고개를 젓는다. “무슨 뜻인지 모르겠어.”

잭슨도 고개를 젓더니 몇 걸음 뒤로 물러난다. 손가락에 닿았던 감촉이 그리워 나는 주먹을 꽉 움켜쥔다.

“갈게.”

“잠깐.” 안 된다는 걸 알면서도 다시 잭슨에게 손을 뻗는다. 나도 어쩔 수가 없다. “그냥 그렇게 간다고?”

잭슨은 손을 잡히고도 가만히 있는다. 1초, 2초. 그러다 몸을 틀고 거의 달리는 속도로 빠르게 연못 길을 되돌아간다.

따라잡을 생각조차 하지 않는다. 며칠 사이에 한 가지만큼은 제대로 배웠기 때문이다. 잭슨 베가가 사라지고 싶을 때 사라지면 나는 어쩔 도리가 없다는 것. 그래서 반대쪽으로 돌아서 성으로 걸어간다.

확실한 목적지를 정하니 정처 없이 어슬렁거리던 처음보다 걸음이 훨씬 빨라진 듯하다. 하지만 감시를 당하고 있다는 불편한 느낌은 아직도 떨쳐내지 못했다. 그럴 리가 없는데. 잭슨은 반대 방향으로 갔고, 리아는 잭슨과 말싸움을 끝내자마자 사라졌잖아.

그 느낌은 밖에 머무는 내내 사라지지 않는다. 뭔지 모르겠지만 찝찝한 느낌이 또 든다. 따뜻하고 안전한 성에 도착해 내 방으로 돌아오기 전까지는 그 위화감의 정체를 알지 못한다. 깨달음은 껴입고 있던 옷을 전부 벗어낸 후에야 찾아든다.

리아도, 잭슨도 외투를 입고 있지 않았다.

17

여자에게 최고의 친구는
다이아몬드가 아니라 분별력이다

"정말 할 수 있겠어?" 몇 시간 후, 옷장에서 스웨터를 꺼내는 내게 메이시가 묻는다.

지금 장난해? "절대 아니지."

"그럴 줄 알았어." 메이시가 땅이 꺼져라 한숨을 쉰다. "네가 싫다면 취소할 수도 있어. 아직 고산병이 낫지 않았다고 하면 돼."

"그래서 플린트가 나를 겁쟁이라고 생각하게? 천만에." 사실은 플린트가 나를 겁쟁이라고 생각하든 말든 관심 없다. 하지만 신나서 방방 뛰는 메이시에게서 눈싸움을 빼앗을 수가 있나. 내키지 않는 나를 배려해 약속을 취소하자고 제안하다니, 더 가야겠다는 결심이 선다. "우리는 이 눈싸움에 참전할 거고, 우리는……."

"뜨거운 맛을 보여줄 거다?"

"사실 개망신까지는 당하지 말자, 이런 얘기를 할 생각이었는데, 긍정적인 사고방식 좋네."

메이시가 내 의도대로 웃음을 터뜨리더니 침대에서 뛰어 내려와 옷을 겹겹이 껴입기 시작한다. 저 모습은……. 이 웃기는 학교에서 제정신이 박힌 사람을 이제야 본다. 첫날 만난 깡패들에 이어 잭슨과 리아까지, 여기 사는 사람은 다 추위에 희한한 면역력이 있나 생각하던 참이었다. 쟤들은 외계인이고 나는 아무것도 모르고 그 틈에 껴서 사는 나약한 인간일지도 모른다는 생각.

이번에는 겹쳐 입는 옷의 수를 센다. 우리 둘 다 옷을 여섯 겹씩 입은 후, 메이시는 문 쪽으로 내 등을 떠민다. "서둘러, 늦으면 기습 공격 당할 거야."

"기습 공격이라. 눈덩이로 말이지. 멋지다." 샌디에이고가 참 좋은 곳이었구나. 이제 알았네.

"두고 봐. 너도 좋아하게 될 거야. 거기다 플린트 친구들도 전부 만날 수 있고." 메이시는 문에 붙은 거울로 화장을 한 번 더 확인하고 떠밀다시피 나를 복도로 내보낸다.

"플린트 친구 전부?" 복도를 지나며 내가 묻는다. "정확히 몇 명이 같이하는 거야?"

"몰라. 적어도 50명쯤."

"50명? 눈싸움에?"

"더 많을 수도 있어. 아마 더 많을 거야."

"그게 가능하긴 해?" 내가 묻는다.

"그게 중요해?" 메이시는 눈을 동그랗게 뜨고 반문한다.

"그럼, 중요하지. 아니, 나한테 뭘 던지려는 사람이 그렇게 많은데 어떻게 일일이 기억해?"

"일일이 기억하지 못할 거야. 그냥 짓밟히지 않으면서 눈에 띄는 사람을 죄다 짓밟는 거지."

"네 말이 맞는 것 같아. 고산병이 재발하려나 봐."

"너무 늦었네요." 메이시가 내게 팔짱을 끼고 씩 웃는다. "거의 다 왔어."

"누구누구 오는지 조금 더 구체적으로 설명해줄래? 내가 만나본 사람 있을까? 플린트 말고."

"리아가 올지는 모르겠어. 캠은 안 올 거야. 플린트랑 사이가 별로거든. 그냥…… 그런 게 있어."

그런 게 정확히 뭐냐고 물어볼까? 하지만 리아나 캠은 솔직히 오든 말든 관심 없다. 내가 궁금한 사람은 하나뿐이다. 메이시가 먼저 알아듣고 얘기하지 않을 것 같으니 아무래도 내가 물어봐야 하나 보다.

"잭슨은?" 아까의 만남 이후로 잭슨의 이름을 입에 올리기만 해도 심장이 쿵쾅쿵쾅 뛰지만 애써 밝은 목소리를 낸다. "걔도 와?"

"잭슨 베가?" 잭슨의 'ㅈ'을 발음하는 순간부터 메이시는 째지는 목소리를 낸다.

"첫날 복도에서 본 애 맞지?"

"응. 음…… 맞아." 메이시는 태연한 연기를 그만둔다. 그러고 보니 걷는 것도 멈췄다. 메이시는 나를 돌아보더니 허리에 손을 올리고 따져 묻는다. "잭슨이 왜 궁금해?"

"몰라. 몇 번 만났거든. 걔도 눈싸움을 하는지 그냥 궁금해서."

"잭슨 베가를 몇 번 만났다고? 어떻게? 여기 도착한 후로 거의 나랑 붙어 있지 않았어?"

"몰라, 그냥 학교 돌아다니다가. 몇 번밖에 못 봤어."

"몇 번?" 메이시의 눈이 얼굴에서 튀어나올 것 같다. "한두 번보다는 많다는 얘기잖아. 언제? 어디서? 어떻게?"

"왜 그렇게 이상하게 굴어?" 잭슨 얘기를 꺼내지 말걸. 진지하게 후회하고 있다. 아니, 플린트로도 호들갑을 떨었지만 그런 호들갑은 재미있었다. 지금은 꼭 화를 내려는 사람 같다. "걔도 복도에 있었고, 나도 복도에 있었어. 그냥 우연히."

"잭슨에게 우연은 없어. 말이 많은 타입도 아니고. 걔네 아니면……." 메이시가 말을 뚝 멈춘다.

"걔네가 누구야?" 내가 질문한다.

"나도 잘 몰라. 그냥……."

"그냥?" 메이시는 조금 메스꺼운 표정으로 웃을 뿐 내 질문에 대답하지 않는다. 거슬려. 아니, 정말로 거슬린다니까? "자꾸 왜 그래?"

"뭐가?"

"말을 하다 마는 거. 말을 하는 중간에 아예 딴소리를 하거나."

"내가 언제……."

"그랬어. 항상. 솔직히 기분 이상해진다. 내가 알면 안 되는 비밀이 있는 것 같아. 대체 뭐야?"

"말도 안 돼, 그레이스." 메이시는 내가 어디 모자란 사람이기라도 한 듯 쳐다본다. "캐트미어는 그냥, 왜 있잖아, 온갖 이상한 파벌과 규범으로 가득한 곳이야. 그걸 다 설명하면 너 피곤할까 봐 하기 싫었어."

"그러니 차라리 사회적 자살을 해라?" 내가 메이시에게 한쪽 눈썹을 세워 보인다.

메이시가 눈을 굴린다. "여기서 다른 건 몰라도 사회적 자살 걱정은 진짜 안 해도 돼."

대화를 시작한 이래 처음으로 뭔가 의미 있는 말이 나왔다. 나는 기회를 놓치지 않는다. "그럼 뭘 걱정해야 하는데?"

메이시가 낮은 소리로, 조금은 서글픈 한숨을 길게 내쉰다. 하지만 곧 내 눈을 보고 말한다. "내 말은, 잭슨이 기사단 말고는 친구처럼 대하는 애들이 없다는 것뿐이야."

"기사단? 그게 뭐야?"

"아무것도 아니야, 정말." 마저 설명하라고 무언의 압박을 하듯 내가 계속 쳐다보자 메이시는 한숨을 쉬고 덧붙인다. "그냥 학교에서 제일 인기 많은 남자애들한테, 늘 떼 지어 다닌다고 붙인 별명이야."

잭슨이 파티장에 데리고 들어왔던 애들, 플린트가 방까지 나를 '옮겨줄' 때 잭슨과 복도에 같이 있던 애들을 떠올린다. 당시에도 잭슨이 리더처럼 보인다고 생각했던 것 같은데 생각 자체를 깊이 하지 못했다. 그때는 잭슨을 빤히 보지 않으려고 노력하느라 바빴으니까.

기억을 되짚으니 메이시의 설명도 이해가 간다. 하지만 메이시의 말투에는, 내 눈을 절대 쳐다보지 않으려는 저 태도에는 분명 다른 뭔가가 있다. 풀지 않은 사연이 더 있다는 생각이 든다.

하지만 계속 서서 메이시를 추궁하기에는 복도 한복판이라는 장소가 부적절한 것 같다. 게다가 슬슬 움직이지 않으면 정말 지각을 할 판이다.

그 생각에 내가 다시 걸음을 옮기고 메이시도 내 옆에 꼭 붙어 움직이기 시작한다. 왜 이래? 내가 이상하다는 눈으로 쳐다보자 메이시는 연극 무대에 선 배우처럼 속삭인다. "다른 애들도 만난 적 있어?"

"다른 기사단 애들 말이야?" 그 단어를 입 밖으로 내니 어쩐지 바보가 된 기분이다. 기숙학교 12학년생이 아니라 꼭 중세 군인들 같잖아. "아니. 잭슨만 만났어."

"잭슨만? 걔가 혼자 있었다는 거야?" 이제는 단순히 걱정하는 표정이 아니다. 당장이라도 토할 것 같은 표정이다.

"응. 그게 뭐?"

"세상에! 걔가 무슨 짓 했어? 너 괜찮아? 걔한테 당했어?"

"잭슨 말이야?" 놀랍다는 목소리를 숨길 수 없다.

"당연히 잭슨이지! 지금 걔 얘기하는 거 아냐?"

"아니, 당하긴 뭘 당해. 왜 그런 생각을 해?"

메이시가 답답하다는 듯 양손을 들어 올린다. 온몸으로 짜증과 두려움을 뿜어내고 있다. "잭슨이니까. 혼자 온 동네를 다 파괴하는 놈. 원래 그래!"

"걔는……." 나는 고개를 저으며 생각을 정리한다. 어떻게 해야 우리 대화를 제대로 설명할 수 있을까? 결국에는 두루뭉술한 말로 결정한다. 어차피 메이시는 이해하지 못할 테니까. "대체로는 꽤…… 흥미로웠어."

"흥미로웠다고?" 이제는 내가 알래스카 툰드라를 맨몸으로 횡단하고 싶다고 말한 듯한 표정이다. "잠깐, 헷갈려서 그러는데 우리 같은 잭슨 얘기 중인 거 맞아?" 메이시가 제일 가까운 벽감으로 나를 끌고 가더니 내 손을 꽉 움켜쥔다. "진짜 크고, 진짜 잘생기고, 진짜 무서운 애? 검은 머리, 검은 눈, 검은 옷, 섹시한 몸을 가진 걔 말이야? 록스타처럼 건방지고…… 작지 않은 나라의 독재자처럼 구는 것 같은 애?"

솔직히 꽤 잘 어울리는 묘사다. 특히 건방지다는 부분. 진짜 잘생겼다는 부분도. 하지만 그 말에는 잭슨의 수많은 매력이 포함되지 않았다. 너무도 많은 것을 들여다보는 눈이라거나, 자기 방식을 강요할 때 어둡고 거칠어지는 목소리라거나. 가느다란 흉터도 빼놓을 수 없지. 평범한 꽃미남을 존나게 섹시한 남자, 존나게 무서운 남자로 만드는 그 상처 말이다. "응. 걔 맞아."

"거짓말 안 해도 되는 거 알지? 무슨 일이 있었는지 말해도 돼. 말하지 말라면 아무한테도 말 안 할게."

"무슨 말을 안 한다는 거야?" 이제는 진짜로 혼란스럽다. 잭슨을 흥미롭다고 한 말이 과장이었을 수는 있다. 하지만 내가 잭슨을 만났다는 사실에 메이시가 왜 이런 반응을 보이는지는 상상도 못 하겠다.

"걔가 무슨 짓 했어?" 메이시는 잭슨의 광기 어린 공격에서 살아남은 증거를 찾으려는 것처럼 나를 이리저리 뜯어본다.

"아무 짓도 안 했어, 메이시." 조금 짜증이 나서 메이시에게 잡힌 손을 뺀다. "그래, 성인군자는 아니었지. 하지만 도움이 필요할 때 날 도와줬고, 나를 해칠 행동은 안 했어. 왜 그렇게 못 믿는 거야?"

"잭슨 베가는 다른 사람을 도와주지 않아. 절대로."

"안 믿겨."

"아니, 믿어야 해." 메이시는 내가 자기 말을 확실히 듣도록, 그리고 이해하도록 음절 하나하나 똑똑히 발음한다. "걘 위험해, 그레이스. 정말 위험하니까 웬만하면 가깝게 지내지 마."

위험하지 않다고 말하려는 순간, 잭슨이 등장하기 무섭게 순순해진 마크와 퀸의 태도를 떠올린다. 얼굴에 떠올랐던 공포는 선명했다. 잭슨이 자기들을 날려 보냈기 때문만은 아니었다.

지금 돌이켜보니 마크와 퀸은 잭슨을 두려워했다. 진심으로 두려워했다.

"농담 아니야. 걔 조심해. 정말 너를 도와줬다면 원하는 게 있기 때문일 거야. 그것도 좀 이상하긴 하다. 잭슨은 원하는 게 있으면 빼앗고 말거든. 지금까지 그랬고, 앞으로도 그럴 거야."

비록 이곳에 온 지 사흘밖에 안 됐지만 그렇지 않다는 사실을 안다. 아마 그래서 이렇게 말한 것 같다. "나를 눈밭에 던지려던 마크랑 퀸을 막아준 게 잭슨이었어, 메이시. 딱히 나한테 뭘 바라고 그랬을 것 같지는 않아."

"잠깐. 걔였다고?"

"그래, 걔야. 나쁜 애라면 왜 그러겠어?"

"모르겠다." 메이시는 충격을 받은 표정이다. "그렇지만 한 번 도와줬다고 또 그러라는 법은 없어. 그러니까 조심해, 알았지?"

"날 죽이려고 한 사람은 걔가 아니야."

메이시가 코웃음을 친다. "그래, 뭐, 여기 온 지 며칠밖에 안 됐잖아. 두고 봐."

"그건······." 한참 동안 나는 말을 잇지 못한다. 그녀의 말들이 얼마나 터무니없이 들리는지 메이시에게 반박할 말이 떠오르지 않는다. 하지만 결국에는 메이시가 한 말이 주는 불쾌감을 떨치지 못하고 내 생각을 그대로 말해버린다. "참 끔찍한 말이다."

"끔찍하다고 진실이 달라지지는 않아." 메이시는 활달한 평소 성격과 어울리지 않게 엄격한 눈빛으로 나를 바라본다. "이 문제에 관해서는 날 믿어."

"메이시······."

"진심이야. 내가 너무 잔인하게 군다고 쓸데없이 걱정하지 마." 명백한 경고의 의미로 메이시가 눈을 가늘게 뜬다. "잭슨 베가도 걱정하지 말고. 최대한 걔랑 멀리 떨어져 있을 방법을 찾는다면 모를까."

메이시의 뒤에서 무언가가 눈에 띈다. 내 입이 바짝 마른다. "그래, 음, 그건 문제가 될 수 있겠다." 나는 갑자기 조여오는 목으로 그 말들을 겨우 내뱉는다.

"무슨 뜻이야?"

"나는 아무 데도 안 갈 거거든." 재미있다는 듯한 잭슨의 저음이 내 사촌의 불평을 자른다. 메이시의 눈이 휘둥그레지고 피부는 새하얗게 질린다. "그레이스도."

18

눈싸움에서 이기려면
섹시한 남자가 몇 명이나 필요하지?

메이시가 놀라서 꺅꺅거리지만─진짜로 꺅 소리를 냈다─잭슨은 나를 보고 눈썹을 들어 올릴 뿐이다. 조금은 재미있다는 듯한 심술궂은 표정이고, 내 심장은 빠른 박자로 맞춰놓은 메트로놈처럼 뛰기 시작한다.

메이시가 작은 소리로 속삭인다. "이러기야? 저기 있었다고 말 좀 해주지!"

"나는 몰랐……."

"얘는 몰랐어." 잭슨이 머리에서 발끝까지 나를 훑어본 직후 잠깐, 아주 잠깐 그 흑요석 같은 눈의 깊은 곳에 미소가 스친다. "오늘만 두 번째로 눈에 도전하네? 솔직히 대단한걸."

"너무 그러지는 마. 눈싸움에서 무사히 살아남아야 하니까."

잭슨의 미소가 나타났을 때만큼이나 빠르게 사라진다. "플린트네 게임을 한다고?"

질문보다는 비난처럼 들린다. 왜? "너도 그래서 온 거 아니야?"

"눈싸움하려고?" 잭슨이 고개를 저으며 목구멍 깊은 곳에서부터 경멸하는 소리를 낸다. "그럴 리가."

"아, 그래······." 분위기가 갑자기 어색해진다. "음. 우리는 이만······."

"가볼게." 메이시가 말을 맺는다.

잭슨은 메이시를 무시하고 내 뒤에 있는 벽을 한 손으로 짚는다. 몸을 기대더니 너무나 낮아서 귀를 쫑긋 세워야 들릴 만한 목소리로 중얼거린다. "내 말을 안 듣기로 했다는 거지?"

"무슨 뜻인지 모르겠어." 나도 속삭이며 대답하지만 차마 잭슨의 얼굴을 볼 수는 없다. 거짓말이기 때문이다. 나는 잭슨이 무슨 말을 하는지 정확히 안다. 내 귀에 닿은 따스하고 부드러운 숨결을 온몸의 깊은 곳까지도 느낄 수 있었다.

"다 너를 위해서야." 잭슨은 아직도 너무 가까이 서 있다. 열기가 나를 덮친다. 잭슨이 가까이 서서 그런 말을 하기 때문이다. 오렌지와 깊은 바다 같은 향기가 스르르 움직여 나를 감싸고 있기 때문이다.

"뭐······." 내 목소리가 갈라진다. 꽉 막힌 목이 너무 건조해 다시 가다듬은 끝에 겨우 말들을 뱉는다. "뭐라고?"

"플린트와 눈싸움하러 가면 안 돼." 잭슨이 몸을 떼며 나와 눈을 맞춘다. "학교 운동장도 절대 혼자 돌아다니면 안 되고. 여긴 너한테 안전한 곳이 아니야."

캐트미어가 내게 위험하다는 경고는 처음이 아니다. 나도 이해한다. 정말로. 알래스카는 뭘 모르는 사람이 소풍할 곳이 아니지. 하지만 메이시와 학교 운동장에 나가는 것도 안 돼? 나한테 무슨 일이 일어나면 메이시가 가만히 있겠냐고.

"괜찮을 거야." 내 귀와 불과 몇 센티미터밖에 떨어져 있지 않던 잭슨의 입이 멀어지니 호흡이 한결 쉬워진다. 하지만 경계하는 시선을 받으며 할 말을 찾기는 아직도 생각보다 어렵다. "오늘 저녁은 혼자 돌아다닐 생각 없어. 쭉 단체로 있을 거야."

"그래." 잭슨은 무감한 목소리다. "그게 걱정이라는 거야."

"무슨 뜻이야?" 내가 따지듯 묻는다. "내가 맨손으로 들짐승을 때려잡을 계획이 아니라고 하면 안심할 줄 알았는데?"

"내가 걱정하는 건 들짐승이 아니야."

무슨 뜻이냐고 묻기도 전에 메이시가 다시 끼어든다. "우리 그만 가자. 늦으면 안 되잖아."

"저기, 뭘 걱정하는지 모르겠지만 그러지 마." 이대로 끌려가기 전에 내가 잭슨에게 말한다. "나 어린애 아니야. 내 몸 정도는 내가 알아서 지킬 수 있어. 정 못 미더우면 너도 같이하면 되겠네."

"같이하자고." 내가 맨몸으로 화성까지 날아가자고 제안한 듯한 말투다.

그런다고 내가 단념하나 봐라. 더구나 잭슨이 평소처럼 사라지는 묘기를 부리지 않고 이렇게 내 옆에 서 있지 않은가. "재미있을 거야. 플린트도 분명 괜찮다고 할 거고."

"플린트도 분명 괜찮다고 할 거다……." 잭슨이 또 내 말을 따라 한다. 이번에도 질문은 아니다. 그래도 얼굴은 재미있다는 표정으로 돌아왔다. 눈만 가까이 보지 않는다면 말이지. 눈은 덤덤하다. 파티에서 나를 꿰뚫어볼 때처럼 아무 감정 없는 눈이다. "내 말 들어. 안 괜찮다고 할 거니까."

"왜? 사람을 이렇게나 많이 불렀는데." 메이시를 돌아보니 얼굴이 완전히 새하얗게 질려 있다.

짜증 나서 내가 메이시에게 눈동자를 굴린다. 내가 잭슨과 어울리는 게 당황할 일이야? 하지만 무슨 말을 하기도 전에 플린트가 뒤에 나타나 내 어깨에 손을 올린다. "안녕, 그레이스. 이제 눈덩이를 던질 준비가 됐나 봐."

"응, 맞아." 뒤로 돌아선 내가 플린트를 보고 웃어버린다. 어떻게 웃지 않을까. 재미있는 데다 매력적이기까지 한데. 게다가 플린트는 불 뿜는 용 모양의 우스꽝스러운 방한 모자를 쓰고 있다. "사실 잭슨에게도 같이하자고 설득하는 중이었어."

"아, 진짜?" 내게서 잭슨으로 시선을 옮기는 플린트의 호박색 눈이 이글이글 불타오른다. "어때, 베가? 싸우고 싶어?"

웃고 있지만 내가 봐도 우호적인 초대는 아니다. 그 와중에 온통 검정색 차림의 남자애 세 명이 우리 옆으로 다가와 잭슨 뒤에 반원 형태로 자리를 잡는다. "네 뒤를 지켜줄게"라는 표현이 무슨 뜻인지 처음으로 이해가 된다. 이 애들이 여기 온 이유는 뻔하다. 잭슨의 뒤를 지키기 위해서다. 무엇으로부터 지킨다는 건지 모를 뿐이다.

애들이 메이시가 말한 악명 높은 기사단원들인가 보다. 왜 그런 별명이 생겼는지 알겠다. 이 네 명 사이에는 모르는 내 눈까지 보이는 친밀함이 있다. 단순한 우정보다 훨씬 큰 유대감이 있다.

플린트도 나와 같은 느낌을 받았는지 몸이 굳고 발끝으로 무게를 실어 자세를 바꾼다. 잭슨이 먼저 주먹을 날리기를 기다리는 것처럼. 아니, 그러기를 바라는 것처럼.

그건…… 안 된다. 절대 안 돼. 우리만의 작은 공간에 제3차 세계대전을 일으키기도 충분한 테스토스테론이 솟구치고 있지만 그러거나 말거나. 말도 안 되는 소리다. 최소한 메이시와 내가 한가운데 서 있는 동안에는 안 된다.

"가자." 내가 메이시의 팔을 붙잡는다. "가서 눈싸움에서 승리할 방법이나 찾아보자고."

그 말은 잭슨과 플린트의 관심을 끈다. "사흘 전에 여기 오기 전까지 눈을 한 번도 못 본 사람치고는 자신만만한 대사네." 플린트가 놀린다. 긴장감이 사라지지는 않았지만 몇 초 전보다는 확실히 줄어들었다. 내 시도가 정확히 통했다.

"응, 나 알잖아. 허세 빼면 시체인 거." 나는 메이시의 팔을 단단히 붙잡은 채로 잭슨과 친구들을 피해 지나가기 시작한다.

"그렇다고 생각해?" 옆을 지나가는 내게 잭슨이 귓속말을 한다. 따뜻한 숨결이 한 번 더 내 목에 닿고 추위와는 아무 상관 없는 떨림이 내 등줄기를 타고 내려간다.

우리의 눈이 마주치고 잠깐, 아주 잠깐은 온 세상이 꺼지는 느낌이다. 메이시도, 플린트도, 웃고 떠들며 우리를 지나쳐 문으로 가는 다른 애들도 전부 사라지고 잭슨과 나, 우리 사이에 흐르는 전기만이 남는다.

목구멍에 숨이 턱 걸리고 온몸이 뜨거워진다. 손을 뻗어 잭슨을 만지지 않으려고 정말 내 몸의 힘을 모조리 써야 한다.

잭슨도 나와 똑같은 문제를 겪고 있는지 손을 올린다. 기나긴 무한의 시간 동안 그 손은 우리 사이의 허공을 맴돈다.

"그레이스." 속삭임보다도 작은 소리는 내 안의 깊숙한 곳까지 닿는다. 나는 숨을 참고 잭슨이 무슨 말이라도 해주기를 기다린다. 하지만 현관문이 활짝 열리고 얼어붙을 정도로 차가운 공기가 휘몰아쳐 들어온다.

마법이 깨지고, 우리는 북적거리는 복도에 서 있는 두 사람으로 돌아온다. 내 안에 실망감이 차오른다. 심지어 잭슨은 다시 무표정으로 돌아가 얼굴을 굳히고 한 걸음 뒤로 물러난다.

무슨 말을 하기를 기다리지만 잭슨은 하지 않는다. 플린트가 메이시와 나를 열린 문으로 몰고 가는 모습을 지켜볼 뿐이다. 나는 문을 지나며 잘 있으라고 작게 손을 흔든다.

잭슨도 손 인사를 할 거라는 기대는 없었다. 예상대로다. 하지만 다시 앞을 보고 밖으로 첫걸음을 내디디려는 순간, 잭슨은 말한다. "무기 비축하는 거 잊지 마."

잭슨 입에서 그런 말이 나오리라고는 상상도 못 했다. 아니, 누구라도 마찬가지였겠지만. "무기 비축?"

"눈싸움에서 이기려면 그게 제일 중요해. 방어와 무기 비축이 가능한 기지를 찾아. 공격은 이길 만큼의 무기가 있다고 확신할 때만 하고."

아, 눈싸움. 나는 방금 전 우리가 중요한 순간을 공유했다고 확신했는데 얘는 눈싸움이나 생각하고 있었다니. 환상적이다.

"으으음……. 조언 고마워?" 내가 '뭐야' 하는 표정으로 잭슨을 쳐다본다.

잭슨은 언제나처럼 짜증 나는 무표정으로 반응한다. 하지만 맹세하는데, 눈이 아주 조금은 반짝이고 있다. "쓸 만한 조언일걸. 꼭 기억해둬."

"네가 나서지 그래? 나랑 둘이 하면 무기고를 더 크게 지을 수 있잖아."

잭슨이 한쪽 눈썹을 세운다. "나는 이미 그러고 있다고 생각했는데."

"그게 무슨 뜻이야?" 내가 묻는다.

하지만 잭슨은 이미 돌아섰다. 이미 걸어가고 있고 나만 이곳에 남아 그 뒷모습을 바라보고 있다.

언제나처럼.

망할.

왠지 이 남자애 때문에, 이 애의 악명 높은 사라지기 기술 때문에 언젠가는 내가 숨넘어가 죽겠다는 생각이 든다.

19

왔노라, 싸웠노라, 얼었노라[10]

"잭슨 배가?" 오늘만 두 번째로 추위가 내 얼굴을 때리는 동안, 플린트가 내게 묻는다.

"말도 꺼내지 마." 내가 플린트를 흘겨보며 말한다.

"알았어." 플린트는 항복하는 시늉을 하며 양손을 들어 올리고 대답한다. "맹세." 그러고는 한 1분쯤 침묵을 지킨다. 그사이 우리 세 사람은 오로지 눈 위를 저벅저벅 걸으며 다른 애들에게로 향한다. 메이시는 50명이라고 했지만 실제보다 깎아 말한 게 분명하다. 사방에 내려앉은 이상한 상용박명 속에서도 100명은 훌쩍 넘는 인원이 보인다. 혹시 전교생이 다 나온 거 아냐? 물론 잭슨과 친구들은 없겠지만.

다행히 다들 모자와 목도리와 코트를 갖추고 있다. 이곳에

---

10 율리우스 카이사르, '왔노라, 보았노라, 이겼노라veni, vidi, vici'.

있는 사람이 다 외계인은 아니라는 뜻이네. 안심이다.

"나는 '미치광이 악당'이 네 타입인지 몰랐거든. 그것뿐이
야."

내가 플린트를 째려본다. "말도 꺼내지 말랬지."

"그게 아니라. 그냥 네가 걱정스러워서 그러지. 잭슨은……."

"미치광이 아니야."

플린트가 웃는다. "악당이 아니라는 말은 안 하네? 기분 나
쁘게 듣지는 마, 그레이스 너는 여기 처음 왔잖아. 걔가 얼마나
맛이 갔는지 너는 몰라."

"너는 알고?"

"어. 메이시도 알아. 안 그래, 메이스?"

메이시는 플린트 말을 못 들은 척 계속 걷기만 한다. 슬슬 나
도 그러고 싶다.

"그래, 그래, 알았어." 플린트가 고개를 젓는다. "선택받은 그
분에 대해서는 더 이상 아무 말도 안 할게. 하지만 조심해."

"우리는 친구야, 플린트."

"글쎄, 잘 아는 건 나니까 내 말 들어. 잭슨은 친구가 없어."

무슨 뜻이냐고 묻고 싶다. 잭슨에게는 기사단이 있지 않나?
내 눈에는 꽤나 친해 보이던데? 하지만 우리는 다른 애들이 모
여 있는 숲의 초입에 도착했다. 그리고 잭슨 이야기를 하지 말
라고 한 사람은 나다. 내가 질문을 했다가는 플린트가 원하는
대로 떠들어도 좋다는 의미로 해석하겠지. 그건 치사하잖아.
이 자리에 없는 잭슨은 자기 변호도 하지 못하는데.

플린트는 이 공간의 지배자인 양 무리의 중앙으로 걸어 들어간다. 사람들 반응을 보면 실제로 그런 것도 같다. 물론 차렷자세를 취한다거나 하지는 않는다. 하지만 모든 사람이 플린트의 눈에 띄기를 원하는 게 분명하다. 그리고 플린트가 무슨 말을 하려는지 정말로 듣고 싶은 것 같다.

이런 인기를 누리는 기분은 어떨까? 그렇게 되고 싶지는 않다. 나라면 스물네 시간도 못 견디고 녹아버릴 테니까. 하지만 어떤 기분일지 궁금하긴 하다. 플린트가 어떻게 느끼는지도 궁금하고.

하지만 생각에 빠져 있을 시간은 길지 않다. 플린트가 규칙을 짧게 설명하기 시작했기 때문이다. 언뜻 '규칙이 없다'는 말과 비슷하게 들리지만 플린트는 눈덩이 다섯 개에 맞으면 아웃이라는 규칙을 덧붙이고 사람들을 해산시킨다. 5분의 카운트다운이 시작되고 플린트가 메이시와 내 손을 잡는다. 우리는 몇백 미터 거리에 있는, 상록수와 사시나무가 심긴 울창한 숲을 향해 달리기 시작한다.

"2분 안에 적당한 장소를 찾아야 해." 플린트가 말한다. "2분 30초 동안 준비를 마치면 공격 개시야."

"그런데 다들 적당한 장소를 찾고만 있으면 눈은 언제 던져……."

"안 던져." 플린트와 메이시가 동시에 내 말을 자른다.

"신경 쓰지 마." 플린트가 말하고 우리는 숲에 다다른다. "전쟁을 벌일 사람은 넘쳐나니까."

전쟁을 벌인다고? 숨을 쉬지 못하겠다. 고도와 추운 날씨 때문이라는 거 안다. 하지만 훅훅 숨을 내뱉는 민망한 소리를 의식하지 않을 수 없다. 플린트와 메이시는 여유만만하게 정원 산책을 마친 것처럼 숨을 쉬는데 나만 이러니까.

"그럼 이제 뭐 해?" 내가 묻지만 지금부터 할 행동은 분명하다. 플린트는 벌써부터 눈을 퍼서 눈덩이를 만들고 있다.

"무기고를 지어야지." 플린트가 장난기 묻어나는 미소를 짓는다. "잭슨은 멍청한 놈이지만 전략에 대해 아예 모르지는 않거든."

우리는 몇 분 동안 눈덩이를 최대한 많이 만들었다. 이것도 메이시와 플린트가 나보다 빠를 줄 알았는데, 엄마와 페이스트리를 만들며 반죽을 동그랗게 말던 세월이 마침내 빛을 발한다. 나 눈덩이 정말로 잘 만드네. 완전 전문가잖아? 쟤들보다 두 배는 더 빠르다.

"5분 다 돼가." 메이시가 말한다. 메이시의 휴대폰이 울리며 15초가 남았음을 알린다.

"가, 가, 가." 플린트가 외치며 제일 가까운 나무 뒤로 나를 몰아낸다.

타이밍도 완벽했다. 메이시의 휴대폰이 찢어지는 듯한 소리로 5분이 지났음을 알리자마자 사방이 그야말로 아수라장으로 변했기 때문이다.

주위의 나무에서 사람들이 떨어지고 눈덩이가 사방에서 빠르고 맹렬하게 날아든다. 다들 위험한 속도로 달리며 반경 안에 있는 모든 사람들에게 자살 특공대 스타일로 공격을 퍼붓는다.

눈덩이 하나가 내 귀를 슈우욱 스치고 지나가 안도의 한숨을 내쉬지만 또 하나가 옆구리를 강타한다. 나무와 플린트가 나를 막아주고 있었는데도.

"한 개야." 내가 속삭이며 오른쪽으로 몸을 홱 피한다. 또 하나가 날아오고 있었기 때문이다. 그 눈덩이는 내가 아니라 플린트의 어깨를 때렸고, 플린트가 작게 욕설을 중얼거린다.

"우리 종일 여기 숨어만 있을 거야?" 근처 나무 아래에 쪼그려 앉은 메이시가 따진다. "안 싸우고?"

"하시죠." 플린트가 메이시에게 먼저 가라고 손짓한다.

메이시는 플린트를 흘겨보지만 몇 초 만에 눈을 파 거대한 눈덩이 몇 개를 만들어낸다. 그러더니 근처 나뭇가지가 흔들려 눈이 떨어질 만큼 큰소리로 워우워, 하는 인디언 같은 함성을 지르고 눈덩이를 날려 보낸다. 그러고는 재장전을 위해 무기고로 달려간다.

나도 메이시를 따라 장갑 낀 손에 눈덩이 하나를 쥐고 전장으로 뛰어들어 완벽한 공격 기회를 기다린다.

기회는 저절로 찾아온다. 플린트네 무리에 속한 덩치 큰 남자애 하나가 재킷 아래쪽에 눈덩이들을 감추고 나를 향해 질주하고 있다. 내게 연거푸 눈덩이를 날리지만 나는 전부 피한다. 그러고는 있는 힘껏 녀석에게 눈덩이를 던진다. 내 눈덩이는 깜짝 놀란 그의 얼굴에 명중한다.

무기고에 백 개쯤 되는 눈덩이를 비축했지만 어느새 전부 바닥난다. 은신처를 찾아 숨을 돌리고 눈덩이를 더 많이 만들려는 사람들이 숲으로 쏟아져 들어오고 있었기 때문이다.

이들의 단결력이 얼마나 대단한지 조금은 놀랍다. 동지 의식이 팀을 초월하며 눈싸움은 어제 파티에서 본 파벌 싸움으로 돌아간 듯하다. 플린트 파벌은 2인조, 3인조로 나뉘었지만 다른 파벌로부터 위협을 받으면 연합하여 서로를 지켜주는 것 같았다. 상대가 늘씬한 몸에 보석처럼 화려한 색의 옷을 입은 그룹이든, 마크와 퀸이 한판 붙은 근육질 그룹이든.

그러고 보니 그룹 하나가 없다. 잭슨네. 기사단이 없는 거야 당연하지만, 그들을 제외하고도 파티장에서 경멸을 뿜어내던 올 블랙 명품파는 단 한 명도 보이지 않는다. 플린트가 자기를 원하지 않을 거라던 잭슨 말이 사실이었나. 왜 그러는지 알고 싶지만 지금은 집중적으로 쏟아지는 눈덩이를 피하느라 생각할 겨를이 없다.

완전히 게릴라전이다. 빠르고 잔혹한 싸움은 승자독식이다. 부모님이 돌아가신 후로 처음 느껴보는 즐거움이다. 그 전에도 이런 재미는 느껴보지 못했던 것 같다.

비축한 눈덩이가 빠르게 사라지고 우리도 다른 애들처럼 나무 사이를 누비며 몸을 피하고 반경 안에 들어온 모든 사람에게 눈을 날린다.

나는 내내 하이에나처럼 깔깔 웃는다. 처음에는 당황스러운 표정을 짓던 메이시와 플린트도 이내 나와 함께 웃고 있다. 우리 중 한 사람이 눈덩이에 맞을 때마다 웃음소리는 더 커진다.

이윽고 메이시가 네 번째 눈덩이에 맞는다. 플린트와 나는 각각 세 번째 눈덩이에 맞는다. 이제는 진지해져야 할 때다. 몸을 숨길 커다란 나무를 두 그루 찾은 우리는 무릎을 꿇고 앉아 최대한 빠른 속도로 눈덩이를 쌓아 올린다. 서른 개쯤 만들었을까, 플린트가 모자와 목도리를 벗어 거기에 눈덩이를 붓기 시작한다.

"뭐 하는 거야?" 내가 묻는다. "그러다 얼어 죽으려고."

"나는 괜찮아." 플린트는 그렇게 말하며 자기 목도리를 주머니로 만든다. "이건 우리가 승리할 기회야."

"어떻게?" 내가 묻는다. 우리 주변은 온통 혼돈 그 자체다. 아직은 다른 애들에게 은신처를 들키지 않았다지만 시간문제일 뿐이다. 끽해야 일이 분? 우리에게는 무기가 있지만 머릿수가 저쪽보다 현저히 부족하다.

"나무에 올라가야지." 메이시가 말한다.

잎사귀가 다 떨어진 커다란 사시나무는 가장 낮은 곳에 있는 가지도 땅에서 5미터 높이에 있다. 어떻게 저기 올라간다는 거야? 하지만 내가 의구심을 표현하기도 전에 메이시는 나무의 몸통으로 곧바로 달려가더니 점프를 한다. 강한 발차기로 도약을 해 사선으로 몇 미터 뛰어오르고는 팔을 쭉 뻗으며 옆 나무의 가지를 움켜쥔다. 몇 초간 매달려서 앞뒤로 몸을 흔들며 추진력을 얻은 메이시가 자기 몸을 위로 들어 올려 더 위쪽의 가지로 이동한다. 전부 10초 안에 벌어진 일이다.

"쟤 방금 저 나무에 파쿠르[11] 한 거야? 내가 플린트에게 묻고 메이시를 돌아보며 그대로 반복한다. "너 방금 저 나무에 파쿠르 한 거야?"

"맞아." 메이시가 웃으며 말한다. 그러고는 아래로 손을 뻗어 플린트가 날려 보낸 눈덩이가 가득 담긴 모자를 낚아챈다.

"소름 끼치게 멋져. 그런데 나도 그럴 수 있다고 기대하는 건 아니겠지? 보나 마나 너희 다 실망할 거야."

"걱정하지 마, 그레이스." 플린트가 말하며 눈덩이를 담은 목도리를 내 품에 안긴다. "나 대신 잡고 있어, 알았지?"

"알았어. 뭐 하려고……?" 내가 비명을 지른다. 나를 안아 올린 플린트가 자기 어깨 위로 나를 던졌기 때문이다.

"조용히 해. 이러다 우리 은신처 들통나겠다." 플린트가 내게 말하며 알래스카의 스파이더맨처럼 나무를 오르기 시작한다. 나무껍질에 사실상 손과 발을 붙인 채로 나를 들고 거대한 나무 기둥을 기어오른다. "눈덩이 떨어뜨리지도 말고."

"나를 거꾸로 매달기 전에 그 생각부터 했어야지." 나는 빈정거리면서도 목도리를 더 꽉 붙잡는다.

어떻게 하는 거지? 내가 목격, 아니 경험하지 않았다면 믿지 못했을 것이다. 30초가 지난 후, 나는 말을 탄 자세로 나뭇가지 하나에 올라앉아 있다. 눈덩이를 들고 기습 공격을 위해 가장 먼저 나타나는 사람을 기다린다.

---

[11] 맨몸으로 장애물을 통과하는 스포츠.

플린트는 나보다 몇 미터 위의 가지에 있다. 쳐다보기만 해도 입에서 신음이 흘러나올 높이지만 플린트는 환히 웃으며 그곳에 서 있다. '눈 쌓인 나뭇가지에서 균형을 잡는 일이 세상에서 제일 쉬웠어요'라고 하는 듯.

장담하는데 그렇지 않다. 나도 지금 그런 나뭇가지에 앉아 있기 때문에 안다. 당장이라도 미끄러질 것 같은 느낌이다.

"누구 온다!" 건너편 나무에서 메이시가 작게 속삭인다.

아래를 보니 정말이다. 퀸, 마크가 다른 남자애 둘과 우리 쪽으로 오고 있다. 빠르다기보다는 은밀하게 움직인다. 우리가 이곳에 있다는 걸 아나? 그럴지도 모르겠다. 플린트가 나무 위로 나를 끌고 올라올 때 내가 조용하지는 않았으니까.

어느 쪽이든 중요하지 않다. 우리는 모든 준비를 마쳤기 때문이다. 놈들이 몇 발짝만 더 다가오면…….

퍽. 플린트가 리더로 보이는 애의 가슴에 눈덩이를 날려 명중시킨다. 메이시도 뒤쪽에 있는 애에게 연타를 날린다. 이제 마크와 퀸만 남는다. 내 입장에서는 감사한 일이다. 나는 둘을 향해 눈덩이를 연사한다. 마크를 두 번, 퀸을 최소 네 번 때리고 욕 섞인 불평을 들었을 때는 이미 둘은 게임 오버다. 그렇다면 나야 감사하지.

플린트는 승리의 함성을 지르며 하필 이쪽으로 온 두 번째 그룹을 신속하게 해치우고, 메이시는 비겁하게 뒤에서 공격을 하려던 몇 명을 처리한다. 나는 나뭇가지에 두껍게 쌓인 눈으로 무기를 보충하고 다음 상대를 기다린다.

알고 보니 내 상대는 청록색과 남색 외투를 입은 여자애들 몇 명이었다. 게임에 참여하는 모습이 꼭 치과에 간 나 같다.

봐줄까? 쟤들을 더 불행하게 만들 이유는 없잖아. 하지만 어차피 정해진 결과를 유예할 뿐이다. 내가 게임을 빨리 끝내줘야 쟤들도 얼른 성으로 돌아가지. 우리도 더 빨리 승리하고.

마지막 남은 눈덩이 세 개를 들고 여자애들이 반경 안에 들어오기를 기다리던 그때, 강한 바람이 불어닥쳐 균형이 무너진다. 겨우 기둥을 붙잡은 나는 바람이 나무 전체를 흔드는 동안 간신히 버틴다.

플린트도 욕을 뱉으며 기둥을 붙잡는다. 그러고는 내게 말한다. "꽉 잡아, 그레이스! 금방 갈게."

"그냥 거기 있어." 나도 외친다. "나는 괜찮아."

그런 다음 메이시를 찾아 두리번거린다. 나보다 더 안 좋은 상태면 어쩌지? 하지만 뒤를 보려고 고개를 돌리는 순간, 또 한 번 돌풍이 나무를 때린다. 세게. 섬뜩한 소리가 들리고 바람의 공격에 나무가 흔들리기 시작하자 나는 더 불안해진다. 돌풍이 또 휘몰아치고 이번에는 나무를 붙잡은 손이 위태로워질 만큼 강하게 나를 때린다.

위에서 플린트가 다시 욕을 하고 메이시는 이렇게 외친다. "기다려, 그레이스! 플린트, 가서 데려와!"

"잠깐!" 내가 바람 소리보다 크게 목소리를 높인다. "그러지 마!"

하지만 메이시가 비명을 지르는 소리에 빙글 뒤로 돈다. 설마 메이시가 추락해 죽는 모습을 보게 되는 건 아니겠지? 그때 또 한 번 강력한 돌풍이 날아들고 나는 나무를 붙잡은 손을 놓치고 만다.

뭐라도 붙잡으려 손을 휘젓지만 그러기에는 바람이 너무 강하다. 내가 앉아 있던 나뭇가지가 불길한 쩍 소리를 낸다.

그리고 나는 추락한다.

20

필요할 때만
낙하산이 절대로 없는 법칙

순간적으로 정신이 완벽하게 맑아진다. 메이시가 비명을 지르는 소리, 플린트가 내 이름을 부르는 소리, 화물 열차처럼 굉음을 내는 바람 소리가 다 들린다. 그러다 패닉에 빠진 심장이 한 번 두근거리더니, 모든 소리가 먹먹해지고 공포가 온몸을 휘감는다.

뼈가 부서지는 충격을 각오한다. 하지만 땅에 떨어지기 전 플린트가 나를 붙잡아 자기 쪽으로 끌어당기고 우리는 허공에서 빙글빙글 회전한다. 플린트가 먼저 등으로 떨어지고 나는 플린트의 목덜미에 얼굴을 묻은 상태로 쓰러진다.

얼마나 세게 떨어졌는지 숨이 턱 막힌다. 1초, 2초, 3초 동안 나는 아무것도 하지 못한다. 플린트 위에 누워 아픈 폐에 숨을 집어넣으려 애를 쓸 뿐이다.

플린트도 움직이지 않는다. 내 안의 패닉이 들짐승처럼 매서워지고 나는 플린트에게 실었던 무게를 허겁지겁 덜어준다. 플린트는 눈을 감고 있다. 다쳤나? 아니면 그보다 더 심한 상태일까? 플린트는 추락의 충격을 고스란히 받았다. 자기가 눈밭으로 쿵 떨어지도록 일부러 몸을 돌리고 온몸으로 떨어지는 나를 받아주었다.

몸을 일으키고 플린트의 허벅지 양쪽에 무릎을 딛고 앉아 겨우 숨을 허억허억 들이마신다. 동시에 대혼란이 일어난다.

메이시가 내 이름을 부르짖으며 나무에서 다급히 내려오고, 사방에서 사람들이 우르르 몰려온다. 나는 플린트를 깨우려고 흔들고 뺨을 치느라 다른 사람들이 뭘 하든 관심도 없다.

플린트가 눈을 뜨고 이렇게 느릿느릿 말하기 전까지는. "그냥 떨어지게 둘걸 그랬나 하는 생각이 든다."

"세상에! 일어났구나!" 내가 플린트 위에서 허둥지둥 내려온다. "괜찮아?"

"그런 것 같아." 플린트가 작게 신음하며 일어나 앉는다. "너 보기보다 무겁다."

"움직이지 마!" 다시 눕히려 몸을 밀지만 플린트는 그저 웃을 뿐이다.

"눈이 충격을 흡수했어, 그레이스. 나 멀쩡해." 증명하기 위해 플린트는 한 번의 유연한 동작으로 허리를 굽혀 발끝을 쥔다.

일어나는 모습을 보니 거짓말은 아닌 것 같다. 떨어진 위치의 눈밭은 플린트 모양대로 움푹 파였다. 알래스카에 온 이후 처음으로 이곳의 말도 안 되는 날씨가 고마워진다. 어쨌거나

6미터 높이에서 떨어질 때 맨땅보다는 눈이 훨씬 푹신하니까.

아무리 그래도, 만약 땅이었다면……. "왜 나를 따라서 뛴 거야? 너 다칠 수도 있었어."

플린트는 대답하지 않고 그 자리에 서서 나를 바라보기만 한다. 눈빛이 이상하다. 걱정, 짜증, 뿌듯함처럼 이런 상황에서 예상되는 감정이 아니다. 꼭…… 부끄러워하는 눈빛 같다.

하지만 왜? 플린트는 방금 나를 구했다. 그대로 뒀다면 최소한 뇌진탕이나 골절은 예약이었다. 뭐가 부끄럽다는 거지?

"다른 방법이 있었어?" 메이시가 묻는다. 언어 능력을 겨우 되찾은 사람처럼 목소리가 떨린다. "너 다치게 두라고?"

"플린트가 다치는 것보다 낫다는 말이야?" 기가 막혀 내가 묻는다.

"하지만 안 다쳤잖아. 너도 안 다쳤고." 메이시는 감사하다는 표정으로 플린트를 돌아본다. "정말 고마워, 플린트."

메이시의 말을 들으니 내가 플린트를 걱정하느라, 또 플린트에게 소리를 지르느라 먼저 해야 할 일을 잊었다는 사실을 깨닫는다. "네 덕분에 살았어. 정말 고마워."

별별 책망을 해놓고 그렇게 말하려니 어색하지만 내 어깨너머로 군중을 응시하는 플린트의 표정만큼 어색할까. 주먹을 날리고 싶은 표정과 도망치고 싶어 죽을 것 같은 표정을 오가고 있다.

감사를 잘 받지 못하는 성격인가? 나도 잘 그러지 못하는 사람이라 이해한다. 하지만 주변의 대화 소리가 잠잠해지고 사람들이 홍해처럼 갈라졌을 때 나는 뒤를 돌아본다.

그리고 잭슨의 차가운 눈빛에 그 자리에서 힘을 잃는다. 그나마 내 무릎이 버티는 이유는 그 시선이 내가 아닌 플린트를 향해 있었기 때문이다. 지금까지 나는 환영 파티에서의 태도만 위협적이라고 생각했다.

지금 잭슨의 얼굴에 떠오른 눈빛은 사람을 공포스럽게 만들고 있다. 거기다 베일에 싸인 남자 다섯 명이 잭슨의 뒤를 지키고 있다. 드디어 악명 높은 기사단 전원을 보는 순간인가. 이들의 존재 자체가 이 상황에 문제가 있다는 사실을 거듭 강조한다.

크나큰 문제가.

그 이유를 알고 싶을 뿐이다.

지금껏 잭슨에게 큰 반응을 보이지 않던 플린트마저도 얼굴이 조금 사색으로 변한다. 그것도 모자라 잭슨은 이 세상에서 가장 차갑고, 가장 논리적인 목소리로 묻는다. "너 이 새끼, 무슨 생각으로 이러는 거야?"

눈빛보다도 그 말투가 나를 움직인다. 찌릿찌릿한 공포가 등줄기를 타고 내려가고 나는 전면전이 벌어지기 전에 잭슨과 플린트 사이로 움직인다. 지금 어떤 상황인지 눈치를 다 채지는 못했을지 몰라도 잭슨이 분노했다는 사실만큼은 확실하다. 그 분노를 플린트에게 쏟아낼 작정이다. 말도 안 된다. 왜냐하면, "내가 떨어졌어, 잭슨. 플린트는 나를 구한 거야."

처음으로 잭슨이 차디찬 눈으로 나를 본다. "그래?"

"그래! 바람이 갑자기 세게 불어서 균형을 잃었어. 내가 나무에서 떨어지니까 플린트가 나를 잡으려고 따라서 뛴 거야." 플린트에게 내 말을 부연해달라고 눈빛을 쏘지만 플린트는 나를 쳐다보지도 않는다.

잭슨도 쳐다보지 않는다. 그 대신 이를 악물고 주먹만 꽉 쥔 채로 먼 곳을 응시한다.

"왜 그래?" 내가 물으며 플린트의 어깨에 손을 올린다. "다친 거야?"

땅이 미세하게 흔들리고 약한 지진에 나뭇가지가 살랑거리지만 그뿐이다. 알래스카에 지진이 자주 일어난다는 얘기를 미리 들어서, 사람들이 반응하지 않아도 나는 놀라지 않는다. 나조차도 별로 당황하지 않았으니까. 샌디에이고에서도 지금처럼 약한 지진이 몇 달에 한두 번씩 일어난다. 플린트는 지진을 느끼기도 못한다. 내 손을 떨쳐내느라 바빠서. "나는 괜찮아, 그레이스."

"그럼 뭐가 문제야?" 나는 플린트와 잭슨을 번갈아 본다. "지금 무슨 상황인지 나는 이해가 안 돼."

둘 다 대답을 하지 않기에 메이시를 쳐다본다. 알래스카가 최악의 인성을 끌어낸다는 내 가설보다 그럴듯한 설명을 해보라고. 하지만 메이시도 나만큼이나 혼란스러워 보인다. 백배는 더 두려워 보인다.

다른 사람들로 말하자면…… 드라마에 완전히 빠졌다. 플린트를 계속 노려보는 잭슨에게 모든 사람의 시선이 꽂혔다. 플린트는 여전히 잭슨을 쳐다보지 않으려 의식적으로 노력하고 있다. 잭슨이 사냥꾼 같다는 생각은 전에도 해봤지만, 마치 먹 잇감 같은 플린트의 모습은 지금 처음 본다. 플린트 무리도 나 와 같은 생각을 하는지 남녀를 불문하고 바쁘게 움직여서 플 린트의 양옆에 주르르 선다.

플린트를 지지한다는 그들의 행동은 플린트와 잭슨의 긴장 을 고조시킬 뿐이다. 더욱더 차가워진 잭슨의 얼굴에 재미있다 는 표정이 떠오른다.

어떻게 해야 누구의 피도 흘리지 않고 상황을 종료할 수 있 을까. 내가 조급히 고민하고 있던 그때, 메이시가 갑자기 혼수 상태에서 깨어난다. "우리는 그만 방으로 가자, 그레이스. 너 안 다쳤는지 확인하게."

"나는 괜찮아." 내가 메이시를 달랜다. 숨을 쉰다는 이유만으 로 플린트의 목을 뜯어내고 싶어 하는 것 같은 잭슨을 어떻게 두고 가라는 말이야. "나는 아무 데도 안 가."

"아니, 오늘 오후에 들은 것 중 제일 좋은 생각이야." 잭슨이 한 걸음 다가와 내 옆에 붙어 선다. 나를 건드리지는 않는다. 서로 몸이 닿지도 않지만 이 거리에서는 그 사실이 중요하지 않다. 느낄 수 있으니까. "내가 방까지 데려다줄게."

이 말에 사람들이 흠칫한다. 실제로 눈을 크게 뜨고 입을 떡 벌리고 충격으로 얼굴이 멍해져 물러나는 모습이 보인다. 뭐가 그렇게 놀랄 일이지? 잭슨은 이 학교에서 제일 인기 많은 두 남자의 결투를 시작하기 전에 끝냈을 뿐이잖아? 솔직히 제대 로 된 결투도 아니다. 잭슨의 존재 자체를 인정하지 않는 것처럼 이 상황에서 발을 빼고 있는 플린트를 보면.

플린트답지 않은 행동이라 나는 잭슨 옆을 떠나 이렇게 말한
다. "나는 플린트 옆에 있을게. 정말로 괜찮은지……."

"나는 괜찮아, 그레이스." 플린트가 이를 악물고 내뱉는다.
"그냥 가."

"정말이야?" 다시 플린트의 어깨로 손을 뻗지만 갑자기 잭슨
이 우리 사이로 들어오는 바람에 어깨에 손을 올리지 못한다.
잭슨은 앞으로 발을 디디며 나를 천천히 움직이고 있다. 플린
트에게서 확실히 떨어지고 학교로 돌아가도록.

참 이상한 광경을 다 보네. 살면서 이렇게 이상한 상황은 처
음이다.

하지만 시키는 대로 한다. 잭슨이니까. 나도 나를 말릴 수가
없으니까.

"메이시, 자." 내가 메이시에게 조용히 말하며 손을 내민다.
"가자."

메이시가 고개를 끄덕이고 우리는, 그러니까 메이시와 잭슨
과 나는 성으로 걸어간다. 나머지 기사단원들도 따라오려나?
하지만 뒤를 힐끗 보니 움직이지 않고 있다.

단 한 명도.

솔직히 지금 꼭 이상한 나라의 앨리스가 된 기분이다. 갈수
록 요상하고도 요상해지는 상황이잖아. 필립과 탄 비행기가 사
실은 커다란 토끼굴로 들어갔던 거 아냐?

셋이 잠시간 침묵을 지키며 걷는 동안 나는 걸음을 내디딜

때마다 내가 사실은 멀쩡하지 않다는 사실을 깨닫는다. 아드레 날린이 사라진 지금, 오른쪽 발목이 쑤시고 있다. 심하게.

일부러 통증 생각을 하지 않으려고, 또 절뚝거리는 다리를 잭슨과 메이시에게 들키지 않으려고 내가 묻는다. "그나저나 너는 밖에 왜 나와 있었어? 같이 눈싸움 안 한다며."

"내가 밖에 나와 있었던 걸 다행으로 생각해. 플린트가 너를 이 지경으로 만들었으니 말이야." 잭슨은 내 쪽을 쳐다보지도 않는다.

"진짜로 별일 아니야." 나는 그렇게 말하지만 내 발목 상태는 '고통스럽다'에서 '몹시 고통스럽다'로 매우 빠르게 진행 중이 다. "플린트가 잡아줬어. 플린트가……."

"플린트가 잡아주긴 뭘 잡아줘." 잭슨이 사방에 쌓인 눈처럼 차가운 목소리로 딱딱하게 쏘아붙이며 처음으로 몸을 틀어 나 와 마주한다. "사실……." 잭슨이 말을 멈추고 눈을 가늘게 뜬다. "뭐가 문제지?"

"네가 왜 그렇게 화가 났는지 모르겠다는 것 말고?"

잭슨은 질문을 못 들은 척 넘기며 머리부터 발끝까지 나를 훑어본다. "어디가 아픈 거야?"

"나는 괜찮아."

"너 다쳤어, 그레이스?" 메이시가 처음으로 대화에 끼어든다. 겁쟁이.

"아무것도 아니야." 아무리 우리가 먼저 출발했다고 해도 멈 춰 서 있으면 다른 애들에게 따라잡힐 게 뻔하다. 더 요란하게 구경거리를 만들고 싶지는 않다. 그랬다가는 자연스럽게 녹아 들기…… 그러니까 자연스럽게 섞이기는 끝이지. 오늘 이후 나는 생화학적 위험을 표시하는 주황색 형광 칠을 당한 것이나 마찬가지다. 이런 모순이 또 있을까? 내게 튀지 말라던 사람이 잭슨이었다는 걸 생각하면 말이다.

아니, 정말로. 샌디에이고랑 다를 게 없잖아. 그곳에서 나는 부모님을 잃은 여자애였다. 여기 오니 나무에서 떨어져 하마터면 학교에서 제일 섹시한 남자애 두 명 사이에 제3차 세계대전을 일으킬 뻔했던 여자애가 됐다.

엿 같은 내 인생.

나는 다른 애들이 이쪽으로 오기 전에 학교에 도착해 내 방으로 돌아갈 작정으로 다시 걷기 시작한다. 아니, 다시 걷기 시작하려 한다. 몇 걸음 가지도 못했는데 잭슨이 내 앞을 가로막았기 때문이다.

"어디 아프냐고?" 잭슨이 다시 묻는다. 표정을 보니 쉽게 포기하지 않을 것 같다.

얘랑 말싸움을 벌여서 황금 같은 시간을 낭비하라고? 그래서 결국에는 항복한다. "발목. 땅에 떨어질 때 삐끗했나 봐."

내가 말을 채 끝내기도 전에 잭슨이 내 발밑에 무릎을 꿇고 부츠 위로 내 발과 발목을 조심스럽게 꾹꾹 누른다. "동상 때문에 밖에서는 이걸 벗길 수 없어. 이렇게 하면 아파?"

헉, 하는 숨소리가 잭슨에게는 충분한 대답이 된 듯하다.

"내가 먼저 가서 스노모빌 가지고 올까?" 메이시가 묻는다.

"금방 올 수 있어."

아니야, 그건 안 돼. 나를 구경거리로 만들지 마. "나 걸을 수 있어. 진짜야. 괜찮다니까."

잭슨은 의심스러운 눈으로 나와 메이시를 보며, 일어나려는 날 잡는다. 그러더니 말 한마디 없이 나를 품에 안아 올린다.

21

스스로 서 있는 게 좋지만
공주님 안기도 의외로 나쁘지 않네

잠깐은 움직일 수가 없다. 생각도 할 수 없다. 내 뇌가 합선을 일으키는 동안 충격으로 입을 벌리고 잭슨을 올려다볼 뿐이다. 설마 내가 진짜로 잭슨의 품에 안겨 있는 건가? 에이, 그럴 리가.

하지만 사실이다. 나를 감싼 느낌이 너무나 좋다. 황홀하다. 게다가 새 신부처럼 안겨 있으니 잭슨의 얼굴이 내 두 눈에 더 가깝게 보인다. 몇 센티미터 거리에서 보니 더 섹시하다. 이렇게 불공평해도 되나? 체취는 또 왜 이렇게 좋아.

눈과 오렌지가 떠오르는 잭슨의 향이 정신을 혼미하게 만들고, 나는 미친 여자처럼 내려달라고 몸부림을 치기 시작한다. 이런 얼굴과 이런 향기와 이런 느낌으로 학교까지 나를 안고 간다면 나는 완전히 이성을 잃은 여자가 되고 말 거다.

"그만 좀 꼼지락댈 수 없어?" 품에서 벗어나려는 내게 잭슨이 핀잔한다.

"내려놔, 그럼." 도와달라고 메이시를 쳐다보지만 메이시는 혹시 몰래카메라를 당하는 건가 하는 표정으로 우리를 빤히 보고 있다. 딱 봐도 도움이 안 될 느낌이라 다시 잭슨을 돌아본다. "학교까지 들고 갈 수는 없어!"

잭슨은 거침없이 성큼성큼 걷는다. "두고 봐."

"잭슨, 이성적으로 생각해. 멀다고."

"그게 뭐?"

나를 내려놓게 하려고 더 강하게 몸부림을 치지만 잭슨은 그럴수록 나를 더 꽉 안는다.

"나 진짜 무거워."

또 말도 안 된다는 표정을 짓는다.

"나 진지해." 정말 밀어낼 생각으로 잭슨의 가슴에 손을 올린다. 나를 감싼 잭슨의 팔은 꿈쩍도 하지 않는다. 솔직히 말하면 잭슨이 나를 내려놓지 않았으면 좋겠다. 이제는 발목이 심각하게 욱신거리고 방까지 걸어 올라가다가는 악몽을 경험할 것이다. 하지만 잭슨이 날 돕겠다고 나섰다가 다치면 어떡해. "다치기 전에 나 내려놔."

"내가 다친다고?" 또 눈썹을 추켜세운다. 어젯밤 그토록 오래 생각했던 바로 그 표정이다. "지금 날 모욕하는 거야?"

"나 놓으라는 거야. 계속 들고 갈 수는……."

"그레이스?" 잭슨이 내 말을 자른다.

기다려도 말이 없자 내가 묻는다. "뭐?" 그리 다정하지는 않은 말투다.

"입 다물어."

저 말에, 당연하다는 듯한 저 태연한 말투에 한편으로는 모욕감이 치솟는다. 하지만 실제로 내 혀는 잭슨이 시키는 대로 말을 멈춘다. 그래, 끔찍한 고통에 홀로 몸부림치느니 섹시한 남자애에게 들려 가는 것도 나쁘지 않겠지. 역사상 최악의 경험은 아닐 거다. 어쩌면.

어쨌거나 잭슨의 품에 안겨 있으니 직접 절뚝이며 걸을 때보다 이동 속도가 세 배는 빨라졌다. 우리는 어느새 성문을 통과해 계단을 쭉쭉 올라가고 있다.

우리 방에 도착해 문을 연 메이시가 괴상한 구슬 발을 붙잡고 잭슨에게 말한다. "들어가."

잠시 후 잭슨이 나를 침대에 내려놓았을 때 끝이라 생각했다. 그런데 아래로 손을 뻗고…… 내 부츠를 벗긴다고?

"이제부터는 내가 알아서 할 수 있어." 내가 말한다. "도와줘서 고마워."

잭슨은 또 입 다물라는 듯한 눈빛을 쏘고 이번에는 말도 하지 않는다. 민망함을 이기지 못한 나는 잭슨에게 잡힌 발을 억지로 빼고 내 손으로 양말을 벗기 시작한다.

"발목을 삔 거야." 내가 예민하게 한마디 한다. "폐결핵으로 죽어가는 환자는 아니란 말이야."

"그래, 뭐, 아직 시간은 많지."

"야! 그게 무슨 뜻이야?" 내가 잭슨을 쏘아본다.

"네가 여기 온 지 사흘째인데 벌써 두 번이나 너를 곤경에서 구해줘야 했다는 뜻이야."

"진심으로 하는 말이야? 이제는 폭풍도 나 때문에 불었다고 하겠다?"

"맞아." 잭슨이 내 종아리를 붙잡고 조심스럽지만 단호한 손길로 내 다리를 침대 위로 올려 발목을 들여다본다. "메이시는 나무에서 안 떨어진 거 못 봤어?"

"그런 게 아니……." 메이시가 말을 꺼낸다. 하지만 내 탓을 듣고 그냥 넘어갈 수 있나?

"메이시 나뭇가지는 안 부러졌으니까!" 내가 말을 자른다. "내 가지는 부러졌고. 내가 뭘 어떻게 했어야 해? 나무를 붙잡고…… 아야!" 유독 아픈 부분을 잭슨이 찌르자 내가 발을 잡아 뺀다.

잭슨은 아랑곳하지 않는 듯 보이지만 원래도 부드러웠던 손길이 한층 다정해진다. "붓지는 않았네. 멍만 조금 들었어. 부러지지는 않았나 보다."

"그냥 삔 거라고 그랬잖아." 내가 아까보다는 약하게 발을 뺀다. 내 다리를 붙잡은 손의 느낌 때문일까, 내 피부에 맞닿은 손의 느낌 때문일까, 어쩐지 초조해진다. "이제 가도 돼."

잭슨은 재미있다는 눈빛 반, 까불지 말라는 눈빛 반으로 나를 본다. 그런데도 섹시해서 미치겠다. 말도 안 되는 소리지만 사실이 그렇다. 지금 내 꼴을 보면 헤더는 죽으려고 했겠지. 같잖게 이래라저래라 명령하는 남자 앞에서 끙끙 앓고 한숨을

217

쉬는 꼴이라니. 징그럽게. 평소의 나라면 잭슨의 코를 납작하게 눌러줬을 거다. 하지만 잭슨은 나를 걱정하고 내가 괜찮은지 확인하고 싶어서 이렇게 틱틱대는 거잖아? 글쎄. 뭔가 느낌이 다르다.

"얼음 가져올까?" 의견을 묵살당한 이후 처음으로 메이시가 묻는다. 지금 메이시는 잭슨이 우리 방에 있다는 사실에 흥분했다는 티를 내지 않으려고 자기 침대 옆에 서서 두 손을 거의 쥐어짜고 있다.

대답을 하고 안심시키고 싶은 마음에 메이시를 돌아보지만 지금 보니 메이시가 말을 건 상대는 내가 아닌 잭슨이었다. 눈싸움을 하기 전 나보고 조심하라고 장장 10분이나 경고했던 남자 말이다. "브루투스, 너마저?" 내가 눈을 굴리며 말한다.

메이시는 조금 민망한 얼굴로 어깨를 으쓱하더니 잭슨이 "좋지"라고 대답하자 달리다시피 문으로 향한다. 하지만 잭슨이 고맙다고 미소를 지어 보이는 순간 얼어붙는다. 아니, 진짜 바닥에서 발 하나를 떼고 걷던 자세로 얼음이 된다. "그리고 말이야." 잭슨이 덧붙인다. "혹시 에이스 붕대 있을까? 감아주고 가게."

대답이 없다.

"메이시?"

여전히 대답하지 않는다.

잭슨이 눈을 동그랗게 뜬 채 나를 보고, 나는 눈알을 굴릴 뿐이다. 나는 메이시의 관심을 끌기 위해 큰 소리로 박수를 친다.

"메이시?"

"아, 그래. 얼음. 가져올게."

"붕대는 없다는 거지?" 잭슨이 묻는다.

"붕대도. 응. 당연하지. 조금 있어, 사실."

메이시는 갑자기 말을 더듬으며 자기 서랍장으로 달려가 서랍을 거칠게 열어젖히기 시작한다.

맨 아래 서랍에서 드디어 찾던 물건을 발견하고 빙글 돌아선 메이시의 손에는 돌돌 말린 핫핑크색 붕대가 들려 있다. "이것도 될까, 잭슨?"

"완벽해. 고마워."

나는 잭슨의 칭찬에 얼굴이 빨개지는 메이시를 보며 그녀를 놀리지 않으려고 안간힘을 쓴다. 아니, 정말. 자칫하면 잭슨 추종자로 변하겠어. '걔가 무슨 짓 했는지 나한테는 말해도 돼'라고 말하던 분은 어디로 가셨나. 배신자.

내가 손을 뻗지만 잭슨이 먼저 붕대를 받아 든다.

"내가 할 수 있거든." 내가 말한다.

"내가 해주고 싶은가 보지."

문으로 가던 메이시가 실제로 녹아내리는 듯한 소리를 낸다. 솔직히 내가 생각해도 근사한 대사다. 뭐, 잭슨을 좋아하라고 나를 설득하는 게 어렵지는 않지. 단단히 약이 올랐던 첫 만남부터 나는 잭슨에게 끌렸다.

"뭐야? 반항 안 해?" 잭슨이 비꼬듯 묻는다.

"붕대 감을 거야, 말 거야?" 내가 질문을 무시하고 투덜댄다.

부끄러워서 답을 할 수 없기 때문이다.

잭슨은 고개를 숙이고 작업을 시작한다. 하지만 그러기 전 잭슨의 얼굴에 어렴풋이 떠오른 미소를 똑똑히 보았다. 흉터 때문에 입술 가장자리가 말려 올라가지만, 그 탓에 조금 비뚤어진 미소는 보통 사람의 미소보다 백만 배는 더 섹시하다.

내 발목에 붕대를 두르는 손가락은 차갑지만, 손길은 정말로 너무나 다정하다. 나도 모르게 온몸의 긴장이 풀린다. 잭슨의 손가락이 종아리의 양옆을 스치며 근육도 편안하게 이완된다.

이번에 잭슨의 이름을 불렀을 때는 목소리에 담긴 간절한 열망이 내 귀에도 들린다. 잭슨이 고개를 번쩍 들자 깊이를 알 수 없는 검은 눈이 내 눈을 마주한다.

내 다리를 더 꽉, 더 강하게 쥐며 잭슨이 몸을 아주 조금 기울인다. 짙고 섹시한 체취가 나를 안고 올 때보다 더 진해진 느낌이다. 향기는 내 감각을 채운다. 입안에 침이 고이고 그를 만지고 싶어 손이 따끔거린다. 목덜미에 얼굴을 묻고 향기를 마음껏 들이마시고 싶다.

잭슨이 가까워지자 내 신경이 곤두서고 잭슨이 내 안에 새롭게 불러일으킨 갈망이 목구멍에 턱하고 걸린다. 심장이 미친 듯이 뛴다. 잭슨이 몸을 조금 더 기울이자 내가 간절히 보고 싶은 오로라 보레알리스처럼 내 몸이 환하게 빛나는 것 같다.

"그레이스." 잭슨은 내 이름을 희망처럼 부른다. 내 이성을 붙잡고 있던 끈이 끊어지고 몸속 깊은 곳이 완전히 녹아내리는 것 같아 나는 숨을 헉 들이마신다. 나도 잭슨의 이름을 부르지만 내 성대가 말을 듣지 않는다. 몸의 나머지 부분도 다르지 않을 것이다.

잭슨이 손을 들어 내 뺨을 감싸고, 나는 눈을 감으며 부드럽게 어루만지는 손길에 얼굴을 기댄다. 그러다 문이 벌컥 열리는 소리에 놀라서 펄쩍 뛰고 잭슨도 손을 황급히 치운다.

"얼음 가져왔어." 메이시가 말한다. "잘게 부쉈고⋯⋯." 말이 뚝 끊긴다. 방 안에 감도는 긴장감을 감지하고 메이시가 눈을 커다랗게 뜬다. 잭슨이 내 쪽으로 몸을 기울이고 있으니 자기가 무엇을 방해했는지는 바보가 아니라면 알 수 있겠지. 잠깐은 메이시가 자연스럽게 방에서 나갈 것처럼 보인다.

하지만 때는 지나갔고 잭슨이 일어나 문으로 향한다. "20분 동안 얼음 대고 상태 확인해봐. 그래도 나아지지 않으면 얼음을 한 시간쯤 더 대고. 알아들었어?"

"응, 알아들었어." 나는 아직 꽉 막힌 목구멍으로 겨우 쉰 목소리를 내보낸다.

"좋아." 잭슨은 위험하게 메이시에게 또 한 번 미소를 지어 보이고 메이시가 살짝 신음하자 못 말린다는 듯 고개를 젓는다. 방에서 나가기 직전까지 잭슨은 아무 말도 하지 않는다. 그러다 문고리를 쥐고 뒤를 돌아보며 말한다. "플린트와 가까이 지내지 마, 그레이스. 네가 생각하는 그런 애가 아니야."

그 말은 성대의 마비를 풀고 내 호의를 저 멀리 날려 보낸다. "플린트와 나는 친구야. 네가 이래라저래라 할 자격 없어." 다음 말을 덧붙이지는 않으려고 정말 엄청난 자제력을 발휘했다.

'내가 아무리 네게 끌린다고 해도 말이야.'

반격하겠지. 건방이 하늘을 찌르는 애가 순순히 받아들일 리 없다. 하지만 잭슨은 고개를 옆으로 기울이고 잠시 나를 빤히 본다. 그러더니 말한다. "알았어."

"알았어?" 쉽게 인정하는 잭슨에게 내가 눈을 흘긴다. "그게 다야?"

"그게 다야." 잭슨이 방에서 나가려고 돌아선다.

"그렇게 쉬울 줄 몰랐네."

잭슨은 해석할 수 없는 표정으로 나를 본다. 벌써부터 싫어진다, 저 표정. "많은 의미가 담겨 있어, 그레이스. 하지만 그중에 쉽다는 뜻은 결코 없어."

다음 순간 잭슨은 사라지고 없다. 언제나처럼.

망할, 망할.

22

자기야,
여기 너무 더운데…….

잭슨이 나가고 몇 초 동안 나는 다음 반응을 가슴 졸이며 기다린다. 즉, 우리 사이를 추궁하는 메이시의 질문 말이다. 벌써 여러 가지 차원의 문제가 보인다. 가장 분명한 문제는 '우리가 무슨 사이인지 모르겠다'라는 것이다. 확실히.

그래, 잭슨이 오늘만 벌써 두 번 나를 찾아왔지. 하지만 그게 무슨 의미인지 모르겠다고. 의미가 있기나 할까?

그리고 방금 그 작별 인사는 뭐야? '많은 의미가 담겨 있어, 그레이스. 하지만 그중에 쉽다는 뜻은 결코 없어'라고? 누가 그런 말을 해? 나한테 관심이 있다는 말이었나? 아니면 관심이 없다는 말?

으으. 남자들은 왜 그렇게 복잡한 거야?

따분해서 나를 가지고 노는 건가? 이렇게 외딴곳에 새로 떨어진 먹잇감이라서? 하지만 눈싸움이 끝난 후에는 딱히 따분해 보이지 않았는걸. 오히려 플린트에게 머리끝까지 화가 난 듯했다. 웃기는 일이지. 뇌진탕이나 다리 골절, 더 심각한 일이 벌어졌을지 모를 사고에서 플린트가 나를 구해줬는데.

하지만 내게 관심 없는 남자라면 잭슨처럼 행동하지 않겠지? 잭슨처럼 플린트가 나를 위험에 빠뜨렸다고 생각해 숲 한복판에서 성질 ─ 냉정해 보여도 성질은 성질이었다 ─ 을 부리지는 않을 거야.

아닌가?

맞아…… 하지만 내가 뭘 알겠나? 지금까지 남자친구는 한 명뿐이었고 내가 게이브에게 느꼈던 감정은 지금 이 감정과 전혀 다른걸. 물론 나쁘지 않은 관계였다. 우리는 몇 년간 친구로 지내다 조금씩 자연스럽게 발전했다. 여기저기 같이 다니고, 키스도 하고, 평범한 커플이 하는 것들을 했다. 하지만 게이브를 대하기는 쉬웠다. 잭슨에게 느끼는 감정을 느낀 적도 없고, 보기만 했을 뿐인데 숨이 막히고 손에서 땀이 나고 속이 벌렁벌렁거린 적도 없었다. 잭슨에게 그러는 것처럼 말 한마디에 몇 시간 동안 집착하지도 않았고, 나를 만져줬으면 좋겠다는 생각에 빠지지도 않았다.

잭슨의 감정만 알 수 있으면 얼마나 좋을까.

"세상에."

지난 5분 동안 잭슨이 만들어낸 이상한 혼수상태에 빠져 있던 메이시가 드디어 깨어났나 보다. 내가 메이시를 째려본다. "말도 꺼내지 마."

"세, 상, 에. 세상에세상에세상에. 방금 뭐야?"

"내가 나무에서 떨어졌지. 플린트가 죽을 뻔한 나를 구해줬고. 내가 발목을 삐어서 잭슨이 나를 기숙사까지 안고 와줬어." 처음부터 끝까지 가벼운 말투로 말한다. 내가 대수롭지 않게 행동하면, 내 머리가 얼마나 복잡한지 메이시에게 들키지 않으면 메이시도 더는 물고 늘어지지 않겠지.

"그건 그냥 사실 설명이잖아." 메이시가 내 발목을 건드리지 않도록 조심하며 내 침대에 앉는다.

"여기서 중요한 건 사실이야."

"지금은 아니지! 지금은 큰 그림을 봐야 해."

"큰 그림이 정확히 뭔데?" 내가 묻는다.

"학교에서 제일 인기 많은 남자애 둘이 네게 집착한다."

농담인지 아닌지 메이시의 얼굴을 확인하려다 내 스웨터로 목을 조를 뻔했다. "집착이라고는 할 수 없어." 후드티 끈을 풀어 간신히 스웨터를 벗고 스스로 초래한 질식 직전의 상태에서 벗어난다. "되도록 잭슨을 가까이하지 말라고 경고한 건 너 아니었어?"

"맞아. 하지만 그러기 전 얘기지."

"뭐 하기 전?" 내가 따져 묻는다.

"너를 쳐다보는 눈빛을 보기 전." 메이시가 눈을 감고 잭슨이 자기에게 미소를 지었을 때와 아주 흡사한 소리를 낸다. "캠도 나를 그런 눈으로 봐줬으면 좋겠네."

"늘 제멋대로 구는 거만한 재수탱이처럼 남자친구가 쳐다봐

줬으면 좋겠다고?"

"어, 그건 이미 잘하고 있거든." 메이시가 지겹다는 표정으로 말한다. "날 만지지 못해 실제로 고통을 느끼는 것처럼 쳐다봐 줬으면 좋겠다는 말이야."

"잭슨이 언제 나를 그렇게 봤다고." 나는 잭슨을 그렇게 보고 있는 것 같지만.

메이시가 코웃음을 친다. "야, 널 원하는 마음이 조금만 더 커졌다가는 걔 자연 연소하겠더라."

그 말에 몸이 달아오르고 나야말로 자연 연소할 것 같은 상태가 되었다. 잭슨 생각을 더 오래 하면 그렇게 될 게 분명하다. 쓸데없이 너무 섹시하다니까……. 내 마음의 평화를 방해한다고. 만약 메이시 말이 사실이라면, 내가 잭슨을 생각하는 마음의 4분의 1만큼이라도 잭슨이 나를 생각한다면…….

"여기 덥지 않아?" 나는 지금 입고 있는 백만 세 겹의 옷을 벗기 시작한다.

"사흘 동안 추위에 벌벌 떨던 모습만 봐서 그런가, 네 입에서 그런 말이 나올 줄은 몰랐다." 메이시가 놀리며 내 방한 바지를 붙잡더니 내가 침대 아래로 절반은 끌려 내려갈 만큼 세게 당긴다. "캐트미어 아카데미에서 제일 위험한 남자애와 사적으로 엮이는 게 네 체온을 유지하는 방법이었구나."

내가 메이시의 손을 때린다. "지금 뭐 하는 거야?"

"너 도와주잖아. 못 일어나면 벗기 힘들어." 메이시가 바지를 더 힘 있게 잡아당기지만 별다른 진전이 없다.

"괜찮아. 내가 할 수 있어." 메이시의 손을 쳐내고 일어나 다치지 않은 다리에 무게 중심을 싣고 방한 바지와 플리스 바지를 한꺼번에 내린다. 겉옷 때문에 땀을 뻘뻘 흘리다 내복 바지와 털양말만 남으니 한결 편해진 느낌이다.

메이시는 껴입은 옷을 벗고 우리 둘 다 내 침대에 다시 앉을 때까지 말을 걸지 않는다. 그러다 내 눈을 똑바로 쳐다보고 말한다. "왜 이렇게 꾸물거려. 빨리 털어놓으시지."

"털어놓을 게 없어." 나는 이불 속으로 들어가 벽에 등을 기댄다. "네가 그랬잖아. 파벌이 다르면 섞이지 않는다고."

"그래, 뭐, 너는 아직 파벌에 속하지 않으니까 그 규칙이 너한테는 적용되지 않나 보지. 그리고 털어놓을 게 없긴 왜 없어. 너 여기 온 지 정확히 72시간 지났어. 그 시간 동안 대부분 나랑 같이 있었고. 늘 같이 있지는 않았던 것 같네. 나는 학교에서 제일 섹시한 두 남자가 전교생 절반이 보는 앞에서 너를 두고 요란하게 싸움을 벌일 거라고는 생각 못 했거든." 메이시가 믿을 수 없다는 눈으로 나를 본다. "언제 이렇게 된 거야? 어떻게 이런 일이 생겼어?"

"아무 일도 없었어, 맹세해. 플린트와 나는 그냥 친구……."

"잘도 그러겠다."

"진심이야. 정말 다정한 애지만 친구 같지 않은 행동은 단 하나도 없었어."

메이시가 눈을 굴린다. "너를 들고 계단을 오르고, 굳이 여기까지 와서 눈싸움에 초대한 건 뭔데?"

"계단 위까지 날 들어달라고 부탁한 건 너야. 고산병 기억 안 나?"

"그래, 나무에서 뛰어내려 네 목숨을 구해달라고도 내가 부탁했니?"

"시간만 충분히 있었으면 네가 부탁한다고 생각했을 거야."

"참나! 너 짜증 나." 메이시가 침대에 벌러덩 드러눕는다. "네가 기만을 하는 건지, 아니면 원래 순진한 건지 도저히 모르겠다."

"기만 아니야. 순진하지도 않고." 내가 최대한 정직한 얼굴로 메이시를 보며 말한다. "맹세해, 메이시. 플린트와 나는 아무 사이도 아니야."

메이시는 잠시 나를 뜯어보더니 고개를 끄덕인다. "그래, 알았어. 그런데 잭슨에 대해서는 그런 말을 안 하네."

"잭슨과 나는…… 잭슨은…… 그러니까, 우리는…… 별로……." 두 뺨이 벌게져 내가 말을 흐린다. 내가 들어도 앞뒤가 없고 황당한 말이다. "으."

"우와." 이제는 메이시가 눈을 커다랗게 뜬다. "그 정도로 진지한 거야?"

무슨 말을 할지 몰라 아무 말도 하지 않는다. 하지만 메이시는 나보다 이 학교에 오래 다녔으니 나보다 잭슨을 더 잘 알 것이다. 메이시가 알고 있는 사실의 도움을 조금 받고 싶다.

"복잡해." 뭐가 복잡하냐고 물을 줄 알았는데 메이시는 묻지 않는다. 그 대신 '당연하지' 같은 의미로 고개만 끄덕인다. "네 말처럼 정말 위험한 애는 아니지?"

질문을 하면서도 답을 알겠다. 답은 이거겠지. '당연히 위험하지. 웬만하면 가까이 다가가지 말고 피해 다녀.'

그래, 나를 만졌을 때 잭슨의 손길은 그저 다정했다. 하지만 잭슨이 그동안 내가 본 남자애들과 다르다는 사실은 얼굴에 난 흉터만큼이나 명백하다. 온몸으로 위험하다는 분위기를 풍기고 있다. 어둡고 잔혹한 상처를 입은 사람이라고. 눈에서도, 목소리에서도, 태도와 자세에서도 다 드러난다.

나도 안다. 그렇다고 인정한다. 하지만 잭슨 곁에 있으면 그 무엇도 중요하지 않다. 잭슨 곁에 있으면 더 가까워지고 싶다는 생각밖에 들지 않는다. 잭슨이 과거에 상처를 받았다는 사실, 자기 자신을 보호하겠다는 결심이 확고하다는 사실을 뻔히 아는데도. 형의 죽음으로 이렇게 변한 것일까? 아니면 허드슨은 더 큰 퍼즐의 한 조각에 불과할까?

본능은 후자라고 말하지만 잭슨을 오래 알지 못해 확신은 못 하겠다.

한참 동안 우리 사이에 침묵이 흐른다. 나는 결코 포커페이스라고는 할 수 없는 메이시의 얼굴을 관찰한다. 무슨 말을 할지 궁리하고 있군. 시간이 걸렸지만 메이시는 이 말로 결정한다. "〈양들의 침묵〉의 버팔로 빌 급으로 위험하지는 않아. 너를 구덩이에 빠뜨려 굶겨 죽인 다음에 네 피부 같은 걸로 옷을 만들지는 않겠지."

내가 믿을 수 없다는 듯 웃음을 터뜨린다. "진심이야? 그게 다야? 내 피부로 옷을 만들지는 않을 거라고?"

메이시가 어깨를 으쓱한다. "구덩이에 빠뜨려 굶겨 죽이지 않을 거라고도 했잖아."

"여긴 알래스카야. 꽁꽁 언 땅에 구덩이를 파려면 시추용 드릴이 필요해."

"내 말이." 메이시가 당연하다는 몸짓으로 두 손을 내민다. "안 그럴 거라니까."

"지금 안심시키려는 거야, 아니면 겁주려는 거야?"

"맞아." 메이시가 나를 향해 속눈썹을 깜빡거린다. "통했어?"

"뭔지 알 수가 있어야지."

휴대폰 진동이 울리는 걸 무시할까 생각한다. 하지만 캐트미어에서 내 번호를 아는 사람은 메이시뿐이니, 이건 헤더 연락일 텐데 지금은 정신 건강이 멀쩡한 내 절친의 도움을 받아도 좋을 것 같다.

첫 수업 어땠어?

영어 수업에 핫 가이들 좀 있어?

친구 할 만한 핫 걸은?

마지막에 붙인 음흉한 이모지를 보자 지금 같은 기분에도 웃음이 터져 나온다. 고향 절친이라는 말에 탱크톱과 긴 내복 바지를 입고서 토라진 표정을 연기하는 메이시를 카메라로 재빨리 찍고 답장을 보낸다.

다 한 걸음이었어

쳇, 얄미운 것

수업은 어땠어?

고산병 때문에 방에만 있었어

내일은 갈 거야

헤더는 그대로 두면 영원히 문자를 보낼 수 있는 애다. 잭슨
이 영화 속 연쇄살인마가 아니라는 메이시와의 대화를 마저
마무리하고 싶기 때문에 나는 이렇게 문자를 보낸다.

지금 바쁨

이따 연락

그런 다음 휴대폰을 내려놓고 자기 휴대폰을 보고 있는 사촌
을 다시 쳐다본다. 내가 문자를 끝낸 것을 보고 메이시도 휴대
폰을 내려놓고 말한다. "솔직히 말해줘, 그레이스. 너 잭슨 좋
아해?"

'좋아하다'는 잭슨이 내 안에 불러일으킨 감정을 설명하기에
너무 밍밍한 단어다. 잭슨에게는 깊은 영혼까지 나를 건드리는
묘한 매력이 있다. 그가 가진 내면의 망가진 조각이 내 내면의
망가진 조각과 어쩐지 완벽하게 들어맞는다.

그런 게 메이시 눈에는 보이지 않나 보다. 잭슨의 어두운 분
위기와 사회적 지위에 겁을 내느라 그 안의 것을 들여다보지

못하고 있다. 하지만 내 눈에는 보인다. 표정 없는 얼굴과 공허한 눈빛 바로 밑에서 소용돌이치고 있는 모든 슬픔과 고통과 두려움이 보인다. 이 학교의 누구도 보지 못하는 듯한 면을 오직 나만이 보고 있다.

하지만 메이시에게는 이런 말을 하지 않는다. 잭슨의 고통을 이야기하는 것은 내 몫이 아니니까. 그래서 이렇게 대답한다. "내가 좋아하든 아니든, 그게 중요해?"

"그건 내 질문에 대한 답이 아니야."

"답이 없으니까!" 내가 끙 소리를 낸다. "여기 온 지 이제 사흘이야, 메이스. 내 인생이 위아래로, 앞뒤로 다 뒤집힌 기분이고 내가 무슨 생각을 해야 하는지도 모르겠어. 그게 뭐든······ 누구든. 아니, 알지도 못하는 애에 대한 감정을 내가 어떻게 알아? 그것도 한순간 나를 무시하다가 다음 순간 나를 방까지 데려다주는 애인데? 지금까지 그런 인간은 본 적도 없고······."

독설을 쏟아내던 내가 메이시의 코웃음 소리에 입을 다문다.

"뭐야?" 내가 답을 요구한다. "왜 이렇게 나한테 숨기는 얘기가 있는 것 같지?"

"내가 뭘 알겠어. 계속해."

내가 눈을 가늘게 뜨고 메이시를 본다. "뭘 아는 것 같아."

"미안해." 메이시가 분명한 항복의 표시로 양손을 들어 올린다. "나는 그냥······ 공감돼서. 당연히 지금까지 잭슨 같은 인간을 만난 적 없겠지."

"그게 나쁘다는 것처럼 말하잖아. 내가 걔를 좋아하지 않았으면 하는 네 마음 알지만……."

"저기, 걔랑 가까워지지 말라는 건 옆에 두면 힘들 남자라서
야. 최소한 지금까지는 그랬어. 하지만 네 옆에서는……."

"뭐가?"

"글쎄." 메이시가 어깨를 으쓱한다. "뻔한 소설 내용 같지만
너랑 있으면 다르더라. 어쩐지 덜 심각해 보이면서 더 심각해
보인다고 할까. 이게 말이 되는지 모르겠다."

"안 돼. 전혀."

메이시가 흥흥 웃는다. "알아. 네가 물어서 대답한 거야. 아무
튼 내 말은 네가 잭슨과 뭘 하고 있는지 모르고 그래서 걱정되
지만, 결사반대하지는 않겠다는 거야. 오늘 너와 있는 모습을
못 봤다면 의견이 달랐겠지만."

메이시를 추궁하고 싶다. 그게 무슨 뜻이냐고 묻고 싶다. 하
지만 무슨 뜻인지 나도 이미 알고 있다는 확신이 든다. 지금 메
이시는 내가 첫날 복도에서 봤던 잭슨, 플린트가 계단 위로 나
를 옮겨준 후 봤던 잭슨을 이야기하고 있다. 아니면 파티에서
봤던 잭슨이나. 너무도 차갑고, 너무도 냉혹해 말 그대로 반대
방향으로 달아날 수밖에 없었던 잭슨 말이다. 메이시가 그 잭
슨밖에 보지 못했다면 당연히 내게 다가가지 말라고 경고해야
한다고 생각했겠지.

"우리가 하는 짓이 뭔지 아직 모르겠어." 내가 베개를 풀썩
베고 누우며 인정한다. "뭘 하고 있기나 한지도 모르겠다. 나를
어떻게 생각하는지 그것만 알았으면 하거든? 그러니까, 날 가

지고 노는 걸까? 아니면 어느 정도 나랑 같은 생각을 하고 있는 걸까?"

"너는 어떻게 생각하는데?" 메이시가 너무나 대수롭지 않은 말투로 물어 나도 모르게 대답해버린다.

"걔한테 미쳐 있는 것 같아. 걔 생각만 하고……." 그러다 내가 무슨 말을 하고 있는지 깨닫고 입을 다문다. "너 나 낚은 거지?"

메이시는 순진무구한 표정을 연기한다. "나는 그냥 질문만 했어. 누가 대답하랬나."

"내가 다른 데 정신 팔려서 입조심 안 하는 거 알았잖아."

"잘됐네. 네가 검열하지 않고 말을 한다니 다행이다. 나한테는 그럴 필요 없거든." 메이시가 내 손을 잡는다. "정말이야, 그레이스. 여기 있으면 한동안은 이상할 거야. 하지만 우리 사이는 이상해질 이유가 없어." 그러면서 우리 사이를 손가락으로 번갈아 가리킨다. "다른 사람은 못 믿어도 나는 네 편이라고 믿어도 돼. 잭슨 문제에 있어서도. 우리는 가족이잖아."

갑자기 디날리산만 한 응어리가 목구멍에 걸리고 나는 그 응어리를 내려보내기 위해 몇 번 침을 삼킨다. 메이시의 말을 듣기까지는 이런 위로가 얼마나 간절한지 몰랐다. 묻지도 따지지도 않고 내 편으로 그냥 의지할 수 있는 존재가 얼마나 그리웠는지 방금 전까지는 미처 알지 못했다.

"똑같다는 거 알지, 메이시? 너도 나 믿어도 돼."

메이시가 웃는다. "이미 믿고 있어. 내 말을 기억하는지 확인하고 싶었을 뿐이야. 무슨 일이 있어도 나는 네 편이라고."

메이시의 말투가, 말을 끝내고 나를 쳐다보는 눈빛이 어쩐지 강렬하다. 내게 경고하면서 동시에 안심을 시키려는 사람의 표정이다. 너무 이상한 느낌은 불편한 전율로 변하고 등줄기를 타고 내려가더니 이불 속에 누워서 느낀 훈훈한 온기를 빼앗고 한기를 불어넣는다. 알래스카의 추위가 아니라 아직 정체를 모르고 내 머리로는 이해할 수 없는 어떤 느낌 때문이다.

그 느낌을 애써 무시한다. 그냥 내 망상이겠지. 나도 머리가 있어서 잘 아는데, 솔직히 최근의 나는 어떤 상황에서든 최악을 예상하는 경향이 있다.

하지만 불편한 생각을 곱씹는 대신 고개를 끄덕이고 말한다. "좋아. 다행이다."

메이시가 싱긋 웃는다. "확인을 끝냈으니 이제 하고 싶은 말이 있어." 그러고는 일어나 미니 냉장고로 간다. "그런데 너는 들으면 좋아하지 않을 얘기야."

23

아이스크림 스쿱은
총격전에 절대 가져가지 말자

나는 냉장고 문을 열고 안을 뒤지는 메이시를 경계의 눈으로 바라본다. "내가 얼마나 좋아하지 않을 이야기인데?"

메이시가 팡파르 소리를 내며 체리 맛 아이스크림 통을 들어 보인다.

심장이 쿵 내려앉는다. "벤앤제리스가 필요할 정도로 나쁜 소식이야?"

"사실 나는 항상 벤앤제리스가 필요해." 메이시가 밝은색 아이스크림 통의 뚜껑을 열고 냉장고 위에 있는 보라색 통에서 스푼 두 개를 꺼낸다. "그냥 아이스크림 먹기 좋은 타이밍 같아서."

메이시가 내민 스푼을 받아 든다. "여기서도 벤앤제리스를 파는지 몰랐어."

"한 통에 10달러지만 제일 가까운 가게에서 팔긴 팔아." 경악한 내 표정을 보고 메이시가 미소를 짓는다.

"와. 그건……"

메이시가 씩 웃는다. "알래스카는 이런 곳이랍니다."

"네가 하려는 얘기가 많이 심각한가 보다. 10달러짜리 아이스크림을 꺼낼 정도라면."

슬쩍 떠보는 내 뻔한 시도에 메이시는 아무 말도 하지 않고 한 스푼 뜨라고 아이스크림 통을 내민다. 그래서 아이스크림을 한 스푼 뜬다. 메이시도 똑같이 하고 우리는 아이스크림으로 건배를 한 후─함께 여름을 보냈던 다섯 살 때 우리는 처음 뜬 아이스크림으로 건배를 하는 우리만의 의식을 만들었다─한 입 먹는다.

무슨 생각을 하는지 말해주기를 기다리지만 메이시는 아이스크림을 또 한 스푼 가득 퍼 올릴 뿐이다. 세 번째, 네 번째 입에는 나도 포기하고 아이스크림만 먹는다.

통을 절반쯤 비웠을 때에야 메이시가 말한다. "너한테 경고할 거 있어."

그으으으으래? "이미 잭슨 조심하라고 하지 않았어? 방금까지 했다고 생각했는데."

"걔 문제 아니야. 아니, 그럴지도 모르지만 네가 생각하는 그런 얘기는 아니야." 혼란스러운 생각이 표정으로 드러났는지 메이시가 심호흡을 하고 불쑥 말한다. "네가 잭슨을 좋아하면…… 나는 그래도 괜찮아, 정말로. 하지만 그레이스, 네가 잭슨을 좋아하면서 플린트와 어울릴 수는 없어. 그건 안 돼."

내가 예상했던 대화 방향과 너무 달라 메이시의 말을 이해하는 데 시간이 걸린다. 이해했다 뿐이지 납득한다는 말은 아니다. "무슨 말이야? 안 된다니? 내가 당장 걔들 중 하나와 사귄다는 것도 아니고, 만약 사귄다 해도⋯⋯ 다른 애랑 친구는 할 수 있잖아?"

"아니." 메이시가 단호하게 고개를 젓는다. "안 돼. 내 말이 그 말이야."

나를 놀리는 거겠지. 이게 장난이 아닐 수 있어? 하지만 메이시가 너무 진지해 보여 이렇게 묻는다. "안 된다는 게 무슨 뜻이야? 뭔데? 영화 〈조찬 클럽〉이야?"

"그보다 심각해. 훨씬 더."

"당연하지. 〈조찬 클럽〉 애들은 자기가 어느 그룹에 속하든 중요하지 않다는 사실을 깨달았으니까."

"〈조찬 클럽〉이 그 영화 아니야? 쥬드 넬슨이 몰리 링월드 책상 아래 숨어서 치마에 손 넣고 성추행하는 거?"

그렇게 말한다면야⋯⋯. "그래, 그 영화는 제대로 된 예시가 아닌 것 같다."

메이시가 눈을 굴린다. "그렇게 생각해?"

"그렇더라도 '잭슨과 플린트가 서로 다른 집단의 리더라서 사이좋게 지낼 수 없다'는 네 주장은 말이 안 돼. 여기 온 후로 나한테 친절했던 사람이 몇 명인지 알아?" 내가 손가락 네 개를 펼치고 하나씩 접으며 이름을 댄다. "너, 잭슨, 플린트, 리아. 끝이야. 네 사람. 그러니까 학교 전체에서 나를 무슨 전염병 환자 취급하지 않는 네 명 중 한 사람과 이야기하지 말라는 네 말이 헛소리라는 거야."

"오, 그레이스." 메이시는 가슴이 아프다는 표정이다. "정말 그 정도로 심했어?"

"뭐, 즐겁지는 않았지. 죽을 뻔한 사건이 없었더라도." 하지만 내 말에 메이시가 너무 심란해 보여 뱉은 말을 조금은 주워 담아야겠다. "걱정하지 마, 메이스. 아직 수업도 안 들었잖아. 친해질 기회가 생기면 사람들도 덜 경계하고 그만 쳐다보겠지."

메이시는 내 달라진 태도를 놓치지 않는다. "그럴 거야, 그레이스. 맹세해. 너와 어울릴 시간이 필요할 뿐이야. 우리 학교에는 새로운 사람이 많지 않거든. 대부분 캐트미어에 오기 전부터 오래 알고 지낸 사이라서."

"그건 몰랐어."

"응. 대부분 여기 오기 전에 5학년부터 같이 다닌 학교가 있어. 그러니까 거리감이 느껴졌다면 한편으로는 그런 이유 때문일 거야."

"그래, 그런데 그만큼이나 오래 알았으면 서로 편하게 지내는 게 어렵지 않고 더 쉬워야 하지 않아?"

"그래야지. 한동안은 그랬어. 상황이 나빠진 이유를 어떻게 설명할지 모르겠다. 간단히 말하면 1년 전쯤 끔찍한 일이 벌어졌고, 상황이 걷잡을 수 없이 악화됐어. 그러니까, 겉으로는 다 괜찮아 보이지. 하지만 조금만 파보면 그때의 상처가 그대로 남아 있어. 그때 일로 잭슨과 플린트도…… 어떤 문제에서든 웬

만하면 절대 같은 편에 설 수 없는 거야."

살면서 저렇게 모호한 설명은 처음 듣는 것 같다. 그럼에도 나는 생각에 잠겨 이곳에 도착한 이후로 알게 된 적은 양의 정보를 맞춰본다. "혹시 허드슨 베가 일 때문이야?"

두 번 생각하기도 전에 그 질문이 내 입을 떠난다. 메이시의 표정을 보니 두 번은 생각했어야 하나 보다. "허드슨에 대해 뭘 알아?" 메이시는 큰 소리로 말하기가 두려운 듯 그 이름을 아주 작게 속삭인다.

"리아가 자기 남자친구 죽었다고 말했잖아? 그러고 나서 잭슨도 자기 형 얘기를 했고, 두 사람 싸우는 걸 본 후에 내가 퍼즐을 맞췄지."

"허드슨이 죽었다는 말을 잭슨이 했어?" 내가 맨몸으로 샌디에이고까지 날아가겠다고 했어도 이렇게 충격 먹은 표정을 지었을까? 갑자기 자신감이 다 꺾인다.

"아니야?" 잭슨이 이런 문제로 거짓말을 했다면 뭘 어떻게 할지 모르겠다. 아니, 대체 어떤 인간이······?

"맞아. 죽었어. 잭슨이 그 얘기를 잘 안 해서 그래. 그 일로 폐인이 될 뻔한 애가 그런 얘기를 다른 사람도 아니고······." 메이시가 말을 흐린다.

"모르는 사람한테 했다고?"

"응." 인정하는 것만으로 조금 죄책감을 느낀다는 표정이다. "네가 모르는 사람이라는 말은 아니고······."

"그게 더 쉬울 때도 있어." 내가 말을 가로챈다. "내게 일어난 최악의 사건을 절친에게 말하는 건 정말 고통스럽거든. 아무 관심 없는 생판 남에게 말하는 게 차라리…… 덜 고통스러울 때가 있어." 이상하게 들리겠지만 사실이다. 이것도 내가 지난달에 새롭게 알게 된 사실이다.

"이상하지만 말이 된다." 메이시가 아이스크림을 내려놓고 몸을 기울여 나를 껴안는다.

나도 잠시 메이시를 안고 있다. 항상 눈동자 가까이에서 기다리는 눈물이 눈에 고일 때까지. 몸을 떼고 나 정말 괜찮다는 미소를 메이시에게 지어 보인다. 사실은 아니면서. "그래서 잭슨이 나랑 있을 때 달라지는 것 같아. 나도 누군가를 잃었다는 사실을 아니까."

"그럴지도 모르지." 메이시는 못 미더운 표정이다. "하지만 너와 잭슨 둘 다 누군가를 잃었기 때문에 서로 끌리는 거라면…… 조심해, 그레이스. 알았지? 잭슨과 플린트의 힘겨루기에 네가 장난감처럼 이용당하다 버려지는 건 정말 원하지 않아. 결국에는 너만 망가질 거야."

메이시의 말을 무시하려 한다. 그리고 저녁 내내 그 일을 제법 잘해낸다. 하지만 침대에 눕고 불을 끄자 메이시의 말을 곱씹지 않을 수가 없다……. 경고라기보다는 예고에 가까운 느낌이라서.

그 생각에 중압감이 뼛속까지 스며들어 침대에 누운 나를 짓누른다. 돌아누워 몸을 보호하듯 둥글게 마는 단순한 행위조차도 불가능할 만큼 나를 압박하고 있다. 별수 없이 양손으로 몸

을 감싸며 메이시가 틀렸다고 나 자신을 위로한다. 머릿속의
작은 목소리는 그렇지 않다고 경고하는데도.

24

와플은
여자의 마음을 사로잡는 무기다

　　문자가 도착하는 소리에 천천히 잠에서 깨어난다. 앓
는 소리를 내며 무시할까 생각한다. 따뜻하고 편안하고 완벽한
이불 속에 계속 파묻혀 있을까? 하지만 알래스카에 온 이후로
헤더의 문자에 너무 늦게 답장하고 있다. 그러면 안 되지.
　　하지만 몸을 굴려 휴대폰을 집어 든 나는 두 가지 사실을 깨
닫는다. 첫째, 벌써 10시가 넘었다. 내가 1교시 내내 잠을 잤다
는 뜻이다. 둘째, 문자를 보낸 사람은 헤더가 아니다.
　　메이시도 아니다. 모르는 번호다.

　　발목은 어때?

　　'플린트인가?' 눈으로 흘러내린 머리카락을 쓸어 넘기고 몸
을 일으키며 생각한다. '아니면 다른 사람?'

순간 잭슨의 눈, 깊고 속을 헤아릴 수 없는 그 검은색 눈이 떠오르지만 그럴 리가 없다. 처음 본 이후로 잭슨은 뜨겁거나 차갑거나 둘 중 하나였는걸. 그리고 어젯밤 우리가 어려운 길을 가게 될 거라 말한 잭슨이 이런 문자를 보낼 리는 없다. 그게 무슨 뜻인지 모르겠지만.

일단 섣불리 판단하지 않고 답장을 보낸다.

누구세요?

한참 말이 없다. 그러다 온 문자.

잭슨

두 글자뿐이지만 자존심이 상해 틱틱거리는 말투가 그 두 글자에서도 느껴진다. 내가 휴대폰에 자기 번호를 입력하고 이제나저제나 문자를 보내주기를 기다리지 않았다는 걸 용납할 수 없다는 듯한 태도다. 그런 가정에 불쾌해야 마땅하지만 오히려 재미있다. 너무 재미있어서 이렇게 답장을 보낸다.

어떤 잭슨?

다음 말 몰라

다음 말이라니?

똑똑 누구세요 이런 농담하는 거잖아

내가 푸하하 웃음을 터뜨린다. 실제로 만났을 때보다 문자가
더 재미있는 애다.

나는 그런 농담 못 해

처음으로 반가운 소식을 듣네

야!

문어는 체스를 둘 때 몇 수를 내다볼까?

한참 동안 답이 없다. 잭슨 얼굴이 눈앞에 선하다. 겨우 한다
는 대답은 이거다.

문어가 체스도 두는지 몰랐네

그래, 그렇게 대답할 줄 알았다.

(눈 굴리는 이모지)

그러지 말고, 맞혀봐

네 발목 어떤지 물어보려고 문자 한 거야

맞히면 말해줄게

또 한참 답이 없다.

17

17?!?!?!?!?!

8이 답이면 농담이 아닐 거 아냐

다른 힌트도 없는데 17이 안 될 게 뭐 있어?

(눈 굴리는 이모지 두 개)

다시 해보자

문어는 대학에 가려고 몇 수를 할까?

침묵이 너무 길다. 혹시 내가 다 망쳤나? 영영 답장을 하지 않는 거 아냐? 하지만 내 생각은 틀렸다.

몇 수?

흥분으로 휴대폰을 떨어뜨릴 뻔한 나는 뺨이 아플 만큼 입이 찢어지게 미소를 짓는다. 웃기는 일이지. 이 남자애 문제라면 나는 웃기는 짓을 하더라.

촉-수

그거…… 좀 재미있네

와, 과찬이십니다

우쫄해하지는 마

그럴 리가

(눈 굴리는 이모지 세 개)

뱀파이어가 책을 볼 때 꼭 필요한 것은?

246

뭐야? 농담을 한다고? 그 진지한 잭슨 베가가? 답이 빨리 떠오르지 않는다.

몰라

책갈'피'

내가 큰 소리로 웃음을 터뜨린다. 이 잭슨은 대체 누구야? 어떻게 하면 얘를 계속 옆에 둘 수 있지?

핼러윈과 학교를 하나로 합쳤구나?
아주 인상적이야

또 긴 침묵이 이어지지만 이번에는 아직 포기하지 말라는 예감이 든다. 휴대폰을 내려놓았기 때문이 아니라 다음에 무슨 말을 할지 궁리하느라 답장을 하지 않는다는 예감. 그건…… 상상이나 할 수 있을까? 다음에 할 말이나 행동을 몰라 헤매는 잭슨이라니 어떤 상황에서도 상상이 되지 않는다.

드디어 내 휴대폰이 다시 울린다.

발목 상태 얘기해준다며

방금까지 하던 즐거운 대화에서 넘어가기에 좋은 화제는 아니지만 장단을 맞춰준다. 싫으면 대답하지 않는 방법뿐인데 그

247

러고 싶지는 않으니까. 아직은 아니다.

모르겠어

방금 일어났거든

오늘도 수업 안 가도 된다고 삼촌이 결정했나 봐

부럽다고 하고 싶지만……

뭐야, 나무에서 떨어진 행운은 안 부럽고?

너 행운이 무슨 뜻인지 알기나 해?

뜻밖에 웃음이 터져 콧방귀 비슷한 소리가 난다. 그러다 퍼뜩 놀라 내 입을 틀어막는다. 옆에서 들을 사람도 없지만.

그래도 최악은 면했잖아?

[눈 굴리는 이모지]

내가 옮겨다 준 걸로 아는데

아 맞다

다시 한번 고마워

[눈 굴리는 이모지 백 개]

잭슨이 말을 꺼냈으니 말인데, 내 발목이 어떤지는 나 또한 궁금하다. 그래서 이불을 젖힌 다음 침대에서 조심스럽게 내려와…… 오른쪽 발에 무게를 싣자마자 신음한다. 흠, 답을 알겠군. 게다가 화장실도 급하다.

오늘 뭐 할 거야?

침대에 누워서 자기 연민에 빠져 있을까 해

재미있겠네

응, 보니까 발목이 조금 아프더라고

괜찮아?

물론이지

잠깐만

진통제를 먹으면 나아진다는 사실을 원동력 삼아 욕실로 몸을 끌고 간다. 볼일을 다 본 후에는 손을 씻고 작은 알약 두 개와 물병을 들고 껑충거리며 침대로 돌아온다. 휴대폰을 다시 집어 들기 전에 약부터 먹으려고 하지만 쉽지 않다. 잭슨이 답장을 보냈는지 알고 싶어 죽겠다.

잭슨은 답장하지 않았다. 그래도 괜찮다. 대화를 갑자기 끊은 쪽은 나니까.

나 왔어

답장은 오지 않는다.

오래 걸려서 미안

여전히 답장은 없다.

으아, 내가 망쳤어.

대화를 끊은 나 자신에게 화가 난다. 화가 난 만큼 속이 상한다. 내가 이곳에 온 이후 지난 15분만큼 잭슨이 속을 드러내 보인 적은 없었다. 내가 무슨 주제로 잭슨이 답장하지 않았다고 짜증을 내나?

그럴 이유는 전혀 없다. 아니, 잭슨은 수업도 들어야 하잖아.

그렇게 생각하니 왠지 더 우울해진다. 배고파 죽겠는데 땅콩잼은 방 저쪽에 있다는 사실 때문에도 우울하다. 당연한 소리.

다시 베개를 베고 누워 헤더에게 문자 몇 통을 보낸다. 스냅챗과 인스타그램을 확인하고 팩맨 게임도 몇 판 한다. 그러는 내내 속으로 나 자신을 설득한다. 절대로, 결단코 잭슨이 다시 문자 하기를 기다리지 않겠다고.

하지만 한참 있으니 배에서 꼬르륵 소리가 나 휴대폰을 옆으로 던진다. 사람이 땅콩 잼만으로는 살 수 없지. 하지만 지금은 너무 배고파서 그거라도 먹어야겠다.

절뚝거리며 냉장고로 향했을 때 문을 두드리는 소리가 나를 붙잡는다. 잠깐은, 아주 잠깐은 잭슨이지 않을까 생각한다. 그러다 분별력을 되찾는다. 내가 잘 있는지, 발목은 괜찮은지 확인하러 온 핀 삼촌일 것이다.

하지만 문을 열어보니 찾아온 사람은 핀 삼촌이 아니었다. 잭슨도 아니다. 웬 여자가 음식을 잔뜩 쌓은 식판을 들고 있다.

"그레이스?" 들어오라고 옆으로 비켜서는 내게 그 사람이 묻는다.

"네." 내가 미소를 지어 보인다. "감사합니다. 배고파 죽는 줄 알았어요."

"고맙기는요." 그 사람도 나를 보고 웃는다. "어디다 놓을까요?"

"저 주세요." 내가 식판에 손을 내밀지만 놔두라는 눈빛이 날아온다. "음, 침대가 좋겠네요." 내가 손짓을 한다.

여자는 내 침대로 걸어와 침대 발치에 식판을 내려놓고 묻는다. "뭐 더 필요한 거 있으세요?"

식지 말라고 은색 돔 커버 두 개로 음식을 덮어놨는데 뭐가 더 필요한지 내가 어떻게 아나요. 하지만 뭐든 먹을 수 있을 정도로 배가 고프고 누군가의 시중을 받는 상황이 익숙지 않은 나는 그냥 이렇게 대답한다. "아니요, 완벽해요. 고맙습니다."

수업을 듣는 중에도 내 생각을 하다니 역시 메이시다. 내 사촌은 여신이야.

하지만 침대에 앉고 보니 식판에 자그마한 검은색 봉투가 놓여 있다. 앞면에 내 이름을 적은 남자다운 글씨는 절대 메이시의 필체가 아니다.

핀 삼촌이야. 나는 세 배는 더 빠르게 뛰는 심장을 느끼며 속으로 되뇐다.

잭슨일 수는 없잖아. 떨리는 손가락으로 봉투를 집으며 다잡는다.

잭슨일 리 없어. 단순한 디자인의 검은색 카드를 꺼내며 또 생각한다.

잭슨은 절대 아니야. 다시 한번 되뇌며 카드를 펼치고 서명을 찾는다.

하지만…… 하지만 보낸 사람은 잭슨이다. 정말 심장이 가슴 밖으로 터져 나오려 한다.

네가 뭘 좋아하는지 아직 모르지만 배고플 것 같아서. 발목 쓰지 말고 있어.
-잭슨

세상에.

세상에세상에세상에.

세, 상, 에.

물론 이 세상에서 제일 로맨틱한 편지는 아니다. 그래도 상관없다. 잭슨이 나한테 아침 식사를 보냈으면 됐지. 그래서 내 문자에 답장을 안 했던 거야. 이걸 준비하느라 바빠서.

나는 휴대폰을 집어 들고 급하게 문자를 날린다.

고마워!!!!!!!!!!! 너는 정말 생명의 은인이야

곧바로 답장이 오지 않아 잭슨이 카페테리아에서 뭘 올려 보냈는지 식판을 이리저리 살펴본다. 답은 '전부 다'다.

컵 하나는 커피고 그 옆에는 차가 있다. 탄산수와 오렌지주스도. 발목에 댈 얼음주머니도 있다.

덮개를 열고 보니 접시 하나에는 계란과 소시지와 환상적인 냄새가 나는 커다란 시나몬롤이 담겨 있다. 다른 접시에는 벨기에 와플이 있고 그 위에 딸기 콩포트와 휘핑크림을 얹었다. 여기는 알래스카 한복판이고 지금은 11월인데도.

너무 감동적이라 울고 싶다. 배가 고프지 않았다면 정말 울었을 거다.

그렇다 해도 내 배에 이게 전부 들어갈 리는 없다. 음식을 남겨야 한다는 데 양심의 가책을 느껴야겠지만 지금은 실실 웃느라 다른 걱정을 할 새가 없다.

이번에는 더 큰 소리로 배에서 꼬르륵 소리가 나고 나는 음식을 먹기 시작한다. 우선은 와플부터. 왜냐하면 휘핑크림 더하기 시럽 더하기 딸기는 극락이니까.

휘핑크림을 뿌린 진미를 반쯤 먹어치웠을 즈음 휴대폰이 다시 울린다. 손을 뻗어 휴대폰을 잡으려다 식판을 엎을 뻔했다.

미안 시험 치느라

와플 대 계란?

무조건 와플

역시

얼음팩 써

와, 내 상사인 줄?

쓰고 있어

내 몸은 내가 알아서 해

누구 보고 상사라는 건지

253

이 농담에 불쾌해해야 하나? 그래야 할 것 같지만 와플이 맛있으니 조금은 봐주도록 하자. 그리고 나는 그런 말을 들어도 싼 것 같다.

> 너는 어때? 와플파야, 계란파야?

둘 다 별로

> 그럼 넌 뭘 먹고 싶은데?

전송을 누르자마자 마지막 문자가 실수였다는 걸 깨닫고 기겁한다. 미쳤어, 실제 의도보다 더 야한 느낌을 주잖아. 망했다. 내가 변태라고 생각하거나 진짜 징그러운 대답을 하거나 둘 중 하나일 텐데 어느 쪽도 현실이 되지 않았으면 좋겠다.

얼마나 오랜만에 이성과 문자를 주고받고 썸을 타는 건데 아직은 끝내고 싶지 않다.

잭슨과, 재미있고 섹시하고 아무에게도 느껴보지 못한 감정을 느끼게 하는 잭슨과 대화를 그만할 준비는 더더욱 되지 않았다. 그리고 우울하게 무게만 잡는 실제 잭슨을 대할 때보다 이 방식이 대화하기 훨씬 편하다.

답장 없이 몇 초가 지나는 사이 나는 고민한다. 전화기를 던져버릴까? 아니면 남은 메이플시럽에 빠져 죽을까?

결국 아무것도 하지 않는다. 잭슨이 답장하기를 초조하게 기다릴 뿐이다. 드디어 답장이 도착하고, 숨을 참은 채 화면을 스와이프한다. 그러고는 큰 소리로 웃음을 터뜨린다.

아직 우리가 그런 사이는 아닌 것 같지만, 그때가 되면 알려줄게

이보다 완벽한 정답이 있을까.

25

진실로, 미치도록, 깊이
물리다[12]

나는 아침 내내 뒹굴거리며 잭슨이 여유가 날 때 문자를 보내주기를 기다린다. 열혈 페미니스트다운 행동은 아니지만 이 남자애 문제라면 내 뇌를 통제하는 걸 포기했다. 달리 할 일도 없고. 가지고 있는 전자책은 다 읽었고 메이시 없이 혼자 〈레거시스〉를 마저 볼 수도 없다. 발목이 약해진 데다 아무 데도 갈 수 없으니 남은 방법은……

좋아하는 영화가 뭐야?

지금? 〈내가 사랑했던 모든 남자들에게〉

통틀어서는 〈사랑시대〉

너도

---

12 새비지 가든, 〈진실로, 미치도록, 깊이Truly, Madly, Deeply〉.

〈다이하드〉

　　　　　　　　　　　　　　　　　　진심이야?

〈다이하드〉가 왜?

　　　　　　　　　　　　　　　　　아니야

농담. 〈로그 원〉이야

　　　　　　　　　등장인물이 다 죽는 스타워즈????

자기 은하를 구하기 위해

주인공들이 스스로 희생하는 스타워즈지

그런 죽음은 나쁘지 않아

　예상했던 답은 아니지만 듣고 보니 잭슨이 왜 그 영화에 끌렸는지 확실히 알겠다. 번거로움을 무릅쓰고 몇 번이고 나를 구해준 애니까. 그렇게 생각하면 〈다이하드〉도 납득이 된다. 다른 사람들을 안전하게 지키기 위해서라면 목숨을 내놓을 수도 있는 캐릭터가 주인공 아닌가.

　여기 온 첫날 계단 밑에서 만난 잭슨만이 잭슨은 아니다. 아니, 저 문으로 꺼지라고 했던 놈도 잭슨이 맞다. 그때 일은 당분간 잊을 생각이 없다. 하지만 잭슨은 마크와 퀸에게서 나를 구해준 사람이기도 하다. 어젯밤 기숙사 방까지 나를 안아서 옮겨준 사람이다. 그런 행동들도 의미가 있지 않을까?

　그리고 주변에 아무도 없을 때 믿을 수 없을 만큼 다른 모습을 보인다. 단둘이 문자를 주고받을 때는 정말 다른 사람이 된다. 나와 엮이고 싶지 않다고…… 또 자기와 엮이지 말아야 한다고 나를 설득하려 할 때와 딴판이다.

　진짜 잭슨 베가에게 손 들어달라고 부탁할 수 있었으면 좋
겠다. 하지만 솔직히 말하면 지난 두 시간 동안 나와 문자를 한
잭슨이 진짜 잭슨이기를 바란다. 만약 아니라면…… 흠, 아직은
진실을 알고 싶지 않다.

제일 좋아하는 아이스크림은?

없어

다 좋아해서???
참고로 좋아하는 맛이 없다는 대답은
그렇게 받아들일 수밖에 없어

나를 받아들일 수 없는 이유가

백만 가지쯤 된다는 거 우리 둘 다 알지 않나

아이스크림 취향은 그 이유에 끼지도 못하고

　그 말에 설레면 안 된다, 정말로. 경고가 분명하잖아. 하지만
〈로그 원〉을 제일 좋아한다고 했던 남자애가 그런 말을 할 때
어떻게 설레지 않을 수 있을까?

　잭슨은 스스로를 악당이라 생각하는 것 같다. 이유를 알았으
면 좋겠는데.

좋아하는 노래는?

와, 못 고르겠어

꼭 골라야 한다면?

안 돼

너무 많아

넌?

내가 먼저 물었어

으, 치사해

너는 짐작도 못 할걸

알았어 말할게

지금은 나일 호란의 〈조금만 나를 사랑해줘Put a Little Love on Me〉 랑

매기 로저스 노래 전부 다

통틀어서는 호지어의 〈테이크 미 투 처치Take Me to Church〉 나

리한나의 〈엄브렐라Umbrella〉

너는?

새비지 가든, 〈진실로, 미치도록, 깊이Truly, Madly, Deeply〉

차일디쉬 감비노나 베토벤 음악 전부

최근에 좋아하게 된 노래는

밴 모리슨의 〈브라운 아이드 걸Brown-Eyed Girl〉 이지만

휴대폰을 떨어뜨린다. 내가 무슨 말을 할 수 있을까? 이 남자애에게 어떻게 반하지 않을 수가 있어? 아니, 진짜로? 어떻게 안 반하냐고? 불가능하다.

떨리는 손으로 휴대폰을 다시 집어 든다. 메시지가 더 오지는 않았지만 솔직히 한동안은 그럴 것 같다. 아까 그 문자만으

로…… 결정적이었으까.

그 대신 스포티파이 앱을 켜고 〈브라운 아이드 걸Brown-Eyed Girl〉을 재생한다……. 반복모드로.

메이시가 정오 즈음 내가 잘 있는지 확인하러 방에 들렀을 때도 같은 노래를 듣고 있었다. "뭐 들어?" 메이시가 콧잔등을 찌푸리며 묻는다.

"설명하자면 길어."

메이시가 추리를 하듯 나를 살핀다. "그렇겠지. 나한테 전부 말해……." 그러다 내가 남긴 성대한 아침 식사를 보고 말을 흐린다. "와플은 어디서 났어?" 메이시가 따지며 방을 가로질러 와 그릇에 남은 휘핑크림을 손가락에 찍어 입에 넣고 쪽 빤다. "목요일도 아닌데."

내가 당황해서 메이시를 쳐다본다. "무슨 말인지 모르겠어."

"카페테리아에서 목요일에만 와플을 만들거든. 휘핑크림은 특별한 날에만 나오고." 메이시가 휘핑크림을 다시 찍어 몽글몽글하고 달콤한 크림으로 덮인 손가락을 들어 보인다. "오늘은 특별한 날도 아니잖아."

"특별한 날인가 보지." 내가 어깨를 으쓱하고 대답한다. 메이시의 말에 온몸이 따뜻해지지만 지금은 그 느낌을 생각하지 말자. "나한테는 그래."

솔직히 특별한 날처럼 느껴진다. 내 휴대폰에 자기가 좋아하는 노래를 알려준 잭슨의 문자가 도착해 있는데 안 그럴 수가 있을까?

"아빠가 너를 위해 이런 주문까지 했다니 믿을 수가……." 내 표정에서 티가 났는지 메이시가 말을 흐린다. "아빠가 보낸 거 아니구나?"

그 말에 어떻게 대답해야 할지 모르겠다. 핀 삼촌이 보낸 척을 하면 메이시가 자기 아빠에게 물을 테고 진실이 드러나겠지. 다른 사람이 보냈다고 하면 누가 보냈는지 알고 싶어 할 텐데 아직 메이시에게 말할 준비가 되었는지는 모르겠다. 잭슨, 뱀파이어 농담을 하고 내게 휘핑크림과 와플을 보내준 이 잭슨은 왠지 나만의 비밀로 간직하고 싶다. 잠깐만이라도.

하지만 메이시는 포기하지 않겠다는 표정이다. 내가 대답하지 않아도 음식이 어디에서 났는지 알겠다는 표정이다.

그렇다면 선택지는 하나뿐이다. 진실을 축소해서 말해야지. "별거 아니야. 내 발목이 이래서 도와주려고 한 거래."

"플린트가?" 메이시가 눈을 휘둥그레 뜨고 묻는다. "아니면 잭슨이?" 두 번째 이름은 속삭이듯 말한다.

"그게 중요해?" 내가 묻는다.

"세상에! 잭슨이구나! 잭슨이 너 와플 만들어달라고 제이니 셰프한테 부탁한 거야. 그런 게 가능한지도 몰랐네. 진짜 깐깐한 분이거든. 하긴, 다른 사람은 몰라도 잭슨은 할 수 있겠지. 무서울 정도로 수완이 좋은 애니까. 원하는 게 있으면 갖고야 말지." 메이시가 씩 웃는다. "내가 봤을 때 지금 원하는 건 너고."

메이시 뒤쪽에서 노크 소리가 들린다. 지금껏 살면서 손님의

방문이 이렇게 반가운 적이 없었다. "네가 나가줄래? 발목이
아직 아파서."

"당연하지! 안 그래도 잭슨을 가장 먼저 심문하고 싶었어."

"잭슨은 아닐 거야." 내가 말한다. 하지만 잭슨일 수도 있다
고 생각하니 손바닥에 땀이 조금 나기 시작한다. 자세를 똑바
로 하고 지금 완전히 엉망인 머리카락을 정리하려고 애를 쓰
는 사이 메이시가 문을 연다.

하지만 쓸데없이 허둥거렸나 보다. 잭슨이 아니었기 때문이
다. 웬 여자가 커다란 노란색 봉투를 들고 있다.

실망하지 않았다고 스스로를 타이르지만 갑자기 나타나 배
속을 휘젓던 나비 떼가 우수수 떨어지는 느낌이다. 로니라고
불린 여자가 메이시에게 봉투를 건넨다. "그레이스에게 전해달
래."

메이시는 그녀가 쑥 내민 커다란 봉투를 받아들며 고개를 돌
리고 나를 쳐다본다. 눈이 커다래졌지만 어쩌겠나. 내 눈도 저
렇게 커졌을 텐데.

메이시가 무슨 말을 했기에 로니가 방에서 나갔는지는 모르
겠다. 내 관심은 온통 메이시 손에 들린 봉투에, 아까 그 쪽지
처럼 흘려 쓴 굵은 글씨로 앞면에 적혀 있는 내 이름에 집중되
어 있기 때문이다.

"줘봐!" 내가 거의 애원하며 몸을 일으킨다. 발목이 아직 아
프지만 이걸 위해서라면 고통도 견딜 각오가 되어 있다.

하지만 메이시는 완전히 어미 닭이 된 것 같다. "다시 가서

앉아!" 메이시가 나를 침대로 휘이휘이 밀어내며 야단을 친다.

"봉투 내놓으라고!" 내가 봉투를 잡으려고 손을 허우적댄다.

"다시 침대에 누워서 발목을 베개에 올리면 줄게."

내 손이 닿지 않는 위치에 서서 나를 노려보고 있으니 메이시가 시키는 대로 하지 않을 수 없다.

하지만 내가 침대에 눕자마자 단호한 눈빛이 사라지고 메이시의 눈이 다시 반짝거린다. 메이시는 내게 봉투를 떠안기며 소리를 지르듯 말한다. "열어봐, 열어봐, 열어봐!"

"그러고 있어!" 내가 말하며 봉투를 찢어서 연다. 에어캡을 덧댄 봉투라 생각만큼 잘 찢어지지 않지만 결국에는 여는 데 성공한다.

그 안에서 나온 것은 표지가 검고 커다란 도서관 책이다.

"이게 뭐야?" 조금 더 자세히 보기 위해 메이시가 내 옆으로 올라온다.

"모르겠어." 내가 대답한다. 책을 뒤집어보니…… 그 애가 이런 책을 보낼 줄이야. 정말 상상도 못 했다.

"《트와일라잇》? 나한테 《트와일라잇》을 보낸 거야?" 내가 어리둥절해 메이시를 돌아본다.

메이시는 숨을 헉 들이마시며 책과 나를 번갈아 본다. 그러더니 웃기 시작한다. 웃는다. 계속 웃는다.

재미있기는 하지……. 잭슨 같은 남자가 여자에게 판타지 로맨스 소설을 선물한다는 게. 하지만 메이시가 저럴 정도로 웃기지는 않은데? 또, 전부터 읽고 싶었던 책이다. 몇 년 전 왜 그렇게 선풍적인 인기를 끌었는지 알고 싶기도 하고.

"나는 좋아." 약간은 도전적인 말투로 내가 말한다. 정말이다. 잭슨이 시간을 내서 나를 위해 책을 골랐다는 사실만큼이나 마음에 든다.

"나도 좋아." 메이시가 또 한바탕 킥킥대며 말한다. "정말이야. 진짜…… 매력적이네."

"맞아." 표지를 열자 가슴이 두근거린다. 내지에 작은 포스트잇이 붙어 있었기 때문이다. 금방 알아볼 수 있는 잭슨의 필체로 소설에서 인용한 문장이 적혀 있었다.

친구가 되지 않는 편이 낫다고 말했을 뿐, 친구가 되기 싫다고 말한 적은 없어.

"우와아아아아!" 메이시가 가슴 앞에 손을 꼭 모으고 황홀감에 기절하는 연기를 한다. "너 당장 쟤랑 키스하지 않으면 절교할 줄 알아. 안 그러면 내가 키스한다."

"캠이 좋다고 하겠다." 나는 잭슨이 쓴 글자들을 하나하나 손가락으로 어루만진다. 잭슨이 나를 위해 썼다는 사실만으로 내 눈이 몽환적으로 변한다.

"캠이 항상 하는 말이 있거든? 자기는 대의를 위해 행동한다고. 이번이야말로 말을 행동으로 보여줄 기회야."

"네가 잭슨하고 키스하는 게 대의를 위한 일이야?" 내가 책의 첫 페이지를 펼치며 묻는다.

"너 대신 잭슨하고 키스하는 건 대의를 위한 일 맞지. 너희 둘을 고통에서 구제해주는 거잖아." 메이시가 속눈썹을 깜빡거린다. "내 입장에서는 희생이 아니지만."

"우리 계약 맺을까? 너는 잭슨에게 입 대지 않고, 나는 캠에게 입 대지 않고?"

"우우우!" 메이시가 깜짝 놀랄 만큼 큰 소리로 외친다. "어젯밤부터 알고 있었지만 진짜 좋아하네. 어쩐지 나, 걔, 우리, 어쩌고 하며 횡설수설하더라니."

"좋아한다는 말은 안 했어." 하지만 오늘 같은 아침 이후로는 살짝이라도 잭슨에게 반하지 않기는 어렵다.

"아니라고도 안 했잖아."

내가 눈동자를 굴린다. "너 수업 가야 하지 않아?"

"나 쫓아내려고?" 그러면서도 메이시는 내 침대에서 내려가 화장대 거울을 보며 머리카락을 펴기 시작한다.

"그래, 맞아." 내가 책을 든다. "독서 좀 하려고."

"그러시겠지." 메이시가 나를 보며 키스하는 얼굴을 한다. "오, 에드워드, 너를 정말 사랑해! 아니다, 잭슨이지."

내가 베개를 던지지만 메이시는 웃음을 터뜨리고 책가방을 집어 든다. 그리고는 짧게 손을 흔들고 문밖으로 나간다.

메이시가 나가자마자 침대에 다시 드러누워 《트와일라잇》을 가슴에 품는다. 잭슨이 내게 로맨스 소설을 보내다니. 그래, 뭐, 뱀파이어가 주인공이지만 그래도 로맨스 소설이잖아? 그리고 적힌 멘트는…… 사촌 앞에서는 티를 내고 싶지는 않았지만 설레서 두근두근두근두근 한다.

휴대폰을 집어 들고 잭슨에게 문자를 날린다.

[반한 이모지]

눈 너무 반짝이지 마

경고였으니까

[윙크하며 키스하는 이모지]

뭘?

괴물들

조심, 또 조심해야 돼

난 무서운 얘기 좋아해

거기 나오는 괴물들도 좋아?

어떤 괴물이냐에 따라서 다르겠지

두고 보면 알겠네, 그치?

무슨 뜻인지

잭슨의 기분이 아까와 달라진 것 같아 이유를 알아내고 싶
다. 그래서 메시지를 더 쓰고 있는데 또 노크 소리가 들린다.

또 뭐 보냈어?????????

문 열고 확인하지그래?

그랬다는 것처럼 들리네

안 그래도 돼

물론 고맙기는 한데

꼭 그럴 필요는 없다고

그레이스

문 열어

    나는 문으로 다가간다. 진통제 효과 덕분에 걸어도 아프지 않으니 가뿐해서 날아갈 것 같다. 절뚝이는 증상도 많이 호전되었다. 그러다 문을 열기 직전에 문자를 보낸다.

문 아직 안 열었는지 어떻게 알아?

    "열었으면 내가 알았겠지." 구슬 발 반대편에 서 있는 잭슨이 대답한다.

    "잭슨!" 내가 째지는 목소리로 그 이름을 외치고 자동으로 머리에 올라간 내 손은 엉망이 된 머리카락을 단장한다. "왔구나."

    잭슨이 한쪽 눈썹을 세운다. "그냥 가?"

    "아니, 그럴 리가! 들어와." 나는 문을 붙잡고 열어주며 뒤로 비킨다.

    "고마워." 문턱을 넘던 잭슨의 머리로 구슬이 스치자 그가 살짝 움찔한다.

    "툭하면 사람한테 정전기를 일으키는데 메이시는 이걸 왜 계속 걸어두는지 모르겠더라." 문을 닫기 위해 걸리적거리는 커튼을 손으로 쳐내며 내가 말한다. "괜찮아?"

"모르겠어." 처음으로 잭슨과 눈이 마주친 순간, 내 안에서 보글보글 솟아오르던 행복의 거품이 가라앉는다. 공허한 눈빛이 돌아와 있었기 때문이다.

"아, 그래." 내가 고개를 푹 숙인다. 종일 별 어려움 없이 술술 대화를 나눈 상대인데 옆에 있으니 갑자기 부끄러워진다. "책 고마워."

잭슨이 고개를 젓지만 그래도 대답할 때 보니 얼굴에 웃음기가 있다. "뭔가 할 일이 있으면 좋을 거라고 생각했어. 쉬는 동안 말이야." 그러면서 훈계하듯 나를 본다.

"내내 침대에 있었어. 네가 문을 두드렸잖아."

침대에 있었다는 말에 잭슨의 눈이 조금 커지고, 우리는 이 상황에서 할 수 있는 유일한 행동을 동시에 한다. 구겨진 핫핑크색 시트와 이불을 어색하게 바라보기.

"혹시 너, 음……." 갑자기 목이 꽉 막혀 내가 헛기침을 한다. "좀 앉을래?"

잭슨은 얼굴을 찌푸리고 됐다는 몸짓을 하더니 잠시 후에는 조금 전 대답과 반대로 내 침대 끝에 털썩 앉는다. 제일 멀리 떨어진 구석 자리다. 내가 자기를 물까 봐, 아니면 덮칠까 봐 겁이 나는 건지.

너무나 잭슨답지 않은 행동이라 잠깐은 멍하니 바라볼 뿐이다. 그러다 결심한다. 됐다, 그래. 어색한 시간을 보낼 수는 없어. 그건 안 돼. 그래서 잭슨 옆자리에 털썩 앉으며 묻는다. "불교 신자인 뼈 하나가 다른 뼈한테 뭐라고 말했게?"

잭슨이 경계의 눈빛으로 나를 쳐다보지만 어깨의 긴장은 풀어진다. 이내 몸 전체가 편안해진다. "알고 싶지 않은데."

나는 그 말을 무시한다. "우리 이 관절에서 그만 만나자."

잭슨이 끙 소리를 낸다. "그거……."

"재미있지?" 내가 놀린다.

잭슨이 못 말린다는 듯 고개를 젓는다. "정말로 진짜 끔찍하다." 하지만 입은 히죽히죽 웃고 있다. 이제야 눈의 깊은 곳에 무언가가 보인다. 섬뜩한 암흑이 아닌 진짜 감정이.

이 분위기를 유지해야 한다는 생각에 내가 말한다. "내 특기라고 할 수 있지."

"이상한 농담?"

"형편없는 농담. 엄마한테 물려받은 재능이야."

잭슨이 한쪽 눈썹을 세운다. "끔찍한 농담이 DNA에 있다고?"

"어, 완전히 유전이야." 내가 인정한다. "곱슬머리, 긴 속눈썹이랑 같이 받았지." 얼마 전 메이시가 그랬던 것처럼 속눈썹을 깜빡거리며 말뜻을 강조한다.

"유전이 확실해?" 순진무구한 표정으로 잭슨이 묻는다.

내가 눈을 흘기고 잭슨을 쳐다본다. "그게 무슨 뜻이야?"

"아무것도 아니야." 잭슨은 항복하는 시늉으로 양손을 들어 올린다. "네 농담이 그 정도로 끔찍했다고."

"야! 문어 농담은 재미있었다며."

"네 기분을 상하게 하고 싶지 않았어." 잭슨이 내 다리에 손을 뻗더니 자기 무릎 위로 내 발을 걸친다. "넘어지고 쓰러진 사람을 발로 차는 건 예의가 아니잖아."

"어이! 나는 넘어졌지, 쓰러지지는 않았어." 발을 빼려고 하지만 잭슨은 내 발을 꽉 붙잡고 길고 우아한 손가락으로 가장 아픈 지점을 본능적으로 찾아 마사지한다.

내가 작게 신음을 뱉는다. 마사지 너무 좋은데? 내 몸에 닿은 손길도. "어쩜 그렇게 잘해?"

드디어 목소리를 찾은 내가 묻는다.

잭슨은 어깨를 으쓱하고는 나를 보고 피식 웃는다. "유전인가 보지."

어제 형에 대해 알쏭달쏭한 말을 한 이후로 잭슨이 가족을 언급한 것은 처음이다. 이 기회를 놓칠 수는 없지. "그래?"

잭슨이 손짓부터 호흡까지 전부 다 잠시 멈추고 감정을 찾아보기 힘든 눈으로 나를 물끄러미 바라본다. 그러다 말한다. "아니."

잭슨의 손가락은 언제 멈췄냐는 듯 마사지를 계속한다.

답답해. 하지만 대문짝만 한 검은 글자로 '출입 금지' 표지판을 온몸에 붙여놓은 상황에서 억지로 캐물을 만큼 답답하지는 않다. 잭슨은 상상도 못 하겠지만, 그런 태도를 보면 잭슨이 어떤 사람인지 알 만큼은 알 수 있다.

이후 몇 분은 침묵 속에서 잭슨이 내 발만 마사지한다. 통증이 거의 다 사라지고 나서야 손가락의 움직임이 멈추고 잭슨이 말한다. "내 눈."

내 시선이 잭슨의 눈으로 휙 향한다. "무슨 뜻이야?"

"어머니에게 물려받았다고. 내 눈."

"아." 나는 검은 홍채에 점점이 찍힌 은빛 조각들을 다시 볼 수 있을 때까지 몸을 앞으로 기울인다. "정말 예쁜 눈이다."

지금처럼 나를 쳐다보고 있을 때는 더 예쁘다. 조금은 당황한 듯, 조금은 흥미로운 듯, 많이 놀란 듯. "어머니께 또 물려받은 건 없어?" 내가 나직이 묻는다.

"없기를 바라." 낮은 목소리로 속마음을 드러내 보인다. 잭슨이 이처럼 솔직하게 말한 건 처음이다.

분위기를 깨지 않을 말을 찾아보지만 너무 늦었다. 자기가 한 말이 머리에 입력되자마자 잭슨의 얼굴 전체에서 감정이 사라진다.

"나는 가야겠다." 잭슨이 내 발을 침대에 조심스럽게 내려놓고 일어난다.

"가지 마." 속삭임에 가까운 목소리지만 감정은 가슴 깊은 곳에서 우러나온다. 진짜 잭슨의 사적인 부분을 바로 코앞에서 처음 보는 느낌이라 이 순간을 놓치고 싶지 않다.

잭슨이 잠깐 동작을 멈춘다. 내 말을 들어주려나? 하지만 명품 재킷 주머니에 손을 넣더니, 돌돌 말아 검은색 새틴 리본으로 묶은 종이를 꺼낸다.

그러고는 내게 내민다.

나는 손을 떨지 않으려 애쓰며 종이를 받아 든다. "이러지 않

271

아도……"

"네 생각 하며 만들었어." 잭슨이 손을 뻗어 구불거리는 머리카락 한 가닥을 쥔다. 이제 습관이 된 행동이다. 하지만 이번에는 머리카락을 당겼다가 다시 동그르르 말리게 놓지 않는다. 손가락 사이에 쥐고 매만질 뿐이다.

우리 눈이 마주치고 갑자기 방의 온도가 20도는 더 올라간 느낌이 든다. 목구멍에 숨이 턱 걸리고 나는 아직 준비되지 않은 말, 아니면 행동을 하지 않으려고 아랫입술을 깨문다.

잭슨은 뭐든 할 준비가 된 사람처럼 보인다는 게 문제다. 시선을 내 입술에 고정하고 내 쪽으로 아주 살짝 몸을 기울이고 있다.

그러더니 손을 뻗어 엄지로 내 입술을 지그시 누른다. 그 행동의 의미를 알아들은 내가 입술을 깨문다.

"잭슨." 나도 잭슨에게 손을 뻗지만 잭슨은 이미 방을 가로질러 문고리에 손을 올린 상태다.

"발목, 쉬도록 해." 문을 열며 잭슨이 말한다. "내일 나아지면 내가 제일 좋아하는 곳으로 데려가줄게."

"어디?"

잭슨은 한쪽 눈썹을 세우고 고개를 옆으로 기울인다. 말은 한마디도 하지 않고 뒤돌아 복도로 나간다.

나는 잭슨이 준 돌돌 말린 종이를 손에 쥔 채로 뒷모습만 바라볼 뿐이다. 대체 어떻게 해야 이 아름다운, 망가진 소년이 만신창이가 된 내 심장을 깨고 들어오지 못하게 할 수 있을까.

26

교복은 여자의 자존감을
떨어뜨릴 뿐

바지냐, 치마냐?

나는 사촌이 옷장 안에 깔끔하게 걸어놓은 옷들을 한참 동안 바라본다. 어젯밤에 골라놨어야 하지만 나초 한 대접에 〈레거시스〉 세 편을 연달아 보고 정신없던 하루에 대해 마라톤 수다를 떨고 나니 기력이 다 빠져 침대에 누워 잭슨을 생각하는 것 말고는 아무것도 할 수 없었다.

책상을 돌아본다. 어제 잭슨이 가져다준 종이는 잭슨이 보낸 《트와일라잇》 바로 아래 놓여 있다. 숨긴 건 마음에 안 들어서가 아니다. 너무 마음에 들어 다른 누구와도 공유하고 싶지 않아서다. 메이시나 헤더라 해도.

종이는 아나이스 닌의 일기에서 찢어낸 페이지다. 제목이 안 나와 있어 어느 일기인지는 모르겠다. 구글에 검색해볼까 했지만 모른다는 데서 오는 특별한 느낌이 있다. 일기 중에서도 딱이 페이지만 보관하고 있으니 뭔가 은밀한 느낌이다. 잭슨이 내게 보여주고자 했던 말들만 가지고 있다는 의미니까.

마음 깊은 곳에서, 나는 당신과 다르지 않아요. 당신의 꿈을 꿨고, 당신 같은 존재를 원했어요.

페이지에는 더 많은 내용이 있지만 어제 한 백 번쯤 읽고 또 읽으면서 계속 눈에 띄었던 것은 이 짧은 문장이다. 한편으로는 가슴 설레는 내용이기 때문이다. 한편으로는 나도 잭슨에게 그런 감정을 느끼고 있기 때문이다. 가장 깊은 생각과 마음과 고통이 너무도 가깝게 나와 공명하는 듯한 잭슨에게.

이런 감정을 받아들이기 쉬운 날이 있겠느냐마는 입이 마르고 불안감으로 배가 요동치는 등교 첫날은 더 힘들다. 그래서 지금 나는 뭘 입을지 아무것도 모르는 상태로 옷장 앞에 서 있다. 첫날부터 잘못된 선택을 하면 어쩌지…….

이 학교 여학생들은 교복 바지를 입나? 치마를 입나? 뭘 입든 안 중요한가? 지난 며칠 동안 메이시가 뭘 입었는지 기억을 더듬지만 눈싸움 때 입었던 열대 무늬 방한 바지 말고는 전혀 떠오르지 않는다.

"치마야." 머리에 수건을 감싼 메이시가 욕실에서 걸어 나오며 말한다. "같이 신을 울 스타킹은 아래쪽 서랍에 있어."

안도감에 눈을 감는다. 사촌이 있어 얼마나 다행인지.

"네가 최고야. 고마워." 옷걸이에서 검은색 치마 하나를 꺼내 입고, 흰 블라우스와 검은 재킷을 챙겨 마저 입은 뒤 서랍장으로 가서 검은색 스타킹을 꺼낸다.

"블라우스 입을 거면 넥타이도 매야 해." 메이시가 말하며 내 서랍을 열고 보라색과 은색 줄무늬가 있는 검은색 넥타이를 꺼낸다.

"진짜로?" 나는 넥타이와 메이시를 번갈아 보며 묻는다.

"진짜로." 메이시가 넥타이를 내 목에 둘러준다. "넥타이 어떻게 매는지 알아?"

"전혀 몰라." 내가 옷장으로 돌아간다. "그냥 폴로셔츠 입을까."

"걱정하지 마. 내가 보여줄게. 보기보다 훨씬 쉬워."

"네가 그렇게 말한다면."

메이시가 씩 웃는다. "정말이야."

메이시는 내 목에 넥타이를 두르고 더 긴 쪽을 짧은 쪽 위로 감싼다. 메이시가 설명한 대로 몇 번 더 넣고 당기자 넥타이가 완벽하게 목에 걸린다. 조금 답답하게 조이기는 해도.

"예쁘다." 메이시는 뒤로 물러나 자기 작품을 감상한다. "뭐, 남자애들만큼 매듭이 근사하지는 않지만."

"고마워. 이따 오후에 유튜브 영상 몇 개 찾아봐야겠다. 어떻게 하는지 확실히 알고 내일 다시 시도하게."

"꽤 쉬워. 금방 잘하게 될 거야. 사실……."

누군가 큰 소리로 방 문을 두드려 메이시가 말을 흐린다.

"누구 올 사람 있어?" 내가 물으며 메이시에게 욕실로 물러나라는 손짓을 하고 문으로 다가간다. 지금 메이시는 수건만 두르고 있기 때문이다.

"아니. 친구들은 카페테리아에서 만나는데." 메이시의 눈이 휘둥그레진다. "혹시 잭슨일까?" 문 너머에서 듣고 있을까 두려운 것처럼 속삭인다.

"아닐 거야, 아니야." 하지만 메이시가 내 머리에 그 생각을 심은 지금…… 으으. 안 그래도 긴장한 위장이 공중제비를 돈다. "나 어떡해?" 나도 목소리를 낮추고 속삭인다. 어젯밤 자기 전에 잭슨의 문자를 받았다지만 점심 무렵 내 방에 온 이후로 잭슨을 보지 못했고, 잭슨 생각으로 잠 못 이루며 침대에 누워 뜬눈으로 밤을 새우다시피 한 탓에 지금 굉장히 어색하다.

메이시는 뻔한 사실을 모르냐는 듯 나를 쳐다본다. "문 열어야지?"

"맞아." 손바닥의 땀을 치마에 문질러 닦고 손잡이로 손을 뻗는다. 무엇을 해야 할지, 무슨 말을 해야 할지 모르겠다……. 우스꽝스러운 넥타이가 갑자기 갑갑하게 목을 조이는 느낌이다. 한마디도 못 하다가 넥타이에게 질식사를 당할 것 같다.

메이시를 다시 돌아보니 메이시는 마지막으로 한 번 더 양쪽 엄지를 들어 올려 응원을 보낸다. 나는 가능한 한 깊이 숨을 들이마시고 문을 당겨서 연다.

호흡을 가다듬는 사이 모든 긴장감이 사라진다. 문 앞에 서 있는 사람이 잭슨 베가는 절대 아니기 때문이다.

"핀 삼촌! 안녕하세요?"

"안녕, 우리 그레이스." 삼촌이 몸을 기울이고 내 정수리에 가볍게 입을 맞춘다. "네 발목 어떤지 보려고 왔어. 드디어 네 시간표도 전달할 겸." 삼촌이 파란색 종이를 내민다. "수업 첫 날 행운을 빌게. 너는 훌륭하게 해낼 거야!"

자신은 없지만 오늘 하루 긍정적으로 생각하자고 마음먹었 기에 미소를 지으며 말한다. "감사합니다. 너무 기대돼요. 발목 은 아프지만 괜찮아졌어요."

"좋아. 네가 원했던 미술 수업도 넣었고, 우리 학교에서 제일 훌륭한 역사 선생님한테 수업을 들을 수 있도록 해놨다. 네가 제일 좋아하는 과목이라며. 하지만 시간표 확인해보고 중복되 는 수업이 없는지 확인하도록 해. 내가 최선을 다했지만 실수 할 수 있잖니."

삼촌은 내가 다섯 살 어린애라도 되는 것처럼 뺨을 꼬집는 다. 너무나 아빠 같은 행동이라 가슴이 조금 욱신거린다.

"완벽하겠죠."

내 말에 메이시가 코웃음을 친다. "믿지 마. 헤버샴 부인을 시키지 않고 아빠가 직접 했다면 너를 어디에 집어넣었을지 몰라."

"헤버샴 부인이 했어." 삼촌이 메이시에게 윙크를 하며 말한 다. "나는 감독만 했고. 몹쓸 녀석." 그러고는 메이시에게 걸어 가 한쪽 팔로 어깨를 감싸 안더니 내게 했던 것처럼 메이시의 정수리에도 키스를 한다.

"오늘 수학 시험, 준비됐어?" 삼촌이 묻는다.

"일주일 전에 준비 끝냈지." 메이시가 눈동자를 굴린다.

"좋아. 영어 과제는 어떻게 돼가고 있어? 완성했⋯⋯?"

"이곳은 기숙학교입니다." 메이시가 삼촌의 팔을 가볍게 때리며 말을 자른다. "그 말은 학부모가 과제에 일일이 간섭할 기회가 없다는 뜻이죠."

"그 사람들은 과제가 뭔지 모르니까 그러는 거고. 하지만 나는 알잖아. 그러니 원할 때마다 네 진도를 확인할 수 있다는 뜻이야."

"나도 참 행운아야." 메이시가 무표정으로 말한다.

삼촌은 씩 웃기만 한다. "알면 됐어."

"우리 옷 갈아입어야 하는데 안 나가? 그레이스랑 나는 수업 전에 카페테리아 들러야 해. 세 끼 중 아침이 가장 중요한 식사잖아."

"체리 맛 팝타르트에 낭비한다면 아니지."

"체리 맛 팝타르트도 하나의 음식이야." 메이시가 내 쪽을 힐끗 본다. "내 편 들어줘, 그레이스."

"두 개의 음식이라고 할 수 있죠. 곁에 프로스팅이 있으니까." 내가 동의하며 덧붙인다. "흑설탕도요."

"내 말이 그 말이야!"

이번에는 핀 삼촌이 눈동자를 굴린다. 하지만 삼촌은 메이시의 머리에 또 한 번 입을 맞추고 문으로 향한다. "아빠 부탁인데 그 팝타르트에 과일 좀 곁들여 먹어줄래?"

"체리도 과일이에요." 내가 농담을 한다.

"그렇게는 아니다, 아니야." 삼촌은 위로의 뜻으로 내 어깨를 쥔다. "이따 내 사무실 들르는 거 잊지 말고. 이제 컨디션도 회복되었으니 몇 가지 할 얘기가 있어. 첫날이 어땠는지도 듣고 싶다."

"괜찮을 거예요, 핀 삼촌."

"괜찮은 것 정도로는 부족해. 하지만 좋든 나쁘든 와서 나한테 말해줘야 한다. 알았지?"

"네, 알겠어요."

"좋아. 둘 다 이따 보자." 삼촌은 우리에게 웃어 보이고 문밖으로 사라진다.

메이시가 고개를 절레절레 저으며 옷장에서 자기 교복을 꺼낸다. "그냥 무시해. 우리 아빠 진짜 촌스럽다니까."

"좋은 아빠들은 대부분 촌스럽지 않아?" 머리를 손질하기 위해 옷장 문에 달린 거울로 이동하며 내가 묻는다. "그리고 삼촌 보면 우리 아빠가 생각나서 좋아."

그 말에 메이시는 아무 말도 하지 않는다. 메이시 쪽을 돌아보니 슬픈 눈으로 나를 응시하고 있다. 부모님의 죽음 다음으로 제일 끔찍한 일이다. 나는 동정이 싫다. 사람들이 나를 불쌍히 여기고 내 앞에서 할 말을 잃는 게 싫다.

"방금 그건 행복한 얘기였어." 내가 말한다. "속상해하지 않아도 돼."

"알아. 나는 그냥 네가 여기 있고 우리가 친해질 기회가 생겨서 너무 행복하거든? 그러다 현실을 깨달으면 행복해하는 내가 싫어져." 메이시가 한숨을 쉰다. "전부 내 중심으로 만드는 소리처럼 들리지만 아니야. 나는 그냥……."

"야." 나는 정말로 긴 독백이 될 것 같다는 예감이 드는 말을 시작한다. "무슨 뜻인지 알아. 내가 여기 오게 된 계기는 거지 같지만 우리에게 이런 기회가 생겨서 나도 기뻐. 알았지?"

메이시의 얼굴에서 근심이 사라지고 그 대신 서서히 미소가 번진다. "응, 알았어."

"좋아. 이제 옷 입어. 나 배고파 죽을 것 같아."

"알겠습니다!" 메이시는 욕실로 사라진다.

20분 후, 드디어 우리는 카페테리아로 향해 있는 뒤쪽의 계단을 내려가("이쪽이 훠어어어얼씬 덜 복잡해." 메이시가 장담했다) 일곱 개의 갑옷, 네 개의 거대한 벽난로, 고대 그리스의 신전보다도 많은 수의 기둥을 지난다.

그래, 마지막은 살짝 과장일 수 있겠다. 하지만 살짝일 뿐이다. 그리고 나는 기둥이 흰색이 아니라 검은색이라는 사실에도 추가 점수를 준다. 기둥의 위아래를 감싼 금색 줄세공은 또 어떻고.

아니, 이 모든 게 완전히 환각 체험 같다. 진짜로. 알래스카에 있는 학교에 다닌다는 사실만으로 기가 막힌데 학교 건물이 실제 성이라니, 핏빛 천장에 고딕풍 아치가 늘어선 복도가 있는 곳이라니 감탄이 절로 나온다.

우리가 복도를 지나는 동안 나를 빤히 보는 사람들을 빼면 말이지. 메이시는 "전학생이라 그래"라고 일축하며 무시하라고 한다. 하지만 무시하기가 쉽나? 지나가는 나를 보려고 아예 몸을 틀고 쳐다보는데? 메이시는 다들 같은 학교를 오래 다녀서 그렇다고 말했었다. 그래도 그렇지. 내가 첫 전학생은 아닐 거 아냐? 그건 말도 안 된다. 전학생 없는 학교가 어디 있어. 아무리 알래스카에 있는 학교라도.

속으로 비난을 퍼붓고 있는데 메이시가 흥분 섞인 "다 왔다!"라는 외침으로 내 생각을 방해한다. 우리는 세 개의 문 앞에 멈춰 선다. 검은색과 금색의 나무 조각 장식을 더 가까이서 보고 싶지만 메이시는 내게 카페테리아를 소개할 생각으로 정신이 하나도 없다. 그거야…… 뻔하겠지.

하지만 메이시가 1번 커튼 뒤에 있는 자동차를 보여주는 게임쇼 진행자처럼 거창하고 현란한 동작으로 문 하나를 열어젖혔을 때 나는 깨닫는다. 내가 잘못 판단했구나, 또. 왜냐하면 카페테리아는—이 공간을 그렇게 평범한 이름으로 불러도 되나?—내가 지금까지 본 카페테리아와 조금도 비슷하지 않다. 전혀.

도서관도 이곳과 비교하면 아무것도 아니다.

일단 굉장히 넓고, 기다란 벽은 용과 늑대와 내가 모르는 생물의 벽화들로 뒤덮였다. 천장 가장자리와 벽을 두른 검은색과 금색 크라운 몰딩이 각각의 벽화에 테두리 역할을 해 일반적인 그림처럼 보인다. 내 안의 예술가는 벽화에 마음을 빼앗겼고 몇 시간이 걸리든 하나하나 감상하기를 원한다. 하지만 30분 후 수업이 있으니 참아야겠지. 게다가 이곳에는 다른 볼거리도 많다. 어디부터 봐야 할지 모를 정도로.

대담하고 노골적이게도 핏빛으로 칠한 천장은 아치형이고

정교한 기하학적 패턴을 띤 곡선형의 검은색 몰딩으로 가장자리를 둘렀다. 천장마다 거대한 크리스털 샹들리에가 중앙에 걸려 있어 전체 공간에 은은한 빛을 드리우고 웅장한 느낌을 강조한다.

피크닉 스타일의 테이블도, 실용적인 쟁반도, 플라스틱 식기도 없다. 금색과 검은색과 크림색의 식탁보를 덮은 세 개의 기다란 테이블은 공간을 세로로 다 차지한다. 등받이 높은 쿠션 의자가 식탁을 감싸고 식탁 위에는 도자기와 은 식기가 놓여 있다.

배경에는 어둡고 꽤 으스스한 분위기의 클래식 음악이 흐른다. 이런 음악을 잘 알지는 못하지만 들으면 섬뜩한 곡들이 있는데 지금 이 곡도 딱 그렇다.

너무 소름이 끼쳐서 메이시에게 말한다. "이 음악 되게, 음……흥미롭다."

"카미유 생상스, 〈죽음의 무도Danse Macabre〉. 분위기 깨지. 알아. 그런데 아빠가 매년 핼러윈이면 카페테리아에 이 노래를 틀어. 〈죠스〉 OST랑 다른 클래식 몇 곡도. 아직 음악이 안 바뀌었어."

그러고 보니 리아도 도서관 쿠션에 대해 같은 말을 했다. 전에 다니던 학교에서의 핼러윈은 국어 시간에 무서운 소설을 읽고 점심시간 안뜰에서 코스튬 대회를 치르고 나면 대부분 끝났다. 캐트미어 아카데미는 핼러윈을 아예 다른 차원으로 받아들이네.

"멋지다." 빈자리 여러 개가 나올 때까지 테이블 하나를 쭉 지나가며 내가 말한다.

"조금 과하지. 우리 아빠가 제일 좋아하는 명절이 핼러윈이라서 그래."

"진짜? 이상하다. 우리 아빠는 핼러윈을 싫어했거든. 어렸을 때 무슨 사건이 있었나 추측했는데 아닌가 보네. 너희 아빠는 핼러윈을 좋아한다면." 몇 년 전 아빠에게 물은 적이 있다. 왜 그렇게 핼러윈을 싫어하냐고. 아빠는 내가 크면 말해주겠다고 했다.

우주는 다른 계획을 가지고 있더라.

"그러게, 이상하네." 메이시가 주위를 둘러본다. "그래도 여기 멋지지 않아? 너 빨리 보여주고 싶어서 죽는 줄 알았어."

"완전 멋져. 하염없이 벽화만 보고 있어도 좋겠다."

"뭐, 앞으로 1년이나 있으니까……." 메이시가 앉으라고 손짓한다. "뭐 먹을래? 체리 팝타르트 말고."

"같이 가도 돼."

"다음에. 지금은 다친 발목 잠깐이라도 쉬어줘. 오늘은 조금 부담스러울 거 아냐. 내가 도울 수 있는 건 돕게 해줘."

"그 말에 됐다고 하기는 힘드네." 내가 말한다. 메이시 말이 맞기 때문이다. 오늘이 채 시작되지도 않았는데 나는 벌써 부담감을 느끼고 있다. 나를 편하게 해주려고 메이시가 얼마나 노력하고 있는지 새삼 감동이다. 나는 고맙다고, 메이시에게 웃어 보인다.

"그럼 됐다고 하지 마." 메이시가 장난스럽게 나를 의자로 떠민다. "그냥 뭐 먹고 싶은지만 말해. 아니면 물개 스테이크와 계란 가져다줄 거니까."

내가 경악한 표정을 지었는지 메이시가 웃음을 터뜨린다. "체리 팝타르트 한 팩이랑 딸기 통조림 넣은 요거트 조금 어때?"

"딸기 통조림?" 내가 의심스럽게 묻는다.

"응, 우리 셰프인 피오나가 제철 과일을 통조림으로 만들거든. 여기서는 늦가을만 돼도 신선한 과일을 구하기가 굉장히 힘들어져서. 저번 파티 때 본 과일들은 특별 메뉴였어."

"아, 그래." 바보가 된 기분이다. 11월 알래스카에 생딸기가 있을 리 없지. 벤앤제리스 한 통이 10달러라면 딸기 한 팩은 얼마일지 상상도 가지 않는다. "그거 좋겠다. 고마워."

"별말씀을." 메이시가 내게 웃어 보인다. "앉아서 쉬고 있어. 금방 돌아올게."

나는 메이시가 시키는 대로 벽을 보는 자리를 골라 앉는다. 제일 가까운 벽화를 뜯어보고 싶기 때문이다. 한편으로는 나를 빤히 보는 사람들의 시선을 못 본 척하기도 질렸기 때문이다. 이렇게 등지고 있으면 나도 쟤들을 못 보고, 쟤들도 내 얼굴을 못 보겠지.

잭슨을 볼 수 없다는 점은 아쉽다. 오늘 아침에 정말 보고 싶었는데. 목매는 소리로 들린다는 거 안다. 하지만 어제 우리 사이에 그런 일들이 있고 나서는 생각을 참기가 힘든 걸 어떡해.

오늘 아침에도 문자를 보내주지 않을까 기대했지만 아직까지는 문자가 없다.

그 일기가 어떤 의미인지 알고 싶다. 내가 느끼는 온갖 격렬한 감정들을 그 애도 느낀다는 뜻인지 알고 싶다. 정말 그럴까? 상상이 되지 않는다. 처음 만난 날부터 내게 과분한 상대라는 걸 알았으니까. 하지만 그랬어도, 또 메이시의 경고를 들었어도, 잭슨을 원하는 마음을 거부할 수는 없었다. 훈장처럼 달고 다니는 어두운 분위기도…… 아니, 훈장이 아니라 한 쌍의 족쇄라고 해야 하나. 둘 중 무엇인지 아직은 알아내지 못했다.

슬쩍 뒤를 돌아보고도 싶다. 잭슨을 얼핏이라도 볼 수 있을까? 하지만 너무 뻔한 수작 같다. 카페테리아에 있는 사람의 절반이 나를 주시하고 있을 텐데. 실제로 그렇다. 등을 돌린 상태로도 따가운 시선이 느껴진다. 메이시는 별일 아니라고, 전학생이라 그럴 뿐이라고 했지만 그게 전부는 아닌 듯하다.

하지만 깊이 생각할 시간은 없다. 메이시가 음식을 산처럼 담은 식판을 들고 내게로 걸어오고 있기 때문이다.

"팝타르트랑 요거트만이 아닌 것 같은데." 뭐 하나 흘릴세라 식판을 받아서 식탁에 놓으며 내가 놀린다.

"음식은 적당히 담았는데 음료수를 가져오려니 네가 커피, 차, 주스, 물, 우유 중에 뭘 좋아할지 모르겠더라고. 그래서 하나씩 다 가져왔지."

"와, 굉장하다. 음, 주스로 할게."

"다행이다." 메이시가 붉은색 음료수가 담긴 유리컵을 내민다. "커피 마신다면 어떡하나 걱정했어. 그랬으면 나는 죽었을 거야. 캠은 차를 마셔서 캠 마실 걸 빼앗아 먹을 수도 없고."

메이시는 내 맞은편 자리의 의자에 과장스레 털썩 앉는다.

"커피는 네가 다 마셔도 된다고 약속해." 내가 웃으며 말한다. "주스 선택도 딱이다. 나 크랜베리 주스 제일 좋아하거든."

"잘됐네." 메이시는 방금 한 말을 증명하기라도 하듯 뜨거운 커피를 천천히 한 모금 마신다. "너네 캘리포니아 애들은 다 스타벅스 중독인 줄 알았어."

"캠과 나 사이에 공통점이 있나 봐. 우리 집은 차를 더 좋아했어. 엄마 취미가 약초 재배였거든. 차를 직접 블렌딩 했는데 진짜 맛있었어." 한 달이 지났지만 레몬, 타임, 버베나를 블렌딩한, 엄마가 끓인 차의 맛을 아직도 느낄 수 있었다. 가방에 티백이 몇 개 있지만 마시고 싶지 않다. 솔직히 냄새만 맡아도 울음이 터지고 절대 그치지 못할까 두렵다.

"난 상상할 수 있을 뿐이지만 무슨 뜻인지 알 것 같아."

그 말을 하는 말투가 왠지 걸린다. 어떤 의미로 하는 말이지? 이어서 말하기를 기다리지만 메이시가 갑자기 눈을 크게 뜨더니 사레가 들려 캑캑댄다.

왜 그렇게 당황했는지 돌아보기도 전에 누군가 묻는다. "이 자리 주인 있어?"

고개를 돌릴 필요는 없다. 어디서든 그 목소리를 알아듣기 때문이다.

방금 잭슨 베가가 내게 물었다. 옆에 앉아도 되느냐고. 모든 사람이 보는 앞에서.

이건 정말 멋진 신세계다.

27

영하 10도의 날씨에
쿨한 애들의 테이블에 앉는다는 것은

"어, 그래. 물론. 당연하지." 잭슨을 돌아보는 내 입에서 아무 운율도 이유도 없는 말들이 쏟아져 나온다. 꼭 얼간이 같은 말투로.

잭슨이 고개를 기울이고 한쪽 눈썹을 세운다. "주인이 있다는 말이야?"

얼간이 같다는 말 취소. 나는 얼간이다. "아니! 내 말은, 맞아. 내 말은……" 말을 멈추고 숨을 깊이 들이마신 후 천천히 내쉰다. "주인 없어. 앉고 싶으면 앉아도 돼."

"앉고 싶어." 잭슨은 의자를 들고 등받이가 앞을 보도록 거꾸로 돌려 앉아 한쪽 팔꿈치를 편안하게 걸친다.

참 웃기게도 앉는다. 특히 이렇게 우아한 의자에……. 하지만 너무나 섹시하다. 사실 7학년 때 모이세스 드 라 크루즈가 의자에 이렇게 앉았던 이후로 이 자세는 내 약점이 되었다.

어쩌겠나? 내가 약한걸.

나만 약하지는 않나 보다. 메이시가 또 숨이 턱 막히는 소리를 내며 내 뒤를 빤히 쳐다보았기 때문이다. 이번에는 더 심각하다. 나는 어렵게 잭슨에게서 눈을 떼고 메이시가 커피 한 모금 때문에 죽어가고 있지는 않은지 확인한다. 다행히 아니다. 하지만 다른 기사단원들이 우리 테이블에 자리를 잡고 있다는 사실은 메이시를 죽일지도 모르겠다.

"발목 어때?" 잭슨이 짙은 눈으로 나를 보며 묻는다. 걱정하는 의미겠지만 왜 이렇게 애무처럼 느껴지나 몰라.

"나아졌어. 어제 일 말이야……. 고마웠어."

"어느 부분이?" 비뚤어진 미소가 돌아왔다. 이번에는 확실히 애무하듯 나를 훑어본다.

하지만 당황했다고 해서 내가 쉬운 여자라는 뜻은 아니다. "와플이지 뭐겠어."

내 대답에 기사단원 중 한 명이 피식 웃다가 황급히 잭슨을 쳐다보고 소리를 죽인다. 하지만 잭슨은 그쪽으로 고개를 가볍게 끄덕인다. 그러자 아까 그 남자애가 다시 웃음을 터뜨리고 다른 애들도 긴장을 푼다.

"그러시겠지." 잭슨이 고개를 젓고 시선을 돌린다. 하지만 미소는 사라지지 않는다. "오늘은 수업 들어갈 건가 보네."

질문이 아니지만 그냥 대답한다. "응. 이제는 가야지."

잭슨은 내 말뜻을 안다는 것처럼 고개를 끄덕인다. "1교시 수업이 뭐야?"

"기억 안 나." 나는 재킷 주머니에서 핀 삼촌이 준 파란색 시간표를 꺼낸다. "매클린 선생님의 영문학인가 봐."

"나 그거 들어." 다른 기사단원이 말한다. 눈빛이 친절한 흑인 남학생이다. 저렇게 섹시한 레게 머리는 처음 본다. "선생님 마음에 들 거야. 쿨하거든. 참, 나는 메키라고 해. 괜찮다면 내가 교실까지 같이 가면서 위치를 알려줄게."

메이시가 또 숨넘어가는 소리를 낸다. 이러다 정말 죽는 것 아니야? 그러는 동시에 잭슨이 대답한다. "그래, 말이 되는 소리를 해라."

다른 남자애가 웃지만 나는 농담을 이해하지 못한다. 그래서 그냥 웃으며 말한다. "고마워, 메키. 너만 괜찮으면 나는 좋아."

내 말에 다른 애들이 더 큰 소리로 웃는다.

나는 미쳤나 하는 표정으로 잭슨을 보지만 잭슨은 친구들을 향해 고개를 절레절레 저을 뿐이다. 그러더니 몸을 기울이고 말한다. "내가 교실까지 같이 가줄게, 그레이스."

얼마나 가까운지 숨결이 내 귀를 간지럽히고 등줄기에 전율을 흘려보낸다. 알래스카의 추위 때문이 아니다. 내가 이 남자를 진심으로 원하기 때문이다. 아무리 경고를 듣고 못된 행동을 목격해도 소용이 없다. 나는 정말로 잭슨 베가에게 빠져들고 있다.

"그거……." 목소리가 갈라져 나는 몇 번이나 헛기침으로 목을 가다듬은 후에야 다시 말을 꺼낸다. "그것도 좋지."

"좋을 거야." 잭슨은 재미있다는 목소리지만 나와 눈이 마주쳤을 때 눈에 웃음기는 없다. 검은 머리, 길고 늘씬한 몸처럼 잭슨의 특징 중 하나인 차가운 눈빛도 보이지 않는다. 그 대신 열기가 있다. 강렬함이 있다. 그 모습에 손이 떨리고 무릎이 후들거린다.

"지금 출발해야 하나?" 내가 마른 목구멍에서 질문을 꺼낸다.

잭슨은 내 식판을 날카롭게 노려본다. "우선 먹기부터 해야지."

"너도 먹어." 나는 식판에 있던 은색 포장지를 들어 잭슨에게 내민다.

잭슨은 아침 식사용 과자와 나를 번갈아 본다. "안 그래도 팝 타르트 먹고 싶었어."

이번에는 메이시만 캑캑거리지 않는다. 고개를 들고 소리가 들리는 곳을 쳐다보니 유일하게 알래스카 원주민처럼 생긴 기사단원이다. 피부가 구릿빛인 그 애는 길고 검은 머리를 깔끔한 포니테일로 목덜미에 바짝 묶었다.

"뭐 웃긴 거 있어, 라파엘?" 잭슨이 눈을 가늘게 뜨고 묻는다. 목소리는 비단처럼 부드럽다.

"그런 게 어디 있어." 라파엘은 그렇게 대답하면서도 장난기와 즐거움이 그득한 눈으로 나를 본다. "너를 좋아하게 될 것 같아, 그레이스."

"그 말을 듣기 전까지는 정말 행복했는데."

라파엘이 씩 웃는다. "그래, 확실히 너 마음에 든다."

"우쭐해하지 마, 그레이스. 라파엘은 눈이 높은 녀석이 아니거든." 다른 기사단원이 말한다. 파란색 눈이 반짝거리고 금색

링귀걸이를 한 남자애다.

"리엄 너처럼?" 라파엘이 발끈한다. "너 마지막으로 사귀었던 애 완전 창꼬치였잖아."

"그건 전 세계 창꼬치들에 대한 모욕이지." 또 다른 친구가 'R' 발음을 섹시하게 굴리는 스페인어 억양으로 맞장구를 친다.

"루카는 내 말 무슨 뜻인지 알아." 라파엘이 말한다.

"루카 연애사는 아름답고?" 잭슨이 점잔 빼는 말투로 대화에 처음 끼어든다.

문자로는 잭슨의 장난스러운 농담에 익숙했지만 실제로 듣는 것은 예상 밖이라 나도 모르게 잭슨을 빤히 쳐다본다. 하기는, 오늘 아침은 전부 예상 밖이다. 그중에서도 가장 놀란 건 기사단원들의 대화고. 볼 때마다 거칠고 범접할 수 없는 느낌이었는데. 감정이라고는 없어 보였다.

하지만 같이 있어 보니 다르다. 이런 모습은 나와 메이시밖에 보지 못한다. 캠과 친구들은 우리 테이블에 누가 같이 앉았는지 보고 다른 방향으로 가버렸으니까. 기사단 애들도 다른 친구들과 똑같다. 아니, 더 재미있다. 그리고 훨씬 섹시하다. 잭슨에게 이런 친구들이 있다니, 이런 애들과 친구로 지낼 수 있다니 잭슨이 더욱더 좋아진다.

빤히 보는 내 시선을 알아차린 잭슨이 무슨 일이냐는 듯 나를 보고 한쪽 눈썹을 세운다.

나는 별것 아니라는 듯 어깨만 으쓱하고 컵을 집어 든다. 그러다 나를 지켜보는 잭슨의 눈빛에 사레가 들 뻔했다. 그 안에 갈망이 있기 때문이다. 깊고도 가슴 찢어지는 간절함을 보자 숨이 가빠지고 몸속 깊은 곳에서 열기가 피어오른다.

1초, 2초, 잭슨이 나와 눈을 맞춘다. 그러다 천천히 눈을 깜빡이고 다시 떴을 때는 공허한 눈빛이 돌아와 있다.

그럼에도 나는 잭슨을 본다. 여전히 눈을 뗄 수 없다. 공허한 눈빛도 뜨거운 눈빛만큼 아름답기 때문이다. 간절하기 때문이다. 하지만 결국에는 눈을 내리깔 수밖에 없다. 안 그러면 전교생 앞에서 잭슨에게 몸을 날리는 바보짓을 할 것 같으니까.

잭슨에게서 시선을 떼고 눈앞에서 펼쳐지는 대화로 관심을 돌린다. 때마침 루카가 이런 말을 한다. "왜 이래. 앤지가 영혼을 빨아먹는 악마였다는 걸 내가 무슨 수로 알았겠어?"

"그을쎄, 우리가 그렇다고 얘기했으니까?" 메키가 대답한다.

"그래, 하지만 나는 너희 편견이라고 생각했지. 처음부터 걔를 안 좋아했잖아."

"걔가 영혼을 빨아먹는 악마였으니까." 리엄이 되풀이한다. "어느 부분이 이해가 안 된다는 거야?"

"어쩌겠냐?" 루카는 어쩔 수 없다는 듯 어깨를 으쓱한다. "가슴이 원하면 가슴이 시키는 대로 해야지."

"가슴이 널 실제로 죽일 때까지는 말이지." 라파엘이 놀린다.

"그럴 때도 있어." 조용한 말은 메이시의 오른쪽에 앉아 고뇌에 차 있는 남자애가 했다.

"진심이야, 바이런?" 메키가 투덜댄다. "너는 왜 꼭 대화에 찬물을 끼얹는 건데?"

"그냥 내 의견을 말한 거야."

"그래, 우울한 의견. 너는 좀 기운을 내, 친구."

바이런은 메키를 빤히 쳐다볼 뿐이다. 입술을 일그러뜨리고 작게 어렴풋한 미소를 지은 모습을 보니 그와 동명의 시인이 환생한 듯하다.

알고 싶지만 미치고, 나쁘고, 위험한 남자.

레이디 캐롤라인 램이 조지 바이런을 두고 했다는 유명한 말이 떠오른다. 하지만 나는 그 말을 생각할 때 바이런의 곱슬거리는 검은 머리와 보조개를 보지 않는다. 내 머릿속에서 그 말은 전부 잭슨을 가리킨다. 흉 진 얼굴과 차가운 눈과 하루의 반은 잔혹함의 경계에 걸려 있는 미소까지.

확실히 나쁘다. 확실히 위험하다. 미쳤는지는…… 아직 잘 모르겠지만 조만간 알게 되리라는 예감이 든다.

그런 식으로 잭슨을 생각할 때면 내가 지금 무슨 짓을 하고 있는지 궁금해진다. 이런 감정을 느끼고 고민하다니? 아니, 샌디에이고에 있을 때는 음울하고 위험한 남자 취향이 아니었다. 뭐, 고향에서는 그런 남자를 못 만났기 때문일 수도 있지만. 이곳 알래스카에서는…… 글쎄, 여자애들 절반이 잭슨에게 홀려 있는 데엔 이유가 있다.

그리고 잭슨은 겉모습이 전부가 아니다. 아무리 화가 난 순간에도 내게는 한없이 친절했다. 심술궂게 굴었던 첫날에도 나를 불편하게 할 행동은 전혀 하지 않았다. 나를 해친 적도 없다. 다른 사람에게는 메이시의 경고처럼 위험할지도 모른다.

하지만 내게는, 악의가 있는 남자가 아니라 오해를 받는 남자다. 나쁜 남자가 아니라 상처 입은 남자다.

바이런에 대한 말도 그런 의미였잖아. 가슴이 나쁜 것을 원해도 가슴이 시키는 대로 한다고. 잭슨을 조심하라는 경고를 얼마나 많이 받든, 내 가슴이 원하는 것은 틀림없이 잭슨이다.

갑자기 카페테리아의 스피커에서 흘러나오던 드보르자크의 〈정오의 마녀The Noonday Witch〉(잘못 들은 게 아니라면)가 끊기고 이상한 종소리가 울린다. "무슨 소리야?" 내가 물으며 주위를 둘러본다. 트라이앵글을 연주하는 유격대가 습격이라도 했나?

"수업 종소리." 메이시가 말한다. 기사단이 우리 옆자리를 차지한 이후 처음으로 한 말에 우리 일곱 명이 놀라서 메이시를 돌아본다. 메이시는 희미하게 미소만 지어 보이고 반쯤 남은 팝타르트를 입에 쑤셔 넣는다.

"아직 안 먹었네." 잭슨이 말한다. 그러면서 팝타르트를 집어 들고 내게 건넨다.

"진심이야?" 일단 받아 든다. 안 그러면 받을 때까지 내밀고 서 있을 게 뻔하니까. 하지만 순순히 넘어갈 생각은 없다. 누구를 바보로 아나. 사소한 문제를 유야무야 넘기면 다른 문제에서도 자기 의견을 강요하려고 고집을 부릴 텐데. "배가 고픈지 아닌지는 내가 알아서 판단해."

잭슨이 어깨를 으쓱한다. "여자는 먹어야 해."

"여자는 스스로 결정할 수 있어. 이걸 건네는 남자야말로 아무것도 안 먹었잖아."

메키가 작게 환호성을 지른다. "맞는 말이야, 그레이스. 이 녀석한테 휘둘리지 마."

나라면 한기를 느꼈을 눈빛으로 잭슨이 쏘아보지만 메키는 눈동자만 굴린다. 그래도 자리에 앉은 후 처음으로 메키가 입을 다물었다. 그럴 만도 하지. 만약 잭슨이 저런 눈으로 나를 봤다면 나는 당장 도망쳤을 거다.

"교실 어디야?" 갑자기 북적이는 카페테리아를 빠져나오며 잭슨이 묻는다. 사람들이 우르르 문으로 향하는 중인 것치고는 걸어가기가 수월하다. 잭슨이 앞에 서 있는 한, 학생들은 홍해처럼 갈라지다 못해 옆으로 튀어 오르기까지 한다.

내가 허둥지둥 시간표를 찾지만 시간표를 꺼내기도 전에 메키가 "A246"이라 대답하고는 군중 속으로 사라진다.

"A246인가 봐." 내가 머쓱하게 따라 말한다.

"그런가 보네." 잭슨이 나보다 조금 앞으로 나아가 문을 밀어서 연다. 지나가라고 문을 잡아주지만 감히 그 사이로 빠져나가는 사람은 없다. 다들 내가 지나가기만을 참을성 있게 기다린다. 단순히 인기나 두려움 때문이 아니라는 생각이 얼핏 든다.

왕족들이 이런 느낌일까.

그런 황당한 생각을 하다니 우습다. 잭슨 말고는 1.5미터 반경 안에 아무도 들어오지 않은 상태로 나는 문을 지나 복도를 걷는다. 이곳이 알래스카에 있는 명문 기숙학교든, 샌디에이고의 사람 바글바글한 공립학교든 중요하지 않다. 이런 현상은 정상이 아니다.

그러고 보니 어제 눈싸움 전에도 비슷했다. 복도가 사람들로 미어터지고 서로 먼저 가려고 떠밀었지만 아무도 잭슨을 건드리지 않았다. 잭슨이 함께 서 있는 동안에는 메이시와 나도 마찬가지였다. "너는 뭘 했기에 이런 대우를 받는 거야?" 계단으로 향하며 내가 묻는다.

"무슨 대우?"

나를 놀리는 대답이라고 생각해 흘겨본다. 하지만 잭슨의 무표정을 보니 장난이 아닌 것 같다. "왜 이래, 잭슨. 어떻게 지금 상황을 모를 수가 있어?"

잭슨은 정말 혼란스러운 듯 주위를 둘러본다. "무슨 상황?"

아직도 모르겠다. 나를 놀리는 건지, 정말 둔한 건지. 그래서 그냥 고개를 젓고 말한다. "됐어." 그러고는 내 앞에서 후다닥 비키면서도 나를 빤히 보는 사람들을 못 본 척하며 앞으로 걸어 나간다.

하, 샌디에이고에서 짠 계획 있지? 자연스럽게 묻히겠다는 계획? 시작부터 공식적으로 폐기다.

28

'죽느냐 사느냐'는
작업 멘트가 아니라 질문인걸

잭슨은 내 교실 문 앞까지 걸어온다. 우리가 너무 빨리 도착했나? 교실에 아무도 없는 걸 보면. 선생님도 보이지 않는다.

"정말 여기 맞아?" 교실로 들어서며 내가 묻는다.

"응."

"어떻게 알아?" 내가 시계를 본다. 3분 후면 수업 시작인데 교실은 아직도 텅 비어 있다. "확인해봐야 하지 않을까? 혹시라도……"

"다른 애들은 내가 앉거나 나가기를 기다리고 있어, 그레이스. 둘 중 하나를 하면 들어올 거야."

"앉거나……." 내가 눈을 휘둥그레 뜨고 잭슨을 본다. "그럼 복도에서 나를 가지고 놀았던 거야? 사람들이 너를 어떻게 대하는지 너도 알아?"

"나는 장님이 아니야. 장님이었어도 모르기는 어렵지."

"이건 말도 안 돼!"

잭슨이 고개를 끄덕인다. "맞아."

"그게 다야? 이상한지 알면서 왜 가만히 있는 거야?"

"어떻게 하라고?" 잭슨이 첫날의 얄미운 미소, 얼굴에 주먹을 날리고 싶다는 생각을 자극한 그 미소를 지어 보인다. 혹은 키스하고 싶다고 생각한 그 미소를. 그 생각만으로 속이 울렁거려 나는 조심스럽게 한 걸음 뒤로 물러난다.

눈을 가늘게 뜨는 것을 보니 우리 사이에 거리가 생겨서 못마땅한 모양이다. 그래서인지 두 걸음 다가와 말을 잇는다. "단상에 올라가서 가까이 와도 안 잡아먹는다고 안심시켜? 걔들이 내 말을 믿을지나 모르겠다."

"내가 봤을 때는 학교 감옥에 처넣을까 봐 걱정하던 것 같던데. 잡아먹기는 무슨……"

또 능글맞은 미소를 짓는다. "보면 놀랄 거야."

"그래, 그럼 사람들을 안심시켜줘. 친절하게 대해. 네가 무해하다는 걸 보여주라고."

위로 올라가는 잭슨의 왼쪽 눈썹을 보기 전부터 바보가 된 느낌이다. "너는 그렇게 생각해? 내가 무해하다고?"

잭슨은 모욕을 받았다기보다는 놀란 목소리다. 당연히 그럴 만도 하지. 살면서 잭슨처럼 무해와는 거리가 먼 사람은 본 적 없으니까. 잭슨을 보기만 해도 위험이 느껴진다. 잭슨 옆에 서 있으면 아래에 안전망도 없이 30미터 높이의 외줄 위를 걷는 느낌이다. 그리고 지금 나처럼 잭슨을 원하는 건…… 잭슨을 원한다는 건 마치 피를 보고 싶다고 내 혈관을 잘라서 여는 것과 같다.

"네가 위험한 건 다른 사람들이 너를 위험하다고 보기 때문이라고 생각해. 또……."

"어이, 잭슨. 수업 시작해야 하거든." 메키가 교실로 어슬렁거리며 들어와 우리 대화를 방해한다. 보아하니 이 교실에서 잭슨을 두려워하지 않는 유일한 사람이다. "갈 거야? 아니면 다들 서서 네가 이 여자애에게 구애하는 모습을 구경하게 놔둘 거야?"

잭슨이 고개를 홱 돌리고 노려보자 메키는 방어적으로 양팔을 들고 크게 한 걸음 뒤로 물러난다. 잭슨은 한 옥타브 목소리를 낮추고 거칠게 말한다. "준비되면 내가 알아서 갈 거야."

"그만 가봐." 떠나는 잭슨의 모습을 보고 싶지 않지만 내가 말한다. "선생님도 수업 시작해야지. 그리고 나보고 눈에 띄지 말고 관심 끌지 말라고 한 건 너 아니었어?"

"그건 예전 계획이었지."

"예전 계획?" 황당해서 잭슨을 빤히 쳐다본다. "새로운 계획은 언제 세웠어?"

잭슨이 나를 보고 웃는다. "이틀 전 밤. 쉽지 않을 거랬잖아."

"잠깐만." 가슴이 철렁 내려앉는다. "카페테리아에서 기다리고 교실까지 같이 걸어온 게…… 이게 다 플린트 때문이라는 거야?" 생각만 해도 불쾌해진다.

"플린트가 누구야?" 잭슨은 시치미를 뗀다.

"잭슨."

"전부 너 때문이었어." 잭슨이 말한다.

그 말을 믿어야 할까? 하지만 내가 캐묻기도 전에 잭슨은 손을 뻗고 언제나처럼 내 머리카락을 한 가닥 잡는다. 몇 초 동안 머리카락을 손가락 사이에 끼고 문지르며 헤아릴 수 없는 눈으로 나를 바라본다. "네 머리카락에서는 참 좋은 향기가 나." 머리카락을 잡아당겼다가 놓자 곱슬머리는 탱글하게 제자리로 돌아간다.

"그만 가봐." 아까보다 숨 가쁜 목소리로 내가 다시 말한다.

잭슨은 마땅찮은 표정이지만 나는 눈싸움을 하듯 잭슨을 쳐다본다.

몇 초 있으니 잭슨도 고개를 끄덕이고 만다. 잭슨이 불만 가득한 얼굴로 물러난 후에야 나는 심장이 헤비메탈 드럼처럼 뛰고 있었다는 사실을 깨닫는다.

"네 시간표 찍어서 문자로 보내줘." 잭슨이 문으로 향하며 말한다.

"왜?"

"그래야 이따 어디서 만날지 알지." 잭슨의 얼굴에 미소가 번지고, 잭슨이 곁에 있을 때마다 나타나는 나비 떼가 다시 배 속을 날아다니기 시작한다.

"나는 AP 물리 수업 있어. 물리실로 나가야 해서 2교시 전까지는 돌아오지 못할 거야. 그래도 이따가 내가 찾아갈게. 안 되면 우리 애들 하나 시켜서 교실까지 데려다주게 하고."

그래, 참 자연스럽게 섞이는 데 도움이 되겠다. "안 그래도
돼."

"괜찮아, 그레이스."

한숨이 나온다. "내가 안 괜찮다는 얘기야. 나는 그냥 다른
애들처럼 교실로 가고 싶어. 내 힘으로."

"그래. 알아." 내가 믿을 수 없다는 표정으로 보자 잭슨이 말
을 잇는다. "그런데 말이야, 네가 이곳에서 안전하지 않다는 내
말은 진심이었어. 최소한 며칠만이라도 지켜보게 해줘. 네가
익숙해질 때까지만."

"잭슨······."

"제발, 그레이스."

'제발'이라는 말이 나를 무너뜨린다. 잭슨은 명령할 수 있는
일을 굳이 부탁할 남자가 아니니까. 내가 보기엔 과민 반응이
지만 진심으로 걱정하는 눈치다. 그래서 본인 마음이 편해진다
면 며칠쯤은 참을 수 있겠지.

며칠만.

"좋아." 나는 최대한 우아하게 항복하며 잭슨에게 말한다.
"하지만 주말까지만이야. 알았지? 이후에는 혼자 다닐 거야."

"이러는 게 어때. 주말에 재협상을 해서······."

"잭슨!"

"알았어, 알았어!" 잭슨이 양손을 들어 올린다. "그레이스, 네
말이 다 맞아."

"잘도 그러겠다. 순전히……." 내가 말을 흐린다. 잭슨이 또 사라졌기 때문이다. 놀랍지도 않다. 그게 우리 이야기니까. 잭슨은 사라지고, 나만 멀뚱히 남고.

언젠가는 상황을 역전하고 말 거다.

하지만 잭슨 말처럼 잭슨이 떠나자마자 교실에 사람들이 쏟아진다. 한쪽으로 비켜서서 어디가 빈자리일지 기다리는데 메키가 두 번째 줄에 있는 자기 옆자리로 오라고 내게 고갯짓을 한다.

평소 그 자리에 누가 앉는지 모르겠지만 일단 그쪽으로 간다. 같은 교실에서 대화할 상대가 있으면 좋잖아? 그리고 다른 애들이 언제나처럼 노려보고 째려보는 동안에도 메키만은 나를 보고 생글생글 웃고 있다.

모두 착석하자 매클린 선생님이 부랴부랴 들어온다. 치렁치렁한 보라색 카프탄을 입었고 헝클어진 빨간 머리는 아무렇게나 동그랗게 말아 묶어 당장이라도 쏟아질 것처럼 머리 위에 얹었다. 젊지 않지만 늙지도 않았다. 마흔쯤 됐을까. 선생님은 환하게 웃으며 다들《햄릿》2장을 펼치라고 말한다.

절반은 종이책을 보고 절반은 노트북을 펼쳐놓고 있다. 내 책은 캘리포니아에 모두 두고 왔기 때문에 휴대폰을 꺼내 저작권이 만료된 전자책을 검색하기 시작한다. 하지만 검색창에 '햄릿'이라고 치기도 전에 매클린 선생님이 귀퉁이가 접힌 책을 내 책상에 내려놓는다.

"안녕, 그레이스." 매클린 선생님이 작게 중얼거린다. "인터

넷에서 찾기 전까지는 내 책을 빌려 읽으렴. 네가 캐트미어에서 가장 악명 높은 학생과 어울리고 있긴 해도 수줍은 성격 같으니까 일어나서 자기소개를 시키지는 않을게. 그래도 환영한다. 뭐든 필요한 게 있으면 내가 교실에 있을 때 언제든 들러. 상담 시간은 문에 붙어 있어."

"네." 뺨이 달아올라 내가 고개를 숙인다. "감사합니다."

"감사는 무슨." 선생님은 위로하듯 내 어깨를 손으로 꼭 쥐고는 교실 앞쪽으로 돌아간다. "우리 모두 너를 환영한단다."

책을 집어 든 내게 메키가 몸을 기울이고 말한다. "2장 2막."

'고마워.' 내가 입 모양으로 말하는 순간 매클린 선생님이 박수를 친다.

그러더니 진짜 연극 무대에 오른 배우처럼 양팔을 활짝 벌리고 쩌렁쩌렁하게 책을 읽는다.

이야기를 들었겠지.

햄릿이 변했다고 해야 할까.

겉으로나 속으로나

전과는 완전히 딴판이 되었소.

이후에는 수업이 끝날 때까지 완벽한 왕자에서 정신 이상자로 변한 햄릿에 대해 토론을 한다. 매클린 선생님이 교실 앞에서 연극을 하고 메키가 몇 분에 한 번씩 내 귀에 웃긴 말들을 해 수업은 생각보다 더 재미있다. 메키는 무섭게 생겼지만 잭슨보다 훨씬 느긋한 성격이다. 또 진짜로 재미있다. 같이 있으면 편해서 의외로 즐겁게 수업을 들을 수 있었다. 올해 이미 《햄릿》을 배워서 따분할 줄 알았는데.

아니, 얼마나 재미있었는지 종이 쳤을 때 아쉬웠을 정도다. 하지만 다음 수업이 미술이라는 사실을 떠올린다. 초등학교 이후로 미술은 내가 제일 좋아하는 과목이다. 이곳의 수업은 어떨지 빨리 보고 싶다. 하지만 미술 수업을 들으려면 바깥의 미술실로 나가야 하고, 그러려면 내 방에 들러야 한다. 추위로부터 내 몸을 보호하려면 최소한 몇 겹을 더 껴입어야 하니까.

미술실까지는 걸어서 겨우 10분이니 전에 밖으로 나갔을 때처럼 옷장의 옷을 전부 꺼내 걸치지 않아도 된다. 그래도 두툼한 스웨터와 긴 코트는 필요하지. 장갑과 모자도. 동상에 걸릴 계획이 있지 않고서야. 정말 그러고 싶지는 않다.

그저 다음 종이 울리기 전까지 내 방에 들렀다가 미술실로 갈 시간이 충분하기를 빈다. 혹시 모르니 사람들이 몰리기 전 중앙 계단에 도착할 수 있게 조금 더 빨리 걷는다.

"어이! 뭐가 그렇게 급해, 전학생?"

고개를 돌리니 플린트가 웃으며 내 왼쪽으로 다가온다. "놀랍겠지만 나한테는 이름이란 게 있어."

"아, 맞다." 플린트가 생각하는 연기를 한다. "뭐였더라?"

"입 다물어."

"재미있는 이름이네⋯⋯. 그런데 여기서 '물어' 같은 표현은 조심해야 할 거야."

"이유가 뭔데?" 같이 복도를 헤치고 지나며 내가 플린트에게 한쪽 눈썹을 세운다. 잭슨과 함께 걸었을 때와 달리 '복도에서 사람들이 갈라지는 현상'은 없다. 플린트와 학교를 가로지르는 일은 아빠가 좋아했던 옛날 비디오게임과 아주 비슷하다. 지나가는 800만 대의 차에 깔려 개구리가 납작해지기 전에 길을 건너야 하는 게임 말이다.

다시 말해 평범한 고등학교의 복도와 같다. 다른 학생과 부딪칠 뻔할 때마다 오히려 조금씩 긴장이 풀린다.

"정말 모르는 척할 거야?"

"뭘 몰라?"

나를 뜯어보던 플린트는 내가 무슨 소리냐는 표정으로 눈을 동그랗게 뜨고 쳐다보자 고개를 절레절레 젓는다. "내가 착각했나 봐. 신경 쓰지 마."

어쩐지 플린트의 말을 들으니 불편한 감각이 스멀스멀 밀려든다. 어제 재킷도 없이 밖에 서 있던 잭슨과 리아를 봤을 때와 같은 감각이다.

플린트가 나무에서 떨어지고도 멍만 몇 군데 들고 멀쩡하게 일어났을 때와 같은 감각.

리아가 도서실에서 기도문을 중얼중얼 외우고 있을 때도 이런 감각을 느꼈다. 내가 알래스카 언어 몇 개를 언급했지만 리아는 내 이야기를 전혀 알아듣지 못했었다.

"저기, 나 그렇게 둔하지 않아. 이곳이 뭔가 이상하다는 거 나도 알거든? 그게 정확히 뭔지 모를 뿐이지."

처음으로 의심을 인정한다. 표면 아래에서 곪고 있던 생각을 소리 내어 표현하니 기분이 한결 좋아진다.

"그래?" 갑자기 플린트가 내 앞에 얼굴을 들이민다. 몸이 내게서 몇 센티미터밖에 떨어져 있지 않다. "정말이야?"

우려하는 목소리를 듣고도 나는 물러나지 않는다. "그래. 뭔지 말해줄 거야?"

잠깐의 시간이 흐르고 플린트가 다음 말을 할 때는 어느덧 목소리에서 걱정이 사라졌다. 호박색 눈과 근육질 몸과 더불어, 플린트의 특징 중 하나인 느릿느릿한 말투를 제외하면 걱정이나 경고의 어조는 전부 사라졌다. 하지만 플린트가 말을 계속한다. "그럼 재미가 없잖아?"

"너는 재미라는 말의 뜻을 잘못 알고 있구나."

"너는 짐작도 못 할 거야." 플린트가 눈썹을 꿈틀거린다. "그나저나 뭐 하려고?"

내가 플린트를 빤히 본다. "하던 말을 끝내고 다음 대화로 넘어가야 정상 아니야?"

"그것도 내 매력이지."

"그래, 혼자 그렇게 세뇌하고 있어라."

"그럴 거야." 플린트는 나와 몇 걸음 더 걸으며 자기 머릿속에서만 들리는 노래에 맞춰 행복하게 춤을 춘다. "어디 가? 교실은 저쪽이야."

"방에 가서 따뜻한 옷 더 가져오려고. 다음 시간 미술인데, 이대로 밖에 나갔다가는 얼어 죽을 거야."

"잠깐." 플린트가 우뚝 선다. "아무도 터널 얘기 안 해줬어?"

"무슨 터널?" 나는 의심스럽다는 눈으로 플린트를 쳐다본다. "또 나 가지고 놀리는 거야?"

"아니야, 맹세해. 학교 아래에 건물들과 이어진 터널이 있어."

"진짜로? 여긴 알래스카야. 땅이 얼었는데 터널을 어떻게 파?"

"모르지. 언 땅에 어떻게 구멍을 냈을까? 참, 여름이 있지." 플린트는 보이스카우트가 된 척 연기한다. "약속해. 진짜 터널이 있다니까. 전지전능하신 잭슨 베가께서 그 얘기를 잊었다니 믿을 수 없는걸."

"장난쳐? 지금 잭슨 탓을 하는 거야?"

"당연히 아니지. 터널이 있다고 말해주고 네 신체의 중요 부위들이 얼어서 떨어지지 않게 보호해주는 사람은 나라는 말이야. 혹독하고도 혹독한 겨울에 너를 바깥으로 내보내기 전에 녀석도 말을 해줄 수 있었잖아."

"지금은 가을이야." 내가 눈을 흘긴다. "그리고 잭슨 얘기 나올 때마다 우리 이럴 거야?"

플린트는 순진한 척 양손을 들어 올린다. "내가 알기로 우리는 잭슨 얘기를 해야 할 이유가 없어."

"자꾸만 먼저 얘기하는 사람이 그렇게 주장하다니 우습네."

"네가 걱정되니까 그렇지. 정말이야." 플린트가 자기 가슴에 X자를 그린다. "잭슨은 복잡한 녀석이야, 그레이스. 가까이하지 않는 게 좋아."

"재미있다. 걔는 너에 대해 정확히 같은 말을 했거든."

"그래, 뭐, 그 말을 꼭 들을 필요는 없지." 플린트가 넌더리 난다는 표정을 짓는다.

"네 말도 마찬가지고." 내가 플린트에게 우쭐한 미소를 지어 보인다. "내 입장이 얼마나 곤란한지 알겠지?"

"오오. 전학생도 발톱을 숨기고 있었네. 마음에 들어."

내가 째려본다. "너 진짜 이상한 애야. 그거 알지?"

"아냐고? 사실인데."

눈동자를 가운데로 모으고 혀를 쭉 빼며 우스꽝스러운 표정을 짓는 플린트를 보고 어떻게 웃지 않을 수 있을까. "터널인지 뭔지 올해 안에 보여줄 거야? 아니면 나 설인 흉내 열심히 내야 해?"

"당연히 보여줘야지. 나도 마침 그쪽으로 가는 길이야. 따라와."

플린트는 내 손을 잡고 갑자기 왼쪽으로 방향을 틀며 좁은 복도로 나를 잡아끈다. 플린트에게 이끌려 들어가지 않았다면 이런 복도의 존재조차 알아차리지 못했을 것이다.

길고 구불구불한 길은 아주 완만한 경사로다. 처음에는 아래로 내려가고 있다는 사실도 몰랐다. 플린트는 내 손을 꽉 쥐고 있고 반대쪽에서는 학생 두 명이 걸어오고 있다.

지나치게 좁은 통로에서 서로 부딪지 않기 위해 우리 넷은 등을 벽에 바짝 붙인다.

"얼마나 더 가야 해?" 다시 정상적으로 걸으며 내가 묻는다.

아니, 최대한 정상적으로 걸으려 애쓰면서. 천장이 점점 낮아지고 있기 때문이다. 이대로 쭉 간다면 오리걸음으로 통과해야겠는데?

"터널 입구까지 1분쯤 남았고 5분만 더 걸으면 미술실이야."

"아, 그래." 나는 휴대폰을 꺼내 시간이 얼마나 남았는지 확인한다. 7분 남았다. 잭슨에게서 온 문자도 두 통 있다. 첫 번째 문자에는 물음표만 여러 개 찍어 보냈다. 내 시간표를 빨리 달라는 의미겠지. 두 번째 문자는 농담으로 시작한다.

후크 선장 집이 어디게?

세상에. 내가 완전히 괴물을 만들었잖아? 너무 기쁘다.

나는 웃는 이모지에 물음표를 여러 개 찍어 답장을 한다. 시간표 사진도 보낸다. 달라고 요구해서는 아니고, 잭슨이 시간표대로 나를 찾아올지 확인하고 싶기 때문이다. 문자가 전송된 후에는 주머니에 휴대폰을 다시 넣고 속으로 생각한다. 잭슨이 나타나든 나타나지 않든 상관없다고. 하지만 거짓말이다. 나도 잘 안다.

복도 깊이 들어갈수록 불빛이 점점 어두워진다. 지금 같이 있는 사람이 플린트(혹은 잭슨이나 메이시)가 아니었다면 불안해졌을 거다. 꼭 뭐가 잘못됐다는 건 아니지만 자꾸만 이런 생각이 들기 때문이다. 터널로 가는 복도가 이렇게 섬뜩하면 실제 터널은 어떻게 생겼을까?

"좋아, 다 왔다." 드디어 낡은 나무 문 앞에 도착하자 플린트가 말한다. 문을 보호하는 전자 키패드를 보고 놀라서 내 양쪽 눈썹이 이마 끝까지 올라간다. 퀴퀴하고 먼지 자욱한 복도에 최소한 100년은 묵은 듯한 문이 있는데 그 문에 키패드가 달려 있다니. 이렇게 안 어울리는 모습은 생전 처음 본다.

플린트가 다섯 자리 비밀번호를 너무 빠르게 입력해 처음 세 개 말고는 보이지 않는다. 잠깐 시간이 걸리지만 곧 문이 열리고 문 위에서 초록색 불빛이 반짝인다.

플린트가 나를 돌아보며 손을 뻗고 문을 당겨서 연다. "준비됐어?"

"응, 그럼." 휴대폰을 한 번 더 확인한다. 서두르지 않으면 지각하겠다.

문을 잡아주는 플린트에게 고맙다고 미소를 짓는다. 하지만 문을 넘는 순간, 내 안의 깊은 곳에 존재하는 작은 목소리가 외치기 시작한다. 더는 발을 들이지 말라고.

도망치라고.

이 터널에서 당장 멀어져 절대 뒤를 돌아보지 말라고 한다.

하지만 플린트는 내가 지나가기만을 기다리고 있다. 그리고 더 꾸물댔다간 미술 수업에 심각하게 늦을 것이다. 제일 좋아하는 과목 선생님에게 처음부터 그런 인상을 심어주고 싶지는 않다.

그리고, 플린트잖아. 나를 구하려고 나무에서 뛰어내리고 끔찍한 추락의 충격을 자기 몸으로 다 흡수한 애. 다른 사람도 아니고 플린트에게서 도망쳐야 한다는 생각은 말이 되지 않는다. 잭슨이 어떤 말을 했어도.

그래서 나는 갑자기 나타난 기이한 불안감을 원래 있던 곳으로 밀어낸다. 그리고 문 안으로 곧장 걸어 들어간다.

29

이런 친구들과 함께라면,
안전모는 필수지

플린트도 나를 따라 들어오고 육중한 "턱" 하는 소리와
함께 문을 닫는다.

어두운 공간이다. 여기까지 오는 통로보다도 어두워 한동안
은 눈이 어둠에 적응할 시간이 필요하다.

"여기가 어디야?" 시야가 확보된 후 내가 묻는다. "터널 같지
는 않은데."

아니, 감옥처럼 보인다. 최소한 감옥의 대기실처럼 보인다.
우리 앞의 벽에 감방 여러 개가 늘어서 있고 감방마다 침대가
놓여 있다. 거기다 족쇄 두 쌍까지. 이곳이 성이든 아니든, 알래
스카든 아니든 지금 내가 보는 광경은 괜찮지 않다. 전혀.

"우리 그냥 돌아가자." 내가 플린트에게 말하며 문손잡이를
당기지만 문은 끄떡도 하지 않는다. "이 문 어떻게 열어?" 이쪽
에는 키패드가 없어 우리를 이곳에서 내보내줄 수단이 아무것

도 보이지 않는다.

"반대쪽에서 열어줘야 해." 플린트는 재미있다는 표정으로 내게 말한다. "걱정하지 마. 여기는 금방 지나가."

"터널로 간다며. 나 미술 수업 들어가야 해, 플린트."

"이게 터널로 가는 길이야. 진정해, 그레이스."

"무슨 터널? 이건 지하 감옥이야!" 이제 온몸에서 경보가 울린다. 뇌는 내가 이 남자를 잘 알지도 못한다고 경고한다. 이 안에서는 어떤 일도 일어날 수 있다고. 또…… 나는 속을 갈기갈기 찢어대는 패닉을 차단하려고 심호흡을 한다.

"나를 믿어." 플린트가 내 등허리에 손을 올리고 앞으로 이끈다. 가고 싶지 않다. 하지만 지금 대안이 몇 개나 되지? 누군가 내 목소리를 들어주기를 바라며 문을 주먹으로 두드리기. 아니면 터널까지 데려다준다는 플린트를 믿기. 플린트는 이 학교에 도착한 이후로 내게 친절하기만 했다. 그래서 나는 플린트에게 떠밀려 앞으로 나아가며 이게 실수가 아니기를 기도한다.

네 개나 되는 감방을 지나 끝까지 걸어가는 동안 나는 불평 한마디 하지 않는다. 하지만 플린트가 다섯 번째 감방 앞에 멈춰 서고 나를 들여보내려고 할 때, 신뢰와 인내심은 거기서 뚝 끊긴다.

"지금 뭐 하는 거야?" 내가 묻는다. 아니, 보는 사람의 관점에 따라 비명을 질렀다고도 할 수 있다. "나는 안 들어가."

플린트는 말도 안 되는 소리를 한다는 듯 나를 본다. "이 안에 터널 입구가 있어."

"입구가 어디 있는데." 내가 쏘아붙인다. "내 눈에는 쇠창살밖에 안 보여. 족쇄랑."

"보는 것과는 달라. 맹세해. 비밀 터널이야. 100년 전 이 성을 지을 때 입구를 너무 잘 숨겨서 그래."

"숨겨도 너무 잘 숨겼네. 나는 다시 올라갈래, 플린트. 왜 지각했는지는 이유를 만들어내지, 뭐. 하지만……."

"괜찮아." 처음으로 플린트는 걱정스러운 표정을 짓는다. "우리가 매일 다니는 터널이야. 아무 일도 일어나지 않는다고 약속해."

"그렇지만……." 내가 말을 흐린다. 반대쪽 끝에 있던 문이 열렸기 때문이다. 걸어 들어온 사람은 리아다.

"문 잡아줘!" 내가 리아에게 외친다. 플린트의 느슨해진 손에서 빠져나와 이 기분 나쁜 곳에서 벗어날 유일한 탈출구를 향해 미친 듯이 달려간다.

하지만 내 말을 못 들었나 보다. 리아가 들어오고 문이 쾅 닫힌다. 망할.

"그레이스!" 리아는 나를 보고 놀랐다는 표정으로 귀에서 이어폰을 뺀다. "너 여기서 뭐 해?"

"터널로 데려가고 있어." 나를 따라잡은 플린트가 짜증스러운 눈빛을 내게 쏜다. "미술 수업 있대서."

"정말? 코프먼 선생님?" 리아가 관심을 보인다.

"응."

"잘됐네. 나도야." 리아는 플린트를 차갑게 쳐다본다. "지금부터는 내가 맡을게."

"그럴 필요 없어." 플린트가 대답한다. "나도 그쪽으로 갈 거야."

"귀찮게 뭐 하러."

"안 귀찮아. 그렇지, 그레이스?" 플린트가 나를 보고 씩 웃는다. 하지만 치아를 전보다 확실히 많이 드러내는 것 같다.

하기는, 플린트를 탓할 수 있나? 나를 도우려 했을 뿐인데 내가 아무 이유도 없이 겁을 냈잖아. "네가 원한다면."

"아, 원하고말고." 플린트가 내 팔짱을 낀다. "두 숙녀분을 교실까지 에스코트하고 싶군요."

"감사해라." 리아도 설탕처럼 달콤한 미소를 지으며 내 다른 쪽 팔을 잡고 우리를 다시 반대쪽으로 이끌기 시작한다. 양쪽에 두 사람을 매달고 걸으니 왠지 둘 사이에 낀 탁구공이 된 기분이다.

리아는 마지막 감방에 도착해서야 내 팔을 놓는다. 안으로 성큼성큼 들어가 팔을 묶는 족쇄 하나를 붙잡고 세게 잡아당긴다. 내가 흥분했을 때 플린트가 하려던 바로 그 동작이다.

족쇄가 붙어 있던 돌벽이 활짝 열린다. 리아는 양쪽 눈썹을 세우고 뒤에 있는 우리를 돌아본다. "준비됐어?"

플린트가 질문하듯 고개를 옆으로 기울이고 나를 본다.

나도 모르게 또 한 번 얼굴을 붉힌다. 이번에는 부끄러움 때문이다. "미안해. 내가 쓸데없이 겁을 먹었어."

플린트가 어깨를 으쓱한다. "괜찮아. 자주 내려오다 보니까 얼마나 소름 끼치게 생겼는지 잊고 있었어."

"진짜 소름 끼쳐." 감방으로 들어서며 내가 말한다. "네가 저 족쇄에 손을 뻗었을 때……."

플린트가 웃음을 터뜨린다. "설마 너를 여기 거꾸로 매달 거라고 생각하지는 않았지?"

"당연히 그랬겠지." 우리가 비밀 문으로 들어가자 리아가 문을 닫으며 플린트에게 말한다. "나라도 못 믿었을 거야. 너는 단둘이 있으면 안 되는 변태처럼 생겼거든."

"정확히 어떤 변태를 말하는 거야?" 플린트가 우리 둘을 번갈아 보며 묻는다.

문득 잭슨에게 다가가지 말라고 경고할 때 메이시가 잭슨에 대해 했던 말이 떠올라 불쑥 이렇게 말한다. "왜 있잖아, 여자 굶겨 죽여서 살갗으로 옷을 만들어 입는 타입."

두 사람은 미친 사람 보듯 나를 본다. 리아는 놀란 듯하지만 재미있다는 표정이고, 플린트는…… 저렇게 불쾌한 표정은 처음 본다. 이러면 안 되지만 웃음이 터진다. 아니, 왜 이래. 그 영화를 안 본 사람도 있나? 최소한 들어는 보지 않았어?

"뭐라고?" 잠시 후 플린트가 바깥 운동장에 깔린 눈보다도 차가운 말투로 말한다.

"〈양들의 침묵〉 몰라? 조디 포스터가 잡으려는 연쇄살인범이 피해자들한테 그렇게 하잖아. 그래서 한니발 렉터의 도움이 필요하고."

"그 영화 안 봤어."

"아, 뭐냐면, 살인범이 여자들을 납치해서……."

"알아들었어." 리아의 등장 이후 처음으로 플린트가 내 팔을 놓는다. "분명히 말하지만 사람 피부로 만든 옷은 내 취향이 아니야."

"당연하지. 그래서 농담한 거 아냐." 반응이 없자 내가 어깨로 플린트의 어깨를 툭 친다. "왜 그래, 플린트. 화내지 마. 그냥 장난이었어."

"말해봤자 입만 아파." 터널 안으로 더 깊숙이 들어가며 리아가 말한다. "쟤는 진짜 요……."

"적당히 해라." 플린트가 으르렁거린다.

리아가 경멸하는 눈으로 플린트를 쳐다본다. "웃기네."

"웃어주면 고맙지." 플린트는 흥미롭단 눈으로 리아를 본다.

와, 상황이 급변하네.

"우리 수업 들어가야 하지 않아?" 뭔지 모르지만 분위기가 더 험악해지기 전에 막을 작정으로 내가 묻는다. "곧 종 치겠어."

"걱정 안 해도 돼." 리아가 내게 말한다. "자기 교실까지 오기 힘든 거 코프먼도 알아서 별로 까다롭게 굴지 않아."

하지만 리아도 걸음을 재촉한다. 위협과 조롱 사이의 눈빛으로 플린트를 한 번 더 쏘아본 후에.

나는 플린트를 뒤에 두고 리아를 따라간다. 내가 둘 사이에 쿠션처럼 있으면 우리 모두 빨리 도착할 테니까. 어젯밤 잭슨과 플린트의 친구가 동시에 될 수 없다는 메이시의 설명을 들은 이후 처음으로 메이시의 이야기에 믿음이 가기 시작한다. 며칠 전 그런 장면을 목격했어도 리아는 틀림없이 '팀 잭슨'이다. 이 산책 분위기가 어떻게 흘러가는지만 봐도 알겠다.

이제는 터널을 빠르게 통과하고 있어 마음과 달리 구경하기가 쉽지 않다. 하지만 천장에 매립된 조명이 어둡기는 해도 내가 걷고 있는 곳은 웬만큼 비춰준다. 솔직히 말해서 입구는 소름 끼쳤지만 이 공간, 장난 아니게 멋지다.

벽 전체가 형형색색의 돌이다. 대부분 흰색과 검은색이지만 다른 색깔 돌들도 있다. 희미한 불빛 속에서도 빨강, 파랑, 초록으로 빛나고 있다. 나는 순전히 촉감이 궁금해 손을 뻗고 조금 더 큰 돌 하나를 만진다. 물론 차갑다. 하지만 매끄럽고 반질거린다. 꼭 보석처럼. 혹시 진짜 보석인가? 하지만 이내 말도 안 되는 생각을 접는다. 벽에 보석을 박을 만큼 돈이 많은 학교가 어디 있어? 아무리 캐트미어 아카데미처럼 화려하고 부유한 학교라도.

바닥은 하얀 벽돌로 되어 있고, 우리가 지나가는 기둥들도 마찬가지다. 하지만 정말로 내 관심을 사로잡은 건 이 안에 있는 예술품이다. 뼈처럼 생긴 조각들이 벽에 박혀 있거나 천장에 매달려 있다. 걷다 보면 자주 보이는 움푹 팬 벽의 받침대에도 그것들이 놓여 있다.

700만 명의 유해가 묻혔다는 파리의 카타콤을 오마주한 것이 분명하다. 미술 수업 때 이곳 터널에 뼛조각들을 더했는지 궁금하다. 실제로 어떤 재료로 뼈를 만들었는지도 알고 싶다.

하지만 그 일은 나중으로 미뤄야 한다. 최대한 일찍 미술실에 도착하고 싶다면 말이지.

터널을 지나 원형 홀과 같은 공간에 도착하자 눈이 튀어나올 것 같다. 터널의 중심인 듯하다. 다른 터널 열한 개도 여기로 모이기 때문이다. 하지만 그런 이유로 눈을 크게 뜨지는 않았다. 저 중 어느 터널로 가야 하는지도 모르고 있지만.

아니, 내가 입을 떡 벌리고 눈알이 튀어나올 만큼 눈을 크게 뜬 이유는 중앙에 매달린 거대 샹들리에 때문이다. 각각의 가지에는 불을 붙이지 않은 초가 꽂혀 있다. 내가 놀란 것은 샹들리에의 엄청난 크기 때문도, 진짜 초가 꽂혀 있기 때문도 아니다(아니, 소방 규정은 어쩌고?). 이 샹들리에도 이곳의 다른 장식물처럼 인간 뼈로 만든 것처럼 보였기 때문이다.

그냥 미술품이다. 플라스틱이나 뭐, 그런 재료로 만들었겠지. 하지만 샹들리에가 걸려 있는 모습을 보면 꼭 진짜 같다. 내 등줄기에 전율이 흐를 만큼. 단순히 카타콤을 오마주한 것이 아니다. 누군가 실제로 카타콤을 재현한 것 같다.

"왜 안 가고?" 플린트가 내 시선이 향한 곳을 알아채고 묻는다.

"미쳤다. 너도 알지?"

플린트가 씩 웃는다. "조금은. 그래도 멋지잖아?"

"완전 멋져." 더 자세히 보려고 방 안으로 한 걸음 들어간다. "얼마나 오래 걸렸을까. 그러니까, 조별 과제였겠지? 학생 한 명의 작품이 아니라."

"조별 과제?" 플린트는 못 알아듣겠다는 표정이다.

"우리는 몰라." 리아가 끼어든다. "우리가 여기 오기 전부터 완성돼 있던 거라서. 네 삼촌이나 다른 선생님들이 오기 전부터 있었을 거야. 하지만 맞아, 조별 과제였을 거야. 한 사람이 이걸 다 만들려면 한 학기로는 안 되지. 1년도 부족할 텐데."

"대단하다. 진짜로 정교하고 실물 같아. 아니면…… 내 말 무슨 뜻인지 알지."

리아가 고개를 끄덕인다. "응."

터널마다 더 많은 뼈가 위에 달려 있고 장식판에는 내가 모르는 언어가 새겨져 있다. 알래스카 언어 중 하나일 텐데 어느 언어일까? 그래서 휴대폰을 꺼내 제일 가까운 장식판 사진을 찰칵 찍는다. 나중에 별장 이름이랑 같이 구글에 검색해봐야지.

"가야지." 두 번째 사진을 찍으려는 내게 플린트가 말한다. "수업 시작하겠어."

"아, 맞아. 미안해." 나는 휴대폰을 재킷 주머니에 다시 넣으며 주위를 둘러본다. "어느 터널로 가야 해?"

"왼쪽에서 세 번째." 리아가 말한다.

우리는 그쪽으로 향하지만 세 번째 터널에 막 도착한 순간, 약한 진동이 느껴진다. 처음에는 상상이라고 생각했다. 하지만 샹들리에의 뼈들이 이 세상에서 제일 소름 끼치는 소리를 내며 철컹철컹 서로 부딪히는 모습을 보니 알겠다. 지금 상황은 절대 상상이 아니다.

퀴퀴하고 무너질 것 같은 옛날 터널 한가운데에 서 있는 지금, 이번에는 땅이 본격적으로 흔들리기 시작한다.

30

너 때문에
발밑의 땅이 흔들리잖아……
온 세상까지 다

위에서 샹들리에가 흔들리자 리아의 눈동자가 거칠게 흔들린다. "여기서 나가야 해."

"이 터널에서 나가야 해!" 내가 대답한다. "얼마나 튼튼할까?"

"무너지지는 않을 거야." 리아는 나를 안심시키면서도 미술실로 이어지는 터널을 향해 날쌔게 움직인다.

그런 리아를 탓하기에는 플린트와 나 또한 재빠르게 움직이고 있는걸.

심하지는 않다. 알래스카에서 일어나는 걸로 악명 높은 그런 지진은 아니다. 하지만 이곳에 온 이후로 느꼈던 작은 진동과도 다르다. 샌디에이고에서의 경험을 토대로 추측하면 규모 7은 된다.

리아와 플린트도 나와 동시에 그 사실을 깨달았는지 지금까지 빠른 걸음으로 걷던 우리 세 사람은 새로운 터널에 들어서 자마자 달리기 시작한다.

"출구는 얼마나 남았어?" 내가 묻는다. 주머니에서 휴대폰이 진동하고 문자가 연속으로 빠르게 쏟아져 들어온다. 땅이 계속 흔들려 문자 내용을 확인하지는 못한다.

"몇백 미터는 더 가야 할 거야." 플린트가 말한다.

"갈 수 있을까?"

"당연하지. 우리는……." 플린트는 말을 맺지 못한다. 땅이 요란하게 우르릉 울리더니 양상이 급격히 바뀌며 너울거리던 바닥이 요동을 치기 시작했기 때문이다.

다리가 고무처럼 변해 내가 비틀거리기 시작한다. 플린트는 내가 쓰러지지 않도록 팔꿈치 위를 붙잡고 손힘으로 나를 끌며 빠르게 터널을 통과한다. 내 발이 땅에 닿는지도 모르겠다. 며칠 전 계단에서와 달리 이번에는 나도 불평하지 않는다.

리아는 우리 앞에서 더 빠르게 달린다. 그게 가능한가? 플린트가 이렇게 빨리 움직이고 있는데?

드디어 위로 가는 경사로가 나오고 안도감이 나를 덮친다. 거의 다 왔다. 조금만 있으면 밖이다. 지금까지 터널은 잘 버텨주었다. 20초 후, 위쪽에 문이 보인다. 우리가 들어온 문과 달리 용과 늑대와 마녀, 그리고 스노보드를 탄 뱀파이어로 보이는 그림으로 뒤덮여 있다.

그림은 이 세상에 존재하는 모든 색을 이용한 그래피티 같다. 진짜 환상적이다. 발밑의 땅이 말 그대로 '움직이지 않는'

날 다시 들러서 작품을 감상해야지. 지금은 리아가 비밀번호 '59678'(이번에는 유심히 지켜본다)을 다 입력할 때까지 기다릴 뿐이다. 이제 우리 셋은 문을 활짝 열고 아주 거대한 미술용품 창고인 듯한 공간으로 들어간다.

뒤에서 문이 닫히자마자 지진도 멎는다. 플린트는 내 팔을 놓고, 나는 안도감에 숨을 내쉬며 허리를 굽히고 호흡을 고른다. 우리가 여기까지 오는 데 힘은 플린트가 다 썼을지 모르지만 나도 다리를 꽤 빠르게 움직여야 했다고.

숨을 쉴 때마다 폐가 터질 것 같은 느낌은 몇 초가 지나서야 가라앉는다. 호흡이 진정되고 다시 허리를 세운 나는 몇 가지 사실을 알아챈다. 첫째, 이 창고는 비품들을 아주 잘 갖추고 있다. 둘째, 미술실로 가는 문이 활짝 열려 있다. 셋째, 얼굴에 아무 감정이 없는 잭슨이 문가에 서 있다.

꽉 쥔 주먹과 눈 깊은 곳에서 사납게 타오르는 분노를 보자 심장이 쿵 내려앉는다. 잭슨이 두려워서가 아니다. 내가 아닌 잭슨이 두려워하고 있었다는 의미이기 때문이다.

한참 동안 아무 말도, 행동도 하지 않는다. 리아만 조금 음흉한 얼굴로 잭슨과 나를 번갈아 볼 뿐이다. 리아가 잭슨에게 말한다. "걱정하지 마, 잭슨 도련님. 나는 괜찮으니까." 그러면서 흉터 없는 쪽 뺨을 톡톡 두드리고 잭슨 옆을 지나쳐 미술실로 들어가 문을 닫는다.

잭슨은 리아 쪽을 쳐다보지도 않는다. 감정 없는 검은 눈은 플린트에게 고정되어 있다. 플린트는 눈알을 굴리며 말한다.

"얘네 둘 다 무사해. 고맙다는 말은 안 해도 돼."

잭슨은 한참 동안 대답하지 않는다. 아무 소리도 내지 않는다. 지금껏 나는 잭슨이 분노한다고만 생각했다. 하지만 플린트가 그런 말을 한 후에는 곧 동맥류를 일으킬 사람의 얼굴로 변한다. 대량 학살을 벌이거나.

"여기서 꺼져." 잭슨이 거칠게 내뱉는다.

"계속 있을 생각도 없었어." 하지만 플린트는 움직이지 않는다. 여전히 내 앞에 서서 잭슨을 내려다보고 있다.

안 되겠다. 더는 못 참아. "비켜." 명령을 해도 플린트가 빠릿빠릿 움직이지 않자 내가 플린트를 밀치고 지나간다.

플린트는 잠깐은 나를 막을 듯하지만, 잭슨이 낮게 으르렁대는 소리를 듣고 물러난다. 나 때문에 겁이 났을 수도 있다. 하지만 그렇다고 사이코패스처럼 행동할 권리가 생기나?

"정말 괜찮아?" 플린트 앞으로 나오는 내게 잭슨이 다그치듯 묻는다.

"괜찮아." 잭슨도 밀치고 지나가려 하지만 플린트와 달리 잭슨은 움직이지 않는다. 내 앞을 가로막고 제자리에 서 있다. 나를 내려다보는 짙은 눈은 여전히 분노와…… 딱히 꼬집을 수 없는 감정으로 가득하다. 그게 뭔지도 모르면서 내 몸속에서는 너무 많이 흔든 탄산음료처럼 보글보글 거품이 끓어오른다. 아니, 이대로 두면 그렇게 될 것이다. 지금은 분노에 집중하느라 다른 감정에 빠질 수 없기 때문이다.

"플린트와 가까이하지 말랬더니 같이 터널로 들어가?" 잭슨이 묻는다.

그게 지금 내게 할 말이야? 지진 때문에, 달리기 때문에, 공포감 때문에 아직도 온몸에 아드레날린이 흐르는데? 조금 전무서워서 돌아버릴 것 같았다고 해도 나를 윽박지르는 잭슨까지 참아줄 생각은 없다. 내게 이래라저래라하는 말도 용납하지 못하겠다.

"지금은 너랑 얘기 안 해." 내가 대답한다. "정말 지각하고 싶지 않은 수업에 지각했고, 너희 둘의 황당한 허세를 상대할 시간은 없어." 나는 분노의 대상에 플린트도 포함한다.

"허세가 아니야, 그레이스." 잭슨이 내게 손을 뻗지만 나는 붙잡히기 전에 내 손을 뺀다.

"뭐라고 하든. 재미없고 짜증 나고 관심 없어. 그러니까 나수업 들어가게 내 앞에서 비켜. 내가 비폭력주의자라는 사실을 잊고 네 얼굴에 주먹을 날리기 전에."

어느 단어가 잭슨에게 더 큰 충격을 줬는지 모르겠다. '주먹'인지 '비폭력주의자'인지. 하지만 답을 알아낼 새도 없이 플린트가 이런 말로 끼어든다. "잘한다, 그레이스. 놈에게 꺼져버리라고 해."

잭슨이 또다시 치아를 드러내며 으르렁거린다. 이번에는 진심으로 섬뜩하다. 소리는 또 얼마나 컸는지 벽 반대편에 있는 교실이 찬물을 끼얹은 듯 조용해진다. 선생님까지도. 대단하다. 참 대단해.

내가 플린트를 휙 돌아본다. "너는 입 다물고 있어. 안 그러면 너한테 할 복수도 생각할 줄 알아." 그러고는 다시 잭슨을 본다. "그리고 너는 내 앞에서 꺼져. 안 그러면 다시는 너랑 말 안 할 거야."

처음에 잭슨은 움직이지 않는다. 하지만 표정을 보면, 내 말을 무시하려는 행동이 아니라 진짜로, 정말로, 놀랐기 때문인 것 같다.

결국에는 내가 요구한 대로 손을 들고 내 앞에서 비켜선다.

"고마워." 훨씬 더 차분해진 목소리로 내가 말한다. "걱정해줘서 고맙다고. 진심이야. 그런데 오늘 등교 첫날이고 나 정말로 수업 들어가고 싶어."

그리고 대답을 기다리지도 않고 플린트 옆을 쌩하니 지나 교실로 들어간다. 모든 사람이, 리아와 선생님까지도 나를 빤히 보고 있는 그곳으로.

이젠 놀랍지도 않다.

31

다 큰 여자는 울지 않는다
(울고 싶다면 모를까) [13]

"그레이스! 앞에 조심해!"

내가 사촌의 목소리에 돌아본다. 다섯 시간 전 잭슨과 플린트에게 화를 낸 후로 내게 처음 말을 건 여자애다. 돌아본 동시에 내 머리로 날아오는 농구공을 발견한다. 공을 쳐낸 나는 손에 통증이 퍼지는 동안 비명을 지르지 않으려고 입술을 깨문다.

농구공을 막는 행위가 이렇게 아프다니 기막히지만, 누구인지 몰라도 엄청 세게 던졌나 보다. 공에 맞은 충격으로 팔 전체가 쑤신다. 이게 가능해?

"무슨 짓이야?" 메이시가 내게로 뛰어오며 체육관 전체를 향해 묻는다. "누가 던졌어?"

아무도 대답하지 않는다.

---

13 포시즌스, 〈빅 걸스 돈 크라이Big girls don't cry〉.

"진심이야?" 메이시는 허리에 손을 올리고 라커룸 문 옆에 서 있는 한 무리의 여자애들을 쏘아본다. "너희가 그랬어?"

"신경 쓰지 마." 내가 메이시에게 말한다. "중요하지 않아."

"중요하지 않아? 공이 네 손을 얼마나 세게 쳤는지 들었어. 머리에 맞았으면 너 뇌진탕 걸릴 수도 있었다고!"

"하지만 안 그랬잖아. 나는 괜찮아." 그렇지는 않다. 아직도 이렇게 고통스러운데. 하지만 오늘은 남들에게 구경거리를 충분히 제공해줬다. 누구누구 덕분에. 왕따 주동자들 몇 명으로 내가 징징댈까 봐?

아니, 왕따 주동자 다수라고 해야 하나. 그중 한 명은 프로 농구 선수가 될 자질이 있는 것 같다.

그래, 뭐, 부정하지 않겠다. 오늘은 이상한 날이었다. 아침에 내가 화를 낸 이후로는 잭슨이나 플린트를 보지 못했다. 잭슨은 더 이상 내가 수업을 듣는 교실에 나타나지 않았지만 미술 수업이 끝나니 바이런이 여벌의 파카를 들고 미술실 앞에서 기다리고 있었다. 섬뜩하기 짝이 없는 터널을 다시 지나갈 필요가 없다는 뜻이니 나야 감사하지. 점심시간에는 라파엘이 나와 메이시의 테이블에 같이 앉았고 메이시와 내가 유일하게 같이 듣는 AP 스페인어 교실까지 데려다줬다. 스페인어에서 체육까지는 리엄이 나를 안내했다.

다른 학생들이 그 모습을 놓칠 리 없었고, 그것들은 전부 내게 불리하게 작용했다. 하, 이곳에서 친구를 잔뜩 만들겠다는 기대는 없었지만 쉴 새 없이 날아오는 농구공을 피해야 하는 상황은 나도 원하지 않았다고.

"정말 괜찮은 것 맞아?" 손가락을 털며 고개를 젓는 나를 보고 메이시가 인상을 찌푸리며 묻는다.

내가 얼른 동작을 멈춘다. "정말로. 나 괜찮아." 이만하면 다행인 일로 메이시가 소동을 일으키지는 않으면 좋겠다.

메이시는 고개를 절레절레 젓지만 농구공 이야기는 더 이상 하지 않는다. 메이시가 우리 반 애들을 째려보는 모습이 보여도 메이시에게 뭐라 할 생각은 없다. 나라도 누가 메이시를 건들면 가만있지 않을 테니까.

하지만 이제는 화제를 바꿀 시간이다. "이게 다 뭐야?" 검은색 레오타드, 레깅스, 스팽글 스커트를 가리키며 내가 묻는다.

"댄스 팀." 메이시가 자랑스럽게 살짝 웃으며 대답한다. "금요일 응원 대회 때 독무를 하게 됐어."

"진짜로? 대단하다!" 춤에 관심도 없으면서 나는 깍깍거린다. 메이시가 좋아하면 그것으로 충분하다.

"응. 내가 하는 곡은⋯⋯." 코치가 호루라기를 불어 메이시의 말을 끊는다.

"저건 무슨 뜻이야?" 내가 묻는다.

"수업이 끝났다는 뜻. 마지막 교시였으니 네가 자유라는 뜻이기도 하지." 메이시가 씩 웃는다. "나는 방과 후에 두 시간 더 연습해야 하는데 끝나면 내가 찾아갈게. 저녁 같이 먹으러 가자. 지진이 또 일어나지 않는다면 말이지."

"그렇지?" 오늘 오후에만 몇 차례 더 지진이 일어났다. 심하지는 않고 그냥 여진이었지만 나를 포함해 대부분의 아이들이 확실히 날카로워졌다. "알래스카 한복판에서 보낸 나흘 동안 평생 캘리포니아 해안에서 살 때보다 지진을 더 많이 경험할 줄 누가 알았을까?"

"이상해." 메이시도 당황한 표정으로 동의한다. "물론 여기서도 어쩌다 한 번씩 지진이 일어났지. 하지만 이렇게 오래, 연속으로 많이 일어난 건 오랜만이야. 처음일지도 모르고. 네가 데리고 왔나 보다."

"미안해." 내가 농담한다. "내가 잘 달래볼게."

"꼭 그렇게 해." 메이시가 웃으며 대답한다. "연습 후에 보자."

"그때 봐."

나는 메이시에게 가볍게 손을 흔들고 라커룸으로 돌아 나온다. 옷을 갈아입는 동안 나를 건드리는 사람은 없지만 말을 거는 사람도 없다. 나도 점심시간 이후로는 먼저 대화 걸기를 포기했다. 냉대를 몇 번 받으니 의도를 알아듣겠더라고.

기록적인 속도로 옷을 갈아입은 후 책가방을 들고 나온다. 방으로 돌아가 숙제를 해야겠지만 종일 방에 갇혀 있는 삶은 내게 익숙지 않다.

고향에 있을 때는 항상 집 밖에 있었다. 수영장으로, 해변으로 가고 공원에서 달렸다. 숙제도 바다 위로 지는 석양을 바라보며 현관 그네에서 했다.

그러다 스물네 시간 방 안에 갇혀 있으려니 정말 쉽지 않다.

방에 돌아가 외출용 옷으로 갈아입고 산책을 나갈까? 하지만 영하의 기온에 용감하게 맞서기 위해 옷장 속 옷의 절반을 걸친다고 생각하니 썩 내키지 않는다. 그래서 결국에는 타협하기로 한다. 성을 돌아다니며 익숙해지자. 오늘 수업을 들으며 곳곳을 이동했지만 아직 발을 들이지 않은 부분이 훨씬 많기 때문이다.

문득 첫날 잭슨이 했던 경고가 떠오른다. 하지만 그건 밤늦은 시각이었다. 성 밖에서 이미 몇 시간 전에 해가 졌다고 복도가 안전하지 않다는 뜻은 아니지 않아? 다들 깨서 이런저런 활동을 하고 있는데. 그리고 나는 같은 학교에 다니는 사람들을 두려워하며 앞으로 1년 반을 보낼 생각은 없다. 지난번 밤에 봤던 그 남자애들은 양아치기도 했지만 아무 준비가 되지 않은 나를 습격했다. 다시는 그런 상황을 만들지 않을 것이다. 내가 다니는 학교에서 포로가 될 수는 없다.

잭슨 생각이 나 휴대폰을 꺼내고 문자 앱을 연다. 잭슨이 보낸 문자는 여섯 통이고 전부 지진 중에 도착했다. 아직 하나도 읽지 않았다. 처음에는 잭슨이 한 말을 알고 싶지도 않을 만큼 화가 났기 때문이었다. 또 다른 이유는 문자를 읽을 때 주변에 사람이 없기를 바랐기 때문이었다. 나는 감정을 얼굴에 고스란히 드러내는 편이고 내가 잭슨에게 느끼는 감정을 누구에게도 보이고 싶지 않다. 특히 우리 관계가 어떻게 될지 아무것도 모르는 지금은.

첫 번째 문자는 영문학 수업이 끝나고 몇 분 후에 왔다.

미술실에서 만날 생각 했는데 없네

길 잃었어? ;)

두 번째 문자는 몇 분 후 도착했다.

수색구조팀 필요해? o_0

그 뒤 빠르게 세 번째 문자가 왔고 그다음 메세지들도 연이어 왔다.

귀찮게 해서 미안

혹시 무슨 문제라도 있나 확인하고 싶어서

퀸과 마크가 괴롭히는 거 아니지?

너 괜찮아?

걱정된다, 놈들이 다시 찾지 않았다는 확인만 해줘

괜찮아?

그레이스?

지진 중에 문자를 받았지만 신경을 쓰지 않았던 기억이 난다. 지금 읽으니 완전히 못된 애가 된 기분이다. 곧바로 답장하지 않았기 때문은 아니다. 지진 중에 어떻게?

그래, 잭슨이 원한다고 답장해야 할 이유도 없다. 하지만 미술실에서 그런 식으로 잭슨을 비난했다니 죄책감이 든다. 나를 걱정해서 그런 거잖아. 문자로 사과를 했는데도 답장하지 않아 미안하다. '제발' 같은 말은 위대하신 잭슨 베가께서 쓰지 않을 표현 아닌가.

미술 창고에서는 잭슨이 그곳에 있어 민망하다는 생각밖에 없었다. 플린트와 말싸움을 하고 나를 구경거리로 만들었으니까. 잭슨이 나를 걱정했고 신경이 예민해져 플린트와 싸웠다는 사실은 머리에 떠오르지도 않았다.

전에 다니던 학교였다면 어처구니없는 행동이었을 거다. 남자가 나를 그렇게 걱정하다니 조금은 징그러웠을지도 모른다. 하지만 잭슨을 원망할 수 있나? 걱정한 이유가 확실한데? 잭슨은 벌써 나를 두 번이나 구해줘야 했다. 게다가 마지막 문자는 빌어먹을 지진이 한창 일어나던 시간에 왔다. 그 지진 때문에 사람들이 얼마나 예민해졌는데. 이후에 들어간 수업마다 선생님들이 수업 끝나고 10분 동안 지진 안전 수칙을 설명할 정도였다.

다들 지진 때문에 겁을 먹었다면 마찬가지로 신경이 곤두선 잭슨에게 화를 내기는 힘들다.

답장을 오래 하지 않은 것만으로도 미안해져 나는 문자 몇 통을 빠르게 연달아 보낸다.

미안, 바빠서 폰 확인 못 했어

지금 바빠? 나랑 성 구경할래?

곧바로 답장이 오지 않아 나는 휴대폰을 재킷 주머니에 넣고 구체적인 목적지를 생각하지도 않은 채 옆쪽 복도부터 성 탐험을 시작한다.

두 사람이 흰 유니폼과 마스크까지 다 갖추고 펜싱을 하는 방이 보여 잠시 서서 구경한다. 조금 더 가니 음악실이 나오고 그 안에서 곱슬머리 남자애가 색소폰을 연주하고 있다. 저 곡은 〈고엽Autumn Leaves〉이다. 소리만으로도 무릎에 힘이 풀린다.

캐논볼 애덜리가 1958년 《썸띵 엘스Somethin' Else》라는 앨범을 냈다. 마일즈 데이비스와 아트 블래키가 연주를 한 그 앨범을 우리 아빠는 제일 좋아했다. 특히 〈고엽〉을 좋아했다. 아빠는 집에서 일할 때 그 노래를 반복 재생해놓았고 최소한 백 번은 억지로 들려주었다. 아빠는 한 음, 한 음 묘사하며 애덜리가 천재인 이유를 귀가 따갑게 설명했다.

부모님이 돌아가신 후 지난 한 달은 아마 내 인생에서 이 노래를 듣지 않고 보낸 가장 긴 시간일 것이다. 그런데 여기서 지금 우연히 듣다니 무슨 신호 같다. 배를 주먹으로 한 방 맞은 기분이다.

눈물이 쏟아지고 도망쳐야겠다는 생각밖에 들지 않는다. 나는 돌아서서 달린다. 어디로 가든 상관없다. 그냥 이곳에서 벗

---

14 농담을 결정적으로 완성하는 말.

어나야 한다.

뒤쪽 계단을 오르고 오르고 또 올라 가장 높은 탑에 도착한다. 용도를 모르겠지만 닫힌 문 너머의 방이 탑의 공간을 대부분 차지하지만 계단 오른쪽에 작은 벽감과 학교 앞이 내려다보이는 커다란 창문이 있다. 이 성에서 커튼을 열어둔 창문은 처음 본다. 바깥은 지금 캄캄하지만 풍경은 여전히 아름답다. 가로등이 눈밭을 비추고 별들로 가득한 암청색 하늘은 내 시야 끝까지 뻗어 있다.

벽감은 아예 벽면이 책장으로 둘러싸였고 편안하고 푹신한 의자도 두어 개 있다. 독서 공간이 분명하다. 고전 문학부터 스티븐 킹 같은 현대 문학까지 다양한 책들이 꽂혀 있다. 평소 독서를 사랑하는 나지만 지금은 책을 읽을 기분이 아니다.

그 대신 의자 하나에 앉아 참았던 눈물을 이제야, 마침내 흘린다.

눈물은 하염없이 흐른다. 사실 장례식 이후로는 제대로 울어본 적이 없다. 이제 와서 눈물을 터뜨리다니 멈추기나 할지 모르겠다. 슬픔은 흉포한 야생 동물처럼 내 안에 존재했다. 속을 갈기갈기 찢어놓고 모든 고통을 불러일으켰다.

최대한 소리를 죽인다. 괜히 더 관심을 끌고 싶지는 않으니까. 하지만 너무 고통스러워서 그러기가 쉽지 않다. 두 팔로 내 몸을 감싸 안고 앞뒤로 들썩이기 시작한다. 고통을 달래려는 필사의 몸부림이다. 내 안의 모든 것이 무너지는 느낌일 때 나 자신을 붙잡으려는 절박한 행동이기도 하다.

통하지 않는다. 아무 효과도 없고 눈물만 계속 줄줄 흐른다. 거친 흐느낌도 계속 고통스럽게 가슴을 쥐어뜯는다.

나는 순식간에 부모님을 잃었고 그로부터 한 달도 되지 않아 익숙한 삶의 모든 것을 빼앗겼으며 찾아온 고통, 외로움과 싸웠다. 상용박명이 깔려 있던 남색 하늘이 칠흑 같은 까만색으로 변할 만큼 긴 시간이었다.

가슴이 아플 만큼 긴 시간이었다.

눈물이 바닥나 마를 만큼, 아니 그보다 더 긴 시간이었다.

어째서인지 눈물이 마르니 고통은 더 강해진다.

하지만 마냥 여기 앉아 있는 것만으로 현실을 바꾸지 못한다. 무엇도 바뀌지 않는다. 그 말은 이제 일어나야 한다는 뜻이다. 곧 있으면 메이시의 춤 연습도 끝날 것이다. 메이시가 여기까지 나를 찾아오는 것은 원하지 않는다.

메이시에게, 다른 누구에게 이런 모습을 보이지 말아야 한다고 생각하자 갑자기 힘이 생긴다. 하지만 일어나 뒤를 돌아본 나는 누군가 이미 내 모습을 봤다는 사실을 깨닫는다.

잭슨이다.

32

'설산'과 '실성'이 비슷한 것은
결코 우연이 아니다

잭슨이 계단 꼭대기에 서 있다. 무표정이지만 시선은 내게 고정되어 있다.

갑자기 부끄러워져 뺨이 달아오르고 호흡이 거칠어진다. 언제부터 있었는지 물으려 하지만 의미 없는 질문이다. 다 보고도 남았을 테니까.

잭슨이 무슨 말을 하기를 기다린다. 괜찮아졌어? 혹은 그만 징징거려. 아니면 둘 사이에 존재하는 백만 가지 반응 중 하나를 해주기를 기다린다.

하지만 잭슨은 그러지 않는다.

그 자리에 서서 마법 같은 검은 눈으로 나를 지켜볼 뿐이다. 내 호흡이 멎을 때까지……. 이번에는 전혀 다른 이유 때문이다.

"미, 미안." 내가 마침내 더듬거리며 말한다. "그만 가볼게."

아무 반응이 없어 계단으로 향하지만 잭슨은 계속 계단을 막고 있다. 무언가를 알아내려는 듯 고개를 살짝 옆으로 기울이고 계속 나를 지켜보고 있다. 나는 기도한다. 제발 땅에 구멍이 뚫려 나를 집어삼켜주세요.

그러니까 내 말은, 지진이 일어나야 한다면 지금이 완벽한 타이밍이라고.

한참 만에 잭슨이 말을 꺼낸다. 조금은 쉰 목소리로. "왜?"

"왜 가야 하냐고? 아니면 왜 울고 있었냐고?"

"둘 다 아니야."

"나는…… 그 말에 어떻게 대답해야 할지 모르겠다." 내가 길게 숨을 내쉰다. "저기, 오늘 미술실에서 너 때리겠다고 협박해서 미안해. 그냥 네가…… 너무 과할 때가 있어."

잭슨이 한쪽 눈썹을 세운다. 하지만 표정은 변하지 않는다. "너도 그래."

"맞아." 나는 물기 섞인 웃음을 뱉으며 아직도 젖은 뺨을 가리킨다. "그래, 왜 그런 생각을 하는지 알겠네."

나와 잭슨의 거리는 충분히 가깝다. 하지만 잭슨이 그 거리마저 메우고 몇 센티미터 앞에 멈춰 선다. 내 입이 사막처럼 마른다.

무슨 말을 하기를 기다리지만 잭슨은 말을 하지 않는다. 나를 만져주기를 기다리지만 그러지도 않는다. 그냥 그곳에, 뺨에 숨결이 느껴질 만큼 가까운 곳에 서 있다. 잭슨도 뺨에 내 숨결을 느끼고 있다는 확신이 들 만큼 가까이 서 있다.

잭슨의 눈은 여전히 검고, 어둡고, 공허하다.

몇 분 같은 몇 초가 지난 후에야 잭슨이 속삭인다. "어떤 기분이야?

"뭐가?" 당혹스럽다. 어떤 농담의 펀치 라인을 내 입으로 유도하고 있는 건 아니겠지.

"그냥 그렇게 흘려보내는 기분이 어떠냐고."

"어떻게? 엉엉 우는 거 말이야?" 또다시 민망함이 밀려들고 나는 눈물의 잔여물마저 없애려고 뺨을 닦는다. "미안해. 누가 나를 볼 줄은 몰랐어. 나는……."

"그거 말고도. 네가 어떤 감정인지, 그 감정을 어떻게 느끼는지 표현할 수 있는 기분이 어떠냐고. 원할 때 언제나, 아무 걱정 없이……." 잭슨이 말을 흐린다.

"응?" 내가 묻는다. "무슨 걱정 말하는 거야?"

잭슨은 한참 나를 보기만 한다. 그러다 고개를 젓고는 "됐어"라고 말한다. 잭슨은 나를 지나쳐 벽감 너머에 있는 방문을 열고 안으로 들어간다.

나는 어떻게 해야 할지 몰라 잭슨의 뒷모습만 바라본다. 우리 대화는 끝났고, 잭슨도 더 이상 나와 볼일이 없는 느낌이다. 하지만 꼭 들어오라는 것처럼 문을 열어두었다.

결정을 못 내리고 1분 넘게 그 자리에 서 있으니 잭슨이 문밖으로 고개를 내밀고 묻는다. "안 들어와?"

나는 잭슨을 따라 안으로 들어간다. 당연하지. 하지만 방에 들어갔을 때 무엇을 보게 될지는 마음의 준비를 하지 않았다. 자꾸만 이 방이 동화 속 나라라는 생각이 든다.

사방이 책으로 가득하다. 모든 공간에 책을 위태롭게 쌓아 올렸다.

구석에는 기타 세 대와 드럼 세트가 있다. 입에 침이 고이고 만지고 싶어 손가락이 근질거린다. 연주하고 싶다. 아직 내게 드럼이 있고 그 드럼을 연주하던 때처럼.

내가 아직 많은 것들을 가졌을 때처럼.

방 중앙에는 커다란 검은색 가죽 소파가 있다. 그 위에 잔뜩 쌓인 두툼하고 부드러운 쿠션은 얼른 누워 낮잠을 자라고 유혹한다.

전부 만지고 싶다. 드럼을 어루만지고 악기의 영혼을 느낄 수 있었으면 좋겠다. 충동대로 행동하지 않을 정도의 자제력은 남아 있지만 쉽지 않다. 참기가 너무 어려워 재킷 주머니에 손을 찔러 넣는다. 혹시 모르니까.

이제야 깨달았지만 이곳은 잭슨의 기숙사 방이기 때문이다. 예상 밖이라는 말로는 내 감상을 다 표현할 수 없다.

이상하게도 잭슨은 주변에 아무 관심이 없는 듯하다. 자기 물건들이니 당연하겠지만. 매일 보고 만지고 사용하는 것들이잖아. 아무리 그래도. 어떻게 소파 옆에 쌓여 있는 아트북들을, 책상에 놓인 커다란 보라색 수정 구슬을 그냥 무시할 수가 있지? 이런 생각을 하게 만드는 마음은 내게 소리를 지르고 있다. 잭슨이 어떻게 생각하든 나는 잭슨과 한 공간에 있을 자격이 없다고.

잭슨이 말을 하지 않아 나는 몸을 틀고 벽에 걸린 미술 작품을 바라본다. 크고 환상적인 그림은 대담한 색깔과 붓놀림으로 완성했고 내 머릿속에 온갖 아이디어를 불러일으킨다. 더 믿기 힘든 그림은 잭슨의 책상 옆에 걸려 있다. 연필로 된 작은 스케치는 부피 있는 기모노 차림으로, 머리를 헝클어뜨리고 은밀한 눈빛을 한 여자의 그림이다.

아는 그림이다. 그런 것 같아서 더 자세히 보기 위해 가까이 다가간다. 이건 분명······.

"클림트잖아!" 내가 잭슨에게 말한다.

"맞아." 잭슨이 확인해준다.

"질문 아니었어." 그림이 유리 안에 있어 나는 손을 뻗고 오른쪽 하단에 찍힌 작가의 서명을 두드린다. "이건 클림트 진품이야. 복제품이 아니라."

이번에 잭슨은 아무 말도 하지 않는다. 그렇다는 말도 없다.

"그냥 주머니에서 손 넣고 거기 서 있을 거야?" 내가 묻는다. "내 질문에 대답 안 해?"

"네가 방금 그랬잖아. 질문 아니라며."

"맞아. 그렇다고 사연을 듣고 싶지 않다는 뜻은 아니지."

잭슨은 어깨를 으쓱한다. "사연 같은 거 없어."

"네 책상 옆에 클림트 진품이 걸려 있어. 사연이 없기는 왜 없어." 나는 떨리는 손으로 다시 한번 유리 아래의 선들을 따라 그린다. 클림트 작품을 이렇게 가까이서 보는 건 처음이다.

"마음에 들더라고. 누가 생각나서. 그래서 샀어."

"그게 다야? 네 사연이?" 나는 믿을 수 없다는 눈으로 잭슨을 응시한다.

"사연 없다고 했잖아. 있다고 우긴 건 너야." 잭슨은 고개를 옆으로 갸웃하고 눈을 가늘게 뜨며 나를 지켜본다. "내가 거짓 말하기를 원했어?"

"내가 원하는 건……." 나는 고개를 절레절레 젓고 또 한 번 긴 한숨을 내쉰다. "내가 너한테 뭘 원하는지 모르겠어."

그 말에 잭슨이 작게 웃는다. 미술실에서 정신없이 괜찮냐고 물은 이후로 처음 보는 감정 표현이다. "그 느낌 알지."

잭슨은 방 저편으로 절반쯤 이동했고, 내 마음은 잭슨이 나와 더 가까이 있기를 원한다. 우리가 지금 서로 만지고 있기를 바란다.

물론 아직 잭슨을 만지기엔 두려운 마음도 존재한다. 잭슨이 나를 만진다고 생각하면 더 두렵다. 잭슨 방에 있으니 감정을 주체하기 힘들다. 아랫입술을 잘근거리며 처음으로 긴장한 티를 내고 있는 잭슨을 보고 있으려니 감정을 주체할 수가 없다.

잭슨이 나를 만진다면, 나를 안는다면, 내게 키스한다면 정말, 정말, 정말 감당하지 못할 거다. 입술이 스치는 순간 폭발할까 두렵다. 서 있는 자리에서 활활 타버릴까 두렵다. 경고도 없이, 막을 기회도 없이. 내 손에 잭슨의 손이 스치기만 해도 훅, 나는 끝장이다. 지난밤 잭슨이 나를 방까지 데려다줬을 때 하마터면 그런 일이 생길 뻔했다고 확신한다. 잭슨이 내게 와플을 보내고 교실까지 데려다주고 문자로 나를 홀리기 전부터, 이 공간을 보기 전부터 나는 그렇게 느끼고 있었다.

잭슨도 나처럼 두려운 걸까? 내 말에 대답하는 대신 돌아서서 자기 침실로 보이는 방으로 들어간다. 그러다 자기를 따라오지 않고 클림트와 이 공간의 다른 환상적인 장식들을 구경하고 있는 나를 발견하고 걸음을 멈춘다.

잭슨은 눈동자를 굴리지만 다시 이쪽으로 돌아와 정중하게 나를 침실로 몬다. 내 몸에 손가락 하나 대지 않고서.

"이리 와. 네게 보여주고 싶은 거 있어."

나는 묻지도 않고 잭슨을 따른다. 아까 플린트와 그런 일도 있었고 해서, 잭슨과 단둘이 있어도 될까 하는 걱정과 우려가 문득 든다. 내 안의 모든 것은 잭슨이 플린트보다 백만 배는 더 위험하다고 경고한다. 하지만 잭슨과 침실에 단둘이 남았을 때, 나는 일말의 불안감도 느끼지 않는다. 잭슨과는 어디에서 무엇을 하든 괜찮다.

내가 멍청한 걸까? 아니면 사람을 잘 보는 걸까? 어느 쪽이든 중요하지 않다. 불가항력이니까.

잭슨은 자기 침대 발치에 멈춰 서더니 접어놓은 두툼한 붉은색 담요를 가장자리에서 집어 든다. 그러고는 서랍장에서 안감에 인조 털을 댄 장갑을 꺼내 내게 던진다. "끼고 와."

"어디로?" 나는 당황해서 묻는다. 하지만 시키는 대로 장갑에 손을 끼운다.

잭슨이 창문을 열자 차가운 공기가 쏟아져 들어온다.

"말도 안 돼. 나는 절대 못 나가. 얼어 죽을 거야."

잭슨은 뒤를 돌아보고 내게 윙크한다. 윙크를 한다.

"방금 뭐였어?" 내가 묻는다. "언제부터 윙크를 했던 거야?"

잭슨은 입술을 비틀어 올려 웃을 뿐 대답하지 않는다. 창문을 넘고 탑에서 10미터 아래에 있는 흉벽으로 뛰어내린다.

무시해야 한다. 그냥 돌아서서 이 방에서 나가야 한다. 체온을 유지해줄 재킷도 없이 11월에 알래스카의 지붕에서 노닥거릴 거라 여길 만큼 나를 멍청하게 보는 남자애에게서 벗어나야 한다. 그래야 마땅하다.

물론 '그래야 한다'와 '그럴 것이다'는 엄연히 다르다.

왜냐하면 잭슨과 있을 때는 모든 상식이 증발하기 때문이다. 상식이 증발한다는 말은 내가 하지 말아야 할 행동을 한다는 뜻이다. 즉, 잭슨을 따라 창밖으로 나가 흉벽으로 뛰어내리는 행동 말이다.

33

'럭키 스타'는
마돈나의 전유물이 아니지[15]

내가 옆으로 뛰어내리자마자, 아니 아직 아픈 발목을 조심하며 나를 받쳐 들고 옆에 내려놓자마자, 잭슨은 내 몸에 담요를 둘러준다. 나는 머리부터 담요를 뒤집어써서 눈만 빼꼼 보인다. 대체 어떤 소재로 만들었는지는 모르겠지만 담요를 걸친 순간, 떨림이 멎는다. 아주 따뜻하다고는 할 수 없어도 당장 저체온증으로 죽지는 않을 것이다.

"너는?" 후드티만 입은 잭슨을 보고 내가 묻는다. 어제 리아와 바깥에 있을 때 입고 있던 두꺼운 후드티지만 이런 날씨에서 몸을 보호해줄 두께는 절대 아니다. "담요 같이 덮자."

잭슨은 웃음으로 내 말을 끊는다. "나는 괜찮아. 내 걱정은 할 필요 없어."

---

15 마돈나, 〈럭키 스타Lucky star〉.

"당연히 걱정스럽지. 얼어붙을 날씨인데."

잭슨이 어깨를 으쓱한다. "나는 적응했어."

"안 되겠다. 나 질문 있어."

잭슨의 온몸이 경계 태세를 취한다. "무슨 질문?"

"너 외계인이니?"

이번에는 잭슨의 양쪽 눈썹이 거의 이마까지 올라간다. "뭐라고?"

"너 외계인이냐고? 그렇게 놀랄 질문은 아니잖아? 내 말은, 너를 봐." 내가 담요 속에서 팔을 위아래로 흔들며 한 번의 동작으로 잭슨을 전부 다 아우른다.

"내가 날 어떻게 봐." 처음으로 잭슨은 재미있다는 목소리다.

"무슨 뜻인지 알잖아."

"나는 정말 몰라." 잭슨이 몸을 기울이고 우리 얼굴은 몇 센티미터 거리까지 가까워진다. "무슨 뜻인지 설명해야 할 거야."

"네가 이 세상에서 제일 섹시한 사람이라는 걸 모른다고."

잭슨은 내게 한 대 맞은 사람처럼 뒤로 물러난다. 말을 하면서 흉터를 만지는데, 무의식적인 행동 같다. "잘도 그러겠다."

아니…… 정말 이러기야? "그 상처가 있어서 더 섹시한 거야. 알지?"

"아니." 짧은 대답이다. 간단하고, 또 명료하다. 하지만 잭슨이 아무에게도 보이고 싶지 않은 감정 그 이상을 드러낸다.

"뭐, 사실이야. 끝내주게 섹시해." 내가 다시 한번 강조한다. "또 모든 사람이 너만 보면 굽실거리려고 하지."

"모든 사람은 아니야." 잭슨이 날카롭게 나를 쳐다본다.

"거의 모든 사람이라고 하자. 또 너는 추위도 절대 타지 않아."

"나도 추위 타." 잭슨이 담요 안으로 손을 넣어 내 팔을 만진다. 정말이다. 차갑다. 하지만 분명 동상에 걸릴 정도로 추위를 느끼지는 않는다. 내가 후드티만 입고 이렇게 오래 밖에 서 있으면 그렇게 됐을 텐데.

나는 잭슨을 째려보고 내 팔에 닿은 손이 이 추위에도 온몸의 세포를 뜨겁게 달구지 않는 척한다. "내 말 무슨 뜻인지 알잖아."

"그러니까 정리해보자. 첫째, 나는 이 세상에서 가장 섹시한 사람이다." 그 말을 하며 잭슨이 피식 웃는다. "둘째, 모든 사람을 내게 굽실거리게 만든다. 셋째, 추위를 자주 느끼지 않는다. 그래서 내가 외계인이라고 결론을 내렸다는 거지."

"더 좋은 설명 있어?"

잭슨이 뜸을 들이며 생각한다. "있어, 사실."

"뭔데?"

"말할 수 있지만……."

"그러려면 날 죽여야 한다?" 내가 눈을 굴린다. "진심이야? 낡고 지겨운 〈탑건Top Gun〉 대사를 꺼내 드는 거야?"

"그 말이 아니야."

"그래?" 이번에는 내가 고개를 갸웃할 차례다. "그럼 하려던 말이 뭐였는데?"

"내가 하려던 말은 이거야. '너는 진실을 감당할 수 없어.'"

잭슨의 표정이 사뭇 진지하지만 나는 그냥 웃음을 터뜨린다. 어떻게 웃지 않을 수 있을까? 내게 〈어 퓨 굿 맨A Few Good Men〉 대사를 인용하다니? "너 옛날 영화 마니아야? 아니면 톰 크루즈 영화 마니아야?"

"으으." 잭슨이 얼굴을 구긴다. "두 번째는 절대 아니야. 옛날 영화도 몇 개 본 적 없어."

"그럼 굶어 죽은 여자들 피부로 옷을 만든다고 하면 무슨 뜻인지……."

"〈양들의 침묵〉 버팔로 빌? 알아."

내가 잭슨을 보고 웃는다. "그럼 외계인은 아닐 수도 있겠네."

"외계인은 확실히 아니야."

한동안 우리 사이에 침묵이 흐른다. 어색하지는 않다. 오히려 잠시 이대로 있을 수 있어 좋다. 하지만 얼마 있으니 추위가 잭슨의 마법 담요를 뚫고 들어온다. 내가 담요를 몸에 더 단단히 두르고 묻는다. "우리 여기서 뭐 할지 말해줄 거야?"

"오늘 내가 제일 좋아하는 곳을 보여주겠다고 했잖아."

"여기가 네가 제일 좋아하는 장소야?" 새삼스레 주위를 둘러본다. 대체 어떤 점이 그렇게 좋다는 거지?

"여기 있으면 몇 킬로미터 밖까지 보이고 방해하는 사람도 없어. 또……." 잭슨은 휴대폰을 힐끗 보더니 아주 천천히 하늘을 올려다본다. "3분 후면 알게 될 거야."

"혹시 오로라 보레알리스야?" 내가 묻는다. 불안감은 싹 가시고 그 자리를 흥분이 대신한다. "나 보고 싶어 죽는 줄 알았어."

"미안. 북극광을 보려면 한밤중에 일어나야 해."

"그럼 무슨······?" 나는 말을 끝내지 못한다. 거대한 불덩이가 하늘을 길게 가로지르기 때문이다. 잠시 후 하나 더 나타난다.

"뭐야?" 내가 큰 소리로 묻는다.

"유성우. 보통 여름에 일어나는 현상이라 여기서는 볼 기회가 별로 없어. 여름이 되면 거의 종일 해가 뜨니까 우리 눈에는 안 보이지. 하지만 이렇게 겨울에 일어나면 상당히 볼 만해."

세 번째 유성이 뒤에 길고 반짝이는 꼬리를 남기며 날아가자 내가 숨을 헉 들이마신다. "그런 말로는 부족해. 정말 굉장하다."

"네가 좋아할 거라 생각했어."

"좋아. 정말이야." 나는 왜인지 모를 이유로 갑자기 수줍어져 잭슨을 힐끗 쳐다본다. "고마워."

잭슨은 대답하지 않는다. 대답하리라는 기대도 없었다.

우리는 30분 동안 대화도 하지 않고, 서로를 쳐다보지도 않고 흉벽에 서 있다. 태어나서 처음 보는 환상의 쇼가 하늘을 밝히는 모습을 바라볼 뿐이다. 1분 1초가 소중한 시간이다.

기분이 이상하다. 하지만 이곳에 나와 있으니, 눈 덮인 태산을 굽어보는 드넓은 밤하늘을 쳐다보고 있으니······ 세상을 보는 관점이 달라진다. 거대한 우주 속에서 나는 아주 작은 존재라는 사실을 깨닫는다. 지금은 고통스럽고 내 인생을 뒤흔든다고 생각하는 문제와 슬픔이 얼마나 덧없는지 알겠다.

잭슨도 그래서 나를 이곳으로 데리고 나온 걸까.

유성우의 마무리로 일고여덟 개의 혜성이 연이어 터진다. 나는 별들이 하늘을 불태우며 지나가는 모습에 탄성을 참지 못한다. 이게 다 끝나고 나면 허무하겠다는 생각이 든다. 정말 재미있는 영화나 화려한 불꽃놀이를 다 보고 났을 때처럼. 그렇게 멋진 쇼를 다시는 볼 수 없을 거란 실망감이 조금은 든다.

하지만 막상 유성우가 끝나자…… 오랫동안 느껴보지 못한 평화와 가까워진 느낌이다.

"그만 들어가자." 한참 후에 잭슨이 말한다. "점점 추워지고 있어."

"괜찮아. 조금 더 있고 싶어. 그래도 괜찮다면."

잭슨은 '당연하지'라는 제스처로 고개를 기울인다.

잭슨에게 하고 싶은 말이 너무 많다. 우리가 알고 지낸 짧은 시간 동안 잭슨은 내게 정말 많은 것들을 해주었다. 하지만 말을 꺼내려고 할 때마다 어색하게 들릴 것 같다. 그래서 결국에는 이 말로 대신한다. "고마워."

잭슨이 웃는다. 하지만 웃음기라고는 없는 목소리다. 왜? 하지만 잭슨의 눈을 보고 이유를 깨닫는다. 잭슨의 눈에서 또다시 모든 감정이 사라졌다. 속상하게.

"내가 고맙다는데 왜 웃어?" 내가 따진다.

"너는 내게 고마워할 필요 없으니까, 그레이스."

"왜 없어? 너는 나한테 정말 잘해줬고……."

"아니, 안 그랬어."

"음, 맞아. 너 그랬어." 나는 담요 속에서 '이건 다 뭔데'라는 뜻으로 양팔을 내민다. "그냥 인정하면 안 돼? 칭찬을 받아들이고 넘어가."

"나는 칭찬을 받을 자격이 없으니까." 허락 없이 튀어나온 말인가 보다. 그 말이 입 밖으로 나온 지금, 잭슨은 조금 토할 것 같은 사람처럼 보인다. "내가 하는 건 그냥……."

"뭔데? 의무라고?" 그 생각을 하니 속이 뒤틀린다. "혹시 우리 삼촌이 부탁 같은 거 했어? 나한테 잘해주라고?"

잭슨이 웃는다. 하지만 여전히 웃음기 없는 소리다. 기쁨이 없다. 영혼 깊이 박힌 냉소일 뿐이다. 내 눈에 또 눈물이 차오르지만 이번에는 전혀 다른 이유 때문이다.

"교장이 다른 애는 몰라도 나한테 네 친구가 되어달라고 부탁하는 일은 없을 거야."

내가 지금보다 예의를 지켰다면, 잭슨 걱정을 하지 않았다면 이 대화를 포기했을 것이다. 하지만 예의는 내 미덕이었던 적이 없다. 그러기에는 호기심이 너무 많았다. 그래서 나는 잭슨의 헛소리에 따지고 든다. "그 이유가 뭔데?"

"나는 좋은 사람이 아니라는 뜻이야. 나는 착한 행동을 하지 않아. 절대. 그러니까 내 행동을 네 마음대로 해석하고 칭찬하는 건 말도 안 된다고."

"정말?" 내가 의심스러운 눈빛을 쏜다. "이런 소식을 전하게 되어 유감이지만, 슬퍼하는 여자를 위로하는 건 착한 행동이야. 그 여자가 발목을 다쳤을 때 기숙사까지 데려다주는 것도, 사람을 죽일 수 있는 장난을 재미있다고 생각하는 놈들을 쫓아주는 것도. 다친 여자에게 와플을 만들어달라고 셰프를 꼬시는 것도. 다 착한 행동이야, 잭슨."

처음으로 잭슨이 불편한 기색을 보인다. 하지만 아직도 물러나지 않는다. "너를 위해서 한 게 아니야."

"아, 그래? 그럼 누구를 위해서 했어?"

답이 없다. 답이 있을 리가 없지.

"그럴 줄 알았어." 내가 잭슨을 올려다보며 자신만만하게 얄미운 미소를 지어 보인다. 이 문제에서라면 나는 그럴 자격이 있다. "네가 다정한 행동을 했다는 사실을 인정해야 할 것 같은데? 그런다고 화형을 당하지는 않을 거야. 약속해."

"화형은 마녀들이 당하지."

너무나 진지한 말투에 나도 모르게 웃어버린다. "우리는 안전하겠네, 그럼."

"너무 자신하지는 마."

무슨 뜻이냐고 물으려 하지만 동시에 몸이 부르르 떨린다. 담요를 둘렀는데도 바깥은 욕 나오게 춥다. 그 모습에 잭슨이 혼자 결정을 내린다. "가자. 안으로 데려다줄게."

조금 있으면 치아가 딱딱 부딪칠 판에 저항하기는 힘들다. 하지만 우리가 나온 창문을 다시 올려다보니 자연히 이런 생각이 든다. "우리 정확히 어떻게 돌아가? 그리고 여기서 '우리'는 '나'를 의미해." 창문을 넘어 100미터 아래로 떨어지는 것과 다시 위로 뛰어오르는 것은 전혀 다른 차원의 문제다.

하지만 잭슨은 고개만 젓는다. "걱정하지 마. 내가 있잖아, 그레이스."

그 말이 왜 번개처럼 꽂혀 내 안을 지글지글 태우는 것인지 알아낼 새도 없이 잭슨은 창틀을 붙잡고 안으로 몸을 날린다. 동작을 다 끝내는 데 1.4초밖에 걸리지 않는다. 솔직히 감탄했다. 하긴, 잭슨의 행동은 언제나 나를 감탄하게 하지. 의도했든, 의도하지 않았든. 잭슨 자체가 감탄의 대상이다.

잭슨은 내가 이보다 외로울 수 없다고 느낄 때 외로움을 잊게 해주었다.

잭슨이 금세 돌아와 창밖으로 머리와 상체를 내민다. "손 줘봐."

나는 망설이지도 않고 양팔을 들고 잭슨은 내 팔꿈치 바로 아래를 쥐고 나를 끌어 올린다. 잠시 후, 창문 안으로 다시 들어온 나는 잭슨과 5센티미터도 안 되는 거리에 서 있다.

이번만큼은 잭슨의 눈도 죽어 있지 않다. 불타고 있다.

그리고 한곳만 집중해서 본다. 나. 바로 나를.

34

사랑과 지진은
수단을 가리지 않는다

나도 잭슨을 응시한다. 무엇을 예상해야 할지…… 무엇을 해야 할지도 모르겠다. 뒤로 물러나겠지? 하지만 그러지 않았으면 좋겠다. 잭슨과 키스하면 어떤 느낌일지 궁금하다. 하지만 한편으로는 당장 도망쳐야 한다고 생각한다. 잭슨은 외계인이 아닐지 몰라도 내가 지금까지 본 남자애들과 다르기 때문이다. 솔직한 마음이 그렇다. 아무리 잭슨을 간절히 원한다 해도 나 같은 애가 잭슨을 감당할 수 있을 리가 없다.

잭슨은 내게 키스하지 않는다. 물러나지도 않는다. 나도 마찬가지다. 그래서 우리는 얼마가 지났을지도 모를 시간 동안 그곳에 서 있다. 잭슨은 나를 내려다보고, 나는 잭슨을 올려다본다. 우리 사이에 강하고 무거운 전기가 흐른다.

의구심이 남아 있음에도 지금 나는 그 공간에 들어가 잭슨의 모든 것에 사로잡힌다. 잭슨이 먼저 움직이기를 기다리지만 잭슨은 그러지 않는다. 새까만 눈으로 나를 계속 쳐다볼 뿐이다. 평소 내보이지 않던 감정이 수면 아래에서 끓고 있다. 그래서 나는 잭슨을 갈망한다. 실제로 고통을 느낀다. 잭슨이 아까 내게 했던 질문, 이 모든 것의 시작점이었던 질문이 떠오른다.

드디어 잭슨에게 대답할 말을 찾았다. "벅차." 내 어깨에서 담요를 벗기는 잭슨에게 내가 말한다.

잭슨이 얼어붙는다. 담요와 잭슨의 손은 내 등 가운데쯤의 허공을 맴돈다. "무슨 말이야?"

"나처럼 감정을 다 꺼내고 비우면 어떤 느낌이냐고 물었지. 때로는 벅차. 조금은 무섭고. 하지만 방금 네 덕분에…… 오랜만에 처음으로 안전하다는 느낌을 받았어. 그러니까 고마워. 진심으로."

"그레이스……."

나는 한 걸음 더 다가간다. 내 가슴이 잭슨의 가슴에 닿을 때까지. 내가 지금 뭘 하는 건지도 모르겠다. 지금껏 남자에게 먼저 다가가본 적이 있어야지. 게다가 잭슨은 평범한 남자가 아니잖아. 아무 생각 없이 하는 행동이지만 중요하지 않다. 잭슨을 만지면 그만이다.

감싸 안은 내 팔의 힘을, 부드러운 내 몸을 느끼게 해주고 싶다. 내게 닿은 잭슨의 따뜻한 힘도 느끼고 싶다.

하지만 잭슨은 따뜻하지 않다. 잭슨이 했던 말과 달리 후드 티는 추위를 막아주지 못했다.

"잭슨, 너 얼음장이야!" 나는 잭슨 손에서 담요를 빼앗아 잭슨의 어깨에 걸치고 몸을 감싼다. 그런 다음 담요에 싸인 팔을 위아래로 문지르며 마찰로 온기를 끌어 올리려 한다.

"나는 괜찮아." 잭슨이 몸을 빼며 말한다.

"괜찮기는 뭐가 괜찮아. 나, 이렇게 차가운 사람 처음 만져 봐."

"괜찮다니까." 잭슨은 고집을 꺾지 않고 정말로 한 걸음 물러 난다. 아니, 몇 걸음.

온몸의 기능이 멈춘다. "미안해. 네 공간을 침범할 생각은 아니었어……." 내가 말을 흐린다. 무슨 말을 해야 할지 몰랐기 때문이다. 내가 뭘 그렇게 잘못했는지도 모르겠다.

"그레이스……." 잭슨도 말을 흐린다. 그 순간, 잭슨은 전과 달라 보인다. 자신만만할 때와 다르고, 즐거워할 때와도 다르다. 미술실에서 소리를 지르는 내게 냉정한 침묵으로 반응할 때와도 다르다.

아니, 지금은…… 약해 보인다.

잭슨의 눈에 욕망이 있다. 단순히 나를 원하는 눈빛이 아니다. 나를 필요로 하는 갈망의 눈빛이다. 내 위로가 필요하다. 내 손길이 필요하다.

내가 탑에서 뛰어내려 맨몸으로 하늘을 날 수 없듯 이 감정도 더는 부정할 수 없다. 그래서 나는 잭슨이 물러난 만큼 다가가 그의 단단한 몸에 내 몸을 밀착한다. 그러고는 손으로 뺨을 감싸고 기가 막히게 잘생긴 광대뼈를 엄지로 쓰다듬으며 삐뚤삐뚤한 흉터를 손가락으로 매만진다.

잭슨의 숨이 가빠진다. 가슴에서 소리가 들리고 맞닿은 몸에 그것이 느껴진다. 내 심장은 그보다 세 배 더 빠르게 뛰지만 나는 물러나지 않는다. 그럴 수 없다. 홀리고, 매료되고, 사로잡혔으니까.

잭슨밖에 떠오르지 않는다.

잭슨밖에 보이지 않는다.

모든 후각과 청각과 미각이 잭슨만을 느낀다.

이런 확신은 처음이다.

"질문 하나 해도 돼?" 본능을 이기지 못하고 나는 잭슨에게 더 가까이 다가간다. 본능을 막을 의지도 없다.

순간 잭슨이 물러날 거라 생각하지만 잭슨은 그러지 않는다. 그 대신 담요를 펼치고 내 몸을 감싸며 허리를 껴안는다. 우리 둘 다 담요에 포근하게 들어가도록. "그럼."

"클림트 스케치 살 때 누구 생각했어?"

"너." 답은 빠르고 정직하게 나온다. "그때는 몰랐을 뿐이야."

그렇게 나는 녹아내린다. 그렇게 이 남자는, 우울하고 망가지고 황폐해진 남자는 내게서 사라졌다고 생각한 마음을 건드린다. 믿고 싶은 마음을. 바라고 싶은 마음을. 사랑하고 싶은 마음을.

손을 뻗어 잭슨을 만지고, 붙잡고 싶지만 그럴 수 없다. 나는 얼어붙었다. 이렇게 많이 원해도 되는 걸까 두렵다. 눈 깜짝할 사이에 그냥 사라져버릴 수도 있는 세상에서 너무나 많은 것을 갈망하고 있다.

"그레이스." 잭슨이 속삭이듯, 기도문을 외우듯 내 이름을 다정하게 부른다. 내가 자신을 쳐다봐주기를 참을성 있게 기다린다.

하지만 그럴 수 없다. 지금은, 아직은. "너 말이야……." 목소리가 갈라져 숨을 깊이 들이마시고 천천히 내쉰다. 한 번 더 숨을 들이마시고 또 내뱉는다. 한 번 더. "혹시 무언가를 너무 간절히 원해서 손에 넣기 두려웠던 적 있어?"

"응." 잭슨이 고개를 끄덕인다.

"그냥 손을 뻗어 잡을 수 있는 곳에 있지만 그걸 잃으면 어떻게 될까 두려워서 손을 뻗지 못한 적 있었어?"

"응." 잭슨이 다시 말한다. 낮고 깊고 마음이 편안해지는 목소리가 내 안으로 파고든다.

나는 우리의 시선이 마주칠 때까지 고개를 들고 속삭인다. "어떻게 했어?"

한참 동안 잭슨은 말이 없다. 아무것도 하지 않는다. 자기처럼 상처 입고 망가진 눈빛으로 나를 바라볼 뿐이다. 그리고 말한다. "그냥 갖기로 했지."

잭슨이 고개를 숙이고 내게 입을 맞춘다.

열정적인 키스는 아니다. 강렬한 키스도 아니고, 야성적인 키스는 더더욱 아니다. 두 사람의 입술이 눈송이처럼 부드럽게 스친다. 사방으로 뻗은 영구동토[16]처럼 섬세하게 대하는 입맞

---

16 1년 내내 얼어 있는 땅.

춤이다.

그러다 강한 힘을 느낀다.

갑자기 잭슨이 내 위쪽 팔을 잡고 몸을 붙든다. 손가락으로 움켜쥐고 자기 몸으로 나를 끌어당기며 미친 듯이 입술을 놀린다.

입술, 혀, 치아. 감각들이 불협화음을 일으킨다. 온갖 쾌감, 갈망, 욕구가 나를 감싸는 동안 잭슨은 나를 가진다. 나를 가지고 또 가지고…… 더 많은 것을 내게 준다.

잭슨이 나를 붙잡고 있어 다행이다. 잭슨의 혀가 처음 내 혀를 훑자마자 머리가 빙글빙글 돌고 다리 힘이 풀리기 때문이다. 소설 속 여주인공처럼 말이다. 나도 키스를 해본 적 있다. 하지만 이런 느낌의 키스는 처음이다. 잭슨에게 몸을 밀착하고 팔로 목을 감싸려 하지만 잭슨은 내 팔을 꽉 움켜쥐며 나를 붙든다. 움직이지 못하게 붙잡고 있어 나는 그저 잭슨이 주는 것을 받아들일 수밖에 없다.

잭슨은 고개를 기울이고 내 입술에 닿은 자신의 입술을 열심히 움직이며 정말 많은 것을 준다. 머리가 어지럽고 다리가 후들거린다. 정말로 발밑에서 땅이 흔들리는 느낌이다. 하지만 키스는 계속된다.

흔들림은 점점 더 심해진다. 나는 무릎이 꺾이기 직전에 그 사실을 깨닫는다. 우리의 키스가 만든 느낌이 아니다. 실제로 땅이 다시 진동하고 있었다.

"지진이야!" 잭슨에게서 겨우 입을 떼고 내가 외친다.

처음에 잭슨은 듣지 못한다. 잭슨은 영원히 키스를 계속하고 싶은 듯 내 입술을 자신의 입술로 훑기만 한다. 나도 지진을 잊고 잭슨에게 다시 녹아들 뻔했다. 어쨌든 나는 캘리포니아 출신이니까. 심한 지진이면 진작 벽에서 물건들이 떨어졌겠지.

하지만 내가 됐다고 넘기기로 한 순간, 잭슨은 지진을 인식한 모양이다. 잭슨이 나를 놓아준다. 숨 한 번 쉬는 사이에 방 저편으로 물러나기까지 한다.

내가 보는 앞에서 잭슨은 두 주먹을 쥐고 깊은숨을 천천히 길게 들이마시고…… 한 번, 두 번 호흡한다. 그러는 동안에도 땅은 계속 흔들린다.

"괜찮아." 내가 말한다. "그냥 가벼운 지진이야. 오늘 아침만큼 심하지는 않아. 금방 끝나겠지."

"그만 가라."

"뭐?" 내가 잘못 들었나? 몇 초 전까지 나를 잡아먹고 싶은 것처럼 키스를 하던 사람이 바깥 공기처럼 차가운 목소리로 떠나라고 요구하다니. 이럴 수는 없다. "나 괜찮아."

"안 괜찮아." 잭슨이 날카롭게 내뱉는다. 얼굴과 눈이 다시 공허해진 지금 이 말만큼은 잭슨의 감정을 드러낸다. "너는 가야 돼!"

"잭슨." 나는 참지 못하고 잭슨에게 손을 뻗는다. "제발……."

돌연히 잭슨의 침실 창문이 깨지고 유리가 사방으로 날아간다. 폭발과도 같은 소리에 내가 숨 막힌 비명을 지르고 유리 조각들이 내 눈썹 위, 내 목, 내 뺨, 내 어깨를 때린다.

"가!" 잭슨이 외치고, 이번에는 나도 거역하지 못한다. 저렇게 자제력을 잃은 얼굴과 목소리를 어떻게 기억할까.

바로 그때, 잭슨이 내게 손가락을 구부리며 달려든다. 분노로 질린 얼굴에서 검은 석탄 같은 눈이 불타오른다.

나는 뒤를 돌아 힘없는 무릎이 허락하는 한 최대한 빠르게 도망친다. 계단으로 가야 한다. 자유를 찾아야 한다. 이상한 괴물로 변한 잭슨이 나를 덮치기 전에.

하지만 그러지 못한다.

35

베이크드 알래스카는
단순히 맛있는 디저트가 아니라고

내 방에서 잠을 깨니 목과 얼굴과 어깨에 반창고가 붙어 있다. 어떻게 방으로 돌아왔는지 아무것도 기억나지 않는다.

메이시는 내 침대 끝에 다리를 꼰 채로 앉아 있고, 삼촌은 문가에 서 있다. 내 위에서는 양호 교사인 듯한 여자가 나를 굽어본다. 허리까지 기른 검은 머리, 핏빛 손톱, 엄격한 얼굴이 평범한 양호 선생님과 너무나 다르게 생겼지만 목에 청진기를 두르고 붕대를 들고 있으니 맞겠지.

"봐요, 핀. 일어났잖아요. 진정제로는 오래 잠들지 않는다니까요." 여자가 나를 보고 웃는다. 반갑다는 듯 친절한 웃음인데 왜 이렇게 위협적으로 보이지? 새 부리처럼 긴 코 때문인가? 내게 줬다는 약 때문일 수도 있고. 잠에서 깨기는 했지만 아직도 머리가 굉장히 어지럽다.

"어떠니, 그레이스?" 양호 선생님이 묻는다.

"괜찮아요." 내가 대답한다. 아픈 곳이 없기 때문이다. 아니, 온몸이 따뜻하고 가뿐하다.

"그래?" 그러면서 내게 몸을 기울인다. "내가 손가락 몇 개 들고 있지?"

"세 개요."

"오늘은 무슨 요일?"

"화요일."

"여기가 어디야?"

"알래스카요."

"그 정도면 됐네." 양호 선생님이 삼촌을 돌아본다. "봐요, 괜찮을 거라고 했잖아요. 피를 조금 흘렸지만······."

"잭슨!" 따뜻하고 가뿐했던 느낌이 사라지고 나는 버둥대며 몸을 일으킨다. 어떻게 잭슨을 잊었지? "괜찮아요? 잭슨이······." 내가 말을 흐린다. 다음에 무슨 말을 해야 할지 모르지 않나? 나는 그 탑에서 실제로 어떤 일이 벌어졌는지 짐작도 하지 못한다.

잭슨의 키스는 기억한다. 이거야 평생 못 잊을 기억이고.

지진을 기억한다.

도망쳤던 것도 기억한다. 도망친 이유를 모를 뿐.

피도 기억한다. 그곳에 피가 있었지만 왜인지는 모르겠다.

"너무 무리하지 마." 양호 선생님이 내 손등을 토닥이며 말한다. "억지로 쥐어짜지 않으면 저절로 기억이 돌아올 거야."

돌아올 것 같지 않다. 시냅스가 정상적으로 연결되지 않은

364

것처럼 모든 기억이 흐릿하다.

이 사람은 대체 무슨 진정제를 주입한 거지?

"메이시?" 내가 사촌을 돌아본다. "나……."

"잭슨은 무사해." 메이시가 나를 안심시킨다.

"잭슨이 너를 살렸어." 삼촌이 말한다. "네가 과다 출혈을 일으키기 전에 머리스 선생님에게 데리고 왔단다."

"과다 출혈이라고요?"

대답은 머리스가 대신 한다. "창문이 깨지면서 날아온 유리 조각이 네 목의 동맥을 벴거든. 피를 정말 많이 흘렸어."

"동맥이라고요?" 이제야 든 공포감에 내 손이 목으로 향한다. 우리 엄마가 그렇게 돌아가셨다. 앰뷸런스가 도착하기도 전에 동맥 과다 출혈로.

"너는 괜찮아." 삼촌이 편안한 저음으로 말하며 손을 뻗고 내 머리를 몇 번 쓰다듬는다. "잭슨이 있어 다행이었지. 빠르게 출혈을 늦추고 양호실로 너를 데려왔어. 늦었다가는……."

"제가 죽었겠죠." 나는 삼촌이 하지 못한 말을 대신 한다.

삼촌 얼굴이 새하얗게 질린다. "지금은 그런 생각 하지 마, 그레이스. 너는 괜찮아."

잭슨이 나를 구해줬으니까요. 또. "만나고 싶어요."

"그럴 거야." 핀 삼촌이 동의한다. "몸부터 회복하고 나면."

"아니요, 지금 봐야겠어요." 나는 체감상 500킬로그램은 되는 듯한 이불을 발로 차기 시작한다. "괜찮은지 확인해야 해요. 또……." 내가 말을 흐린다. 내가 뭘 해야 하지? 잭슨을 봐야 한다는 것 말고는 모르겠다. 잭슨 얼굴을 보고, 잭슨의 호흡을 느끼고, 정말로 괜찮은지 확인해야 한다.

그리고 우리가 나눈 키스에 대한 잭슨의 감정을 알아내지 못하면 미쳐버릴 것 같다. 당장이라도.

"워워, 자." 머리스가 내 어깨를 쥐고 나를 밀어 침대에 다시 눕힌다. "잭슨은 내일도 볼 수 있잖니. 지금은 여기서 쉬어야 해."

"쉬고 싶지 않아요. 저는……."

"네가 뭘 하고 싶은지 나도 알아. 하지만 지금은 불가능해. 약해진 상태란 말이야." 아까보다 열 배는 더 엄격한 눈빛이 돌아왔다. "네 부상이 얼마나 심각한지 모르나 보구나. 너는 요양이 필요해."

"동맥 출혈이 얼마나 심각한 부상인지는 나도 알아요." 내가 우긴다. 잠시 눈앞에 엄마 얼굴이 떠올라 그 모습을 잊으려고 눈을 깜박인다. "스노보드를 타고 디날리산을 내려간다는 것도 아니잖아요. 그냥 보고 싶을 뿐이에요. 제……."

내가 말을 끊는다. 방금 잭슨을 내 남자친구라고 부를 뻔했기 때문이다. 안 된다, 안 돼. 키스 한 번 했다고 무슨 남자친구. 아무리 내 인생 최고의 키스였다고 해도 그건 아니다. 인류 역사상 최고의 키스였다고 해도. 뭐, 유리 조각이 날아오기 전까지는 말이지.

태연한 척 이불을 끌어 올리지만 메이시가 눈을 휘둥그레 뜨는 것을 보니 내 연기가 썩 훌륭하지는 않은가 보다.

머리스와 핀 삼촌도 내 말실수를 언급하지 않을 뿐 나를 관찰하는 시선이 갑자기 더 예리해진다. 하지만 머리스는 내게 이불을 덮어주고 이렇게만 말한다. "말 안 들으면 진정제 한 대 더 놓을 거야. 이번에는 몇 시간 일어나지 못하게 만든다?"

눈빛을 보니 협박은 진심이다. 그래서 나는 잭슨을 보겠다는 고집을 내려놓는다. 다시 베개에 누워 착한 환자 연기에 최선을 다한다.

"말 잘 들을게요." 내가 약속한다. "진정제는 필요 없어요."

"두고 봐야지." 머리스는 헛기침을 한다. "너는 휴식이 필요해. 내 일은 너를 쉬게 하는 거고. 앞으로 어떻게 될지는 전적으로 네게 달렸어."

"걔도 괜찮아." 내가 말이 없자 메이시는 나를 안심시킨다. "정말이야, 그레이스. 지금은 탑이 엉망이 돼서 그거 치우느라 바빠."

아, 맞다. 동맥 출혈의 흔적은 깔끔하지 않다. "많이 심해?" 황당한 질문이라는 거 나도 안다. 하지만 내가 잭슨의 탑에 온통 피를 흘렸다는 사실이, 많은 사람에게 걱정을 끼쳤다는 사실이 너무나 부끄럽다. "도와줘야 하지 않을까?"

"그건 내가 했다." 핀 삼촌이 건조한 말투로 나를 안심시킨다. "다행히 지진 피해가 크지 않아서 전 직원을 잭슨 방에 보냈어."

"정말로?" 핀 삼촌이 아닌 메이시에게 하는 질문이다. 내가 왜 이렇게 집요한지 모르겠다. 하지만 가슴 깊은 곳에서 뭔가 옳지 않다는 예감이 든다. 잭슨이 곤란한 상황에 처했다는 예감. 그냥 진정제가 내 머리를 휘젓는 것일 수도 있지만 찜찜한 기분이 사라지지 않는다. 잭슨이 정말 괜찮은지 확인해야 직성이 풀릴 것 같다.

"맹세해, 그레이스." 침대 끝에 앉은 메이시가 손을 뻗어 내 손을 움켜쥔다. "잭슨 일은 걱정할 것 없어. 잭슨도 무사하고, 잭슨 방도 곧 있으면 멀쩡해질 거고, 지진으로 다친 사람도 없어. 안심해도 돼."

배 속에 두려움이 공처럼 단단히 뭉쳐 있을 때 어떻게 안심을 해야 하나. 나들 내 곁을 맴도는 지금의 상황에서 내게 다른 선택지는 없다.

전혀 그러고 싶은 기분이 아니지만 나는 베개를 베고 편히 눕는다. 내가 고분고분 말을 들으면 머리스와 핀 삼촌도 한동안 나를 내버려두지 않을까?

"목마르니, 그레이스?" 잠시 후 머리스가 묻는다. "주스 마실래?"

그러고 보니 목이 마르다. 갈증이 정말, 정말 심하다. 이 정도로 뭘 마시고 싶은 적이 없었을 만큼 목이 마르다. "네, 감사합니다. 물도 괜찮아요. 아무거나 주세요."

"일단 크랜베리 사과 주스부터 먹고. 당분을 섭취하면 도움이 될 거야. 그리고 나서 다음으로 넘어가자."

"당분은 왜요?" 머리스가 건네는 작은 병을 받아 들면서 내가 묻는다. 나는 머리스와 핀 삼촌이 눈빛을 주고받는 모습을 보지 못한 척 주스를 단번에 들이켠다.

"하나 더 마실 수 있을까요?"

"당연하지." 머리스의 손에 두 번째 병이 들려 있다. 뒤를 돌았나? 분명히 앞만 보고 있었는데? 하지만 목이 말라 신경 쓸 새가 없다. 나는 작은 소리로 감사 인사를 하고 병을 받아든다. 천천히 마시려 하지만 이번에도 단숨에 들이켜고 만다.

다 마신 병을 핀 삼촌이 가져간다. 삼촌은 늘 그렇듯 우리 아빠처럼 내 머리를 쓰다듬고 말한다. "미안하다, 그레이스."

"뭐가요?" 삼촌의 그 말과 고통스러운 표정에 당황한 내가 묻는다.

"처음에는 고산병에, 이제는 지진까지. 내가 너를 알래스카로 데려온 이유는 네게 안전하다는 느낌을 주고 싶어서였어. 새로운 집을 찾게 도와주고 싶었지. 그런데 여기 온 이후로 네가 힘들어하기만 하잖니."

"저 힘들지 않아요." 내가 말한다. 내 말을 믿지 않는 것 같아 삼촌의 손을 잡는다. "물론 알래스카만큼 샌디에이고와 다른 곳은 없을 거예요. 그래도 이곳이 싫지는 않아요. 싫을 줄 알았는데 아니더라고요."

삼촌을 위로하기 위해 시작한 말이지만 하면 할수록 진심이라는 생각이 든다. 그래, 알래스카는 이질적인 곳이다. 하지만 이곳에 오지 않았다면 잭슨도 만나지 못했을 거다. 환상적인 키스를 경험하지도 못했을 거고, 사촌과 함께 살며 평생 이어갈 우정을 쌓지도 못했을 거다.

"고산병도 사라졌어요. 지진은 그쪽에도 일어나는데요, 뭐."
내가 씩 웃는다. "캘리포니아 남부와 알래스카에 공통점이 하나는 있네요."

"그렇다 해도, 내가 캐트미어 아카데미에 대해 더 자세히 설명해줘야 했어. 차라리 모르는 편이 안전하다고 생각했던 것 같다."

"학교 견학으로는 지진으로 다치는 일을 예방하지는 못할 텐데요, 핀 삼촌."

삼촌은 조금 서글픈 미소를 짓는다. "그런 뜻이 아니야."

조금 망가지기는 했지만 내 레이더가 다시 발동된다. "그럼 무슨 뜻이에요?"

"교장 선생님은 다른 학교들처럼 이 학교에서도 적응 기간이 필요하다는 말씀을 하시는 거야." 머리스가 끼어들며 삼촌에게 지금은 그런 문제를 이야기할 때가 아니라는 눈빛을 쏜다. "메이시가 잘 도와줄 거라 믿어. 그리고 너는 똑똑하니까 금방 이곳 생활에 익숙해질 거야."

글쎄요. 하지만 따지고 싶지는 않다. 머리스와 삼촌이 우리 방에 머무는 시간만 길어지게?

그 대신 화제를 돌린다. 내 치료와 관련한 이야기를 다 끝내면 두 사람도 나가지 않을까? "다른 상처는 어때요?" 내가 뺨에 붙은 반창고를 만진다. "심한가요?"

"아니, 전혀 심하지 않아. 금방 나을 거란다. 흉터가 남을 만큼 깊은 상처는 없었어."

"목은 빼고요."

"그래." 머리스는 마지못해 인정하는 목소리다. "목에는 작은 흉터가 남을 거야."

"둘이 바뀐 것보다는 낫죠." 내가 머리스에게 미소를 지어 보인다. "치료해주셔서 고맙습니다. 진심으로요."

"고맙기는, 그레이스. 너는 모범 환자야."

그건 두고 볼 일이다. 내가 오늘 밤 방에서 몰래 나가 잭슨 방에 가도 그렇게 생각할까? 잭슨을 보고 싶다. 다치지 않았는지도 확인하고 싶다. 우리 키스에 대해 어떻게 생각하는지도 알고 싶다. 생각하고 있기는 할까? 혹시 내가 너무 짐이 된다고 판단했을까?

유리가 깨지고 나를 양호실로 데려오기까지 무슨 일이 있었는지도 알고 싶은데 내게 그 얘기를 해줄 수 있는 사람은 잭슨뿐이다. 아무것도 기억하지 못하는 내가 싫다. 나 자신을 통제할 수 없다는 이 느낌을 견딜 수가 없다. 불안해진다. 진정제만 아니었다면 지금쯤 공황 발작을 일으켰을지도 모른다.

"아직도 졸린데 정상이에요?" 내가 묻는다. 낮잠을 자고 싶지는 않지만 사람들이 내 주변을 그만 맴돌기를 바라기 때문이다. 특히 우리 삼촌.

"그럼." 머리스가 말한다. "내일 아침은 돼야 진정제 효과가 사라질 거야." 그러고는 삼촌을 돌아본다. "우리는 나갈까요, 핀? 그레이스도 쉬어야죠. 내가 자기 전에 상태 보러 올게요. 그 전에 무슨 문제 있으면 메이시가 연락하겠죠."

"당연하죠." 메이시가 선한 표정으로 자기 아빠를 본다. 메이시는 물론이고 다른 사람 얼굴에서도 저런 표정은 본 적이 없다. 감동받지 않았다면, 또 핀 삼촌이 빨리 떠나기를 바라지 않았다면 웃음을 참지 못했을 거다.

"네 생각은 어때?" 삼촌이 내 머리를 쓰다듬으며 묻는다. "너 자게 우리가 나가도 괜찮겠어?"

"그럼요. 삼촌 계시는 동안 자는 건 예의가 아니잖아요. 그런데 너무 피곤해요, 핀 삼촌." 과장스러운 연기는 메이시만의 특기가 아닌 모양이다.

"좋아, 그렇다면야. 나가줘야지. 메이시, 아빠랑 같이 갈까? 머리스 선생님 떠나기 전에 식당에 내려가서 그레이스와 둘이 먹을 음식을 가져오는 게 어때?" 삼촌이 나를 본다. "배고프지?"

삼촌 얘기를 들으니 배가 고프다. 배고파 죽을 지경이다. "먹을 거 있으면 좋죠."

"무거운 음식은 안 돼." 머리스가 주의를 준다. "우선은 수프 조금에 푸딩이 좋겠다. 그게 잘 내려가면 조금 더 덩어리 있는 음식으로 넘어가보자."

"그럴게요." 메이시는 내게 안심하라는 눈빛을 보내고 삼촌의 팔짱을 낀다. "가자, 아빠. 그레이스 잠들기 전에 먹을 거 가져다줘야지."

삼촌은 곧바로 메이시를 따라 나간다. 삼촌을 해결해준 메이시에게 잊지 말고 근사한 보답을 하자. 한 달 동안 빨래를 해준다거나, 화장실 청소를 몇 번 도맡아 한다거나.

두 사람이 떠난 후 머리스와 단둘이 남아 조금 긴장하지만 머리스는 내가 깜빡 졸게 놔두려는 것 같고 나는 이 기회를 놓치지 않는다. 진정제 효과가 조금 떨어지자 제설차에…… 두 번은 치인 기분이다. 피를 흘려서 그런 거겠지. 걱정이 되지는 않는다. 찜찜하기는 하지만.

침묵 속에 몇 분이 흐르고 내가 잠들지 않았다는 사실을 눈치챘는지 머리스가 묻는다. "네 상태에 관해 궁금한 점 더 있니, 그레이스?"

"아니요, 없어요." 그렇게 대답하다 문득 떠오르는 생각이 있다. "아, 실밥을 언제 풀지 궁금해요."

"실밥?" 머리스는 내 질문을 받고 어이없게도 당혹스러운 표정을 짓는다.

"동맥이 찢어졌다면서요? 꿰맨 거 아니에요? 아니면 〈그레이 아나토미Grey's Anatomy〉에서 하는 것처럼 하셨어요?"

"아, 그거. 물론이지." 이제는 불편해 보인다. "동맥을 꿰맨 실은 녹아서 없어질 거라 걱정 안 해도 돼."

"바깥에 있는 실밥은요? 상처를 봉합한 부분 말이에요."

"그것도 녹을 거야." 머리스가 말한다.

이상한 대답이다. 하지만 나는 간호사가 아니니 넘어가기로 한다. 머리스가 이렇게 말하기 전까지는. "참, 상처에 반창고는 계속 붙이고 있어. 내일 양호실로 오면 내가 갈아줄게. 하지만 최소한 일주일은 너 혼자 떼지 마."

"일주일요? 샤워할 때는 어떡해요?"

"반창고 위에 붙일 방수 필름 줄게. 그거 붙이면 머리 감을 때도 반창고가 젖지 않을 거야."

정상적으로 낫는다는 상처치고는 까다로운 조건이 많네. 하지만 따질 마음은 없다. 아직은. 그래서 "감사합니다"라고만 한다. 이번에 눈을 감았을 때는 정말로 잠이 들기 위해 노력한다.

하지만 잠은 오지 않는다. 졸린 것은 확실한데 뭔가 느낌이 이상하기 때문이다. 양호 선생님이 내 동맥을 꿰매다니……. 그래놓고 실밥 얘기에 놀란 표정을 짓는다고? 내가 살던 곳에서 상처를 꿰매는 일은 무조건 의사가 했다.

뭐, 알래스카니까. 게다가 여기서는 한 시간 반을 더 가야 그나마 도시 비슷한 곳이 나온다. 그래서 캐트미어의 양호 교사는 일반 학교의 양호 교사보다 더 많은 일을 하나 보지. 임상 간호사라 진정제를 처방하고 동맥도 꿰맬 수 있는 건가?

어쨌든 메이시가 방으로 돌아왔을 때는 감사함을 느낀다. 머리스가 나갈 때까지 잠든 연기를 계속하던 나는 문이 닫히자마자 침대에서 벌떡 일어난다.

"숨기는 게 뭐야?" 내가 따져 묻는 말에 메이시가 비명을 지르며 들고 있던 식판을 떨어뜨릴 뻔했다.

"자는 줄 알았잖아!"

"그래야 머리스가 나가지." 나는 이불을 젖히고 침대 옆으로 다리를 내려 바닥을 디딘다.

"다시 누워." 메이시가 훈계한다.

"나한테 정말 무슨 일이 있었는지 알아야겠어." 내가 대꾸한다. "아니, 지진 중에 창문이 깨지고 날아온 유리가 내 동맥을 스칠 가능성이 얼마나 되냐고? 게다가 머리스는 나보고 상처를 보지 말래. 뭐야?"

"징그럽거나 해서 네가 놀랄까 봐 걱정하는 거겠지."

메이시는 자기 책상에 식판을 내려놓지만 나를 돌아보지 않는다. 쟁반에 놓인 접시들을 부산스레 만질 뿐이다. 비명을 지르고 싶다. 아니, 데워 온 수프에 준비할 게 뭐가 있어서?

그래서 어지러운 머리를 무시하고 발을 딛고 일어나 메이시에게 걸어간다. 하지만 반도 못 가서 방이 흔들리고 나는 넘어지지 않으려 벽을 짚는다.

살짝 베기는, 개뿔. 지금 내 몸은 심각한 상태다.

뒤를 돌아본 메이시가 위태로운 나를 보고 또 비명을 지른다. "침대로 돌아가!" 메이시는 내 팔을 붙잡고 자기 어깨에 걸치며 명령한다. "빨리, 내가 도와줄게."

"진실을 말해줘. 정말 동맥을 베인 거야? 아니면 내가 모르는 비밀이 있는 거야?" 내가 묻는다. 질문의 답을 알기 전까지는 끌려가지 않을 작정이다.

"동맥 베인 거 맞아. 내 눈으로 똑똑히 피를 봤어."

"그런 질문이 아니야."

"알아. 하지만 나는 그것밖에 몰라. 잭슨이 너 양호실로 데려갈 때 나는 그 자리에 없었단 말이야. 춤 연습 중이었잖아."

"아, 맞다." 내가 한숨을 쉰다. 답답한 마음에 머리카락을 한

움큼 뽑고 싶지만 참는다. "미안해. 그냥 뭔가 빠진 이야기가 있는 것 같아서."

"글쎄다, 그레이스. 내가 듣기에는 아무 문제 없던데. 네가 진짜 운이 나쁘다는 생각은 들지만. 나뭇가지가 부러지지를 않나, 이제는 창문까지. 이상하게."

"이상해. 나도 그 생각하고 있었어. 아니, 확률이 말도 안 되잖아. 어떻게 생각해야 할지 모르겠어."

"지금? 너는 침대로 돌아가 자는 것 말고는 아무것도 생각할 필요 없어. 네가 일어나서 방 돌아다니는 걸 보면 머리스가 나를 죽이려 할 거야."

"그건 또 뭐야?" 결국 메이시의 부축을 받아 침대로 향하며 내가 묻는다. "그 사람은 무슨, 이 세상에서 제일 무시무시한 양호 선생님 같아."

"그 정도는 아니야. 그냥…… 조금 진지하지."

침대로 가는 길에 내 책상에서 필통을 집어 든다. 안에 있는 거울로 얼마나 다쳤는지 확인하고 싶으니까. "그래, 그 묘사가 딱이다."

"수프 뭘로 먹을래?" 메이시가 나를 침대에 앉히며 묻는다. 내가 일어났을 때와 달리 이불이 깨끗하게 정리되어 있다. 그럴 리가 없는데? 메이시는 계속 방 저편에 있었잖아.

"네가 정리했어?"

"뭐?"

"내 침대. 나 일어날 때 엉망이었는데."

"아, 그거. 내가, 음⋯⋯." 메이시가 주름을 펴는 것처럼 양손을 옆으로 움직인다.

"언제?" 내가 생각보다 정신이 없나 보다. 메이시가 이쪽으로 오는 모습도 못 보고.

"네가 벽에 기대고 있을 때. 잠깐 눈 감고 있었잖아. 어지럼증 가라앉히는 걸 방해하고 싶지 않았어."

이것도 이상하다. 내가 서 있다는 사실을 알고 곧장 내게로 왔을 텐데? 뭐, 약에 취한 사람은 나니까. 메이시는 정신이 똑바로 박혀 있고. 그리고 뭐가 중요하겠어? 침대가 저절로 정리된 것도 아니잖아?

"뭐, 나야 고맙지." 내가 이불을 다시 덮으며 말한다. "수고했어."

"됐어." 하지만 식판에 손을 뻗는 얼굴이 조금 창백하다. "감자, 치킨 누들, 콘 차우더 가져왔어. 어떤 수프를 좋아할지 몰라서."

"솔직히 배고파서 아무거나 먹을 수 있어. 너 먹고 싶은 거 고르고 남으면 나 줘."

"에이, 그건 안 되지. 환자는 너야."

"그러니까. 약에 취해서 뭘 먹든 의미 없어. 또 토마토 수프 빼고는 다 좋아하니까 그냥 아무거나 줘."

결국에 메이시는 콘 차우더 수프와 과일 통조림을 건넨다. 이번에는 복숭아다.

나는 3분 만에 그릇의 절반을 허겁지겁 비운다. 상대적으로 차분한 속도인 메이시는 몇 입을 먹다가 내게 묻는다. "아, 잭슨 방에는 왜 갔던 거야? 잭슨이 너를 피하고 있다는 소식을 마지막으로 들었는데."

울고 있었다는 말만큼은 메이시에게 하고 싶지 않다. 메이시를 걱정시키고 싶지 않다. 내가 이곳에 온 이후로 자기가 부족했다는 생각은 더더욱 심어주고 싶지 않다. 메이시는 최고의 룸메이트니까. "얘기 조금 하다가 유성우를 보여주겠다고 하더라고."

"유성우? 지어낸다는 핑계가 겨우 그거야?"

"진짜야. 아름답더라. 그렇게 밝은 유성은 처음 봤어."

메이시는 여전히 믿기 힘들다는 표정이다. "침실 안에서 유성우를 정확히 어떻게 보고 있었는데?"

"침실 밖 흉벽에 있었어. 막 창문을 넘어왔을 때 지진이 일어난 거야."

"지진이라고."

"그래, 지진. 왜 있잖아, 오늘 저녁 5시 반쯤 땅 전체가 흔들렸던 현상. 오늘 아침 일어났던 지진의 여진이었을 거야."

"아, 지진은 나도 알지. 우리 다 느꼈어."

"그런데 왜 내가 정신 나간 사람이라도 되는 것처럼 행동해?"

"그런 거 아니야. 나는 그냥…… 그래, 뭐, 유치한 생각이겠지. 그런데 지진 일어나던 순간에 잭슨과 뭐 하고 있었어?"

그 질문에 나는 얼어붙고 메이시의 귀 바로 뒤편에 있는 벽만 바라본다. 하지만 내 시선이 어디에 고정되어 있든 중요하지 않다. 뺨이 달아오르는 것을 나도 느끼기 때문이다.

"세상에. 너……." 메이시가 목소리를 낮춘다. "너 걔랑 그렇고 그랬던 거야?"

"뭐? 아니야! 당연히 아니지!" 내 뺨이 분홍색에서 새빨간색으로 변한 게 분명하다. "우리는……."

"뭐?"

"키스했어. 걔가 나한테 키스했다고, 됐어?"

"그게 다야? 그냥 키스?"

"당연히 그게 다지! 만난 지 일주일도 안 됐는데."

"그렇기는 하지만…… 그 이상으로 보이는 것 같아서."

"뭐가? 아니, 걔가 나를 좋아하는지도 모르겠어."

메이시는 무슨 말을 하려는가 싶더니 생각을 바꿨는지 고개를 젓고 갑자기 자기 수프가 지구상에서 가장 흥미로운 물건인 것처럼 아래만 바라본다.

"정말 이럴 거야?" 내가 조른다. "그러면 안 되지. 나는 네 질문에 전부 대답했어. 너도 내 질문에 대답해!"

"알아. 그냥……." 누군가 방문을 두드려 메이시가 말을 흐린다. 내가 그러면 그렇지. "아빠가 또 너 잘 있나 보러 왔을 거야." 메이시가 몸을 일으키며 말한다. "가만히 기다리는 데 소질이 없거든. 특히 자기가 아끼는 사람이 아프면."

나는 남은 수프를 협탁에 내려놓고 이불 속으로 파고든다. "내가 자는 척하면 너 기분 상할까? 지금은 누구든 이야기할 기분이 아니야."

"기분 상하기는. 그냥 자는 척해. 너 한 번 보여주고 쫓아낼게."

"너는 정말 최고의 룸메야."

메이시가 문으로 간 사이 나는 눈을 감고 몸을 옆으로 굴려 벽을 바라본다. 문밖에 있는 사람이 저음으로 중얼거리는 소리는 들리지만 내용은 알아들을 수 없다.

삼촌이 맞는지 메이시는 이렇게 대답한다. "괜찮아. 수프 조금 먹었고 지금 자고 있어."

저음으로 중얼거리는 소리가 더 들리고 메이시가 제안한다. "들어와서 직접 볼래? 머리스 선생님이 약을 많이 줘서 아직 헤롱헤롱 상태야."

중얼거리는 소리는 길게 이어지지 않는다. 메이시가 문을 닫는다.

"이상 무." 그렇게 말하는 목소리가 어쩐지 이상하다.

"저기, 삼촌한테 거짓말하게 만들어서 미안해. 다시 불러오고 싶으면……."

"우리 아빠 아니었어."

"아, 누구였어, 그럼? 캠?"

"아니." 메이시는 조금 토할 것 같은 표정으로 대답한다. "잭슨이었어."

나는 오늘 저녁만 세 번째로 침대에서 벌떡 일어난다. "잭슨? 잭슨이 여기 왔었어? 왜 안 들여보내고?" 이불을 젖히고 침대에서 기어 나와 방 안을 두리번거리지만 스니커즈는 어디에도 보이지 않는다.

"들어오라고 초대했어. 거절한 건 그쪽이야."

"내가 자고 있다고 했잖아." 나는 신발 찾기를 포기하고 문으로 향한다.

"너 어디 가?" 메이시가 소리를 꽥 지른다.

"어디일 것 같아?" 내가 문을 당겨서 연다. "잭슨 찾으러."

36

피해가 없어도
잘못은 잘못이다

　우리 방에서 뛰쳐나간다. 방 몇 개 지나면 잭슨을 잡을
수 있겠지. 하지만 복도는 텅 비어 있다. 그래도 멀리 가지는
못했을 시간이라 중앙 계단으로 달려간다. 정 안 되면 잭슨 방
이 어디 있는지 아니까. 청소팀이 그곳에 있더라도 상관없다.
　잭슨은 정말 계단에 있었다. 나는 한 번에 세 칸씩 내려가는
잭슨을 발견한다. 하지만 혼자는 아니다. 리엄, 라파엘과 함께
서둘러 어디를 가는 듯하다.
　보내줘야 하나. 하지만 잭슨이 먼저 나를 찾아왔잖아? 그건
나를 보고 싶었다는 뜻 아냐?
　그 생각에 힘이 난다. 나는 꼭대기 층 층계참으로 가서 잭슨
의 이름을 부른다.
　잭슨이 즉각 멈춰 선다. 세 남자는 걸음을 멈추고 똑같이 텅
빈 눈으로 나를 응시하고 있다. 잠깐은 그들의 미모와 강렬함

이 주는 충격을 받아들일 시간이 필요하다. 너무 심하네. 내가 그러고 있으니 잭슨이 다시 계단을 뛰어 올라온다.

리엄과 라파엘은 슬슬 신물이 나는 그 공허한 표정으로 이쪽을 쳐다본다. 하지만 나를 향해 가볍게 손을 흔들고 라파엘은 양쪽 엄지를 세워 보이기까지 한다. 그러더니 뒤를 돌아 계단을 뛰어 내려간다.

"왜 나와 있어?" 잭슨이 물으며 순식간에 내 앞에 선다. 잭슨만은 공허한 표정이 아니다. 잭슨의 얼굴은 후회와 자기혐오가 섞여 납빛으로 변했다. 빛을 뿜어내는 검은 눈은 전혀 다른 이유로 내 몸에 전율을 흘려보낸다.

"메이시가 그러더라고. 나 찾아 왔다고."

"너 찾으러 간 건 아니야. 괜찮은지 확인하러 왔지."

"아." 나는 두 팔을 내밀고 약간은 자조적으로 어깨를 으쓱한다. "뭐, 보다시피 나는 괜찮아."

잭슨이 코웃음을 친다. "네 생각은 그렇겠지."

"무슨 뜻이야?"

"당장이라도 쓰러질 것처럼 생겼다는 뜻이야. 과다 출혈로 죽을 뻔해놓고 복도를 뛰다니 대체 무슨 생각인지 모르겠다. 침대로 돌아가."

"그러고 싶지 않아. 아까 있었던 일에 대해 이야기하고 싶어."

'공허하다'라는 단어는 잭슨의 얼굴을 충분히 묘사하지 못한다. 공허한 표정, 텅 빈 표정을 넘어 얼굴에 아무것도 존재하지 않는다. 나와 함께 유성우를 봤던 잭슨은 흔적조차 찾아볼 수 없다. 무릎이 휘청거리고 심장이 터질 것 같을 때까지 나와 키스했던 소년의 흔적은 확실히 없다.

남처럼 보인다. 차갑고 감정 없는 낯선 사람은 나를 오로지 무시하려 한다. 하지만 잭슨이 마침내 대답한다. "네가 다쳤어. 그게 아까 있었던 일이야."

"그게 전부는 아니잖아." 내가 잭슨의 팔에 손을 뻗는다. 잭슨을 만지고 싶고, 느끼고 싶다. 하지만 내 손가락이 셔츠에 닿기도 전에 잭슨은 뒤로 물러난다.

"중요한 일은 그것뿐이야."

아야. 심장이 발밑으로 쿵 떨어진다. 잭슨이 우리의 키스를 중요하지 않은 문제로 치워버리다는 사실에 나는 어쩔 줄을 모른다.

한참이나 할 말을 찾지 못한다. 그러다 의식을 차린 후 내 뇌를 뜨겁게 태우고 있는 한 가지 질문을 한다. "너는 괜찮아?"

"네가 걱정할 사람은 내가 아니야."

"하지만 걱정되는걸." 사실을 인정하려니 부담스럽다. 잭슨은 우리 사이에 일어난 모든 것을 밀어내려 하고 있으니까. 하지만 그렇다 해도 진실이 변하지는 않는다. "네 모습이 꼭……."

잭슨이 나와 눈을 맞춘다. "뭐?"

"모르겠어." 내가 어깨를 으쓱한다. "안 괜찮아 보여."

잭슨은 시선을 피한다. "나는 괜찮아."

"그래." 정말 나와 대화하고 싶지 않은가 보다. 그래서 나는 뒤로 물러난다. "그럼 나는 그만……."

"미안해." 목구멍에서 억지로 끄집어낸 것처럼 들린다.

"뭐가?" 놀랍게 웬 사과?

"너를 보호하지 못해서."

"지진으로부터?"

잭슨이 나를 날카로운 시선으로 바라본다. 잠깐, 아주 잠깐이지만 잭슨의 눈에 무언가 보인다. 강렬하고 무시무시하고 온 마음을 빼앗는 눈빛이 있다. 하지만 그것은 금세 나타난 만큼 금세 사라지고 잭슨의 눈은 다시 공허해진다. "많은 것들에서."

"내가 알기로 너는 내 목숨을 구했어."

잭슨이 코웃음을 친다. "그게 문제야. 너는 이해하지 못해. 그러니까 방으로 돌아가 아까 일을 전부 잊어야 한다는 거야."

"지진을 잊으라고?" 내가 묻는다. "아니면 네가 한 키스를 잊어?" 어디서 이 말을 꺼낼 용기가 났는지 모르겠다. 하지만 사실은 용기보다 간절함이다. 잭슨이 무슨 생각을 하는지, 왜 그런 생각을 하는지 알아야겠다.

"전부 다 잊어." 잭슨이 대답한다.

"그럴 일 없다는 거 알잖아." 나는 다시 한번 손을 내밀고, 이번에는 잭슨도 몸을 빼지 않는다. 그냥 지켜볼 뿐이다. 나는 나를 만졌을 때의 기분을 떠올리기를 바라며 잭슨의 어깨에 손을 올린다. 잭슨이 우리 사이에 세운 장벽을 뚫고 전해지기를 바란다.

"아니, 그래야 해. 우리가 뭘 했는지 너는 몰라."

"우리 키스했어, 잭슨. 우리가 한 건 그게 다야." 거창하고 중요하게 느껴졌다. 지금도 내게는 그런 느낌이다. 하지만 우주의 커다란 계획 안에 놓고 본다면 한낱 키스에 불과했다.

"내가 계속 말했지. 이곳은 그런 식으로 돌아가지 않는다고." 잭슨이 답답하다는 듯 자기 머리카락을 움켜쥔다. "모르겠어? 여기 도착했을 때부터 너는 폰이었어. 원하는 결과를 얻기 위해 체스판 위에서 이리저리 움직여지는 말이었다고. 그런데 지금…… 지금 우리가 판을 키워버렸어. 이제는 그냥 게임이 아니야."

경고로 한 말이겠지만 나는 복부를 한 대 맞은 기분이다.

"너한테는 내가 게임이었어?"

"내 말 안 듣고 있군." 잭슨의 눈이 번쩍인다. 무슨 뜻인지 알고 싶지만 그는 내가 해석조차 할 수 없는 감정을 억누르고 있다. "내가 너와 키스한 순간부터, 네가 다친 순간부터 모든 게 달라졌어. 지금까지는 위험했지만 이제는……."

잭슨이 말을 하다 말고 이를 악물고 침을 삼킨다. 그러고는 말을 잇는다. "이제 나는 네 등 한가운데 과녁을 붙이고 누구든 쏴보라고 한 거나 마찬가지야."

"이해가 안 돼. 네가 뭘 했다고."

"전부 다 했어." 잭슨은 지난밤에 본 별똥별처럼 빠르게 움직여 내 앞에 얼굴을 들이민다. "잘 들어. 너는 내게 다가오면 안 돼. 나도 네게 다가가면 안 되고."

몸에 오싹한 한기가 흐르고 입이 마르고 손바닥이 축축해진다. 그런데도 나는 돌아서지 못한다. 잭슨이 바로 앞에 서 있는데 어떻게 그래. "잭슨, 제발. 말이 되는 소리를 해."

"네가 이해하기를 거부하기 때문이야." 잭슨이 물러난다. "그만 갈게."

그 말은 우리 사이의 어둡고 음울한 공기에 걸린다. 하지만 잭슨은 가지 않는다. 아무것도 하지 않고 그곳에 서서 고통스러운 눈으로 나를 보고만 있다.

그래서 내가 움직인다. 우리 몸이 서로 스칠 때까지 앞으로 걸어 나간다.

대단하지 않지만 배에 열기가 고이고 피부 바로 밑에 전기가 찌릿찌릿 흐르기에 충분한 거리다. "잭슨." 내가 그 이름을 속삭인다. 성대가 기능을 상실했기 때문이다. 잭슨은 내 말에 대답하지 않지만 움직이지도 않는다.

1초, 2초, 그냥 그 자리에 서서 나를 내려다보며 나와 눈을 맞춘다. 나를 향해 몸을 앞으로 내밀고 있다.

다시 한번 잭슨의 이름을 속삭이고 그것만으로 효과를 본다. 잭슨이 흔들리는 게 보인다. 내게로 몸을 더 기울이고 있다.

하지만 잭슨은 퍼뜩 정신을 차리고 깨진 유리처럼 날카로운 목소리로 내게 말한다. "가까이 오지 마, 그레이스." 돌아서서 한 번에 세 칸씩 계단을 내려가고 3미터 아래의 층계참에 이를 때까지 멈추지 않는다. 그러고는 뒤도 돌아보지 않고 내게 외친다. "네가 살아서 이 학교를 나가고 싶으면 그 방법밖에 없어."

"그거 협박이야?" 내가 묻는다. 나는 잭슨에게든 나 스스로에게는 인정하고 싶지 않을 만큼 큰 충격을 받았다.

"나는 협박 같은 거 안 해." '그럴 필요 없거든'이라는 말은 하지 않아도 우리 사이의 공기에서 충분히 느낄 수 있다.

내가 뭐라 대답하기도 전에 잭슨은 철제 난간을 두 손으로 짚고 뜀틀처럼 넘는다. 나는 숨 막힌 비명을 지르며 계단 끝으로 달려간다. 설마 아래에 망가진 몸으로 쓰러져 있지는 않겠지? 하지만 잭슨은 세 층 아래에 망가진 몸으로 쓰러져 있지도 않을뿐더러 어디에도 보이지 않는다. 자취도 없이 사라져버렸다.

37

답을 감당할 수 없으면
질문도 하지 마

    나는 제자리에 서서 잭슨이 있어야 하지만 없는 곳을 몇 초간 가만히 내려다본다. 그냥 사라질 수는 없는데. 불가능하다.

    정상적인 방법으로 잭슨을 따라 내려가지만 계단 네 칸을 내려가기도 전에 뒤에서 누군가 나를 불러 세운다. "그레이스! 어디 가?"

    돌아보니 리아가 층계참에서 나를 향해 걸어오고 있다. 언제나처럼 올 블랙 차림이고 시크하고 여성스러운 모습이 꼭 매력적인 악당처럼 보인다. 그것 또한 언제나처럼.

    "잭슨과 할 말이 있는데 내가 따라잡기에는 너무 빠르네."

    "새삼. 잭슨이 잡히고 싶지 않으면 아무도 못 따라가지." 리아가 내 어깨에 가볍게 손을 올린다. "그런데 그레이스, 너 괜찮아? 안 좋아 보여."

고작 그런 말로는 내 상태를 표현할 수 없지만 나는 고개만 젓는다. "이상한 하루였어. 힘들고."

"잭슨과 엮이면 항상 그렇지." 리아가 웃으며 말한다. "이럴 때 필요한 건 차를 조금 더 마시면서 여자들끼리 노는 시간이야. 다음에 꼭 같이하자."

"응, 꼭 그러자."

"일단 지금은 잭슨은 따라가지 그래? 동굴에 얼마나 오래 들어가 있을지 모르잖아."

그 생각을 안 하지는 않았다. 정말로. 하지만 잭슨이 어디 있는지 모르는걸. 아직 이 성 안에 있는지도 모른다. 그리고 잭슨이 성 안에 있다고 해도 잠옷 바람으로 쫓아갈 수는 없지.

그래서 결국에는 한숨을 쉬고 이렇게 말한다. "그냥 방으로 돌아갈래. 문자나 보내보지."

"아, 그래, 퍽이나 받아주겠다." 왠지 가르치는 말투 같다. 내가 지쳐서 그렇게 들리는 걸 수도 있고. 그래서 리아가 다음 말을 할 때도 짜증을 내지 않으려 노력한다. "자, 방까지 데려다줄게. 당장이라도 쓰러질 것처럼 보인다."

당장이라도 쓰러질 것 같은 느낌이지만 이건 내가 알아서 해결해야 할 문제다. 약한 체력을 결함으로 보는 듯한 이 학교에서라면 더더욱.

리아에게 대답하는 대신 나는 잭슨이 사라진 계단을 한 번 더 헛되이 내려다보고 왔던 길로 돌아선다. 하지만 리아는 내가 곧 기절할 거라 생각했는지 쓰러지면 붙잡을 요량으로 손을 올리고 내 옆에 바짝 붙어 걷는다. 내가 쓰러지나 봐라. 이번 주에 평생 일으킬 사고는 다 쳐서 몸을 사려야 한다.

"어떻게 된 거야?" 내 방으로 천천히 돌아가며 리아가 묻는다. "저녁때 너 볼 줄 알았는데 식당에 없더라."

"아, 응. 약간의…… 사고가 있었어."

"그래 보여." 리아가 내 피부를 덕지덕지 덮은 반창고를 본다. "많이 다쳤어? 왜냐하면 너 꼭 북극곰과 세 판을 붙어서 다진 사람처럼 보이거든."

내가 웃으며 고개를 젓는다. "아까 지진 났을 때 날아온 유리에 조금 긁혔어. 별일 아니야."

"아, 맞아. 지진." 리아가 잠시 나를 뜯어본다. "너 온 후로 지진이 작년보다 많이 일어나네. 혹시 네가 달고 왔나 하는 생각이 들고 있어, 캘리포니아 아가씨."

내가 코웃음을 친다. "응, 안 그래도 오늘 그 얘기 했어. 하지만 캘리포니아에서는 지진으로 이렇게 다친 적 없다고."

"그래? 너 사람들이 알래스카Alaska에 대해 뭐라고 하는지 알지?"

"미래를 찾아 북쪽으로?" 인터넷으로 알래스카를 조사할 때 본 주州 슬로건을 인용하며 내가 대답한다.

리아가 웃는다. "그것보다는 이 말에 더 가깝지. '여기 있는 모든 것은 당신을 10초 안에 죽인다.'"

"그건 오스트레일리아Australia 아니었어?"

"'A'로 시작해서 'A'로 끝나는 곳은 다 해당될 거야." 리아는 웃으면서 말하지만 신랄한 말투를 들으니 이곳에서 얼마나 더 불행해질 수 있는지 생각하게 된다. 이곳에 온 이후로 나는 단지 나무에서 떨어지고 유리에 벳을지 모르지만 리아는 남자친구를 잃었으니까. 잭슨은 형을 잃었고.

"너는 어때?" 방에 가까워지며 내가 묻는다.

"나?" 리아는 놀란 눈치다. "유리에 베인 사람은 너야."

"상처 얘기가 아니라. 내 말은……." 나는 숨을 깊이 들이마시고 천천히 내쉰다. "허드슨 일, 너는 어때?"

잠깐, 아주 잠깐이지만 리아의 눈에 분노가 반짝이다. 격렬하고 순수하고 무한한 분노다. 하지만 눈을 한 번 깜빡이자 분노는 사라지고 온화하고 유쾌한 표정이 돌아온다. 어째서인지 그 안에 숨은 분노보다 백만 배는 보기가 힘겹다.

"아무 문제 없이 잘 지내고 있어." 리아가 이상하게 묘한 미소를 지으며 말하는 목소리를 들으니 안쓰럽고 가슴이 아프다. "뭐, 좋지는 않지. 좋아지는 날은 오지 않을 거야. 하지만 싫다고 말하는 법을 알아냈으니 그것만으로 의미 있어."

"싫다고 하는 법?"

"응, 전에도 얘기했잖아. 다들 나보고 잊으라고 하는데 그럴 수 없다고. 상황이 달라지지 않았대. 잭슨으로 대체해도 완벽하게……."

"잭슨?" 잭슨 이름이 리아와 엮여 나오다니. 온몸이 긴장으로 팽팽해진다. 농담이겠지…… 그렇지?

"알아. 황당하지. 잭슨과 허드슨은 닮은 구석이 하나도 없는

데. 걔는 몰라도 나는 정치나 가문에 관심 없어. 허드슨을 돌려받고 싶을 뿐이야.”

리아와 잭슨이 사귀어야 하는 사이라는 소식은 나를 뒤흔든다. 잭슨도 그렇게 할 마음이 있다는 투다. 하지만 그 말을 하는 리아가 너무도 작고 연약해 보여 가슴이 저릿하다.

그리고 말도 안 되잖아. 잭슨이 나를 그렇게 안아줬는데. 내게 그런 키스를 했는데. 다른 여자를 마음에 둔 남자처럼 행동하지 않았다. 내가 자기를 원하는 만큼 간절히 나를 원하는 남자처럼 행동했다.

그래, 몇 분 전 계단에서는 없던 일로 만들려고 했지. 하지만 그런 감정을 그냥 없던 일로 만들 수는 없다. 평생 처음 느껴보는 감정이란 말이다. 분명 잭슨도 마찬가지일 것이다.

그런데 방금 이 이야기는 뭘까? 리아의 의도가 뭐지? 하고 많은 사람 중에 왜 하필 내게 그런 이야기를 하는 거야?

나는 이 질문들의 답을 모르고, 기숙사 복도 한복판에 서서는 그 답을 찾지 못할 것이다. 더구나 지금은 진정제와 출혈로 뇌가 아직 흐릿하고 몸 절반의 감각이 아직 돌아오지 않은 상태다.

다행히 나와 메이시의 방에 드디어 도착했다. 지쳐서 한시라도 빨리 내 침대로 돌아가고 싶다. 리아와 그만 인사를 하고 싶다. 내가 망상증 환자인지, 정말로 리아가 자기 남자라고 생각하는 잭슨에게 접근하지 말라고 은근한 경고를 하고 있는지 아직은 모르겠다.

경고라면 소용없을 거다. 나는 이미 잭슨과 연결되었다는 느낌을 받고 있다. 이상하다는 거 나도 안다. 대화를 해도 서로 쏘아붙이기만 하니까. 하지만 잭슨 옆에 있으면 더 같이 있고 싶다. 잭슨에게는 나를 떠미는 힘, 그를 갈망하게 만드는 힘이 존재한다. '가족'을 이유로 모든 사람이 자신과 잭슨이 함께하기를 원한다는 리아의 교묘한 연설로는 상황을 바꾸지 못한다.

노크를 하려고 손을 올린다. 사라지기 선수인 잭슨 베가를 붙잡으려고 서두르다 열쇠를 놓고 나왔기 때문이다. 하지만 내 주먹이 나무 문에 닿기도 전에 문이 벌컥 열린다.

"왔구나!" 메이시가 외친다. "안 그래도 너 찾으러⋯⋯."

내 옆에 서 있는 리아를 보고 메이시가 말을 흐린다. "아, 안녕, 리아." 그러고는 어색하게 머리카락을 손으로 빗는다. "잘 지내?"

"좋아." 리아는 무시하는 말투로 대답하고 얼굴에 걱정을 가득 담아 나를 돌아본다. "푹 쉬어. 알았지, 그레이스? 내일 병문안 올게. 회복에 도움이 될 스페셜 블렌딩 차도 가져오고."

"그럴 필요 없어." 나는 구슬 커튼을 통과해 방으로 들어간다. "데려다준 건 고마웠어."

"당연한걸. 차 준비하는 것도 귀찮지 않아." 리아가 달콤한 미소를 짓는다. "가서 쉬어."

"그럴게. 고마워." 나는 굳이 미소를 짓지 않는다.

"데려다줘서 고마워. 진심으로." 고맙다고 웃으며 감사 인사를 하는 메이시를 보니 짜증이 난다.

리아는 메이시의 말을 들은 척도 하지 않는다. "원하면 지금도 차 가져올 수 있어, 그레이스."

"나는 괜찮아." 됐다고 손을 내저으며 침대에 눕는다. "그냥 잘래."

그 말을 입증하듯 나는 (또다시!) 깨끗이 정리된 침대에 누워 문, 그리고 리아를 등지도록 벽을 향해 몸을 돌린다. 무례한 행동이지만 지금은 그러거나 말거나 관심 없다. 대화는 끝났고, 지금 마음 같아서는 리아와도 끝났다. 꼭 잭슨 때문만은 아니다. 메이시를 대하는 리아 태도가 정말로 마음에 들지 않기 때문이다. 왜 저렇게 퉁명스럽게 구는지 참을 수가 없다. 내 사촌이 무슨 자기 신발을 깨무는 강아지라도 돼?

문 쪽에서 나직이 속삭이는 소리가 들린다. 메이시가 리아에게 내 무례한 행동을 사과하는 소리겠지. 곧이어 문이 부드럽게 닫힌다.

바로 몸을 돌리니 메이시가 협탁에 둔 쿠키 봉투와 생과일주스가 얼굴 바로 앞에 보인다.

"너는 정말 이 세상 최고의 사촌이야." 내가 일어나 앉으며 메이시에게 말한다. "너도 알지?"

"알아." 메이시도 내 옆에 앉으며 동의한다. "기분 어때?"

"진실을 알고 싶어?"

"언제나."

"끔찍해. 네 말을 들었어야 했어." 아무리 그래도 이럴 수는 없다. 진짜 왜 이러지. 잭슨을 따라 복도를 달렸을 뿐인데 몸에 힘이 하나도 없고 지쳤다.

"이런." 메이시가 주스 잔을 들고 내게 건넨다. "쭉 마셔, 아가씨."

내가 피를 얼마나 많이 흘린 거야? 처음으로 이런 의문이 생긴다.

그 생각에 나는 메이시가 내민 유리컵을 받아 들고 몇 번 만에 주스를 다 마신다. 속이 요동치고 아무것도 먹고 싶지 않지만 쿠키도 하나 먹어본다.

매처럼 나를 지켜보던 메이시는 내가 두 번째 쿠키와 물 한 잔까지 힘겹게 넘기자 흡족한 미소를 짓는다. 그제야 묻는다. "어쩌다 잭슨을 쫓아 나간 애가 리아와 돌아왔는지 말해줄 거야?"

"별일 아니야. 잭슨은 늘 하던 행동을 했지."

"그게 뭔데?"

"사라지기."

메이시가 고개를 끄덕인다. "아."

계단 끝에서 말을 걸 때 잭슨 얼굴에 떠올랐던 표정을 생각한다. 리아가 슬쩍 흘린 말에 대해서도 생각한다.

내게 안 좋은 일이 일어날 때마다 잭슨이 나를 구해줬다는 사실을 떠올린다. 그래놓고는 몇 번이고 아무렇지 않게 돌아서던 잭슨의 태도를 떠올린다.

가뜩이나 혼란스러운 내 뇌가 그만하라고 애원할 때까지.

"우리, 자야지." 메이시가 말한다. 이제 보니 메이시는 벌써 잠옷을 입고 있다. "2시가 넘었어."

"시간이 그렇게 됐어? 나 얼마나 나가 있었던 거야?"

"아주 오래." 메이시는 나를 한 번 껴안아주고 침대에서 내려간다. "잠 좀 자. 잭슨 베가가 무슨 생각을 하는지는 내일 더 자세히 이야기하자."

나는 고개를 끄덕이고 메이시의 제안을 따르려 한다. 그런데 시간이 이렇게 늦었다고? 얼마나 많은 시간을 허비한 거야. 생각보다 밖에 훨씬 오래 머물렀나 보다. 지금이 정말로―나는 휴대폰을 집어 들고 시간을 확인한다―새벽 2시 31분이라면.

헤더에게서 문자가 와 있다. 미적분이 엿 같고, 베로니카(현재 짝사랑 상대)에게 용기 내서 말을 걸고 싶다는 내용이다. 나도 문자를 몇 개 보낸다. 얼마 전 죽을 뻔했다는 이야기는 빼고 그냥 베로니카와 미적분에 대한 응원을 보낸다. 잭슨 얘기로 나도 조금 징징대고.

헤더는 답장하지 않는다. 한밤중이니 그럴 만도 하지. 그래서 몇 분간 인스타 피드를 내려본다. 사진들을 멍하니 보고 있으니 오늘 일이 생각난다. 내가 의식을 잃은 사이에 대체 무슨 일이 있었던 걸까?

머리스가 정확히 뭐라고 말했지? 잭슨이 황급히 양호실로 나를 데려왔고 내 동맥의 '벤상처'를 치료하기 위해 내게 진정제를 놨다고 했나? 아니면 내가 모르는 이야기가 더 있을까? 삼촌이 그토록 긴장한 이유, 나와 거리를 두겠다고 잭슨이 단단히 결심한 이유를 설명해줄 이야기가?

이런 생각들 때문에 나는 새벽 3시까지도 천장만 바라본다.

이런 생각들 때문에 결국 욕실로 가서 메이시와 나 사이의 문을 닫는다.

이런 생각들 때문에 최소 며칠은 뜯지 않겠다고 약속한 반창고를 벗기고 내 목의 상처를 본다.

아니, 정확하게 표현하자. 삐뚤삐뚤한 상처에서 약 2센티미터 아래에 있는, 완벽한 간격의 완벽한 동그라미 형태로 뚫린 두 개의 구멍을 본다.

옮긴이 유혜인

경희대학교 사회과학부를 졸업했다. 글밥아카데미 출판번역 과정을 수료하고 현재 바른번역에서 영어 번역가로 활동 중이다. 옮긴 책으로는 《사라진 소녀들의 숲》, 《붉은 궁》, 《아이가 없는 집》, 《모조품》, 《살인자의 숫자》, 《봉제인형 살인사건》, 《꼭두각시 살인사건》, 《엔드게임 살인사건》, 《아임 워칭 유》, 《인 어 다크, 다크 우드》, 《우먼 인 캐빈 10》, 《위선자들》, 《악연》 등이 있다.

크레이브 1

초판 1쇄 인쇄 2024년 12월 13일
초판 1쇄 발행 2024년 12월 24일

지은이 트레이시 울프
옮긴이 유혜인
펴낸이 신경렬

상무 강용구
기획편집부 이다희 신유미
마케팅 최성은
디자인 굿베러베스트
경영지원 김정숙 김윤하

책임편집 송규인
본문 디자인 박현경

펴낸곳 ㈜더난콘텐츠그룹
출판등록 2011년 6월 2일 제2011-000158호
주소 04043 서울시 마포구 양화로 12길 16, 7층(서교동. 더난빌딩)
전화 (02)325-2525 **| 팩스** (02)325-9007
이메일 editor1@thenanbiz.com **| 홈페이지** www.thenanbiz.com

ISBN 979-11-5879-220-6 04840
ISBN 979-11-5879-219-0 (전2권 세트)